殺人

高校生のピップは自由研究で、５年前に自分の住む町で起きた17歳の少女の失踪事件を調べている。交際相手の少年が彼女を殺害し、自殺したとされていた。その少年と親しかったピップは、彼が犯人だとは信じられず、無実を証明するために、自由研究を口実に警察や新聞記者、関係者たちにインタビューをはじめる。ところが、身近な人物が次々と容疑者として浮かんできてしまい……。予想外の事実にもひるまず、事件の謎を追うピップがたどりついた驚愕の真相とは。ひたむきな主人公の姿が胸を打つ、英米で大ベストセラーとなった謎解きミステリ！

登場人物

ピッパ（ピップ）・フィッツ＝アモービ……リトル・キルトン・グラマースクールの最上級生。十七歳
アンドレア（アンディ）・ベル……五年前に失踪した少女
ジェイソン・ベル……アンディの父
ドーン・ベル……アンディの母。
ベッカ・ベル……アンディの妹。〈キルトン・メール〉のインターン
サリル（サル）・シン……アンディのボーイフレンド。故人
ラヴィ・シン……サルの弟
マックス・ヘイスティングス
ナオミ・ワード
ジェイク・ローレンス
ミリー・シンプソン
……サルの同級生
ヴィクター……ピップの父。弁護士

リアン……………………………ピップの母。不動産会社勤務
ジョシュア…………………………ピップの弟
カーラ・ワード……………………ピップの親友。ナオミの妹
エリオット・ワード………………ナオミとカーラの父。リトル・キルトン・グラマースクールの教師
ローレン……………………………ピップの親友
スタンリー・フォーブス…………〈キルトン・メール〉の記者
クロエ・バーチ……………………
エマ・ハットン……………………}アンディの親友
ナタリー・ダ・シルヴァ…………アンディの同級生
ダニエル・ダ・シルヴァ…………ナタリーの兄。テムズバレー警察の巡査
ジェス・ウォーカー………………ベッカ・ベルの友人
ハウィー・ボワーズ………………ドラッグの売人

自由研究には向かない殺人

ホリー・ジャクソン
服部京子訳

創元推理文庫

A GOOD GIRL'S GUIDE TO MURDER

by

Holly Jackson

Original English language edition first published in 2019
under the title *A Good Girl's Guide to Murder*
by Egmont Books UK Limited,
2 Minster Court, London EC3R 7BB.

This edition is published by TOKYO SOGENSHA Co., Ltd.
Japanese translation published by arrangement with Egmont
UK Limited through The English Agency (Japan) Ltd.

自由研究には向かない殺人

ママとパパへ
この最初の本をふたりに捧げる

第一部

QAG

学業上の
目標達成を
目指そう

自由研究による資格取得志望書　2017年／2018年

受付番号	志望者氏名
4169	ピッパ・フィッツ=アモービ

パートA：自由研究の計画内容

志望者が記入すること

※主題に関係する研究対象

英語、ジャーナリズム、調査報道、刑法

自由研究のタイトル

陳述／質問／仮説の形式で調査されるべき題材

2012年、リトル・キルトンにおける行方不明者（アンディ・ベル）の捜索に関する研究

アンディ・ベルの失踪を例にとり、紙媒体／テレビ関連のメディアおよびソーシャルメディアが、警察の捜査においていかに重大な役割を果たすようになったか、その考察を詳細に述べる。さらに、サル・シンおよび彼が有罪と目される件についての、各メディアの報道のあり方にも触れる。

※情報のおもな入手方法

失踪事件の専門家へのインタビュー、失踪事件を報道した地元ジャーナリストへのインタビュー、新聞記事、地元のコミュニティのメンバーへのインタビュー、警察での捜査、心理学、メディアの役割についての参考書および記事

指導教師からのコメント

ピッパ、以前にも話しあったとおり、このテーマは題材として取りあげるには内容がデリケートすぎます——なにしろ、わたしたちの町で発生した恐ろしい犯罪ですから。あなたがあっさり引きさがるような生徒でないことはわかっていますが、倫理的に許されない領域にまで踏みこまないことを条件に、この自由研究は認められました。調査を進める段階で、デリケートな問題に深入りしすぎることなく、自由研究にふさわしい切り口を見つける必要があるとわたしは思います。

また、ここではっきりさせておきますが、事件に巻きこまれたどちらのご家族ともいっさい連絡はとらないこと。これは倫理にかなう忠告と考えます。もし守れない場合は、あなたの自由研究は不合格となります。では、あまりがんばりすぎないように。よい夏休みを。

志望者による署名

わたしは本志望書に記載されている不正行為に関する規定を読み、理解したことを証明します。

署名: Pippa Fitz-Amobi

日付: 2017年7月18日

1

ピップは彼らがどこに住んでいるか知っていた。

リトル・キルトンに住む者なら誰でも彼らがどこに住んでいるか知っている。

彼らの家は町のなかに建つ幽霊屋敷みたいなもので、前を通りかかると人びとの足は自然と速まり、喉はこわばって言葉が出てこなくなる。学校帰りの子どもたちは、門まで走っていってタッチしてこいとけしかけあう。

とはいえ、屋敷は幽霊にとりつかれているわけではない。悲しみに沈む三人の家族が以前と同じ生活を送ろうとしているだけだ。明かりが勝手についたり消えたりはしないし、どこからともなく椅子が飛んできたりもしないが、黒いスプレーで〝恥さらしの一家〟と落書きされ、投石されて窓が粉々になっているせいで、幽霊屋敷っぽく見えてしまっている。

彼らはなぜ引っ越さないのだろうとピップはつねづね疑問に思っていた。たしかに引っ越す必要はない。なにも悪いことはしていないのだから。けれどもどうしたらこういう生活に耐えられるのか、そこのところはよくわからない。

ピップは多くのことを知っている。たとえば、ヒポポトモンストロセスキッペダリオフォビアは長い単語に対する恐怖症という意味の専門用語だとか、赤ん坊は生まれたときには膝《ひざ》の皿がないとか、ジャガイモの品種は四千以上あるとか。プラトンと大カトー（古代ローマの政治家）の名言のなかでもとりわけすばらしいものを一語一句、正確に知っている。でも、シン一家がここに住みつづける気力をどうやってかき集めているのかはわからない。リトル・キルトンではつねに好奇の視線にさらされ、耳に届くくらいのささやき声で噂され、近所の者がおしゃべりしているところへ近づくとぱたりと会話がやむのを見せつけられるのに。

彼らの家がリトル・キルトン・グラマースクールのすぐ近くだというのも残酷に思える。リトル・キルトン・グラマースクールはアンディ・ベルとサル・シンがかつて通い、数週間後、つまり八月の太陽が九月に入って勢いをそがれるころに、ピップが戻って最終学年を迎える学校だ。

ピップは立ちどまって門に手を置いた。これで町の子どもたちの半数よりも度胸があることが証明された。視線が玄関へ向かう小道をたどる。ほんの数フィートほどに見えるけれど、いま立っている場所から玄関までのあいだには、底から重低音が響いてくる深い割れ目が走っている。これはかなりまずいアイデアかもしれない。ここへ来るまで繰りかえしそう考えた。朝の太陽が容赦なく照りつけ、すでに汗でジーンズが膝の裏にぴったりと張りついている。まずいアイデアか、はたまた果敢なアイデアか。歴史上の偉人たちは無難な道を選ぶな、果敢に攻めろとつねに言う。その言葉を胸に、想定される最悪の事態を頭から払いのける。

地面をしっかり踏みしめると割れ目は消えてなくなった。ピップは玄関ドアまで歩き、ほんの一瞬、心の準備をするための間《ま》をおいてから三度ノックした。窓ガラスに映る自分の緊張した顔が見つめかえしてくる。日に焼けて毛先が茶色くなった長い黒髪、南フランスで一週間を過ごしたばかりなのに青白い顔。くすんだ緑色のくっきりした目は衝撃にそなえているふうに見える。

チェーンがはずされ、二度、解錠する音がしてドアが開いた。

「どちらさま?」片手で半分だけ開いたドアを支えながら彼が言った。ピップはじっと見つめないように瞬《まばた》きを繰りかえしたが、見つめずにはいられなかった。あまりにもサルにそっくりだから。テレビのニュースや新聞の写真で見たサルに。子どものころの記憶にかろうじて残っているサルに。ラヴィは彼の兄と同じく、くせのある黒髪を横分けにしている。アーチ形を描く濃い眉毛も、オーク色の肌もおんなじ。

「どちらさま?」ラヴィがもう一度言う。

「その……」〝訊きたいことがあったら、いやがられても質問する〟といういつもの自分とはちがい、ピップはなにも言いだせなかった。わたしと同じでラヴィもあごにえくぼができる、その点はサルとは似てない、最後に見たときよりもうんと背が高くなっている、なんてことを脳内で処理するのに忙しかったから。「えーっと、ハイ」なんともまぬけな返事にわれながら情けなくなる。

「ハイ?」

「ハイ、ラヴィ。あなたはわたしを知らないと思うけど……わたしはピッパ・フィッツ＝アモービ。あなたが学校を去ったとき、わたしはあなたの二年下だった」

「そう……」

「ちょっとだけ時間を割いてもらえないかなって思って。どれくらいちょっとかというと、えーっと〝ジフィ〟って知ってる? 時間を計る単位で、一ジフィがだいたい百分の一秒。それで、何ジフィかつきあってくれるとうれしいんだけど」

ああ、もうばか。緊張したり追いつめられたりすると、どうしてこうなってしまうのだろう。冗談のつもりで意味のない事柄をまくしたてて〝スべって〟しまう。それに、中流階級のくせに上流階級のふりをしようとして、ついつい気取ってしまう。〝ジフィ〟なんて言葉、いままで使ったことある?

「なに?」ラヴィが困惑顔で言う。

「いいの、気にしないで」ピップは気をとりなおして言った。「学校でEPQに取り組んでいて——」

「EPQってなに?」

「自由研究で得られる資格《エクステンデッド・プロジェクト・クオリフィケーション》。つまり、Aレベル（高校卒業の資格。大学入学のためにも必要）の試験を受けるのと並行して、独自におこなう自由研究《プロジェクト》のこと。題材はなんでも好きなものを選んでいいの」

「そうなんだ。ぼくはそういうのに取り組むほど長くは学校にいなかったから。さっさとやめちゃって」

「それで、わたしのプロジェクトのためのインタビューに応じてもらえないかなと思って」

「題材は?」ラヴィが眉根を寄せる。

「えっと……五年前に起きた出来事について」

ラヴィが大きく息を吐く。怒りが爆発する寸前といったふうに唇がひきつっている。

「なんで?」

「わたし、あなたのお兄さんがやったと思っていないから。それを証明しようと思うの」

ピッパ・フィッツ＝アモービ
EPQ 二〇一七年八月一日

作業記録――エントリー1

ラヴィ・シンの了解が得られたので、金曜日の午後にインタビューする（質問事項を準備すること）。

アンジェラ・ジョンソンへのインタビューを文字に起こす。

一般的な作業記録は、調査をするうえで直面する問題点や、最終的な報告に至るまでの進捗状況および目標を可視化するために作成される。わたしの作業記録はそれとは少しちがうものになるだろう。関連があると思われるものも、そうでないものも、調べた事柄はすべてここに記録する。仕上がりがどういうものになるか、結果的に関連するのはどの事柄か、調査段階ではわからないからだ。なにを目指しているのかも、いまのところはわからない。自分がどういった考えに至り、どういう形で小論文をまとめるかは、調査が終了した段階ではっきりするだろうから、それまではこつこつと記録するしかない(日記と同じになる予感がしないでもない???)。

完成時にはモーガン先生にあらかじめ提示した内容とはべつのものになっているだろう。わたしはこれを真実を伝える小論文にしたいと思っている。二〇一二年四月二十日にアンディ・ベルの身にほんとうはなにが起きたのか。わたしの直感が告げているように、サリル・〝サル〟・シンが無実だとしたら、彼女を殺したのは誰なのか。

わたしが実際にこの事件を解決し、アンディを殺害した犯人を見つけられるとは思っていない。わたしは科学捜査班のラボに出入りできる警察官ではないし(あたりまえ)、大それた幻想を抱いてもいない。ただ、わたしの調査によって真実や筋の通る説があきらかになれば、と思っている。それらによってサルの有罪に合理的な疑いを生じさせ、警察が深く掘りさげずに捜査を打ち切ったのは間違いだったと暗に知らしめることができればと。

調査の方法は次のとおり。事件の関係者にインタビューし、ソーシャルメディアを丹念にあたって、自由に、突飛でもかまわないから、仮説を立てる。

（モーガン先生に見つからないように注意!!!）


このプロジェクトの第一段階では、アンドレア・ベル――みんなにはアンディとして知られている――の身に起きたことと、彼女の失踪をめぐる状況を調べる。情報は当時のニュース記事や警察の記者会見の記録から得られるだろう。

（あとでやらなくてもすむように、参考資料を同時に書きだしておくこと!!!）


アンディの失踪について最初に報道された全国ニュースをコピー&ペースト。

〝アンドレア・ベル、十七歳、先週の金曜日に、バッキンガムシャー、リトル・キルトンの自宅から消息を絶ったとの届けが出された。

彼女は愛車――黒のプジョー二〇六――で携帯電話を持参し外出したが、着替えなどは持っていかなかった。警察によると彼女の失踪は〝完全に彼女らしくない〟とのことだ。

警察は週末に自宅付近の森を捜索した。

アンディとして知られるアンドレアの特徴は次のとおり。白人、身長五フィート六インチ、髪は長いブロンド。失踪した晩の服装は、黒のジーンズに丈の短い青のセーターと思われる[1]〟

最初の失踪報道後、アンディが生きている姿を最後に目撃されたときの状況、彼女が誘拐されたと思われる時間経過など、より詳細な情報が伝えられた。

アンディ・ベルは〝二〇一二年四月二十日、午後十時三十分ごろ、彼女の妹のベッカによって生きている姿を最後に目撃された②〟

　この情報は二十四日、火曜日の警察の記者会見で裏づけられている。〝リトル・キルトンのハイ・ストリートにあるSTN銀行前の防犯カメラの映像により、アンディの車が午後十時四十分ごろに自宅から走り去ったことが確認されている③〟

　両親であるジェイソンとドーンのベル夫妻によると、アンディは〝午前零時四十五分にディナーパーティーに出席していたふたりを迎えにいくことになっていた〟という。アンディは会場にあらわれず、電話にも応答しなかったので、夫妻は友人たちに電話をかけて娘の居所を知っているかどうか尋ねた。ジェイソン・ベルは〝土曜日の午前三時に警察に娘の捜索願を出した④〟

　以上の情報から、その夜にアンディ・ベルの身になにが起きたにしろ、それは午後十時四十分から午前零時四十五分のあいだに発生したことになる。

　ここに昨日のアンジェラ・ジョンソンへの電話インタビューのやりとりを文字に書き起こしておく。

行方不明者捜索班のアンジェラ・ジョンソンとのインタビュー記録

アンジェラ：もしもし。

ピップ：こんにちは。アンジェラ・ジョンソンさんをお願いします。

アンジェラ：わたしです。あなたはピッパ？

ピップ：はい。メールへの返信、ありがとうございます。

アンジェラ：どういたしまして。

ピップ：このインタビューを録音してもかまいませんか？　あとからわたしの自由研究用に文字に起こしたいので。

アンジェラ：もちろんかまわないわよ。申しわけないんだけど、十分しか時間がとれないの。行方不明者についてなにを知りたいの？

ピップ：捜索願が出されたときのようすを教えていただけますか？　警察ではどんな手順を踏み、最初はどのように対応するのでしょうか。

アンジェラ：九九九か一〇一に誰かが行方不明になったという通報が入った時点で、警察ではできるかぎり具体的な内容を知ろうとします。そうすれば行方不明者がどういった危険に直面しているか確認できるし、適切な対応もとれるから。最初の通報で警察が訊く内容は、行方不明者の名前、年齢、特徴、最後に目撃されたときの服装、行方不明になったときの状況、姿を消すという行為がその人のふだんの行動から逸脱しているかどうか、もし車に乗っていったとしたら、車種などの車の詳細も。情報を総合的に分析して、警察は危険度を割りだすの。危険度が高い、低い、中くらい、という具合に。

ピップ：どういった状況ならば危険度が高いということになるんですか？

アンジェラ：行方不明者が社会的な弱者の場合、たとえば年齢が低いとか障害があるとかの場合は危険度が高くなるわね。ふだんの行動から考えて姿を消すのはあきらかにおかしい状況だと、それは行方不明者が危険にさらされているという指標になるので、その場合も危険度は高くなる。

ピップ：では、行方不明者が十七歳で、姿を消すなんて彼女らしくないと考えられる場合は、危険度が高いケースにあてはまりますか？

アンジェラ：行方不明者が未成年の場合は、あてはまるわね。

ピップ：危険度が高いケースでは、警察はどのように対応するのでしょうか。

アンジェラ：そうね、まずはその人物が消息を絶った場所へ警察官を急行させる。それから行方不明者についてのさらに詳しい情報を得る必要もある。たとえば、どんな友人や恋人がいるかとか、健康状態とか。お金を引きだそうとしているときに見つけられるかもしれないから、使っている銀行とか預金残高も。行方不明者の最近の写真もいるわね。危険度が高いケースでは、あとから法医学的な検査が必要となる場合にそなえて、ＤＮＡのサンプルも入手しておかなければならない。それと、所有者の承諾を得て、消息を絶った場所を徹底的に調べあげる。行方不明者がその場にかくまわれているか、または隠れているかどうか調べたり、行方を示す手がかりはないか確認するためにね。通常の手順としてはそんなところかな。

ピップ：警察はただちに行方不明者が犯罪の犠牲者となった手がかりやヒントを探すんですか？

アンジェラ：そのとおり。消息を絶ったときの状況があやしい場合は、警察官はいつも〝疑わしければ、殺人を視野に入れろ〟と言われる。もちろん行方不明事件が殺人事件に変わる確率はとても低いけれど、殺人事件を捜査するときと同様に、早い段階で証拠を文書で記録するよう指示されるの。

ピップ：消息を絶った場所を捜索して、重要な手がかりがなにも出てこなかった場合はどうするんですか？

アンジェラ：すぐに捜索の範囲を広げる。携帯電話に残された情報が必要になる場合もある。関連する情報を持っていそうな友人や隣人から話を聞くことも大切になるわね。行方不明者がティーンエイジャーの場合は、捜索願を出した親御さんがお子さんの友人や知り合いをすべて知っているとは考えにくい。友人たちがほかの重要な連絡先、たとえば両親に隠れてつきあっているボーイフレンドなんかの連絡先を教えてくれる場合もある。それと、メディア戦略がつねに論じられる。各メディアで情報集めの呼びかけをしてもらうのがとても有効な手段になりえるから。

ピップ：じゃあ、もし行方不明になったのが十七歳の女の子だとしたら、警察はその子の友人やボーイフレンドにかなり早い段階で連絡をとるものなんですか？

アンジェラ：もちろん。かならず友人たちからは話を聞く。行方不明者が家出をした場合、仲のよい人物の家に隠れていることも多いから。

ピップ：行方不明者の捜索のどの段階で、警察はやむをえず遺体を探しはじめるんでしょうか。

アンジェラ：そうねえ、どの段階かは一概には……あっ、ピッパ、わたしもう行かなくちゃ。ごめんなさいね、会議に出なくてはならないの。

ピップ：わかりました。お時間を割いていただき、ありがとうございました。

アンジェラ：もっと訊きたいことがあったらメールをちょうだい。時間があるときに読んでおくから。

ピップ：そうします。ありがとうございます。

アンジェラ：じゃあ、さようなら。

　こんな統計をネットで見つけた。

行方不明者の八十パーセントが最初の二十四時間で発見される。九十七パーセントが一週間以内に見つかる。九十九パーセントのケースが一年以内に解決をみる。残りはたったの一パーセント。

行方不明者の一パーセントはけっして見つからない。しかし考慮すべきべつの数字もある。すべての行方不明事件の〇・二五パーセントは死亡事件となる。[5]

アンディ・ベルはこれのどこにあてはまるのか。一パーセントと〇・二五パーセントのあいだをずっとただよっているのはたしかだ。小数点以下の数字はちょっとしたことで大きくなったり小さくなったりする。

いま現在、ほとんどの人間がアンディは死んだものとみなしている。たとえ彼女の遺体が発見されていなくても。なぜか。

サル・シンがその理由《why》だ。

2

両手をキーボードから浮かせて、左右の人さし指でゆっくりとwとhを打ったちょうどそのとき、階下から大きな物音が聞こえてきた。どすんという音、力強い足音、爪が滑る音に男の子の楽しげな笑い声。次の瞬間、なにが起きているのかがわかった。

「ジョシュア！　なんで犬がわたしのシャツを着ているんだ？」ヴィクターの陽気な声が床のカーペットを通り抜けて響いてくる。

ピップはふふっと笑いながら作業記録を保存し、ノートパソコンのカバーを閉じた。父親のヴィクターが仕事から帰ってきたとたんに大騒ぎがはじまるのは、アモービ家の定例行事だ。ヴィクターは静けさとは無縁の人。ささやきが部屋じゅうに聞こえてしまうし、膝を叩いて大笑いすると、あまりの声の大きさにまわりの人がびくりとする。毎年クリスマスイブには、ヴィクターがプレゼント入りの靴下を手に廊下をつま先立ちで歩く音でピップはかならず目を覚ます。

ピップの義理の父親の辞書には〝繊細〟という文字はない。

下におりると、騒ぎは佳境を迎えていた。ジョシュアはキッチンから廊下へ、リビングルームへと、文字どおり部屋から部屋へ、なにやらわめきながら走りまわっている。

その後ろを、ヴィクターのド派手なシャツを着たゴールデン・レトリバーのバーニーがつづく。シャツは色鮮やかな緑色で、一家でナイジェリアへ行ったときにヴィクターが買ったもの。バーニーはつやのあるオーク材の廊下を大喜びで滑り、興奮で息を弾ませている。

その後ろにつづくのがヒューゴ・ボスのグレイのスリーピース・スーツを着た身長六フィート半のヴィクター。犬と少年を追いながら、笑い声がどんどん大きくなっていく。まさにアモービ家版〈スクービー・ドゥー〉。

「もう、わたし、宿題をやってたのに」ピップは笑みを浮かべながら言い、スピード狂軍団に跳ね飛ばされないよう急いで後ろにさがった。バーニーは一瞬とまってピップの脛《すね》に頭突きを食らわせてから、ヴィクターとジョシュアに追いついて跳びかかった。ふたりと一匹がいっせいにソファへ倒れこむ。

「やあ、ピックル」ヴィクターがとなりにすわれとばかりにソファを叩きながら言う。

「ハイ、パパ。あんまり静かだったから、帰ってきたことにも気づかなかった」

「愛しのピップちゃん、きみは頭が切れるうえ、ジョークもキレッキレだね」

ピップはヴィクターとジョシュアと並んで腰をおろした。ふたりの荒い息のせいで、ソファのクッションが盛りあがったり沈んだりしている。

ジョシュアは鼻の右の穴をほじくりはじめ、ヴィクターが息子の手を鼻から引きはがす。

「ふたりとも、今日はどんな一日だったんだい」ヴィクターが訊くと、さっそくジョシュアが今日プレーしたサッカーの試合について楽しそうに話しはじめた。

ピップはちゃんと聞いていなかった。サッカークラブでジョシュアを拾ったあと、同じ話を車のなかでさんざん聞かされたから。それと、今日はじめて会った代理コーチの態度を思いだしていたから。ピップが九歳の少年たちのひとりを指さして「あれが弟です。わたしはジョシュアの姉です」と言うと、代理コーチはこちらの真っ白な肌をとまどいもあらわに見つめてきた。

いい加減に慣れて、さらりと受け流さなきゃとピップは思う。たとえば、家族の構成図を見せたとして、そこに書きこまれたこうなるまでの経緯《けいい》や人数、なんとなくぼやかした言葉を相手が理解しようとして浮かべる当惑の表情に。ドでかいナイジェリア人は義理の父親で、ジョシュアは父親がちがう弟。これは確たる事実。でも義理とか、父親がちがうとか、形式ばった冷たい感じがする言葉は使いたくない。愛する人たちは数学で言うところの、足されたり減《げん》じられたり、小数点以下は切り捨てるといったものとはちがう。ヴィクターとジョシュアは八分の三だけの、もしくは四十パーセントだけの家族ではなく、百パーセント、自分の家族だ。正真正銘の父と、たまに手を焼く正真正銘の弟。

姓に〝フィッツ〟を残した〝ほんとうの〟父親はピップが十カ月のときに自動車事故で亡くなった。母親から、お父さんが歯を磨きながらハミングしていたのを覚えている？　とか、あなたが発したふたつめの言葉が〝うんち〟で、それを聞いたお父さんは大笑いしたのよ、とか言われたときには、うなずいたり笑みを浮かべたりするけれど、じつは亡くなった父親のことはまったく覚えていない。人はほかの誰かの笑みを引きだすために、記憶からは消えていることをいかにも覚えているふりをする。そういう嘘なら許される。

「プロジェクトの進み具合はどうだい、ピップ」バーニーが着ているシャツのボタンをはずしながらヴィクターが訊く。

「まあまあかな。いま事件の背景を調べて、それを書きだしているところ。今朝ね、ラヴィ・シンに会いにいったんだ」

「ほお、それで？」

「忙しいけど、金曜日にまた来てくれって」

「ぼくなら行かないけど」ジョシュアが用心深そうに言う。

ピップは弟を見て言った。「それはジョシュが物ごとを一方的に判断する思春期前の子どもだからでしょ。こびとが信号機のなかに住んでいるといまだに信じているんだよね、きみは。シンさんたちはなにも悪いことはしていないんだよ」

ヴィクターが割って入る。「ジョシュア、ちょっと考えてごらん。あいつの姉さんはあんなことをやったから、あいつはそういうやつなんだ、と決めつけられたらどう思うか」

「ピップがやっているのは宿題だけだよ」

ピップは振りかぶってクッションを弟の顔にポンと投げつけた。ヴィクターは仕返しをしようとしている息子の腕を押さえつけて、あぐらのあたりをくすぐった。

「どうしてママはまだ帰ってこないの？」ピップはそう言いつつ、ふわふわしたソックスをはいた足でジョシュアの顔を蹴《け》るふりをして、押さえつけられている弟をからかった。

「ママは職場から直接〈酔っぱらいママたちの読書会〉へ行くって言ってたな」とヴィクターが答えた。

「ということは……夕食はピザにしてもいいってことだよね？」とピップ。じゃれあいにも似た喧嘩ごっこはいきなり終了し、姉と弟は同じチームのメンバーに戻った。ジョシュアは跳び起きてピップの腕に自分の腕をからめ、お願いのまなざしを父に向ける。

「もちろんだとも」ヴィクターはにやりとして尻を叩いた。「ピザなくして、どうやってこのおケツを維持すればいいんだい？」

「パパ」ピップはうめくように言った。〝ピザのせいで尻が大きくなりつづける〟と父に警告したのは、誰あろう自分なのだ。

ピッパ・フィッツ＝アモービ
EPQ　二〇一七年八月二日

作業記録――エントリー2

アンディ・ベルの事件で次になにが起きたかは、新聞の記事をひとつひとつ拾っていってもまだ混沌としている。当面は推測と噂話で不明な点をうめていかなければならないが、これからおこなおうとしているインタビューを終えれば全体図はもう少しはっきりしてくるだろう。ラヴィと、サルの親友のひとりだったナオミへのインタビューが実り多きものであることを期待したい。

エマ・ハットン、サル・シンほか97名

ほか6件のコメントを表示

エマ・ハットン　もう、もう、アンディ、ほんとすごい！　めちゃきれい。
いいね！　返信　2012年4月7日　10：34pm

クロエ・バーチ　マジでいっしょに写真を撮られたくない。あなたの顔をちょうだい。
いいね！　返信　2012年4月7日　10：42pm

アンディ・ベル　ありがと～。
いいね！　返信　2012年4月7日　11：22pm

エマ・ハットン　アンディ、次のカラミティで三人いっしょに写真を撮ろ。
新しいプロフィール写真に使う！
いいね！　返信　2012年4月7日　11：27pm

コメントする

アンジェラが語った行方不明事件のプロセスどおりに、警察はベル一家から話を聞き、彼らの自宅を捜索したあと、アンディの友人たちからも事情を聴取したと思われる。

当時のフェイスブックの投稿履歴をひたすら検索してみたところ、どうやらアンディにはクロエ・バーチとエマ・ハットンという女子二名の親友がいたらしい。その証拠をここに貼っておく。

これはアンディが行方不明になる二週間前に投稿されたもの。いまはもう、クロエもエマもリトル・キルトンには住んでいないようだ（ふたりにプライベートメッセージを送って、インタビューに応じてくれるか訊いてみる?）。

クロエとエマはアンディが消息を絶った週の週末（二十一日と二十二日）に、テムズバレー警察がハッシュタグの#FindAndieを使っておこなったツイッターにおける情報提供の呼びかけの拡散に協力した。おそらく警察は金曜日の夜か土曜日の朝にクロエとエマに連絡をとったと思われる。ふたりが警察になにを語ったかはわからない。それを突きとめられればいいのだが。

警察が当時のアンディのボーイフレンドから話を聞いたのはわかっている。ボーイフレンドの名前はサル・シン。アンディの同級生で、キルトン・グラマースクールの最上級生だった。土曜日のどこかの時点で、警察はサルに対しての事情聴取をおこなった。

〝リチャード・ホーキンス警部補は、四月二十一日土曜日にサル・シンに対する事情聴取をおこなったことを認めた。警察はその前夜、とくにアンディが消息を絶ったと思われる時刻にどこにいたかをサル・シンに質問した⑥〟

アンディの失踪当夜、サルは友人のマックス・ヘイスティングス宅にいた。サルのほかに集まっていたのは四人の親友たち。ナオミ・ワード、ジェイク・ローレンス、ミリー・シンプソン、それとマックス。

来週ナオミにインタビューする際に再確認する必要があるが、サルは警察に午前零時十五分ごろにマックスの家を出たと語ったと思われる。サルは歩いて帰宅した。父親（モーハン・シン）が〝サルは午前零時五十分ごろに帰宅した⑦〟とサルの供述を裏づけた。注：マックスの家（チューダー・レーン）からサルの家（グローヴ・プレイス）までは徒歩で約三十分――グーグルより。

警察は週末のあいだにサルのアリバイについて四人の友人から裏をとった。

行方不明者捜索のポスターができあがった。日曜日に一軒一軒をまわっての情報収集がはじまった[8]。

月曜日、百名のボランティアが警察の捜索に協力し、地元の森を探索した。わたしはそのようすをニュース映像で見たことがある。森のなかで人びとがアリのように一列になってアンディの名前を呼んでいた。同日遅くに、科学捜査班がベル宅へ入っていくのが目撃された[9]。

火曜日、すべてがひっくり返った。

具体的な事実を知って町じゅうが混乱し、出来事の時系列がわかりづらくなっているが、当日とその後の出来事をしっかりと考えるためには時間を追って記すのがいちばんだと思う。

火曜日の午前中。ナオミ・ワード、マックス・ヘイスティングス、ジェイク・ローレンス、ミリー・シンプソンの四人が学校から警察に連絡し、事情聴取の際に嘘を述べたと告白した。彼らの話では、サルが四人に嘘をつくよう頼んだという。実際には、アンディが消息を絶った夜、サルはマックスの家を午後十時三十分ごろに出たとのことだった。

警察がどのように捜査を進めれば正しかったのか、わたしにはよくわからないが、その時点でサルは第一容疑者になったと考えられる。

しかし、警察はサルを見つけられなかった。彼は学校にも家にもいなかった。携帯電話にも応答しなかった。

のちにあきらかになったのだが、サルは火曜日の午前中、かかってくる電話をすべて無視しながらも、父親にはテキストメッセージを送っていた。メディアはそれを〝告白メール〟と名づけることになる[10]。

火曜日の晩、アンディを探していた警察官のチームが森で遺体を発見した。

サルだった。

サルはみずからの命を絶ったのだった。

メディアはサルがとった自殺の手段を報道しなかったが、高校じゅうを駆けめぐる噂の力であっという間に知れわたった（当時キルトンに住んでいたほかの生徒たちもすべて知っていた）。

サルは歩いて自宅近くの森へ行き、大量の睡眠薬を服《の》んで頭からビニール袋をかぶり、首もとをゴムバンドでとめた。そして意識を失い、窒息死した。

火曜日の夜遅くに警察が記者会見をおこなったときには、サルについてはひと言も言及されなかった。警察があきらかにしたのは、防犯カメラが午後十時四十分に家から車で出ていくアンディの姿をとらえたという情報のみだった。[11]

水曜日。アンディの車が狭い路地（ロマー・クロース）に駐車されているのが発見された。

翌週の月曜日になってようやく、広報担当の女性警官が次のとおり発表した。〝アンディ・ベルの事件捜査についての最新情報をお伝えします。科学捜査班からの情報もふまえて総合的に判断した結果、われわれはサル・シンという十八歳の青年がアンディ誘拐殺人事件に関与したことを疑わせる強い根拠を持つに至りました。証拠は容疑者を逮捕、起訴するには充分なものであり、容疑者本人が死亡していなければ、手続きは開始されていたと思われます。現時点では、アンディ失踪に関係しているほかの人物の捜索はしておりませんが、アンディ本人の捜索は継続するつもりでおります。われわれの意思がベルご一家へ伝わることを願うと同時に、この最新情報がもたらす心痛に対し深く同情申しあげます〟

〝逮捕、起訴するに充分な証拠〟は次のとおり。

警察はサルがアンディの携帯電話を所持していたことを発見した。

法医学的な検査の結果、サル・シンの右手の中指と人さし指の爪にアンディの血痕が付着していることが判明した。

アンディの血痕は乗り捨てられた彼女の車のトランクのなかからも発見された。ダッシュボードとハンドルからは、アンディとアンディの家族の指紋とともに、サルの指紋も採取された。[12]

証拠はサルを起訴し、警察の希望どおりに法廷で有罪判決を勝ちとるのに充分だった、というのが世間の論調だった。けれどもサルは亡くなり、裁判も有罪判決もなくなった。被告人がいないのだからあたりまえだが。

つづく数週間、リトル・キルトンと周辺の森林地帯での捜索がおこなわれた。警察犬も投入された。警察官がキルボーン川に潜った。しかしアンディの遺体は見つからなかった。

アンディ・ベル失踪事件の捜査は二〇一二年の六月中旬に一時的に凍結された。[13] 一般的に事件の捜査が〝一時、凍結〟になるのは、〝起訴に持ちこむに充分な証拠はあるものの犯人逮捕には至らず、それでも将来的に捜査が完了する可能性が残っている〟場合にかぎられるらしい。一時的に凍結された事件は〝新たな証拠や手がかりが発見された場合、すみやかに捜査は再開される〟とのこと。[14]

十五分後には映画を観にいく予定になっている。またしてもスーパーヒーローもので、連れていってくれないとお手伝いも勉強もしないとジョシュが脅《おど》してきた映画。しかし、アンディ・ベル／サル・シン事件の背景説明として、もうひとつ書いておくべき事柄が残っている。気分が乗っているいま、それを記しておこう。

アンディ・ベルの事件が一時的に凍結されてから十八カ月後、警察は地元の検視官へ報告書を提出した。こういった事件の場合、当事者が死亡している可能性が高いうえ時間の経過もそれを示唆《しさ》しているという事実をふまえ、遺体の発見を目的とするさらなる捜査が必要かどうかの決定は検視官が下すことになる。

検視官は一九八八年検視官法第十五節に基づき、死体なき死因審問の開廷を司法大臣に申請する。死体がない場合、死因審問は警察から提出された証拠と、捜査を担当した警察官が当事者は死亡していると考えているかどうかを中心にして審理が進められる。

死因審問とは、死の状況や医学的原因をあきらかにするためにおこなわれる司法制度上の審問。〝死に対して個人に責を負わせることはできず、審問上で言及されたいかなる個人に対しても犯罪の責任を立証することはできない〟[15]

二〇一四年一月におこなわれた死因審問で、検視官は〝違法な殺人〟との評決を下し、アンディ・ベルの死亡証明書が発行された[16]。〝違法な殺人〟とは文字どおり〝その人物は何者かの違法な行動により殺害された〟ということで、もう少し限定すると〝殺人事件、故殺事件、嬰《えい》児《じ》殺し、もしくは危険運転による死〟[17]のどれかによる死亡を指す。

ここで事件は完結する。
遺体は発見されていないのに、アンディ・ベルは法律上、死亡したと宣言された。状況を鑑みると〝違法な殺人〟という評決は殺人事件が起きたことをあらわしている。アンディの死因審問後の検察庁《CPS》の発表は次のとおり。〝サル・シンを殺人犯と仮定した〝違法な殺人〟の評決は状況証拠や科学捜査の結果をもとにしたものと思われる。CPSはサル・シンがアンディ・ベルを殺害したか否かを述べる立場にはなく、それを判断するのは陪審の仕事と考える[18]〟

　裁判は開かれなかった。陪審長がてのひらに汗をかきアドレナリンを全身に駆けめぐらせながら「陪審は被告人を有罪とします」との評決を下してもいない。言うまでもなくサルには自分の弁護をする機会もなかった。それにもかかわらずサル・シンは有罪となっている。法制度のなかではなく、人びとの意識のなかで。

　アンディ・ベルの身にいったいなにが起きたのかと町の人びとに訊いてみると、ためらいもなくこういう答えが返ってくるだろう。「アンディはサル・シンに殺された」〝聞いた話による と〟も〝たぶん〟も〝おそらく〟も〝だと思う〟もつかない。

　彼がやった、とみんなは言う。サル・シンがアンディを殺したと。

　でもわたしにはそうは思えない……。

(次回の作業記録――サルを被告人とする法廷が開廷していたら、どういった様相を呈していたかを考えてみたい。そのあとはいろいろ突っついて、そこに穴をあけてみよう)

（1）www.gbtn.co.uk/new/uk-england-bucks-54774390 23/04/12

（2）www.thebuckinghamshiremail.co.uk/news/crime-4839 26/04/12

（3）www.gbtn.co.uk/news/uk-england-bucks-69388473 24/04/12

（4）二〇一二年、スタンリー・フォーブス〝アンディ・ベル殺害事件の真実〟キルトン・メール 1/05/12, pp. 1-4.

（5）www.findmissingperson.co.uk/stats

（6）www.gbtn.co.uk/news/uk-england-bucks-78355334 05/05/12

（7）www.gbtn.co.uk/news/uk-england-bucks-78355334 05/05/12

（8）スタンリー・フォーブス〝キルトンの女子高生、いまだ行方不明〟〈キルトン・メール〉、23/04/12, pp. 1-2

（9）www.gbtn.co.uk/news/uk-england-bucks-56479322 23/04/12

（10）www.gbtn.co.uk/news/uk-england-bucks-78355334 05/05/12

（11）www.gbtn.co.uk/news/uk-england-bucks-69388473 24/03/12

（12）www.gbtn.co.uk/news/uk-england-bucks-78355334 09/05/12

(13) www.gbtn.co.uk/news/uk-england-bucks-87366455 16/06/12
(14) 国家犯罪記録基準（ＮＣＲＳ） https://www.gov.co.uk/government/uploads/system/uploads/attahment_data/file/9958473/ncrs.pdf
(15) http://www.inquest.uk/help/handbook/7728339
(16) www.dailynewsroom.co.uk/AndieBellInquest/report57743 12/01/14
(17) http://www.inquest.uk/help/handbook/verdicts/unlawfulkilling
(18) www.gbtn.co.uk/news/uk-england-bucks-95322345 14/01/14

3

緊急事態発生。テキストメッセージがそう語っていた。緊急のＳＯＳ。ピップはすぐにぴんときた。それが意味するものはひとつしかない。

車のキーをつかみ、母とジョシュアにあわてて〝いってきます〟と告げて外へ飛びだす。途中で店に寄って特大のチョコレートバーを買う。ローレンの特大の失恋をなぐさめるために。

ローレンの家の前で車をとめ、カーラを見つける。彼女もまったく同じことを考えていたようだ。もっとも、あっちの〝失恋なぐさめキット〟はこっちのよりはお金がかかっている。カーラが持ってきたのは、箱入りティッシュとチップス&ディップス、それに色とりどりのパッケージに入ったフェイスパックのセット。

「準備はいい?」挨拶がわりにお尻とお尻をぶつけながらカーラに言う。

「もちろん。涙を拭《ふ》くものもちゃんとあるよ」カーラはティッシュを掲げた。箱の角にカーラのアッシュブロンドのくせ毛が引っかかっていて、箱を持ちあげると同時に髪も持ちあがる。ピップはカーラの髪をもとに戻してからドアベルを押した。ふたりとも甲高《かんだか》い電子音にびくりとする。

ローレンのママがドアをあけ、笑顔で言う。

「騎兵隊の到着ね。ローレンは上の部屋にいるわよ」

ふたりが部屋に入ると、ローレンはベッドの上で羽毛の上掛けの砦《とりで》の下に埋もれていた。彼女の存在を示すのは上掛けの端っこからこぼれでている茶色い髪だけ。チョコレートをエサになだめすかして顔を出させるまでに費やされた時間はまるまる一分。

「まず」ローレンが握りしめている携帯電話を取りあげてカーラが言う。「いまから二十四時間、これを見るのは禁止」

「テキストメッセージで別れようだなんて!」ローレンは泣きながら言い、思いっきり洟をかんだ。大量の鼻水が弾丸となって悲しいほどうすっぺらいティッシュにぶちこまれる。

「男って、ほんと、ばか。わたしはばかの相手をせずにすんで、マジでラッキーだわ」カーラはそう言ってローレンの身体に腕をまわし、肩にあごをのせた。「ロズ、あんな男、見かえしてやりなよ」

「そうだよ」ピップはチョコレートをもうひとかけら割ってローレンにさしだした。「そういえば、トムっていつも〝具体的に《スペシフィカリー》〟を〝太平洋的に《パシフィカリー》〟って言うよね」

カーラは激しくうなずいて、それそれと言うようにピップを指さした。「ばか丸出し」

「太平洋的に言うと、あんな男とは別れたほうがいいと思いますね」とピップ。

「わたしも大西洋的にはそう思いますよ」とカーラ。

ローレンが泣き笑いすると、カーラはピップにウインクした。暗黙の勝利。ふたりでチームを組めばローレンからふたたび笑いを引きだすのにそれほど時間はかからない。

「ふたりとも、来てくれてありがとう」ローレンは涙を浮かべて言った。「来てくれないかと思った。この半年、トムとばっかりいっしょにいて、ふたりをほったらかしにしてたから。今度はわたし、親友同士のふたりのあいだに入りこむお邪魔虫になっちゃうね」

「なにばかなこと言ってんの」とカーラ。「わたしたち三人、親友同士じゃない」

「そうだよ」ピップがうなずく。「わたしたちとあの三人の男子たちで愉快な六人組なんだからね」

その言葉にふたりが笑う。男子たち――アント、ザック、コナー――は目下、夏のバカンスの真っ最中で町を離れている。

とはいえ、友人のなかでもカーラとのつきあいがいちばん長く、彼女とは特別に仲がいいのはたしかだ。それは暗黙のうちに了解されている。六歳のときに小さくて友だちのいなかった自分をカーラが抱きしめて「あなたも、うさちゃんが好き?」と訊いてきて以来、ふたりはずっとかたい絆で結ばれた親友同士なのだ。人生がつらすぎてひとりではかかえきれなくなったとき、お互いがお互いの寄りかかるべき杖となる。十歳のとき、カーラの母親が余命宣告を受けてほどなくして亡くなり、ピップは宣告から死亡までのあいだずっと彼女を支えつづけた。二年前にカーラから同性愛者《ゲイ》だと打ちあけられたときは、明け方近くまで笑いながら電話で話し、彼女のいちばんのよき理解者となった。カーラは親友だけにとどまらない。もはや姉妹も同然で家族と言ってもいい。

カーラの家族はピップの第二の家族だ。カーラの父親のエリオットは歴史の教師で、学校ではワード先生と呼ばなければならないが、先生であると同時に、亡くなった父親とヴィクターにつづく三人目の父親でもある。ワード家に入りびたっているので、そこにはピップ専用のマグカップ、カーラやカーラの姉のナオミとおそろいのスリッパもある。

「さて」カーラはテレビのリモコンを手に取った。「ロマンティック・コメディでもシリアスなやつでも、男どもがむごたらしく殺されるのはどれかな?」

ローレンが否認の段階を経て受容の段階へと慎重につま先をのばすころには、ネットフリックスのおすすめコンテンツにあったお涙ちょうだいものの映画一本と半分が費やされていた。

「髪を切る」とローレン。「こういうときにはそうするもんだから」

「わたし、いつも言ってたよね。ローレンはショートがきっと似合うって」とカーラ。

「鼻にピアスをあけるっていうのはどう？」

カーラがうなずく。「うーん、いいかも」

「穴があいてるところに穴をあけるとか、わたしにはわけわかんない」とピップ。

「またまた出ました、ピップの名言」カーラは宙に書きとめるジェスチャーをした。「まえに大笑いした名言があったよね。あれ、なんだっけ？」

「ソーセージのやつね」ピップはため息をついた。

「そうだ、それそれ」カーラが勢いこんで言う。「聞いてよ、ロズ。わたしがどのパジャマにするか訊いたら、ピップったらしれっと〝わたしにはソーセージ〟って言ったの。なんでそんなへんな答えが返ってくるのか、さっぱりわからなかった」

「へんな答えじゃないよ」とピップ。「最初の父親の両親、つまりわたしの祖父母はドイツ人なの。〝わたしにはソーセージ〟というのはドイツ人が毎日のように使ってる言いまわしで、〝わたしにはどうでもいい〟という意味」

「ピップはソーセージが大好きなんだね」ローレンが笑う。

「さすが、ポルノスターの娘は言うことがちがうね」ピップが皮肉で返す。

「ちょっとやめてくれる？　パパは八〇年代に一度だけ、ヌード撮影会のモデルになっただけなんだから」

「そういえば、この十年間にあらわれては消えていった男たちのことだけど」カーラはピップの肩をつついた。「ラヴィ・シンにはもう会いにいったの？」

「こじつけ気味の展開だなあ。行ったよ。でももう一度、明日行く。インタビューしに」

「ちょっと、信じらんない。もうEPQをはじめてるなんて」ローレンは死に瀕した白鳥をまねてベッドに倒れこんだ。「わたしなんて、はじめるまえから題材を変更したいくらいなのに。アイデアがまるで浮かばなくて、やる気ゼロ」

カーラはピップをまっすぐに見た。「ピップは近々ナオミにインタビューしたいんだよね」

「来週、ボイスレコーダーのアプリを入れたスマートフォンと鉛筆を持って訪ねていくって言っといてくれる?」

「わかった」カーラはいったん了解してからためらいがちに言った。「もちろんナオミはいいって言うと思うけど、お手やわらかにね。いまでもときどき動揺しているみたいだから。ほら、サルはナオミの親友のひとりだったわけだし。それどころか、おそらくいちばんの親友だったらしいから」

「了解」ピップは笑った。「わたしがなにをするつもりだと思ってる? さあ、答えろってナオミに迫って殴るとでも?」

「明日ラヴィにそうするの?」

「たぶんしないと思う」

いきなりローレンが洟をすすりながらがばっと身を起こしたので、カーラはびくっと身体を震わせた。

「シンの家へ行くの?」とローレンが訊く。

「うん」

「そう。でも……ピップがラヴィ・シンの家へ入っていくのを見たら、みんななんて思うかな」

「わたしにはソーセージ」

ピッパ・フィッツ＝アモービ
EPQ　二〇一七年八月三日

作業記録――エントリー3

わたしは先入観を持っている。持っていて当然だろう。エントリー1と2のふたつの作業記録を読むたびに、法廷での闘いを想像せずにはいられなくなる。わたしは自信満々の被告側弁護人で、異議ありと立ちあがり、訴追側がわたしの仕掛けた罠にはまるとノートをぱらぱらめくりながらサルにウインクし、裁判官の席へ駆け寄って椅子をバシンと叩き「裁判長、彼はやっていません！」と叫ぶ。

どう説明すればいいかわからないけれど、わたしはサル・シンが無実であってほしいと願っている。ぼんやりとした理由を十二歳のときから持ちつづけ、過去五年間、さまざまな矛盾点に頭を悩ませている。

サルは無実だと考える理由をはっきりさせるべきだろう。それには、サルの有罪を確信している人物にインタビューするのがいいのでは、と思いついた。タウン紙〈キルトン・メール〉の記者、スタンリー・フォーブスは、今日ならいつでも電話をしてかまわないとメールで返信してきた。彼はタウン紙に多くのアンディ・ベル事件の記事を載せ、死因審問も傍聴した。率直なところ、無礼千万な記者で、サルが存命なら何度でも名誉棄損で訴えるべきレベルの卑劣な輩だ。この男とのやりとりをここに載せておく。

ああああ、ムカつく……。

〈キルトン・メール〉のスタンリー・フォーブスとのインタビュー記録

スタンリー：はい。

ピップ：こんにちは、スタンリー。わたしはメールをお送りしたピッパです。

スタンリー：ああ、わかってるよ。アンディ・ベル／サリル・シン事件についてのぼくの考えを聞きたいんだろ？

ピップ：はい、そのとおりです。

スタンリー：いいよ、はじめて。

ピップ：ありがとうございます。えーっと、はじめに、あなたはアンディの死因審問を傍聴されたんですよね？

スタンリー：ああ、したよ。

ピップ：全国紙は評決と検察庁《CPS》の発表以外は詳細を報じていません。なので、死因審問の場で警察からどんな証拠が提出されたのかをお聞かせ願えればと思っていました。

スタンリー：山ほどの証拠が提出されたよ。

ピップ：では、警察が提出した、これはという証拠をいくつか教えてもらえますか。

スタンリー：そうだなあ、アンディ事件のおもな捜査は彼女の失踪についてわかっていること、つまり時刻とか場所とか、に沿っておこなわれた。で、警察はアンディ殺害とサリルを結びつける証拠をつかんだわけだ。具体的には、アンディの車のトランクから血痕を発見した。警察によると、アンディはどこかで殺害されたあと、トランクに詰めこまれて遺棄された場所まで運ばれたと推測される、とのことだった。検視官は締めくくりに〝アンディは性的な動機の殺人事件の被害者となり、彼女の遺体を遺棄するには相当の努力がなされたことと思われる〟といった内容を話していた。

ピップ：リチャード・ホーキンス警部補かほかの刑事が、事件当夜の出来事を時間を追って説明し、サルがどうやってアンディを殺したかについて警察の推理を提示したんですか？

スタンリー：ああ、警察がこんなふうに言っていたのを覚えている。アンディは車で家を出て、サリルが徒歩で帰宅するどこかの時点でアンディをとめた。そしてサリルかアンディかどちらが運転したにしろ、サリルがアンディを人目につかない場所へ連れていって殺害した。サリルは遺体をトランクに詰めこみ、どこかへ車を走らせて遺体を隠すか遺棄した。遺体は五年たっても発見されていないんだから、かなり大きな穴に埋められているにちがいない。遺棄したあと、サリルは車をのちに発見された場所、ロマー・クロースだったかな、に乗り捨て、歩いて家に帰った。
ピップ：つまり、トランクのなかに血痕があったから、アンディはどこかで殺されたあと、べつの場所に隠されたと警察は考えているんですね？
スタンリー：そうだ。
ピップ：わかりました。ところで、この事件についての多くの記事のなかで、あなたはサルを〝殺人者〟とか〝人殺し〟とか〝モンスター〟とまで呼んでいます。有罪判決は下されていないわけですから、この事件の記事を載せるときには〝と思われる〟といった推量の形で書くべきだとおわかりになっているはずですよね。
スタンリー：仕事について子どもに指南される謂《いわ》れはないね。とにかく、サリルが犯人で、みんなもそう思っていることは明白だ。サリルがアンディを殺し、罪悪感からサリルは自殺した。
ピップ：わかりました。それで、あなたがサルを有罪だと断定する理由はなんですか？
スタンリー：多すぎていちいち列挙できないよ。証拠はべつにして、サリルはボーイフレンドだったわけだろう？　犯人はいつだってボーイフレンドか元ボーイフレンドだ。それと、サリルはインド人だからだ。

ピップ：えっと……サルはイギリスで生まれ育っています。だから、あなたがすべての記事でサルをインド人と呼んでいるのはどうかと思うんですけど。

スタンリー：まあ、同じことだ。彼にはインド人の血が流れていたんだから。

ピップ：インド人だからどうだというんですか？

スタンリー：ぼくは専門家とかそういうんじゃないが、インド人の生活様式はぼくらのとはちがうだろう？　女性の扱い方だってぼくらと同じじゃない。男性は女性を所有物のようにみなしている。だからぼくはこう推測する。おそらくアンディはサリルに愛想をつかし、別れると決めた。サリルは別れたがるアンディに腹を立てて、殺した。サリルはアンディを所有物とみなしていたからだ。

ピップ：えっと……失礼ですけど……率直に言って、あなたが名誉棄損で訴えられたことがないなんて驚きですね。

スタンリー：それは、ぼくが言っていることが真実だとみんなが思っているからだよ。

ピップ：わたしはそうは思いません。裁判もおこなわれず、有罪判決だって出ていないのに、〝もしかしたら〟とか〝思われる〟といった言葉も使わずに誰かを殺人犯呼ばわりするなんて無責任です。サルを〝モンスター〟と呼ぶことも。言葉遣いといえば、最近あなたが書いた〝スラウの絞殺魔〟についての記事と比較するとたいへん興味深いです。彼は五人を殺害し、法廷で有罪答弁をしました。なのにあなたは見出しに彼のことを〝恋に悩む若者〟と書いています。彼が白人だからですか？

スタンリー：それはサリルの事件とはなんの関係もない。実際にそうだからそのとおりに書いただけだ。きみは頭を冷やしたほうがよさそうだな。サリルは死んだ。彼を殺人者と呼んでなにが悪い？　そう呼ばれたところで、サリルは傷つかない。

ピップ：彼の家族はまだ生きているんですよ。

スタンリー：なんだかサリルが無実だと考えているように聞こえるなあ。経験豊富な警察官たちの専門的な意見に反して。

ピップ：サルを犯人と考えると、説明がつかない点や矛盾が出てくると思っているだけです。

スタンリー：まあ、あの青年が逮捕されるまえにみずから命を絶っていなければ、すべてに説明がついたはずだけどね。

ピップ：いずれにしろ、サルが犯人と決めつけるのは思慮が浅すぎます。

スタンリー：いずれにしろ、かわいいブロンドのガールフレンドを殺して、遺体をどこかに隠すなんて、思慮が浅すぎるね。

ピップ：それは憶測にすぎません！

スタンリー：あの青年が人殺しだという証拠をもっとほしいかい？　新聞に載せることは許可されなかったが、警察のなかのぼくの情報源によると、学校のアンディのロッカーから殺害をほのめかす脅迫状が発見されたらしい。サリルはアンディを脅し、そのあとで脅しを実行に移した。それを知ってもまだきみはサリルが無実だと思うか？

ピップ：もちろん無実だと思います。それと、あなたは人種差別主義者で、不寛容で、ばかたれで、心のない寄生虫みたいなやつで――

（スタンリーが電話を切る）

そういうわけで、わたしはスタンリーとは親友になれないと思う。

しかし、スタンリーとのインタビューでいままで知らなかった情報をふたつ得ることができた。ひとつめは、アンディはどこかで殺されたあと、自分の車のトランクに詰めこまれて死体遺棄現場となった第二の場所に運ばれたと警察が考えていること。

情報通の愛すべきスタンリーがくれたふたつめの情報は〝脅迫状〟の存在。新聞記事や警察の公式発表では言及されたことはない。それにはなんらかの理由があるにちがいない。警察は事件とは無関係だと考えたのかもしれないし、脅迫状とサルとのつながりを証明できなかったのかもしれない。あるいはスタンリーのつくり話か。いずれにしろ、のちに予定しているアンディの友人たちへのインタビューの際に頭に入れておこう。

さて、アンディ失踪当夜についての警察の仮説を知ったところで、訴追側になったつもりで事件について考えてみようと思う。〝殺人地図《マーダー・マップ》〟をつくれば役に立つだろう。

夕食のあとで。もうすぐママに呼ばれるから。三……二……はーい、いま行く。

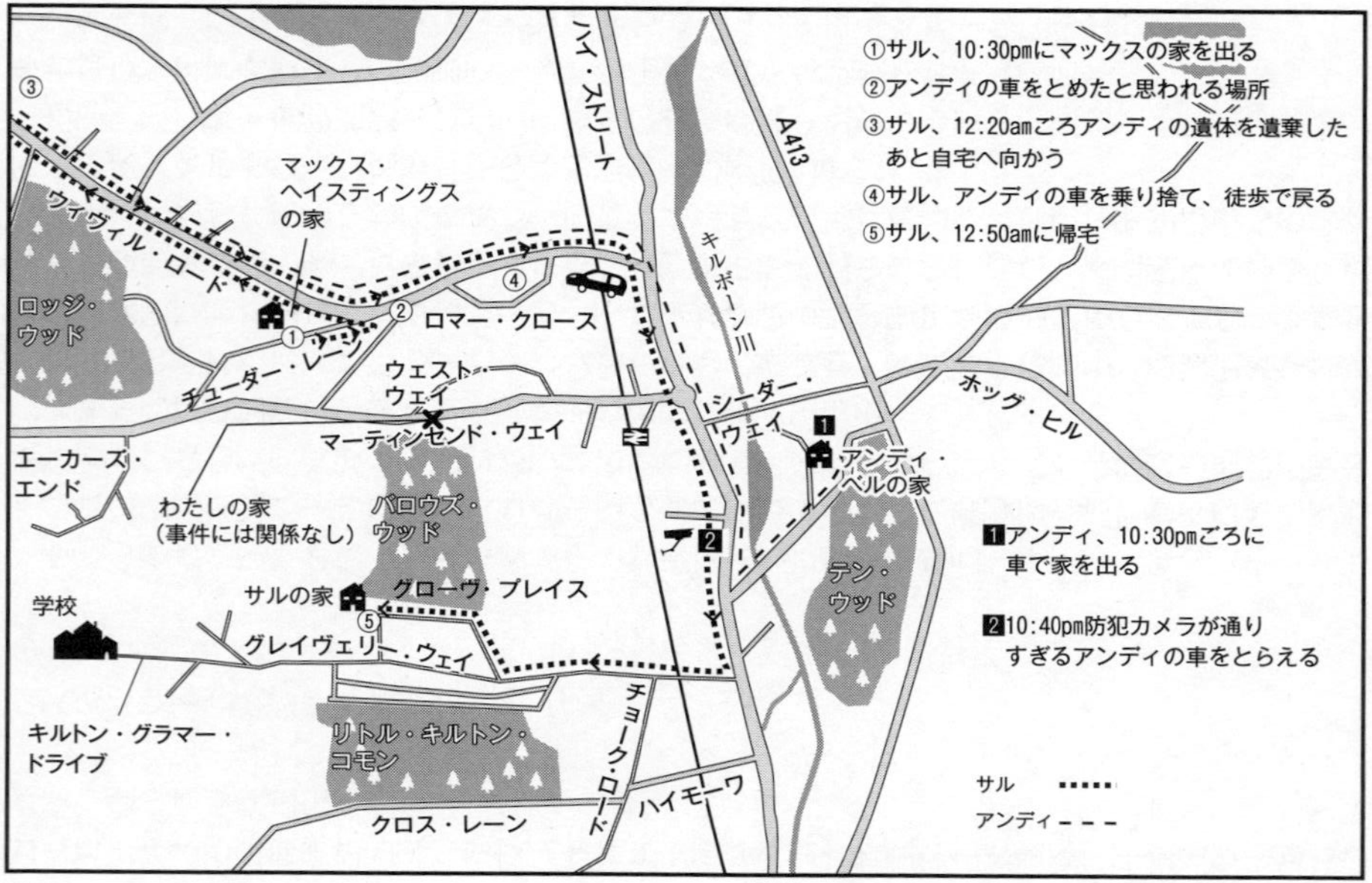
①サル、10:30pmにマックスの家を出る
②アンディの車をとめたと思われる場所
③サル、12:20amごろアンディの遺体を遺棄したあと自宅へ向かう
④サル、アンディの車を乗り捨て、徒歩で戻る
⑤サル、12:50amに帰宅
1アンディ、10:30pmごろに車で家を出る
2 10:40pm防犯カメラが通りすぎるアンディの車をとらえる
サル
アンディ
マックス・ヘイスティングスの家
ウィヴィル・ロード
ロッジ・ウッド
チューダー・レーン
ロマー・クロース
ウェスト・ウェイ
マーティンセンド・ウエイ
ハイ・ストリート
キルボーン川
A413
シーダー・ウェイ
アンディ・ベルの家
ホッグ・ヒル
テン・ウッド
エーカーズ・エンド
わたしの家
（事件には関係なし）
バロウズ・ウッド
サルの家
グローヴ・プレイス
学校
グレイヴェリー・ウェイ
キルトン・グラマー・ドライブ
リトル・キルトン・コモン
チョーク・ロード
ハイモーワ
クロス・レーン

なかなかの仕上がり。警察が立てた仮説をたどるのにも役立ちそう。地図を描く際にはふたつの仮定条件を設定する必要があった。ひとつめ。マックスの家からサルの家まで歩くにはいくつかのルートがあり、サルはハイ・ストリートを通って自宅へ向かったと仮定した。理由はグーグルによるとそれがいちばん早いルートらしいし、たいていの人は夜間はばっちり街灯がついている道を歩きたがるだろうから。

そしてもうひとつ、ウィヴィル・ロードのひとつの地点を選んで、そこをアンディがとめた車にサルが乗りこんだ場所と仮定した。刑事になったつもりで考えてみる。ウィヴィル・ロードには人もまばらないくつかの路地と農家が一軒ある。そういう静かで人目につかない奥まった場所は殺人事件の現場になりうる（警察小説にもそう書かれている）。

アンディの遺体がどこに遺棄されたかについては、範囲が広すぎてまったく見当がつかないからあえて推測しなかった。車が乗り捨てられていたロマー・クロースからサルの家があるグローヴ・プレイスまでは徒歩で約十八分かかることを考慮すると、サルは午前零時二十分ごろにはウィヴィル・ロード周辺に戻ってきたと考えられる。つまり午後十時四十五分ごろにサルがアンディの車をとめたならば、サルにはアンディを殺して遺体を隠すまで一時間三十五分あったことになる。時間の面からは完璧に説明がつく。犯行は可能だ。しかしもうすでに十以上の〝なぜ〟〝どのようにして〟という疑問が頭のなかに湧いてきている。

アンディとサルはふたりとも午後十時三十分前後にそれぞれがいた場所をあとにしているのだから、ふたりは待ちあわせていたにちがいない、よね？　連絡をとりあわず、もともと計画してもいないとしたら、道でばったり出くわすのはあまりにも偶然すぎる気がする。問題は、アンディとサルが待ちあわせていたことを示す電話やテキストメッセージについて、警察がひと言も言及していないことだ。たとえば学校で顔をあわせてふたりで落ちあう計画を立てていたとしたら、やりとりの記録は残らないかもしれない。それでも疑問は残る。アンディがマックスの家でサルを拾うという計画をどうして立てなかったのだろうか。わたしには奇妙に思える。

なんだか思考があっちに行ったりこっちに行ったりしている。もう午前二時になるのに夜食にはチョコレートのトブラローネを半分食べただけ。だからかな。

4

頭のなかを歌が流れている。暗めのビートが刻まれるたびに手首と首の皮膚がざわつき、パチパチしたノイズが聞こえてきて咳払いで払いのけずにはいられなくなる。次の瞬間、どんなにがんばっても息ができないことに気づき、呆然とする。

ピップは玄関ドアの前に立ち、それが開くのを待っていた。ドアに見つめられていると、一秒が過ぎるごとに時は濃密さを増していき、一分が過ぎるごとにこのまま永遠に待ちつづけなければならないのかという気がしてくる。ノックをしてからどれくらいたっただろうか。もう待ちきれないと思い、つくりたてのマフィン入りのすっかり汗をかいたタッパーウェアを腋《わき》の下から抜きだし、玄関ドアに背を向けて歩き去ろうとした。〝本日、訪問者はお断り〟の幽霊屋敷。胸に失望感が広がる。

二、三歩、進んだところで、金属がカチッと鳴ってこすれあう音が聞こえ、振りかえってみるとラヴィ・シンが玄関口に立っていた。髪はぼさぼさで、困惑しているのか、顔がこわばっている。

「こんにちは」ピップは自分のものとは思えないうわずった声で言った。「ごめんなさい、たしか金曜日にもう一度来るように言われた気がして。今日は金曜日だから、来てみたの」

「そうか。そう言ったね」ラヴィはこっちの足首のあたりを見ながらしきりに頭を掻いた。

「でも……その……てっきりからかわれているんだと思ってた。悪ふざけだと。きみがまた来るなんて思いもしなかった」

「驚いちゃうよね、そう思っていたなら」ピップは落胆が表情に出ないよう、顔を引きしめた。

「悪ふざけじゃないよ。わたし、真剣だから」

「そうだね、真剣そうに見えるよ」ラヴィは頭の後ろがよほどかゆいにちがいない。もしくはラヴィ・シンのかゆくてたまらない頭はこちらの役にも立たない雑学集に匹敵するのかもしれない。緊張したときや追いつめられたときに鎧《よろい》となり盾となるものなのかも。

「わたしはまったくもって真剣」ピップは笑い、タッパーウェアをさしだした。「マフィンを焼いてきたの」

「口を割らせるための賄賂《わいろ》マフィン？」

「レシピにはそう書いてあった。効き目抜群だって」

ラヴィの口の端が少しだけあがるが、笑顔とまでは呼べない。ピップはそのときはじめて、死んだ兄の面影があるラヴィ・シンがこの町で生きていく過酷さに思い至った。笑うことがラヴィにとってひと苦労なのは間違いない。

ピップは下唇をちょっとだけ突きだし、両目を思いっきり見開く〝お願い〟の顔をつくって「なかに入れてくれる？」と言った。まあ、父親からは便秘で困っているようにしか見えないと言われているけれど。

じりじりするほどの長い間をおいてラヴィが言った。「いいよ、わかった。でもその顔をやめてくれれば、だけどね」どうぞと言うかわりに一歩後ろにさがる。

「ありがと、ありがとベリーマッチ」ピップは早口で言い、勢いこむあまり玄関口でつまずいた。

眉を吊りあげながらラヴィはドアを閉め、お茶でもどうかと訊いてきた。

「いただきます」ピップは内心びくびくし、できるだけ相手との距離をあけようとした。「なんにも入れないで」

「なんにも入れないお茶を飲む人間は信用できない」ラヴィはついてくるようにと手招きし、キッチンへ入っていった。

キッチンは広く、まばゆいばかりに明るかった。一面ガラスの引き戸が取り付けられ、開かれたガラス戸の先には庭が広がっている。おとぎ話に出てくるお屋敷みたいに外壁には夏の日を浴びたツタがからみついている。

「じゃあ、あなたはどういうふうにお茶を飲むの？」ピップはダイニング用の椅子にリュックサックを置いて訊いた。

「ミルクをたっぷりと、砂糖を三杯」沸騰《ふっとう》してシューシュー鳴るやかんの音に負けじとばかりにラヴィが答えた。

「砂糖三杯？　三杯も？」

「甘党なんでね。ぼく自身は人に甘くはないけど」

ピップはラヴィがお茶の用意をするのを見ていた。やかんのシューシュー音のおかげでふたりのあいだの沈黙はさほど気にならない。ラヴィはほとんどからっぽの広口瓶からティーバッグを取りだしたあと、爪で瓶をはじきながらカップにお湯を注ぎ、砂糖とミルクを入れた。ピリピリした空気に感化され、爪が瓶をはじく音にあわせてこっちの鼓動が速くなる。

ラヴィがマグカップをふたつ運んできて、ひとつをさしだした。焼けつくほど熱いはずの底を持っていてくれたので、ピップは持ち手をつかむことができた。ラヴィのマグカップには笑顔のイラストが描かれていて、吹き出しで囲まれたセリフがついている。〝歯医者に行くのはいつがいちばんいい？　二時三十分《トゥース・ハーティー》〟

「ご両親はご在宅？」マグカップをテーブルに置いてピップは訊いた。

「いないよ」ラヴィがお茶をひと口飲む。その姿を見てピップは思った。ずずっと音を立ててお茶を飲む人でなくてよかった。「両親がいたら、きみはここにはいられない。ぼくらはサルのことはなるべく話さないようにしている。母が動揺するから。ほんとのところ、家族全員が動揺する」

「想像すらできない」ピップは小さな声で言った。五年が過ぎようがまったく関係ない。事件はこの人にとってはいまだに生々しい――彼の顔にそう書いてある。

「サルが死んだというだけの話じゃない。ぼくらは……彼を悼《いた》むことさえ許されていないんだ。あの事件のせいで。〝兄が恋しい〟と言ったとたんに、ぼくはモンスターになってしまう」

「そうは思わないけど」

「ぼくだって思わないさ。でもきみもぼくもここでは少数派なんだと思うよ」

ピップは沈黙をうめるべくお茶をひと口飲んだが、あまりにも熱すぎて目がちくちくして潤《うる》んだ。

「もう泣いてるのかい。まだ悲しい部分まで行き着いていないんだけど」ラヴィの眉が右のほうだけあがった。

「お茶が熱くて」ピップは息をとめた。どうやら舌を火傷《やけど》したようだ。

「一、ジフィのあいだ冷やしてみたらどうかな。百分の一秒のあいだ」

「やだ、覚えてたんだ」

「あんな自己紹介をされて、どうしたら忘れられるんだよ。ところで、ぼくになにを訊きたいんだい」

ピップは膝の上に置いた携帯電話を見た。「えっと、会話を録音してもいい？　そうすればあとで正確に文字に起こせるから」

「金曜の夜のゲーム大会みたいだな」

「あなたがかまわなければ録音させてもらう」ピップはメタリックイエローのリュックサックのジッパーをあけ、メモの束を取りだした。

「それ、なに？」ラヴィが指さす。

「あらかじめ質問を書きだしておいたの」ピップはメモの中身をざっと見てからひとつにまとめた。

「すごいな。きみ、ほんとにこの件に夢中なんだね」ラヴィはからかうべきかあやしむべきか決めかねるといった表情でこっちを見た。

「そのとおり」

「ぼくは緊張すべきなのかな」

「いまはまだいいよ」ピップは最後にラヴィを見つめてから、赤い録音ボタンを押した。

ピップ・フィッツ＝アモービ

ＥＰＱ　二〇一七年八月四日

作業記録――エントリー４

ラヴィ・シンとのインタビュー記録

ピップ：さて、あなたはおいくつですか。

ラヴィ：なんで？

ピップ：すべての事実をはっきりさせておきたいの。

ラヴィ：わかったよ、部長刑事。二十歳になったばかりだ。

ピップ：（笑）（メモ：ああ、いやだ。録音したわたしの笑い方って悪党っぽい。もう二度と笑わないこと！）サルはあなたより三歳年上ですよね？

ラヴィ：うん。

ピップ：二〇一二年四月二十日金曜日、お兄さんのようすにいつもとちがったところはありましたか？

ラヴィ：ワオ、直球できたね。そうだな、そういうのはまったくなかった。ぼくらは七時ごろに早めの夕食をとって、そのあとで父がサルをマックスの家まで送っていった。サルはいつもと同じようにしゃべっていたよ。兄が秘密裡に殺人の計画を立てていたとしても、ぼくたち家族にはまったく見抜けなかった。兄は……陽気だった。うん、これって的確な表現だと思う。

ピップ：マックスの家から帰ってきたときはどうでしたか。

ラヴィ：ぼくはもうベッドに入っていた。でも次の日の朝、サルがほんとに機嫌がよかったのは覚えている。いつでも朝は機嫌がよかったけどね。兄は起床したあとで家族みんなに朝食をつくってくれた。しばらくしてアンディの友人のひとりから電話がかかってくるまではそんな調子だったよ。その電話で、ぼくらはアンディが行方不明になっているのを知った。それ以降、陽気さはすっかり消えて、サルはずっとアンディのことを案じていた。

ピップ：ということは、アンディの両親も警察も、金曜の晩はサルに電話をかけてこなかったんですね。

ラヴィ：さあ、どうだろう。アンディの両親はサルのことはよく知らなかったんじゃないかな。サルはアンディの両親とは一度も会ったことがなかったし、家へも行ったことはなかった。いつもアンディがうちへ来るか、ふたりで学校でぶらついたり、パーティーに参加していた。

ピップ：ふたりはどれくらいつきあっていたんですか。

ラヴィ：前年のクリスマスまえからだったから、四カ月くらいかな。アンディが行方不明になった夜、彼女の親友のひとりから午前二時ごろに二回、電話がかかってきたけど、兄は応答しなかった。携帯電話はマナーモードになっていて、眠っているあいだは気がつかなかったんだ。

ピップ：それで、翌日の土曜日はどうだったんですか。

ラヴィ：アンディが行方不明になったと知ってから、サルは文字どおり電話にかかりっきりで、数分ごとにアンディに電話をかけていた。何度かけてもボイスメールにつながるだけだったけど、アンディが応答するとしたら、それは自分がかけた電話だとサルは信じていた。

ピップ：待って。じゃあ、サルはアンディの携帯に電話しつづけていたの？

ラヴィ：そう。百万回くらい。週末から月曜にかけて、ずっと。

ピップ：自分が殺したんだから電話は絶対につながらないとわかっている場合、ふつうはそういうことはしないよね。

ラヴィ：サルがアンディの電話を自分の部屋かどこかに隠していたとしたら、とくに。

ピップ：いい点を衝《つ》いてるね。それで、その日はあとはなにがあったの？

ラヴィ：両親は兄にアンディの家へは行かないほうがいいと言っていた。警察が捜索活動で忙しくしているだろうからと。それでサルは家にいて、アンディに電話をかけつづけていた。アンディの居場所に心あたりはないのかと訊くと、兄は途方に暮れた。そのとき、いまでも忘れられないことを言ったんだ。アンディがとった行動はすべて、入念に計画されたもので、たぶん彼女は誰かを罰するために意図的にどこかへ逃げたのだろうと。週末が終わるころには、アンディはわざと姿を消したと兄は思っているみたいだった。

ピップ：アンディが罰したがっていた人って誰なんだろう。サル？

ラヴィ：わからない。当時は詳しくは訊かなかった。ぼくはアンディをよく知らなかったし。うちには数えるほどしか来たことがない。サルが言っていた〝誰か〟とはアンディの父親を指しているとぼくは思った。

ピップ：ジェイソン・ベル？　どうして？

ラヴィ：アンディがうちに来たとき、父親との仲について話しているのを漏れ聞いてしまったんだ。どうやら父親とは折り合いが悪かったらしい。具体的にはなにを言っていたか、残念ながらよく覚えていない。

（よかった、ラヴィは〝太平洋的《パシフイカリー》〟じゃなく、ちゃんと〝具体的《スペシフイカリー》〟って言った）

ピップ：わたしたちが求めているのは具体的なことだよね。それで、警察はいつサルに連絡を入れてきたの？

ラヴィ：土曜日の午後。電話を寄こして、話を聞きにいってもいいかと言ってきた。来たのは三時か四時ごろだったかな。ぼくと両親はキッチンに引っこんで、サルと警察だけで話ができるようにした。だから会話の内容は聞いていないんだ。

ピップ：サルは警察になにを訊かれたか、あなたに話した？

ラヴィ：少しだけ。警察が会話を録音したことにサルはちょっと怯《おび》えていて――

ピップ：警察が会話を録音？　それってふつうなの？

ラヴィ：わからない。部長刑事、きみならわかるんじゃないの。警察はそれが決まりだと言って、サルに質問しはじめた。アンディの失踪当夜はどこにいたかとか、誰といっしょにいたかとか。アンディとの関係も訊かれたと言っていた。

ピップ：それで、ふたりの関係はどんなだったの？

ラヴィ：兄弟同士ではそういうことはあまり話さないもんだよ。でも、そうだな、サルはアンディに夢中だった。というか、学年のなかでいちばん人気があってかわいい女の子とつきあえて、すごくよろこんでいたようだった。一方のアンディは、いつも突飛なことをして人をびっくりさせようとしているみたいだった。

ピップ：具体的には？

ラヴィ：ちょっと思いつかない。とにかく、そういうことが好きな女の子だったと思う。

ピップ：ご両親はアンディを気に入っていた？

ラヴィ：うん、ふたりともアンディのことが好きだった。気に食わないと思わせる態度や発言はなかったしね。

ピップ：サルが警察の事情聴取を受けたあとはなにが起きたの？

ラヴィ：えーっと、晩に友人たちが兄の身を案じて訪ねてきた。

ピップ：そのときにサルが友人たちに頼んだのね、警察に嘘をついてアリバイづくりに協力してくれと。

ラヴィ：そうだと思う。
ピップ：なんでサルはそんなことをしたんだと思う？
ラヴィ：うーん、わからないな。警察から事情を訊かれて動揺していたのかもしれない。それとも、容疑者にされるのを恐れて、アリバイをつくろうとしたのか。見当もつかないよ。
ピップ：サルは無実だと仮定して、マックスの家を出た十時三十分から帰宅した零時五十分のあいだ、彼はどこにいたんだと思う？
ラヴィ：考えたこともない。サルからは零時十五分ごろにマックスの家を出て、徒歩で家に向かったという話を聞いていたから。たぶんひとりでどこかにいたんじゃないかな。真実を話したらアリバイがないことになるとわかっていた。それってかなりまずいだろ？
ピップ：そうだけど、警察に嘘をついて、友人たちに口裏をあわせてくれと頼むのもかなりまずいと思う。でもだからといって、サルがアンディの死に関与したという決定的な証拠にはならない。それで、日曜日にはなにがあったの？

ラヴィ：日曜日の午後、サルとぼくとサルの友人たちで、行方不明者捜索のポスター貼りを手伝い、町の人たちに渡してまわった。月曜日は、学校でのサルがどうしていたのかぼくはよく知らないけど、本人にとってはつらかったと思う。まわりのみんながアンディの失踪の件ばかりしゃべっているわけだから。

ピップ：わたしも覚えてる。

ラヴィ：警察もアンディの捜索にかかりきりだった。警察官がアンディのロッカーのなかをくまなく調べているのをぼくも見た。その日の晩はサルは沈んでいた。口には出さないけれど心配でしかたないようだった。きみにも想像がつくだろう。ガールフレンドが行方不明になったんだから。それから翌日――

ピップ：翌日のことは、話したくなかったら話さなくてもいいよ。

ラヴィ：（少しの間）だいじょうぶ。ぼくらはいっしょに学校へ行き、ぼくは事務室に行く用事があって、駐車場で兄と別れた。サルは少し外の空気を吸いたいと言っていた。サルと会ったのはそれが最後だ。ぼくは〝じゃあ、またあとで〟と言っただけだった。学校に警察が来ているのはわかっていた。サルの友人たちから事情を聴いているという噂だったから。その後、二時をまわるまえだと思うけど、母が電話をかけてきていたことに気づき、ぼくは家に戻った。警察がサルと話をしたがっているとのことで、両親はサルを見かけたかと訊いてきた。警官たちはサルの部屋を捜索しているようだった。サルに電話をかけてみても、呼び出し音が鳴るだけだった。父はサルから受けとったというテキストメッセージを見せてくれた。両親がサルからなんらかの連絡を受けたのはそれが最後だった。

ピップ：なにが書いてあったか覚えてる？

ラヴィ：ああ、覚えているよ。〝ぼくだ。ぼくがやった。すみません〟と書いてあった。（少しの間）その晩遅くに、警察がふたたびやってきた。両親は玄関で警察に応対し、ぼくはやりとりをキッチンで聞いていた。森で遺体が発見されたという話を耳にしたとき、彼らはアンディのことを話しているのだと思った。

ピップ：無神経な人間だと思われたくはないけれど、たしか睡眠薬が……

ラヴィ：そう、父の睡眠薬だった。父は不眠症で、フェノバルビタールを服んでいた。兄の死後、父さんは自分を責めた。それ以来、睡眠薬は服んでいない。よく眠れてはいないみたいだけど。

ピップ：サルは自殺するような人だった？　そう思ったことある？

ラヴィ：一度もないよ。サルは文字どおり楽天家だった。いつも笑っていたし、まわりを笑わせていた。陳腐な言い方だけど、サルが部屋に入ってくるとパッと明るくなる、兄はそういう人間だった。なにをやってもいちばんだった。両親の期待を一身に背負う、超優秀な生徒だった。いまじゃ両親に残されたのはぼくだけだ。

ピップ：申しわけないけど、ここで核心を衝く質問をさせてもらうね。あなたはサルがアンディを殺したと思う？

ラヴィ：ぼくは……いや、ぼくはそうは思っていない。そんなこと考えられないよ。筋が通らない。サルは地球上でいちばん善良な人間だった。ぼくがどんなにひどいことをやらかそうと、けっして腹を立てたりはしなかった。カッとなって人を殴るたぐいの人間じゃなかった。こんな兄貴がいればいいと誰もが思うような兄だったし、弟が困っているときはいつでも助けにきてくれた。知るかぎりで最高の人物だった。だから、サルは絶対に人を殺してなんかいない。警察はサルがやったと確信しているようだし、証拠も……サルにとってはかなり不利だ。それでも、兄が人を殺すような人間だとはとうてい考えられない。

ピップ：わかりました。これでいまの時点で訊きたいことはぜんぶ訊きました。

ラヴィ：（すわりなおして、長いため息をつく）で、ピッパ――

ピップ：ピップって呼んで。

ラヴィ：じゃあ、ピップ。これは学校の自由研究だと言っていたよね。

ピップ：そうよ。

ラヴィ：ちょっと訊くけど、なぜ？　どうしてきみはこの事件を題材に選んだんだい。どうやらきみもサルが犯人だとは思っていないようだけど、なぜそれを証明したいなんて思った？　きみにとってこの事件はどういうもの？　この町には、サルはモンスターなんかじゃなかったと考えてる人間はほかにいない。みんながみんな、兄を殺人者とみなして、それでよしとしている。

ピップ：わたしの親友のカーラは、ナオミ・ワードの妹なの。

ラヴィ：ああ、ナオミか。彼女はいつでもぼくにやさしくしてくれた。わが家を訪ねてきては、子犬みたいにサルのあとをくっついてまわっていた。あのようすからすると、完全にサルに恋していたと思う。

ピップ：えっ、それほんと？

ラヴィ：ぼくはいつもそう思っていた。サルがなにか言うと、おもしろくないことでもかならず笑っていた。サルも同じ気持ちだったかというと、あやしいけどね。

ピップ：ふーん。

ラヴィ：ということは、きみはナオミのためにこの課題に取り組んでいるの？　理由をまだ聞かせてもらってないよ。

ピップ：ううん、ナオミのためじゃない。簡単に言うと……わたし、サルを知ってたの。

ラヴィ：サルを知ってた？

ピップ：うん。ワード家に行くと、サルもよく遊びにきてた。一度、十五分くらいの短編映画をいっしょに観ないかと誘ってくれた。カーラとわたしが十二歳だったときに。映画はコメディで、自分がものすごく笑ったことをいまでも覚えてる。お腹が痛くなるまで笑った。内容はよくわからなかったけど、サルの笑いが伝染しちゃって。

ラヴィ：〝あっはっは〟と〝ぐっくっく〟がずっとつづく、あれか。

ピップ：そう。それと、十歳のとき、わたしにとって最初のお下品な言葉を偶然サルから教わった。〝クソ〟ってやつ。べつのときには、パンケーキのひっくり返し方を教えてもらった。わたし、へたくそなくせに意地っ張りで、ほかの人にやってもらうのが我慢ならなくて。

ラヴィ：サルは教えるのもじょうずだった。

ピップ：学校での初年度に、父親がナイジェリア人だからといって男の子ふたりにいじめられた。それを目にしたサルは近くまで来て、とても穏やかに〝いじめを理由に学校を退学になったら、となりのグラマースクールはここから三十分かかるよ。それも入学できたらの話だけどね。退学処分を受けたあとにまったく新しい学校へ通いはじめる苦労を、ちょっとは考えたほうがいい〟って言ったの。それからはその子たちにいじめられることはなかった。いじめっこを追っぱらったあと、サルはわたしのとなりにすわって、これで元気を出しなってキットカットをくれた。それ以来、サルは……。なんでもない。

ラヴィ：なんだよ、言いなよ。インタビューを受けてあげたじゃないか――きみの賄賂マフィンがチーズっぽい味がするのも我慢して。

ピップ：それ以来、サルはわたしのヒーローだった。だから、彼がやったなんて絶対に信じない。

ピッパ・フィッツ＝アモービ
EPQ　二〇一七年八月八日

作業記録――エントリー5

この件についてリサーチするのに二時間かかった。でもこれで情報自由法《FOIA》に基づき、サルに対する事情聴取の記録のコピーを入手したいという要望書をテムズバレー警察に送れそうだ。ＦＯＩＡに基づく情報公開には義務を免除される場合がある。たとえば、要望を受けた情報が現在捜査中の事件に関係するものである場合とか、生存中の国民の個人情報を漏らすことにより、データ保護法違反になる場合とか。しかしサルは亡くなっているのだから、事情聴取の記録の情報公開をさしとめる理由はないのでは？　アンディ・ベル事件の捜査についての警察の記録を入手できるかどうかも調べておこう。

もうひとつメモ。ラヴィがジェイソン・ベルについて話したことが頭から離れない。失踪直後、アンディは誰かを罰するために姿を消したとサルは考えていた。アンディと父親の仲は険悪だった。

ジェイソンとドーンのベル夫妻はアンディの死亡が宣言されたあとほどなくして離婚した（リトル・キルトンの住民のあいだでは常識となっているが、フェイスブックをざっと検索して確認した）。ジェイソンは引っ越して、いまはリトル・キルトンから十五分ほどの町に住んでいる。離婚直後から、ジェイソンは彼の年齢からするとやや若すぎるように見えるブロンド美人といっしょの写真をアップしはじめている。現在ふたりは結婚しているらしい。

ユーチューブを検索して、アンディが消息を絶ったすぐあとの記者会見の動画を何時間もかけて見てみた。まえに見たときに見逃していたことにわれながらびっくりしたけれど、ジェイソンの態度にはどこかおかしなところがいくつもある。妻のドーンがアンディの身を案じて泣きだしたとき、彼女の腕をきつすぎるくらいぎゅっと握っていたところとか、妻がしゃべりすぎると感じたのか、すっと前に出て肩でドーンを押しのけてマイクから遠ざけたところとか。アンディに呼びかけている場面では、マイクを通した声が大きすぎて割れている。「アンディ、愛している。なにも心配せずに、帰ってきてくれ」アンディの妹のベッカはジェイソンに見つめられて縮こまっている。わたしの見方は〝先入観のない刑事の視点〟とは言えないとわかっているけれど、ジェイソンの目は冷ややかで、それがとても気になる。

そのあとで重大な点に気づいた。四月二十三日月曜日の記者会見で、ジェイソン・ベルはこうしゃべっている。「ただただ、娘に帰ってきてほしい。わたしたちは心痛のあまりどうすればいいかもわからないでいる。娘の居場所を知っている方がいたら、どうか家に電話を入れて無事でいることを知らせるようあの子に伝えてほしい。アンディは家族のなかでほんとうに大きな存在だった。あの子がいないと家が静かすぎてたまらない」

そう、ジェイソンは〝だった〟と言った。過去形で。記者会見はサルの関与がとりざたされるまえにおこなわれた。この時点ではアンディは生きていると誰もが思っていた。なのにジェイソン・ベルは〝だった〟と言った。

悪意のないたんなる間違いなのか、それとも過去形を使ったのは娘がすでに死んでいることを知っていたからなのか。ジェイソン・ベルは口を滑らせたのか。

あの晩ジェイソンとドーンはディナーパーティーに出席していて、アンディがふたりを迎えにいく予定だったことはわかっている。どこかの時点でジェイソンは中座できただろうか。中座せず、ジェイソンには完璧なアリバイがあるとしても、彼がアンディ失踪に関与していないとはかぎらない。

容疑者リストをつくるとしたら、ジェイソン・ベルを第一の容疑者とするしかないだろう。


〈容疑者リスト〉
・ジェイソン・ベル

5

息苦しい感じがする。部屋の空気が淀《よど》み、少しずつ濃くなっていき、しまいには巨大なゼラチン状の塊《かたまり》を吸いこんでいるような気がしてきた。ナオミと知りあってからの長い年月のなかで、こんなふうに感じたことは一度もない。

ピップはナオミににっこりと笑いかけ、レギンスにくっついたバーニーの毛の量をネタにしたジョークを飛ばした。ナオミは色味に変化をつけた、波打つブロンドの髪を両手で梳《す》きながら力なく笑った。

いまふたりがいるのはエリオット・ワードの書斎。ピップは回転式の椅子にすわってデスクにつき、ナオミは向かいの赤褐色の革張りの椅子に腰かけている。ナオミの視線はピップではなく、壁にかかった三枚の絵に向けられている。これからもずっと思い出の品として大切にされるはずの、大きなキャンバスに描かれた色使いも鮮やかな家族の絵。ナオミの両親が秋の森を歩いている。父親のエリオットが湯気の立つマグカップからお茶を飲んでいる。幼いころのナオミとカーラがブランコに乗っている。ナオミとカーラの母は死に瀕しながらも絵を描きあげ、この世に人生最後の足跡を残した。それらの絵がワード家にとってかけがえのないものであること、いちばん幸せだった時期といちばん悲しかった時期を残された家族に思い起こさせるものであることを、ピップは知っている。書斎にはあと二枚、絵が飾られていたことも覚えている。たぶんエリオットが倉庫にしまっていて、ふたりの娘が成長して家を出ていくときに渡すつもりなのだろう。

　七年前に母親が亡くなってから、ナオミがセラピーに通っていることもピップは知っている。不安神経症をぎりぎりのところでなんとか抑えこみ、大学を卒業したことも。しかし数カ月前、ロンドンの新しい職場でパニック発作を起こし、仕事を辞めて父と妹のもとへ戻ってきた。

　ナオミの心が壊れやすいことはわかっているので、地雷を踏まないよう細心の注意を払う。ボイスレコーダーのアプリのタイマーが時を刻んでいるのが目の端に見える。

「アンディ失踪の夜にナオミたちがマックスの家でなにをしていたか教えてくれる？」ピップはできるだけ穏やかに訊いた。

　ナオミはうつむいて膝に視線を向けた。

「えーっと、飲んだり、しゃべったり、Ｘｂｏｘをやったり、とかかな。とくに盛りあがるってこともなかったと思う」

「写真も撮ったよね？　そのときの写真が何枚かフェイスブックにアップされてる」

「うん、ばかみたいな写真をね。ほんと、ただダラダラしていただけだった」

「サルの写真はないんだね」

「そうだね。たぶんサルは写真を撮りはじめるまえに帰ったんじゃないかな」

「帰るまえのサルのようすはおかしかった？」

「うーんと、そんなことはなかったと思うけど」

「サルはアンディの話をしてた？」

「少しはしてたかな」ナオミが椅子のなかで身じろぎすると、肌が革からはがれるときのバリバリッという音がした。弟のジョシュアなら〝すげえ、へんなのー〟とおもしろがるかもしれない。べつの場面ならたぶん自分も、とピップは思う。

「サルはアンディのこと、なんて言ってた？」

「そうだなあ」ナオミは少し間をおいて、親指のはがれた甘皮をむいた。「えーっと、サルは……なんだかふたりは喧嘩してるみたいだった。しばらくはアンディと話をしたくないって言ってた」

「どうして？」

「どうしてだったか覚えてないなあ。でもアンディは……彼女ってちょっと困ったちゃんだったんだよね。いつもほんの些細なことでサルに喧嘩を吹っかけていて。サルは売られた喧嘩を買ったりはせずに無視していた」

「喧嘩を吹っかけるときのネタはどんなことだった？」

「ほんと、ばかばかしいことばっかり。メッセージを送ったのにすぐ返事を寄こさなかったとか。そういうつまらないこと。サルには言ったことがなかったけれど、アンディは迷惑な子だなってわたしは思っていた。わからないけど、もしわたしが助言していたら、なにもかもちがっていたかもしれない」

うつむいたナオミの顔、なにかを語ろうとして小刻みに動いている上唇を見て、ピップは直感した。ナオミが完全に口を閉じてしまうまえに、ウサギの巣穴から言葉を引っぱりださなければ。

「サルは事前に早めに帰るつもりだと言っていたの？」

「ううん、言っていなかった」

「サルがマックスの家を出たのは何時？」

「それははっきり覚えている。十時半ごろだった」

「マックスの家を出るまえに、サルはなにか言ってた？」

ナオミは身体をもぞもぞさせてから目を閉じ、しばらくそのままでいた。よほどきつく目をつぶっているのか、デスクをはさんでいても両目が震えているのがわかった。「うん」とようやく答える。「気分が乗らないから、歩いて家へ帰って早めに寝ると言っていた」

「それで、ナオミはマックスの家を何時ごろ出たの？」

「わたしは……ミリーといっしょに誰も使っていない部屋に泊まったの。翌朝、パパが迎えにきてくれた」

「何時ごろ寝たの？」

「えーと、十二時半をまわる少しまえだったたと思う。よく覚えていないけれど」

そのときふいに書斎のドアを三度ノックする音がしたかと思うと、カーラが顔を突きだし、ドア枠のどこかに髪が引っかかったのか、甲高い声をあげた。

ピップがすかさず言う。「ちょっとお。録音してるんですけど」

「ごめん、緊急事態、二秒だけ」カーラが首だけ宙に浮かんでいる恰好のまま言う。「お姉ちゃん、ジャミー・ドッジャーズのビスケット、どこへやった？」

「知らないよ」

「わたしはこの目で、昨日パパが袋をあけてなかの小袋をぜんぶ出すのを見たんだけど。いったいどこへ行っちゃったんだろう」

「わたしは知らないよ。パパに訊いて」

「パパはまだ戻ってない」

「カーラ」ピップは眉を吊りあげた。

「わかってる、ごめん、お邪魔だよね」カーラは引っかかった髪をほどいて、ドアを閉めた。

ピップは話をもとに戻そうとして「さてと」と言った。「それで、アンディが行方不明になった件をはじめて聞いたのはいつ？」

「土曜日にサルがメッセージを送ってきたときだったと思う。たぶん、昼前ごろかな」

「アンディの居場所について、ナオミは最初はどう思った？」

「わからない」ナオミは肩をすくめた。こんなふうに肩をすくめるナオミを見たことはあっただろうかとピップは考えた。「アンディには知り合いがたくさんいた。だから、わたしたちが知らないほかの友だちとぶらついていて、見つかりたくないのかと思っていた」

ピップは心の準備のために深呼吸してからメモに目をやった。次の質問は慎重にしなくては。

「マックスの家を出た時間について警察に嘘をついてくれとサルから頼まれたときのことを教えてくれる？」

ナオミはしゃべろうとしたが、言葉が見つからないようだった。水のなかにいるような奇妙な静寂が小さな部屋を包んだ。耳に水圧さえ感じられるほどだった。

沈黙のすえにナオミが口を開いた。「えーと」ほんの少し声がかすれている。「わたしたち、土曜日の夜にサルのようすを見に訪ねていった。みんなでアンディの身になにが起きたのだろうと話しているときに、サルが言ったの、警察から事情聴取されて不安でしかたないって。自分はアンディのボーイフレンドだから、彼女の失踪に関与していると思われるかもしれない、だから、自分がマックスの家を出た時刻は、実際より少し遅く、たとえば零時十五分ごろだったと警察に話してくれないかと。そうすれば警察は自分に注目するのをやめて、アンディ捜しに集中するだろうって。そのときは筋が通っているように思えた。アンディが一刻も早く戻ってくるよう、サルは心おきなく全力で捜索に協力しようとしてるんだと」

「それで、サルは十時半から零時五十分までのあいだ、どこにいたと言ってたの？」

「うーんと、覚えていない。たぶんサルから聞いていないと思う」

「訊かなかったの？　知りたいとは思わなかった？」

「ほんとに思いだせないのよ、ピップ。ごめんね」ナオミは洟をすすった。

「ううん、いいの」ピップは最後の質問に向けて自分が前のめりになっていることに気づいた。メモをめくって椅子にすわりなおす。「警察は日曜日に電話をしてきたんだよね？　そのときはサルがマックスの家を出たのは零時十五分だと答えたんでしょ？」

「そう」

「なのに、なんでナオミたち四人は火曜日になって急に考えを変えて、サルの嘘のアリバイづくりに協力したと警察に言うことにしたの？」

「それは……四人ともよくよく考えて、嘘をついたらあとから厄介なことになると気づいたから、かな。アンディの身に起きたことにサルがかかわっているなんて、わたしたちは誰も思っていなかったし、警察に真実を話しても問題はないと考えたの」

「警察に真実を話すことについては、ほかの三人と相談した？」

「した。月曜日の夜に電話で話をして、そうすることにした」

「でもサルには言わなかったんだよね？　警察に真実を話すってことを」

「えーと」ナオミはさっと手で髪を梳いた。「言わなかった。サルを動揺させたくなかったか

「オーケー。じゃあ、最後の質問」この言葉にナオミはあきらかにほっとしたようで、顔から緊張の色が消えた。「アンディが失踪した夜、サルが彼女を殺したと思う？」

「わたしが知っていたサルが人を殺すなんてありえない。彼は誰よりもすてきな人だった。とにかく明るくて、いつも人を笑わせていた。もちろんアンディに対してもやさしすぎるくらいやさしくて、彼女にはもったいないくらいの人だった。わたしには実際になにが起きたのかも、サルがやったのかどうかもわからないけれど、彼が犯人だなんて思いたくない」

「わかった。質問は以上」ピップは笑みを浮かべて携帯電話のストップボタンを押した。「インタビューを受けてくれてありがとう、ナオミ。つらい思いをさせちゃったね」

「いいのよ」ナオミはうなずいて、革から脚を引きはがしながら立ちあがった。

「待って、もうひとつだけ。マックスとジェイクとミリーはインタビューを受けてくれるかな」

「ミリーはオーストラリアを旅行中でつかまらないと思う。ジェイクはガールフレンドとデボンに住んでいて、ついこのあいだ赤ちゃんが生まれたの。でもマックスはキルトンにいる。修士の学位をとったあと、キルトンに戻って就職活動をしている。わたしみたいにね」

「マックスはインタビューに応じてくれると思う？」

「連絡先の番号を教えてあげるから訊いてみれば？」ナオミはピップのために書斎のドアを押さえた。

キッチンではカーラが小さく切ったトーストを二枚、いっぺんに口に押しこもうとしていた。

エリオットは帰宅したばかりのようで、似合っているとは言いがたい淡い黄色のシャツを着て、調理台をせっせとふいていた。ピップとナオミがキッチンに入ってきたのに気づいて振りかえる。天井の明かりが茶色い髪にまじっている灰色の髪の毛を浮きたたせ、厚みのあるフレームの眼鏡を光らせる。
「お嬢さんたち、もう終わったのかい」そう言ってやさしげに微笑《ほほえ》んだ。「ちょうどよかった。いまお茶を淹れたところだよ」

ピッパ・フィッツ＝アモービ
EPQ　二〇一七年八月十二日

作業記録――エントリー7

ちょうどいまマックス・ヘイスティングスの家から帰ってきたところ。彼の家にいるのは妙な感じがした。事件の再現シーンのリハーサルをしているみたいだったから。五年前にナオミたちが運命の夜のようすを撮ってフェイスブックにアップしたのとまったく同じ場所にいて、この町を永遠に変えてしまった夜を再現する。マックスまで当時と同じに見える。長身で髪はやや長めのブロンド、骨ばった顔にちょっと大きすぎる口、どこか尊大な態度。マックスはわたしのことを覚えているという。それは好都合だった。

彼とのインタビューを終えて、よくわからないけれど……なんだかいまでもなにかが起きているような気がしてならない。サルの友人のひとりがあの夜について間違って記憶しているのか、それとも誰かが嘘をついているのか。でも、なぜ？

マックス・ヘイスティングスとのインタビュー記録

ピップ：じゃあ、録音しますね。で、マックス、あなたはいま二十三歳ですよね？

マックス：いいや、ちがうよ。あとひと月で二十五になる。

ピップ：そうなの？

マックス：ああ。七歳のときに白血病になって学校をずいぶん欠席したから、一年遅れているんだ。おれは白血病を克服した奇跡の子なんだよ。

ピップ：知らなかった。

マックス：あとでサインをあげよう。

ピップ：オーケー、さっそく本題に入るね。サルとアンディの関係はどんなだったか教えてくれる？

マックス：仲はよかったよ。世紀の大ロマンスってほどじゃなかったけど。でも互いに相手の容姿を気に入っていたみたいだから、まあうまくいってたんじゃないの。

ピップ：なにかもっと具体的なことを話してくれる？

マックス：具体的なことと言われてもなあ。高校生同士の恋愛ごっこなんか眼中になかったし。

ピップ：ふたりはどんなふうにつきあいはじめたの？

マックス：クリスマスのパーティーでいっしょに酒を飲んでいちゃいちゃしてたなあ。それからつきあうようになったんじゃないかな。

ピップ：それって、えっと、なんて呼ばれてるんだっけ、そうそう、災厄《カラミティ》パーティー？

マックス：それそれ、思いだしたよ、誰かの家でやるパーティーを〝カラミティ〟と呼んでたよな。カラミティのこと知ってんの？

ピップ：もちろん。いまでも生徒たちはカラミティを開いてるよ。伝統みたい。伝説のパーティーはあなたたちの代からはじまったんだよね。

マックス：なんとなんと、ガキどもはいまだに誰かの家でハチャメチャなパーティーを開いて、それをカラミティと呼んでるのか？　それはうれしいねえ。なんか神になった気分だよ。まだ次のホストをトライアスロンで決めてるのか？

ピップ：わたしは行ったことがないの。ところで、あなたはサルとつきあうまえのアンディを知っていた？

マックス：ああ、少しだけ。学校でもカラミティでも顔をあわせたからな。しゃべったりもしたよ、ときどき。だがいつもってわけじゃなかった。友だちの友だちって感じで、実際には彼女のことはあまり知らなかった。まあ、ちょっとした知り合いってやつかな。

ピップ：そう。で、四月二十日の金曜日、あなたの家にみんなが集まっていたとき、サルのようすがへんだったかどうか、覚えている？

マックス：いや、とくにおかしなところはなかったと思う。どっちかというと、少しおとなしかったかも。

ピップ：そのときはどうしてだろうと思った？

マックス：いや、かなり酔っぱらっていたから。

ピップ：その晩、サルはアンディについて話していた？

マックス：いや、アンディのアの字も言わなかった。

ピップ：ふたりは喧嘩しているとかサルは言ってなかったかな、それとも——

マックス：いや、サルはアンディの話はしなかった。
ピップ：その晩のことをどれくらい覚えている？
マックス：ぜんぶ覚えているよ。ほとんどずっとジェイクとミリーといっしょにゲームの〈コール オブ デューティー〉をやっていた。どうして覚えているかというと、ミリーは男も女も関係ないとかなんとかわめきちらしていたわりに、一度も勝てなかったからだ。
ピップ：それってサルが帰ったあとのこと？
マックス：ああ。サルはかなり早い時間に帰ったからな。
ピップ：あなたたちがテレビゲームをやっているあいだ、ナオミはどこにいたの？
マックス：ほかのみんなが戦闘中、行方不明になってた。
ピップ：行方不明？ ナオミはその場にいなかったってこと？

マックス：いや、えーと、しばらく二階に行ってた。

ピップ：ひとりで？　なにをしていたの？

マックス：知らないよ。ひと眠りしてたんじゃないか。クソしてたとか。誰が知るかよ。

ピップ：どれくらいのあいだ？

マックス：覚えてない。

ピップ：まあ、いいか。で、サルは帰るときになにか言ってた？

マックス：なにも言わなかった。すーっといなくなった。サルが出ていったことにも気づかなかったくらいだ。

ピップ：次の日の晩、アンディが行方不明になったと聞いて、あなたたちはサルの家へ行ったんだよね？

マックス：ああ。たぶん落ちこんでいると思ったからな。

ピップ：それで、サルはどんなふうにアリバイづくりのために嘘をついてくれと頼んだの？

マックス：ただそうしてほしいと言った。自分にとって状況がまずそうなんで、時刻をちょっと変えて供述したから口裏をあわせてほしいと。そんなことはお安いご用だった。サルは〝ぼくのアリバイをつくってくれ〟みたいな言い方はしなかったし。ぜんぜんそういうんじゃなかった。友だち同士の軽い頼みごとみたいな感じだった。

ピップ：サルがアンディを殺したと思う？

マックス：それは疑う余地はないんじゃないか？　たとえば、サルが人を殺せると思うかと訊かれたら、まさかと答えるだろう。あいつは身の上相談に乗るおばちゃんみたいにやさしいやつだった。それでも、サルは殺してしまった。なんといっても血痕やなんかの証拠があるんだからな。それに自分で自分の命を絶つなんて、よっぽどの悪事をはたらいてしまったからとしか考えられない。残念ながら、すべてがサルが犯人だということを示している。

ピップ：わかった。ありがとう。わたしからの質問は以上です。

問題の夜についてのふたりの回答には一致しない点がいくつかある。ナオミによると、サルはアンディのことを話し、しばらくは彼女とは口をききたくないと言ったという。一方のマックスは、サルはアンディのアの字も言っていなかったと述べた。サルがマックスの家を出たときのようすについても、ナオミの話ではサルは〝気分が乗らない〟から早めに家へ帰るとみんなに言ったとのことだったが、マックスによるといつの間にかすーっといなくなっていたという。

五年前のある日の夜について思いだしてほしいと頼んだのだから、記憶違いはあって当然だろう。

それでも、マックスが語った〝ほかのみんなが戦闘中、ナオミは行方不明だった〟という話は引っかかる。ナオミがいなくなっていたのはどれくらいの時間だったかマックスは覚えていないと言ったけれど、その前段階でマックスはこうも語っていた。あの夜は〝ほとんどずっと〟ミリーとジェイクといっしょにゲームをしていて、そのあいだナオミはゲームには参加していなかったと。〝ほとんどずっと〟ではないにしろ、ナオミは少なくとも一時間かそこらは〝二階〟にいたのではないだろうか。でも、どうして？　せっかくマックスの家に集まっているのに友人と過ごさずになぜひとりで二階にいたのだろうか。こう考えれば辻褄《つじつま》があう。アンディ失踪の日の夜、ほんとうはナオミにはマックスの家を離れていた時間帯があったのに、マックスはそのことを伏せてナオミをかばっている。

いまここでこんな内容を打ちこんでいるなんてわれながら信じられないが、ナオミはアンディ失踪になんらかの形でかかわっていたのではないかとわたしは考えはじめている。ナオミと知りあってから十一年がたつ。人生のほとんどの期間、ナオミをお姉ちゃんとして慕ってきた。だから彼女がどんな人物なのかも知っているつもりだった。ナオミはやさしい。たとえば話をしている最中にまわりのみんなが耳を傾けてくれなくても、ナオミだけは〝だいじょうぶよ〟と笑顔を向けてくれる。ナオミは温和で、思いやりがあって、穏やかな性格。でも情緒が不安定なところもないだろうか。彼女のなかに暴力的な側面があるとか?

わからない。わたしは先走りしている。ナオミはサルに恋していると思っていたというラヴィの言葉が思いだされる。ナオミの回答からは彼女がアンディに好意を抱いていなかったことがはっきりとうかがえる。インタビューのときの態度はぎこちなく、ピリピリしていた。つらい思い出をよみがえらせてくれと頼んだのだからそれも当然かもしれないが、マックスのほうはこともなげに回答してくれた。ちょっと待って……マックスのインタビューはあまりにもお気楽じゃなかった? 無関心とも思えるほどに。

どう考えるべきかわからないけれど、自分の想像が自由奔放に解き放たれ、わたし自身に向けて中指を突き立てている気がしてならない。わたしはいまひとつの場面を思い浮かべている。ナオミが嫉妬のあまりアンディを殺害する場面を。サルが偶然その場に居あわせ、ひどく驚き、動揺する。親友が自分のガールフレンドを殺したのだから。

でもサルはナオミのことも大切に思い、アンディの死体遺棄に手を貸し、ふたりはその件をけっして口外しないと誓いあう。後日サルは自分が荷担した秘密に対する罪悪感を隠せなくなる。逃れる方法はただひとつ。死のみ。

いや、わたしは火のないところに煙を立たせているのかもしれない。

おそらくそうなのだろう。いずれにしろ、ひとまずナオミをリストに載せるべきと考える。

少し休憩したほうがよさそうだ。


〈容疑者リスト〉
・ジェイソン・ベル
・ナオミ・ワード

6

「オーケー、えーと、いますぐいるのは冷凍グリーンピースとトマトと糸《スレッド》ね」ピップの母親のリアンは、ヴィクターの手書きの買い物リストを判読すべく、腕を遠くまでのばして紙を目から離して読んだ。

そこでピップが指摘する。「リストにはパン《ブレッド》って書いてあるよ」

「あら、ほんとだ」リアンはくすくす笑った。「今週はとんでもないサンドイッチができあがるところだったわね」

「老眼鏡をつくったら?」ピップは棚から包装された食パンを取り、買い物かごのなかにひょいと入れた。

「お断り。まだ負けを認めるつもりはないから。そんなものかけたら老けて見えちゃう」リアンは言い、冷凍食品売り場へ進んでいく。

「いいじゃん、もう年寄りなんだから」そう言うと冷凍グリーンピースの袋で腕をぴしっと叩かれた。冷たい一撃を受けてガクッと死んだふりをしたとき、こちらに注がれる視線に気づいた。相手は白いTシャツにジーンズ姿。手の甲を口にあてて声を立てずに笑っている。

「ラヴィ」ピップはそう呼びかけ、通路を横切った。「ハイ」

「ハイ」そうするだろうなと思ったとおり、ラヴィは頭の後ろを掻きながら笑った。

「いままでここであなたを見かけたことなかった」〝ここ〟というのは列車の駅近くの狭い敷地に押しこまれている、リトル・キルトンにある唯一のスーパーマーケット。

「そうだね。うちはいつも買い物は町の外でしてるから。でも、ミルクを切らしちゃってさ」

ラヴィは低脂肪牛乳のばかでかいボトルを持ちあげた。

「なんにも入れないお茶が好きだったらよかったのにね」

「ダークサイドへの一線を越えるつもりはないよ」ラヴィはそう応酬してから、いっぱいになった買い物かごを持って近づいてくるリアンに目をとめ、笑みを向けた。

すかさずピップが言う。「ママ、こちらはラヴィ。ラヴィ、わたしのママのリアンよ」

「はじめまして」ラヴィは牛乳のボトルをかかえこんで、右手をさしだした。

「こんにちは」リアンはさしだされた手を握った。「たぶん、わたしたちまえに会ったことがあるはずよ。あなたのご両親にいまお住まいの家を売った不動産会社の担当はわたしだったから。そうねえ、十五年前になるかしら。当時五歳くらいだったあなたがピカチュウの着ぐるみを着ていたのを覚えてる」

ラヴィの頰が赤くなった。ピップが笑いをこらえているうちに、ようやくラヴィの顔に笑みが浮かんだ。

「いまだに流行のほうが追いついてないなんて信じられないよ」そう言ってラヴィはくっくと笑った。

「そうだね、ゴッホの作品だって生きていたときには評価されなかったもんね」三人はそのままレジのほうへ歩いていった。

リアンがラヴィを手招きして言う。「お先にどうぞ。わたしたち、時間がかかりそうだから」

「いいんですか？　ありがとうございます」

ラヴィはレジへ行き、係の女性にとびきりの笑顔を向けた。それから牛乳のボトルを置いて「これだけです。お願いします」と言った。

ピップはなにげなくレジ係の女性を見ているうちに気づいた。彼女は顔にあらわれた嫌悪感を隠そうともせず、眉間《みけん》に皺《しわ》を寄せている。機械に牛乳を通しながらも、冷たく射るような目でラヴィを見据えている。さいわい、いくら鋭くても視線で人は殺せない。ラヴィは気づいていないみたいに足もとを見つめているが、ピップにはわかった。ラヴィは気づいている。

本能で感じとったなにかが腹のなかでたぎる。最初は幼い子どもが感じる吐き気みたいだったものが膨張し、煮えくりかえり、ついには耳にまで達した。

「一ポンド四十八ペンス」レジ係の女性は吐き捨てるように言った。

ラヴィは五ポンド札を取りだしてレジ係に渡そうとしたが、女性は身体をぶるっと震わせてさっと手を引っこめた。札はひらひらと床へ舞い落ちる。その瞬間、ピップは怒りを爆発させた。

「ちょっと」ピップは大声で言い、歩を進めてラヴィのとなりに立った。「なんか問題でもあるわけ?」

「ピップ、やめてくれ」ラヴィは声をひそめて言った。

「失礼ですが、レスリー」ピップはネームタグにある名前を呼び、嫌味たっぷりに言った。「問題はございますかとお訊きしたんですけど」

レジ係が答える。「大ありよ。わたしはこの人に触れてほしくないの」

「お言葉ですけどレスリー、彼だってあなたに触れてほしくないでしょうよ、間違いなく。愚《おろ》かな考えって伝わっちゃうもんなの」

「店長を呼ぶわよ」

「いいよ、どんどん呼んで。本店に送りつける苦情メールの予告編をお見せするから」

ラヴィはレジ横の台に五ポンド札を置き、牛乳を手に取り、黙って出口へ向かった。

「ラヴィ？」ピップは呼びかけたが無視された。

「まったく」リアンが一歩前へ出て、ピップと顔を赤くしているレスリーのあいだに立って降参とばかりに両手をあげた。

ピップは出口へ向かった。スニーカーが磨きすぎの床の上できゅっと鳴る。ドアにたどりつく直前にもう一度レジ係に声をかける。「そうそう、レスリー、意味もなくそういうムカつくしかめっ面を人に見せるのはやめたほうがいい。そのうち誰かにガツンと叱られるよ」

店の外へ出てラヴィを見つけた。三十フィート先で丘へ向かって速足で歩いている。ふだんはなにかを追いかけて走ったりしないが、このときばかりは走ってラヴィに追いついた。

ラヴィの前にまわりこんで訊く。「だいじょうぶ？」

「いや」ラヴィはピップをよけて先へ進んだ。脇《わき》にかかえた巨大なボトルのなかで牛乳が跳ねている。

「わたし、なんか悪いことした？」

ラヴィが振りかえる。濃い色の目が光る。「いいかい、自分に売られた喧嘩をよく知らない子にかわりに買ってもらう必要はない。ぼくのことはほっといてくれ、ピッパ。きみに心配してもらわなくてもけっこう。しゃしゃりでられると物ごとがややこしくなる」

ピップは歩みをとめることなく去っていくラヴィを見つめた。やがてその姿はカフェの日除けの陰に入り、見えなくなった。その場に立ちつくし荒い呼吸を繰りかえすうちに、煮えくりかえって耳まで達していた怒りが腹のほうへ引いていくのを感じた。あとに残ったのは虚《むな》しさだけだった。

ピッパ・フィッツ＝アモービ
EPQ　二〇一七年八月十八日

作業記録——エントリー8

結局のところ、ピッパ・フィッツ＝アモービは自分の都合で目先をころころ変えるインタビュアーなのだ。それのどこが悪い？　今日はローレンといっしょにまたしてもカーラの家にいた。あとから合流した男子たちはサッカーの試合をテレビで観ようと言い張った。カーラのパパのエリオットも家にいて、なにやらおしゃべりをしていた。そのときふと思いだした。エリオットはサルのことをよく知っていた。娘の友人としてばかりではなく、自分の教え子として。

性格的な側面についてはサルの友人や兄弟（つまり同世代の人間）からすでに情報を得ているが、カーラのパパからは大人ならではのより深い考えを聞かせてもらえるだろうと思った。エリオットはインタビューに同意した。まあ、こっちが頼みこんで同意せざるをえなくしたんだけど。

エリオット・ワードとのインタビュー記録

ピップ：何年間、サルに教えていたんですか？

エリオット：えーと、そうだなあ。わたしは二〇〇九年にキルトン・グラマースクールで教えはじめた。サリルはわたしがはじめて受けもった一般中等教育修了試験《GCSE》（十六歳で受ける義務教育の修了試験）向けのクラスを受講していた。だから……ほぼまるまる三年間、教えていたことになるかな。

ピップ：じゃあ、サルはGCSEとAレベルの試験向けの選択科目として歴史をとっていたんですね。

エリオット：いや、選択科目としてだけではなく、サルはオックスフォード大学で歴史を学ぶことを希望していた。きみが覚えているかどうかわからないけれどね、ピップ、キルトンで教えるまえにわたしはオックスフォードで准教授として教鞭をとっていたんだ。歴史を教えていた。イソベルが病気になったときに、そばにいて妻の世話をすることができるよう転職したんだよ。

ピップ：そうでしたね。

エリオット：一連の事件が起きるまえの年の秋学期は、ずいぶん多くの時間をサルと過ごした。願書を送るまえに志望理由書を書く手ほどきもした。オックスフォードで面接を受けることになったときも、学校のなかでも外でも、準備のために手を貸した。サルはほんとうにすばらしい子だった。輝くばかりにね。もちろん大学からは入学許可通知をもらった。ナオミからその話を聞いたとき、わたしは彼に送るためにカードとチョコレートを買ったよ。

ピップ：つまり、サルはとても頭がよかったんですね。

エリオット：ああ、ずば抜けてね。ほんとうに、まぎれもなく賢い青年だった。あんなことになったのは悲劇と言うしかない。若い命がふたつも失われるとは。サルは間違いなく全科目オールAで卒業のはずだった。

ピップ：アンディが行方不明になった直後の月曜日、サルが出席するクラスでの授業はありましたか。

エリオット：えー、どうだったかな。あったと思う。そうだ、あった、あった。授業のあとサルに話しかけてすべてオーケーかと訊いた覚えがある。だから、うん、あったはずだ。

ピップ：どこかようすがへんだと気づきましたか？

エリオット：そうだな、きみがどういう態度を〝へん〟と思っているかによるな。あの日は学校じゅうがまさにへんだった。生徒のひとりが行方不明になり、それが大きなニュースになっていた。サルは口数が少なかったと記憶している。それに涙をためていた気もする。心配でたまらないようだった。

ピップ：アンディのことを心配していた？

エリオット：たぶんね。

ピップ：火曜日はどうでしたか。サルが自殺した日ですけど。午前中に学校でサルに会った記憶がありますか？

エリオット：いや……会っていない。あの日、わたしは病欠したから。具合が悪くて、朝、娘たちを学校へ送って、そのあとは家にいた。午後になって学校から電話がかかってきて、ナオミたちがサルのアリバイの件で校内で警察の事情聴取を受けたと知った。だから、わたしが最後にサルに会ったのは月曜の授業のときということになる。

ピップ：先生はサルがアンディを殺したと思いますか？

エリオット：（ため息）そうだな、サルは殺していないと確信を持ってきみに言えればどんなにか気持ちが楽だろうと思うよ。サルはほんとうにすばらしい子だったんだから。しかし証拠を考えると、彼がそんな罪を犯すはずはないと言いきれないんだよ。ちがうと思いたいのはやまやまだが、彼がやったと考えざるをえない。ほかに説明がつかないから。

ピップ：アンディ・ベルについてはどうですか？　彼女にも教えていた？

エリオット：どうだったかな、いや、えーと、教えていた。サルと同じく、GCSE向けに歴史のクラスをとっていた。その年の一年間だけ、わたしは彼女に教えていたはずだ。しかしアンディがわたしの歴史のクラスをとっていたのはその年だけだったから、彼女のことはあまりよくは知らなかった。

ピップ：わかりました。ありがとうございます。どうぞ、ジャガイモの皮むきに戻ってください。

エリオット：戻る許可をもらえてうれしいよ。

サルがオックスフォード大学への入学許可を得ていたという話をラヴィはひと言もしていなかった。サルについてわたしが聞かされていないことがもっとあるのだろうけれど、もう一度ラヴィと話ができるかどうかわからない。数日前にあんなことがあったのだから。彼を傷つけるつもりはなかった。それどころか力になろうとした。訪ねていって謝るべき？　おそらく鼻先でドアをぴしゃりと閉められるだけだろう（いずれにしても、このまま放っておくわけにはいかない）。

サルがオックスフォードを目指すほど頭脳明晰だったのなら、アンディ殺害と自分とを結びつける明白な証拠を残すようなへまをするだろうか。たしかにアンディが失踪した時間帯のアリバイはないけれど、だからなに？　万が一サルが犯人だとしても、彼はずば抜けて賢かったのだから、なんの罰も受けずに切り抜けられたはず。それだけははっきり言える。

追記。わたしはさっきまでナオミもまじえてモノポリーをやっていた……わたしはたぶん考えすぎていたのだろう。まだ容疑者リストに載せてはいるが、ナオミが殺人者？　そんなはずはない。彼女はダークブルーの土地（モノポリーの盤上でいちばん価格の高い土地）を二カ所持っているのに家を建てるのを拒否するような人だ。ほかのプレーヤーに対して意地悪をしたくないという理由で。わたしならさっさとホテルを建てて、ほかのプレーヤーがばか高いレンタル料を払うはめになったら大笑いするのに。ナオミよりよっぽどわたしのほうが殺人者の資質がありそうだ。

7

翌日、ピップはテムズバレー警察へ送る情報開示の要望書を最後にもう一度読みかえしていた。部屋は蒸し暑くて空気が淀み、窓をあけて風を通そうとしているのに、なかにたまった熱気はしつこくまとわりついて離れない。

階下でドアがノックされる音を聞きながら、「これでよし」と書きあげたメールを確認して送信ボタンを押す。小さなクリック音で土日を除く二十日間の待機がはじまる。待つのは大嫌いだ。今日は土曜日だから、待機がはじまるのをさらに待たねばならない。

「お客さんだよ」

「ピップス」階下からヴィクターが大声で呼びかけてくる。

　階段を一段おりるごとに空気の淀みが消えていく。なにしろ自分の部屋の暑さは耐えがたいレベルになっていたから。階段をおりきったところで向きを変え、オークの床の上を靴下をはいた足で滑るように進んだが、玄関口にラヴィ・シンの姿が目に入ったとたんにブレーキがかかった。ラヴィはヴィクターの弾丸トークにつきあわされていた。ピップはさっきまでの熱が顔に戻ってくるのを感じた。

「えーっと、ハイ」そう言って、ふたりのほうへ近づく。そのとき、爪が廊下を叩く音が背後で大きくなったかと思うと、バーニーが脇をすりぬけて、とめる間もなくラヴィの股《また》ぐらに鼻先を突っこんでいった。

「だめ、バーニー、おすわり」ピップは大声で言い、急いであとを追った。「ごめんね、なれなれしくて」

「父親のことをそんなふうに言うもんじゃない」とヴィクター。

　ピップは父親に向かって眉を吊りあげた。

「こりゃ失礼」ヴィクターはキッチンのほうへ去っていった。

　ラヴィが身をかがめてバーニーをなでると、尻尾が振られて足首に風が送られてきた。

「わたしがどこに住んでるか、よくわかったね」

「きみのママが働いている不動産会社で聞いてきた」ラヴィが身体を起こす。「マジな話、きみの家は宮殿だな」

「あなたのためにドアをあけたおかしな男はやり手の顧問弁護士」

「王様じゃなくて？」

「すでに玉座を追われてる」

ラヴィは顔を伏せ、なにかを言いたげに唇をひくひくさせていたが、いきなりにっこりと笑いかけてきた。ふいにピップは自分がなにを着ているかを思いだした。デニムのだぶだぶのオーバーオールとその下に白いＴシャツ。胸にはでかでかと〝オタクらしく熱く語って〟という文字。

「で、どうしてうちへ来たの？」胃がぎゅっとよじれ、それでようやく自分がそわそわしていることに気づく。

「ここへ来たのは……謝りたかったから」ラヴィは太い眉の下の、目尻が垂れた大きな目で見つめてきた。「ぼくは腹を立てて、言うべきではないことを言ってしまった。きみのことを〝よく知らない子〟だとは思ってない。ごめん」

「いいよ、もう。わたしのほうこそ、ごめん。あなたに売られた喧嘩に割りこんでかわりに買おうとしたわけじゃない。ただ、なんとかして、彼女は間違っているってことを本人にわかってもらいたかっただけ。でもときどきわたしの口って、脳でのチェックをスルーして言葉を吐きだしちゃうんだよね」

「へえ、そうなんだ。あの〝ムカつくしかめっ面〟のコメントには感銘を受けたけど」

「聞いてたの？」

「血気盛んなピップさまは、むちゃくちゃ声が大きかったからね」

「ほかのバージョンのピップさまもむちゃくちゃ声が大きいって言われたことがある。クイズ大会のピップとか、〝文法警察〟のピップとか。それで……わたしたち仲直りしたってことでいいの？」

「うん」ラヴィは微笑んでバーニーを見た。「きみのご主人さまと仲直りしたよ」

「ちょうどバーニーの散歩に行こうと思ってたんだけど、いっしょにどう？」

「いいね、行くよ」ラヴィはそう言ってバーニーの耳をなでた。「こんなにかわいい顔を見たら、とてもじゃないけど〝行かない〟とは言えないよ」

ピップはもう少しで〝やだ、やめてよ。顔が赤くなっちゃうじゃない〟と言いそうになったが、今回は脳のチェック機能を働かせた。

「オーケー。じゃあ、ちゃんとした靴をはいてくる。バーニー、おすわり」

ピップは急いでキッチンへ行った。勝手口のドアが開いていて、両親が花の世話をしながらのんびりくつろぎ、その脇でジョシュアがいつものとおりサッカーボールを蹴っているのが見えた。

「バーニーの散歩へ行ってくる。すぐ戻るね」外に向けて声をかけると、母がガーデニング用の手袋をつけた手を振ったので、こちらの声が聞こえたのがわかった。

キッチンに脱ぎっぱなしにしていた〝キッチンに脱ぎっぱなし厳禁〟のスニーカーに足を滑りこませ、リードをつかんで玄関へ急ぐ。

「さあ、行こう」バーニーの首輪にリードをつけ、玄関ドアを閉める。

私道を出てラヴィとともに道路を渡り、森のなかへ入った。木立の陰に入るとほてった顔がひんやりして気持ちがいい。リードをはずすと、バーニーは輝くばかりの日差しのなかへ駆けていった。

「ずっと犬を飼いたかった」バーニーが駆け足で戻ってきてふたりのまわりをぐるぐるまわるのを見ながら、ラヴィは言った。それから少し間をおき、頭に浮かんだことを反芻《はんすう》しているみたいにあごを動かす。「だけどサルにアレルギーがあって、それでうちでは……」

「そうなんだ」ほかに返す言葉が思いつかない。

「でも、いま働いているパブには犬がいるんだ。オーナーの犬。涎《よだれ》を垂らしまくるメスのグレート・デーンで、名前はピーナッツ。たまに間違って、ピーナッツがいるところに残り物を落としたりして。ないしょだけど」

「間違って落とすの、大賛成。ガンガンやってよ。ところで、どこのパブで働いてるの？」

「アマーシャムの〈ジョージ・アンド・ドラゴン〉。まあ、死ぬまでずっとやりたい仕事じゃないけどね。金を貯めてるんだ。リトル・キルトンからできるだけ遠く離れた場所に引っ越すために」

ピップは喉が締めつけられるほど言いようのない悲しみを覚えた。

「じゃあ、死ぬまでずっとやりたいのはどんな仕事？」

ラヴィは肩をすくめた。「まえは弁護士になりたいと思ってた」

「まえは？」肘《ひじ》でラヴィをつつく。「あなたならいい弁護士になれると思うけど」

「うーん、GCSEを受けたときに書けたのは自分の名前だけだったしなあ」

ラヴィは冗談めかして言ったけれど、ピップはジョークではないと気づいていた。アンディとサルが亡くなったあとの学校がラヴィにとっていかにつらい場所だったか、ピップにもわかっていた。いやがらせの現場を目撃してもいた。ラヴィのロッカーに赤いペンキが垂れた文字で〝兄が兄だけに〟と書かれていた。ある雪の日に、八人の年上の少年たちがラヴィを押さえつけ、ゴミでいっぱいのゴミ箱を四個も彼の頭の上でひっくり返していたこともあった。十六歳のラヴィの顔に浮かんでいた表情がピップの目に焼きついて離れなかった。これからも忘れられないだろう。

泥まじりの雪のイメージで胃がぎゅっと締めつけられたと同時に、ピップは自分たちがいまどこにいるかに気づいた。

「ああ、どうしよう」ピップは息を呑み、両手で顔を覆った。「ごめんなさい、考えが足りなかった。完全に忘れていた。この森、サルの遺体が発見された――」

「気にしないで」ラヴィがさえぎった。「ほんとに。現場がきみんちの前の森だったのはきみのせいじゃない。それに、キルトンのなかでサルを思いださずにすむ場所なんかどこにもないんだから」

ピップはしばらくのあいだ目の前の情景を見つめていた。バーニーがラヴィの足もとに棒きれを落とすと、ラヴィは腕を振りあげて棒きれを投げるふりをし、バーニーを前方や後方へ駆けていかせてから、ようやくほんとうに遠くへ放った。

ふたりは言葉を交わさなかった。けれど沈黙が降りても落ち着かない気分になることはなかった。それぞれが自分の思いに没頭し、考えごとで沈黙をうめてしまっていたから。そしてふたりの心が同じ場所へとただよっているのが少しずつわかってきた。

「きみがはじめてうちの家のドアをノックしたときぼくは警戒した。でもきみはサルが犯人ではないと本気で思っているんだよね？」

「そうだとは思えないってだけ」ピップは倒れた老木をまたいだ。「その考えが頭にこびりついてずっと離れなかった。だから、学校で自由研究に取り組むことになったときに、それを隠れ蓑《みの》にして事件をもう一度調べようと思ったの」

「隠れ蓑としては完璧だね」ラヴィはうなずいた。「ぼくの場合、口実となるものはなかった」

「どういう意味？」ピップは首にかけたリードをいじりながらラヴィのほうを向いた。

「きみがいまやっていることを、ぼくは三年前にやろうとした。両親からは放っておけ、自分を苦しめるだけだと言われたけれど、ふたりの言葉を受け入れられなかった」

「調査しようとしたってこと？」

ラヴィは敬礼のまねごとをして、大声で答えた。「はい、そうです、部長刑事殿」傷つきやすい人間だと思われないように、深刻になりすぎて身にまとった鎧に裂け目が走らないように。

「でもどこへも行き着かなかった」ラヴィは語りつづけた。「行き着けなかった。大学に在学中のナオミ・ワードに電話をしたけれど、彼女は泣くばかりで、事件についてぼくとは話せないと言った。マックス・ヘイスティングスとジェイク・ローレンスはこちらからのメッセージに答えてもくれなかった。アンディの親友たちから話を聞こうとしたときは、こっちが名乗ると同時に電話を切られた。殺人者の弟というのは最高の自己紹介とは言えなくてね。そして当然、アンディの家族は問題外だった。自分があまりにも事件の近くにいるのはわかっていた。ぼくは兄貴にそっくりで、つまりは〝殺人者〟にそっくりだった。学校の自由研究という隠れ蓑も、もちろんぼくにはなかった」

「つらいよね」ピップはそう言ったものの、ラヴィが気の毒でそれ以上は言葉にできず、いたたまれない気持ちになった。

「そうでもない」ラヴィが肘でつついてくる。「今回はひとりきりじゃない。それっていいもんだな。さて、きみの説を聞かせてよ」ラヴィはバーニーの涎で泡立っている棒きれを拾いあげ、木立に向かって投げた。

ピップはためらった。

「さあ、早く」ラヴィは片方の眉をあげた。目は笑っている。からかわれているのだろうか。

「わかった。いま考えついている説は四つ」実際に説を声に出して言うのははじめてだった。

「はっきり言って、いちばん安易で無難な説がすでに既成事実になってる。つまり、サルがアンディを殺し、罪の意識か逮捕されるという恐怖からサルはみずからの命を絶ったというやつ。警察は異を唱えるかもしれないけど、この事件にはいろいろと説明がつかない部分がある。アンディの遺体が見つかっていないし、サルは亡くなっていてなにが起きたのかを語れないから。

で、わたしの一番目の説」ピップは汗で湿っていないか確認してから指を一本、立てた。「第三者がアンディを殺したけれど、サルは事後従犯、つまりその第三者を犯人と知りながら隠匿《いんとく》したり助力することで犯罪に巻きこまれたか、図《はか》らずも関与する形になってしまった。やはりサルは罪悪感を覚えて自殺、一方で発見された証拠によりアンディを殺してはいないのに犯人だと推測されている。真犯人はいまだ野放し状態」

「うん、ぼくもおんなじことを考えた。しっくりきてはいないけどね。次の説は?」

「二番目の説。第三者がアンディを殺した。サルは関与していないし、アンディが殺害されたことを知るよしもなかった。数日後に自殺したのは殺人を犯した罪の意識からではなく、ガールフレンド失踪のストレスを含めて、さまざまな要因が重なったから。血痕や携帯電話といったサルが犯人だと示唆する証拠は、もともと事件とはいっさい関係のないもので、間違って犯罪と関連づけられてしまった」

ラヴィはじっくり考えているようすでうなずいた。「その説もいまひとつぴんとこないけど、まあいいだろう。三番目は?」

「三番目の説」なんだか喉がカラカラになって張りつく感じがして、ピップはごくりと唾を呑みこんだ。「アンディは金曜日に第三者によって殺害された。誰かを容疑者に仕立てあげるならアンディのボーイフレンドのサルがうってつけだと犯人は気づく。都合のいいことに、犯罪がおこなわれた夜の二時間あまり、サルにはアリバイがないようだった。犯人は彼を殺害し、自殺に見せかける。サルこそが真犯人だと思わせるために血痕を付着させ携帯電話を持たせる。

結果として犯人が目論《もくろ》んだとおりになった」

その瞬間、ラヴィは立ちどまった。「サルは殺された可能性があると考えているのかい？」

真剣そのものの目をのぞきこみながら、これこそがラヴィが求めていた答えなのだとピップは悟った。

ラヴィにうなずいて答える。「理論上はその可能性はあると思う。四番目はいちばんありそうもない説なんだけど」そこでひとつ大きく息を吸う。「誰もアンディ・ベルを殺していない。彼女は死んでいないから。アンディは失踪したと見せかけてサルを森におびきだし、殺害して自殺を偽装した。自分は死んだとみんなに思わせるためにサルに自分の携帯電話を持たせ、血痕を付着させた。なぜそんなことをやったのか？　なにか理由があってアンディは姿を消さなければならなかったのかもしれない。もしくは、命を脅《おびや》かされていて、自分は死んだと思わせる必要があったとか。共犯者がいたとも考えられる」

ふたりはふたたび黙りこくった。そのあいだにピップは呼吸を整え、ラヴィは四つの説について考えをめぐらせているのか、口もとをぷくっとさせて集中しているようだった。

森をぐるりと一周しおえた。明るい日差しを浴びた道路が木々の向こうに見えてきた。ピップはバーニーを呼んでリードをつけた。それからふたりして道路を渡り、ピップの家の玄関のほうへぶらぶら歩いていく。

ぎこちない沈黙が降り、ピップはラヴィを家のなかへ招くべきかどうか考えた。ラヴィはなにかを待っているように見える。

「えーと」ラヴィが片手で頭を掻き、もう片方の手でバーニーをなでながら言った。「ここへ来たのは……きみと取引をしたかったからなんだ」

「取引？」

「そう。ぼくはきみの調査に参加したい」声が少しだけ震えている。「ぼくにはチャンスがなかったけど、きみにはある。きみはこの事件の部外者だし、学校の自由研究という調査を開始するための口実もある。きみになら誰もが話をしてくれるはずだ。一方ぼくにとっては真相を見つけだすまたとない機会だ。長いあいだそういう機会を待っていた」

ラヴィのかすかに震える声が胸の内側のなにかを揺り動かし、ピップはふたたび顔が熱くなるのを感じた。ともに真相を究明する相棒としてラヴィから信頼を寄せられている。このプロジェクトをスタートさせたときには、こんなことが起きるとは考えもしなかった。ラヴィ・シンがパートナーになるなんて。

「取引に応じます」ピップは笑顔で手をさしだした。

「取引成立」こっちの手を握ったラヴィの手は温かいけれどちょっと湿っていた。文字どおりただ握るだけの握手。「で、きみに渡すものがある」ラヴィはポケットのなかに手を突っこみ、てのひらに包んだ古い型のｉＰｈｏｎｅを取りだした。

「えっと、じつはすでにひとつ持っているんだけど、ありがとう」とピップ。

「これ、サルの携帯だよ」

8

「どういうこと?」ピップは口をあけたままラヴィを見つめた。

答えるかわりにラヴィは携帯電話を持ちあげ、軽く振った。

「サルの携帯? どうしてあなたが持ってるわけ?」

「アンディの捜査が終了したあと数カ月してから、警察が返してきたんだ」

首の後ろがざわつき、さっと電流が走ったような感じがした。「あの……見てもいい?」

「もちろん」ラヴィが笑う。「そのために持ってきたんだよ」

興奮の波が抑えきれずに押し寄せてきて、めまいまでする。

「びっくり～」ピップはまごつきながらも大急ぎで玄関の錠をあけた。「さあ、入って。わたしの仕事部屋《ワークステーション》で見てみようよ」

ピップとバーニーは勢いこんで家のなかへ入ったが、ラヴィはあとを追ってこなかった。ピップは振りかえって声をかけた。

「どうしたの? 早く入んなよ」

「ごめん、ものすごく真剣なときのきみって、めちゃくちゃおもしろいなあと思って」

「さっさと動けっつーの」ピップは廊下の奥から手招きして、階段をあがった。「それ、落っことさないでよ」

「落とすわけないだろう」

後ろからのそのそとついてくるラヴィを尻目に階段を駆けあがる。ラヴィがあがってくるまえに、見られてまずいものがないかざっと部屋のなかをチェックする。椅子のそばに積みあげてある洗濯したばかりのブラジャーの山に飛びつき、すくいあげて引き出しのなかへ押しこみ、バシッと閉めたところでラヴィが入ってきた。ピップはすわるようにと机の前の椅子を指さした。自分は心臓がばくばくしていて、とてもじゃないが腰をおろせそうにない。

「ワークステーション？」

「そう。ベッドルームで仕事をする人がいるけど、わたしは仕事場で寝るの。それってぜんぜんちがうんだよ」

「それはそうと、はい、これ。昨日の夜、充電しておいた」

ラヴィが手渡してきた携帯電話をカップの形にした両手で受けとる。最初の父親が買ったドイツ直輸入のクリスマスの飾りを一年に一度取りだすときと同じように、大切な品を押しいただくみたいに。

「中身はもうぜんぶ見たの？」ピップは自分の携帯電話を買い替えたばかりのときよりもずっと慎重な手つきでロックを解除した。

「もちろん。繰りかえし何度も。でも、部長刑事みずから見てくれないかな。きみならどこを最初に見る？」

「発信と着信履歴」緑のボタンを押しながら答える。

まず不在着信の履歴を見ていく。サルが死んだ四月二十四日火曜日には十以上の履歴が残っている。発信者は〝パパ〟〝ママ〟〝ラヴィ〟〝ナオミ〟〝ジェイク〟と、登録されていない番号で、おそらくサルの居場所を特定しようとした警察のものにちがいない。

日にちを遡《さかのぼ》ってアンディが消息を絶った日までスクロールする。二件の不在着信がある。一件は午後七時十九分、〝マックスっぽいやつ〟から。おそらくマックスからの〝おまえいつこっちにくんの〟の電話。もうひとつの不在着信を目にしたとき、心臓がびくっと跳ねた。午後八時五十四分、発信者は〝アンディ♡〟。

「あの夜、アンディはサルに電話をかけたんだ」ピップは独り言のようにつぶやいた。「九時ちょっとまえに」

ラヴィがうなずく。「でもサルは電話に出なかった」

「ピッパ！」ヴィクターのふざけているような、まじめなような声が階段の下から聞こえてきた。「きみの部屋は男子禁制だ」

ピップは頬がカッと熱くなるのを感じた。それをラヴィには見られないようにさっと背を向けて叫びかえす。「ＥＰＱをやってんの！　ドアはあいてるよ」

「ならいい！」

ラヴィをちらっと見ると、こっちに顔を向けてくすくす笑っている。

「ちょっと、人の生活をのぞいておもしろがるのはやめてくんないかな」そう言ってから、ふたたび携帯電話に目を戻した。

　次はサルの発信履歴をチェックする。アンディの名前が繰りかえしどこまでもつづいている。その流れがたまに途切れるのは土曜日に自宅、父親、それとナオミに一度かけているとき。〝アンディ〟をぜんぶ数えるのにけっこうな時間がかかった。土曜日の午前十時三十分から火曜日の午前七時二十分までにサルは百十二回かけている。どの通話も二、三秒ですぐにボイスメールにつながっている。

　ラヴィがこっちの表情を読んで言う。「サルは百回以上かけている」

「推定されているとおり、サルがアンディを殺して、彼女の携帯電話をどこかに隠していたとしたら、サルがこんなに執拗《しつよう》にアンディに電話をかけているのはおかしくない？」とピップ。「何年かまえに警察と連絡をとったとき、ぼくもまさにおんなじ質問をした。警官からは、躍起になって被害者の携帯に何度も電話をすることで、自分は無実だと思わせようとしたにちがいない、と言われたよ」

　ピップが反論する。「警察が考えたとおり、サルが躍起になって自分の無実をアピールし、逮捕を免れようとしたとして、彼はどうしてアンディの携帯電話を捨てなかったんだろう。死体を遺棄した場所に捨てることだってできただろうに。そうすればアンディの死に関与していると思われなくてすんだはずなのに。逮捕を免れようとしていたのなら、なぜいちばんまずい証拠品を持ったままでいたの？　重要な証拠品を持ちつつ、自分で自分の命を絶つほど自暴自棄になっていたってこと？」

ラヴィは手でつくった銃をピップに向けて、二度、バンと言った。「そこのところは警察も答えられなかった」

「アンディとサルがやりとりした最後のテキストメッセージを見た？」

「うん、見た。愛を語りあってるきわどい会話はどこにもないから、心配無用」

ピップはホーム画面に戻ってメッセージアプリを開いた。アンディのタブをクリックすると、時を飛び超えて他人のプライバシーをのぞいている気分になった。

サルはアンディが行方不明になったあとで彼女へ二通のメッセージを送っている。最初のは日曜日の午前中。〝アンディ帰ってきてくれみんな心配してた〟そして月曜日の午後。〝お願いだ誰かに電話してくれそうすればきみ無事みんなわかる〟

この二通のまえにも、アンディが行方不明になった金曜日にメッセージを送っていた。午後九時一分。サルはこう打っている。〝きみがすっかりやめたまでぼくはきみとは話さない〟

ピップは読んだばかりのメッセージをラヴィに見せた。「失踪当日の夜にアンディからの電話を無視したあと、サルはこう打っている。なんの件でふたりが喧嘩をしていたか知ってる？サルはアンディになにをやめてほしかったの？」

「わからない」

「作業記録に写してもいいかな」ピップはラヴィの前に置いてあるノートパソコンに手をのばした。それからベッドに腰をおろし、文法的な間違いも含めて、書かれた文字をそっくりそのままタイプする。

ラヴィが言う。「次はサルがうちの父に送った最後のメッセージを見てほしい。警察がサルの自白と解釈したやつを」

画面をスクロールする。運命の火曜日の午前中、十時十七分、サルは父親にこう書き残していた。〝ぼくだ。ぼくがやった。すみません〟何度も視線を走らせ、一字一字じっくりと文字を拾っていく。携帯の画面に浮かびあがった文字はまるで謎かけで、それを解くには、いったん目をそらしてからもう一度見るしか手がないような気がする。

「気づいてるよね?」ラヴィが見つめてくる。

「文法上の間違い?」相手の目が〝そうだ〟と語るのを期待しながら言う。

「サルはぼくが知っているなかでもずば抜けて賢い人だった。でも携帯でメッセージを送るときは読み書きができない人みたいになっていた。急いでいるときはいつでも、ピリオドも文頭の大文字もなし」

「オートコレクトの機能をつねにオフにしてたんだね、きっと」とピップが返す。「でもこの最後のメッセージはちゃんとピリオドで区切られていて、アポストロフィもついてる。ぜんぶ小文字だけど」

「それできみはどう思う?」

「ぴんときた、なんてもんじゃないよ、ラヴィ。大正解を引きあてたって感じ。最後のメッセージは誰かほかの人間が打ったとしか思えない。このメッセージにだけピリオドが入っているのは、打った人物がテキストメッセージを書くときにいつもそうしているから。おそらくその人はサルのメッセージをざっと見て、小文字で書いておきさえすればサル本人が打ったみたいに見えると思ったんだね」

「ぼくもそう思ったよ、携帯が戻ってきたときにね。警察に話そうとしても、追い払われた。両親も聞く耳を持たなかった」そこでひとつため息。「空振りに終わるとわかっている期待を持つのが怖かったんだろう。ほんと言うと、ぼくもね」

ピップは携帯電話に残っているほかのデータも見てみた。問題の夜、それとアンディが行方不明になってからも、サルは一枚も写真を撮っていない。念のためゴミ箱もチェックしたが、なにも残っていなかった。リマインダーに残されているのは提出する予定だった小論文についての資料、ほかに母親の誕生日に贈るプレゼント候補の品。

「メモアプリにちょっと変わったものが保存されているんだ」ラヴィは椅子の上で身体の向きを変え、アプリを開いて画面をこっちへ向けた。

保存されているのは古い日付のものばかりだった。サルのWi-Fiのパスワード、腹筋のトレーニング法のリスト、応募できそうなアルバイト募集の記事。そのなかにかなり新しめの二〇一二年四月十八日水曜日に保存された記録があった。ピップはそれを開いた。ページに書かれているのは〝R009KKJ〟だけだった。

「車のナンバー、かな?」とラヴィ。

「それっぽいね。アンディが消息を絶つ二日前に書きこまれてる。これに見覚えはある?」

ラヴィは首を振った。「所有者が見つかるかどうか、グーグルで検索してみたけどだめだった」

ピップはひとまずそれを作業記録に書きこみ、メモの記録が最後に編集された正確な時刻も付け加えた。

「これでぜんぶ」とラヴィ。「ぼくが発見できたのは以上」

ピップは最後に一度、期待をこめて携帯電話を見やってから、ラヴィに手渡した。

すかさずラヴィが言う。「がっかりしたみたいだね」

「もうちょっとはっきりした証拠みたいなものを見つけられると思ってた。文法的な間違いの矛盾点や何度もアンディに電話をかけている事実でサルは無実のように見えるけれど、それが真相を追うための突破口になるとは思えない」

「そうだね。でもきみには見てもらいたかった。で、そっちからぼくに見せるものはある？」

ピップは押し黙った。あるにはあるけれど、そのなかにはナオミの関与の可能性を示したものも含まれている。彼女を守りたいという思いが湧きあがり、言葉が出てこない。しかし、これから先ラヴィとはパートナーとしてつきあっていくのだから、隠しごとはなしにしなくては。

ピップは心を決めた。作業記録のページを開き、スクロールしていちばん最初の記録に戻してからノートパソコンを手渡す。「いままでのところは、それでぜんぶ」

ラヴィは黙って記録を読み、それから思案げな表情でパソコンを返してきた。

「つまり、サルのアリバイを追うのは行き止まりってことだね。十時半にマックスの家を出たあと、サルはひとりでいたんだと思う。ひとりだったから、あわてて友人たちに嘘をついてくれと頼んだ、そう解釈できる。おそらく帰宅途中でどっかのベンチに腰かけてゲームの〈アングリーバード〉でもやってたんだろう」

「その案に一票。サルは十中八九、ひとりでいたんだと思う。だからアリバイを証明できなかった。それが唯一の合理的な考え方。ラヴィの言うとおり、サルのアリバイの線はこれ以上は追えない。となると、次はアンディの日常生活についてできるだけ多くの事実を見つけださなきゃならないね。その過程で彼女を殺す動機を持っていた人物をあぶりだす」

「ぼくの心を読んだだろう、部長刑事。手はじめにアンディの親友だったエマ・ハットンとクロエ・バーチにあたってみるべきだね。ふたりともきみになら話をすると思う」

「もうふたりにはメッセージを送ってあるんだ。まだ返信はないけど」

「さすがだね」ラヴィはうんうんとうなずき、それからノートパソコンをあごで示した。「記者とのインタビューできみは事件には矛盾する点があると指摘している。具体的にどんな矛盾点があると思う?」

「そうだなあ、仮にラヴィが誰かを殺したとして、殺害したあとは爪も含めて手を徹底的に洗うよね。アリバイの件で嘘をつき、かけてもつながらないとわかってる電話を何度もかけてまで周到に無実を装っているんなら、なおさら血まみれの手はさっさと洗って、現行犯逮捕されないようにするはず」

「言えてる。頭が切れるサルならそんなミスは犯さなかったはずだ。アンディの車にあったサルの指紋については?」

「サルの指紋がアンディの車から発見されるのは当然。だってサルはアンディのボーイフレンドだったんだから。指紋が付着した正確な日にちは特定できないもんだよ」

「じゃあ、遺体を隠した件についてはどう思う？」ラヴィは身を乗りだした。「アンディの遺体はぼくらが住むこのあたりの森か、町を出たところに埋められたんじゃないかな」

「そうだね」ピップはうなずいた。「いまに至っても発見されないんだから、そうとう深く掘られた穴のなかかもしれない。でも素手でそれほどの深い穴を掘る時間がサルにあったと思う？　たとえショベルを使ったとしても」

「発見されないのは、そもそもアンディは埋められていないから」

「そうとも考えられる。埋められたにしろ、そうでないにしろ、死体を遺棄するにはもうちょっと時間がかかると思うし、それなりの道具もいる」

「さっききみが言ったとおり、サルがアンディを殺して埋めたという説はいちばん安易で無難だよな」

「〝どこで〟〝なにを〟〝どのようにして〟と疑問に思いはじめた瞬間に、安易で無難な説なんて吹っ飛ぶもんなの」

9

両親は二階にいる娘には自分たちの声が聞こえないと思いこんでいる。ふたりはいま階下のリビングルームで口論の真っ最中。〝ピップ〟という言葉が例外なく壁や床を突き抜けてただよってくることを、娘はとっくの昔に学習している。

部屋の隙間を通って聞こえてくる断片をつかまえて会話の要旨をつかむのは、それほど難しくない。ママは娘が夏休みの大半を学校の課題に費やすのが気に入らないらしい。パパはママがそんなことを言いだしたのが気に入らない。そのあとで、あなたはわたしの言っている意味をちっとも理解していないから腹が立つ、とママ。アンディ・ベルの件に娘がとりつかれたようになっているのは不健全だとママは思っているという。そこでパパが反論する。たとえいまの状態が不健全だとしても、その間違いを本人になりかわって無理やり正そうとするきみに腹が立つと。

ピップは両親のジャブの応酬に飽きてきて、部屋のドアを閉めた。中立の立場から介入しなくても、そのうちにふたりの押し問答は尻切れに終わるだろう。そんなことを気にしている暇はない。いまから重要な電話をかけなくてはならないのだから。

ピップは先週、アンディの親友のふたりにダイレクトメッセージを送った。エマ・ハットンは数時間前に電話番号を明記したメッセージを送りかえしてきて、今夜八時に〝ひとつふたつの〟質問になら答えてあげてもいいと言ってきた。ラヴィにそのことを伝えると、びっくり顔と拳と拳を突きあわせる絵文字でびっしりうまったテキストメッセージが返ってきた。

パソコンに表示されている時刻を見ていると、そこから視線を引きはがせなくなる。時刻はかたくなに午後七時五十八分から動かない。

「もう、頼むから」二十ミシシッピまで数えても（一ミシシッピは約一秒）五十八の八は九に変わってくれない。

やっとのことで九に変わったあと、ピップは「もういっか」とつぶやき、アプリの録音ボタンを押した。緊張で鳥肌が立つなかでエマの番号を押す。三度のコールで相手が応答した。

「もしもし」高くてやさしげな声。

「ハイ、エマ。ピップです」

「ああ、ハイ。ちょっと待って、自分の部屋へ行くから」

階段をのぼるエマの足音をじりじりしながら聞く。

「オーケー」とエマ。「で、あなた、アンディの件を題材にして自由研究に取り組んでいるって言ってたよね」

「まあ、そんな感じです。彼女の失踪事件の捜査とメディアが果たした役割について。いわば事例研究です」

「わかった」エマは半信半疑といった口調で答えた。「どれだけ役に立てるかわからないけれど」

「ご心配なさらず。捜査について二、三、基本的なことを質問するので、記憶にある範囲で答えてください。ではまず、アンディが行方不明になったことをあなたはいつ知ったんですか」

「えーと……失踪直後の午前一時ごろだったかな。ご両親がクロエ・バーチとわたしに電話をかけてきたの。わたしたちはアンディの親友だったから。おふたりにはアンディと会っていないし、電話でも話していないと答えて、心あたりに連絡してみると約束した。その夜にサル・シンに電話してみたんだけど、彼と連絡がとれたのは翌日の朝だった」

「警察に事情を聴かれましたか」

「ええ、土曜日の午前中に。警察が質問しに訪ねてきたの」

「警察にはどういう話をしたんですか」

「アンディのご両親に話したのと同じ内容。アンディの居場所はわからないと。行き先を彼女からは聞いていなかったから。それと、アンディのボーイフレンドについて訊かれたから、サルのことを話して、わたしからサルに電話をしてアンディが行方不明になったことを知らせたと答えた」

「警察にはサルについてなんと言ったんですか」

「うーん、その週にふたりが学校で喧嘩していたみたいだったと話した。木曜日と金曜日にふたりが口論しているところを見ちゃったの。ふたりが言い争いをするなんてものすごくめずらしかった。いつもはアンディがサルに喧嘩を吹っかけても、サルはスルーしていたから。でもそのときはなにかの件でサルはめちゃくちゃ怒っていた」

「なんの件？」ピップは訊いた。と同時にぴんときた。だから警察はその日の午後にサルから事情を聴くべきだと考えたのだろう。

「正直なところ、わからない。アンディに訊いてみたら、サルはある件に関しては〝わからず屋のばか男〟になるって言ってた」

ピップは驚きながらも「オーケー」と言った。「それで金曜日にアンディにはサルと会う予定がなかったんですね」

「そう。というか、もともとなんの予定も入れていなかった。その夜はアンディは家にいなくちゃならなかったから」

「また、どうして？」ピップはすっと背筋をのばした。

「えーっと、言っちゃっていいのかなあ」

「だいじょうぶ――」声にまじるせっぱつまった感じを押し隠す――「関係のない話なら、わたしのプロジェクトには載せません。ただ、アンディの失踪の状況をもっとよく理解するために役立つかもしれないから、聞かせてください」

「そうね、わかった。アンディの妹のベッカがその数週間前に自傷行為で入院していたの。彼女のご両親は外出しなくちゃならなくて、それでアンディは家にいてベッカの世話をするよう頼まれたってわけ」

「そうですか」それしか返しようがない。

「ほんと、かわいそうな子。そんな状況なのにアンディは出かけていった。あのころを振りかえってみて、いまならわかるけれど、アンディを姉に持つのって、けっこうたいへんだったと思う」

「それってどういうことですか」

「うーん、つまり、死んだ人のことを悪く言いたくはないけれど……あれから五年たってわたしも大人になり、物ごとをしっかり考えられるようになった。当時のことを思いだすと、ああいう自分は好きじゃないって思う。アンディといっしょにいた自分ってことだけど」

「あなたにとってアンディは悪い友人だったってことですか」ピップはあまり多くはしゃべりたくなかった。いまはエマにしゃべりつづけてもらわなければならない。

「イエスでもありノーでもある。説明するのはとても難しいの」エマはため息をついた。「アンディと友だちでいるとすごく傷つきもしたけれど、同時にわたしは彼女に夢中だった。彼女みたいになりたかった。これ、自由研究には載せないわよね？」

「もちろん、載せません」ささやかな嘘。

「オーケー。アンディはきれいだったし、人気者だったし、楽しい人だった。彼女に選ばれてともに時を過ごし、彼女の友だちでいられる、それはもう、特別な気分だった。求められているると。でもね、彼女にはふいにてのひらを返したように人がいちばん気にしている部分をあげつらってからかい、相手をいやな気分にさせて傷つけるようなところもあった。それでもクロエとわたしはアンディのそばに張りついて、彼女がまたわたしたちに好意を向けていっしょに楽しく過ごしてくれるのを待った。アンディはすばらしい友人でいてくれる反面、とんでもなくいやな人間にもなり、どちらのアンディがあらわれるかは誰にもわからなかった。そんな扱いを受けても自尊心を失わなかったんだから、われながら驚いちゃうわね」

「アンディは誰に対してもそんなふうだったんですか」

「そうね、少なくともわたしとクロエにはそうだった。アンディはわたしたちをめったに自宅へ呼ばなかったけど、ベッカに対しても同じような態度をとっていたのはわかってた。妹に対してはいくらでも残酷になれたみたいだった」そこで間をおく。「アンディにはすごくいやな面があったからひどい目に遭ってもしかたがない、という意味で言ってるんじゃないの。そんなことを言うつもりはまったくないから。殺されて穴に埋められて当然なんて人間はひとりもいない。いまはアンディがどんな人物だったかわかっているつもり。わたしが言いたいのは、サルが耐えられなくなって彼女を殺したのも理解できるってこと。アンディは相手をいい気分にさせることも、どん底に突き落とすことも自由自在だった。そのせいで悲劇的な最期を迎えてしまったんだと思う」

エマの声が湿っぽい鼻声になり、そろそろインタビューを終える頃合いだとピップは悟った。エマが泣きはじめたのはあきらかで、本人はそれを隠そうともしなかった。

「オーケー、訊きたかった質問は以上です。協力してくださって、ほんとにありがとうございます」

「どういたしまして。ごめんなさいね、自分ではすべてを乗り越えたと思ってた。でもそうじゃなかったみたい」

「こちらこそ、つらい過去を思いださせてすみませんでした。えっと、わたし、クロエ・バーチにもメッセージを送ってインタビューを申しこんだんですけど、まだ返信がなくて。おふたりはいまでも連絡をとりあっているんですか」

「いいえ、とっているとは言えないわね。誕生日にメッセージを送りはするけれど、わたしたち……アンディの事件のあとはあまりつきあわなくなって、そのまま卒業してしまった。ほんとうのところ、ふたりとも事件のことは忘れて、当時の知り合いとは完全に縁《えん》を切ってしまいたかったんだと思う」

もう一度礼を言って、電話を切る。ため息をつき、しばらくのあいだ電話を見つめる。アンディが美しくて人気があったのはピップも知っていたし、ソーシャルメディアからもそのようすがはっきりとうかがえた。高校へ通ったことがある者なら誰でも知っているように、人気のある生徒は二面性を持つ場合がある。けれどもピップはアンディがそうだとは予想もしていなかった。自分自身を苦しめた人物を愛した月日が過去のものとなったいま、当時の自分は好きじゃないとエマが言い放ったことも。

これが、完璧な笑顔ときらめく淡いブルーの瞳の裏に隠された、ほんとうのアンディ・ベルなのだろうか。周辺に集まっていた生徒たちは彼女に幻惑されて本質が見えなくなり、陰にひそんでいたらしき闇の部分に気づかなかった。手遅れになるまで。

ピップ・フィッツ＝アモービ

EPQ　二〇一七年八月二十五日

作業記録――エントリー11

最新情報：サルがメモに書きとめたナンバー、R009KKJの車の所有者を見つけられるかどうか調べてみた。ラヴィは正しかった。運転免許庁へ調査依頼を送るには製造元と型式がわからなければならない。この方面からの手がかりは行き止まりだろう。

ひとまず、取りかかっているタスクに戻ろう。いまちょうどクロエとの電話での会話を終えたところだ。今回はちがう戦法をとってみた。エマから聞いたのと同じ内容を掘りさげても意味はないし、どうせならあまりよくわかっていないアンディの情緒面での問題についての質問をぶつけてみたかった。

ところが内容は思いがけない方向へ向かっていった……

クロエ・バーチとのインタビュー記録

（インタビューの導入部分をタイプするのがだんだん面倒くさくなってきた。どれもみんな似たようなものだし、わたしの滑り出しはいつもぎこちない。これからはその部分は省いて、重

要と思える部分から書きはじめる）

ピップ：オーケー、ではこちらからの最初の質問です。アンディとサルの関係はどういったものでしたか。

クロエ：そうだな、仲はよかったかな。サルはアンディを大切にしていたし、アンディはサルを魅力的だと思ってた。サルはいつも穏やかでクールに見えた。サルとつきあえばアンディは落ち着くと思ったんだけどなあ。

ピップ：落ち着く必要がアンディにはあったんですか？　それはなぜ？

クロエ：だって、アンディはいつもドラマの主人公みたいにふるまっていたから。

ピップ：それで、サルはアンディを落ち着かせていたんですか？

クロエ：（笑）そうは見えなかった。

ピップ：でもふたりは真剣につきあっていたんですよね？

クロエ：わからないわよ、そうだと思うけど。でも〝真剣〟ってどういうこと？
ピップ：こんなことを訊いて申しわけないですけど、ふたりは寝ていましたか。
（正直、いま録音を聞いて自分でもドン引きしているけど、なんでもかんでも知っておかなきゃならない）
クロエ：ワオ、わたしが卒業してから、学校の自由研究ってずいぶん様変わりしたみたいだね。どうしてあなたはそんなことを知りたがるの？
ピップ：アンディはあなたには言わなかった？
クロエ：もちろん、アンディから聞いていたわよ。答えはノー、ふたりは寝てない、マジで。
ピップ：ということは、アンディはバージンだった？
クロエ：いいえ、バージンじゃなかった。

ピップ：じゃあ、アンディは誰と寝ていたんですか。

クロエ：（少しの間）わからない。

ピップ：あなたは知らなかったんですか？

クロエ：アンディは秘密が好きだった。秘密を持つことで力を得ていた。自分に関する物ごとをわたしとエマが知らないってことに快感を覚えていた。それなのに秘密をこっちの鼻先でぶらぶらさせて、わたしたちに質問をさせたがった。たとえば、どこでそんなにたくさんのお金を手に入れるのか、とか。わたしたちが訊くと、アンディは笑ってウインクするだけだった。

ピップ：お金？

クロエ：そう。彼女は買い物好きで、いつでもたんまりと現金を持っていた。最終学年のとき、唇に美容コラーゲンを注入するプチ整形と、鼻の整形手術を受けるためにお金を貯めているんだって言ってた。わたしにだけで、エマには言わなかった。でも気前はよかった。わたしたちに化粧品なんかを買ってくれたし、いつでも服を貸してくれた。といっても、パーティーではここぞっていうときに意地悪を言ってたけどね。〝やだ、クロエ、その服、あなたに貸したらのびちゃったみたいね。ベッカにあげなくちゃならない〟とか。ほんと、おやさしい友だちだった。

ピップ：そのお金の出どころは？　アルバイトでもやってたんですか？

クロエ：言ったでしょ、わかんないって。お父さんからもらっていると思ってたけど。

ピップ：月々のお小遣い？

クロエ：たぶん、そうかな。

ピップ：アンディが消息を絶ったとき、誰かを罰するために彼女は家出したんだと、ちらっと考えませんでしたか？　もしかしたら父親を罰するためとか？

クロエ：アンディは毎日楽しく過ごしていたんだから、家出したいなんて思わなかったはず。

ピップ：でも、父親とは折り合いが悪かったのでは？

（わたしが〝父親〟と言ったとたんに、クロエの口調ががらりと変わる）

クロエ：それがあなたの自由研究にどんな関係があるわけ？　アンディのことや彼女には欠点があったってことをペラペラしゃべってしまったわたしもわたしだけど、殺されたとはいえ、アンディはいまでもわたしの親友なの。彼女とご家族の関係について話すのは正しいとは思えない。事件から何年たとうと。

ピップ：そうですね、あなたは正しい。ごめんなさい。アンディがどんな人物で、彼女の人生にどんなことが起きていたかを知れば、事件についてより理解を深められると思っただけなんです。

クロエ：気持ちはわかるけど、それは事件とはなんの関係もない。サル・シンがアンディを殺したの。それに、二つ、三つ関係者にインタビューしたくらいで、あなたがアンディを知るようになるとも思えない。あなたがアンディの親友だったとしても、彼女を知ることは不可能だったでしょうよ。

（謝り倒してもとの話題に戻ろうと思っても、クロエのほうには話は終わったというムードが

ただよっている。わたしは彼女に礼を言って、電話を切った）

　ああ、もう。大いに不満が残る。なにかをつかみかけていたのに、アンディの友人ふたりの〝生々しい感情〟という巨大な地雷原にうっかり踏みこんでしまい、せっかくのチャンスをふいにしてしまった。ふたりとも前へ進んでいると思っているようだが、いまだにアンディのくびきから完全には解放されていない。おそらくアンディの秘密のいくつかを胸にしまっていると思われる。こちらがアンディの父親の話を持ちだしたときに神経を逆なでしてしまったのはたしかだ。そこに秘密が隠されているのだろうか。

　インタビューの記録を何度か読みかえしているうちにふと思った……なにかべつのことがここに隠されている気がする。アンディは誰と寝ていたのかとクロエに訊いたとき、こちらとしてはサルとつきあうまえに彼女は誰と寝ていたのか、つまりサル以前の関係について訊いたつもりだった。ところがたまたまわたしは〝アンディは誰と寝ていたんですか〟という具合に過去進行形で問いかけてしまった。あのときの文脈からすると、図らずもこう訊いてしまったことになる。サルとつきあうのと同時進行でアンディは誰と寝ていたんですか、と。けれどもクロエはこちらの問いかけを訂正しなかった。〝わからない〟と答えただけで。

　自分が藁にもすがる思いでいるのはわかっている。クロエのほうも〝サル以前の関係〟を訊かれたと思って答えたのかもしれない。たぶん気にするほどのことではないのだろう。文法についてあれこれツッコミを入れたところでこの事件は解決できないし、残念ながらリアルな世界ではその手のこざかしい戦法はいやがられる。

けれどもわたしの第六感はこの一件は捨て置けないと告げている。アンディは秘密裡に誰かべつの人物とつきあっていたのでは？　サルはそれに気づき、それでふたりは口論していた？　そう考えると、アンディが失踪するまえにサルが最後に彼女に送ったテキストメッセージの〝きみがすっかりやめたまでぼくはきみとは話さない〟に説明がつくのでは？

わたしは刑事ではないし、これはただの学校の自由研究にすぎない。だから白状しろとふたりに迫るわけにはいかない。それにこの件は親友同士のあいだでのみ共有されるたぐいの秘密なのだろう。EPQに取り組んでいるどこぞの女子とわかちあうものではなく。

ああ、どうしよう。たったいま、言語道断だけどすばらしいアイデアを思いついてしまった。道徳的には絶対NGで、おそらくばかげたアイデアを。間違った考えなのは疑問の余地がない。それでもやってみるべきだと思う。アンディとサルになにが起きたのかをほんとうに知りたいのなら、倫理的に一点の曇《くも》りもないやり方ばかりに頼ってはいられない。

クロエになりすましてエマと連絡をとる。

去年、旅行時に使ったプリペイドSIMがある。それを自分の携帯電話にさしこめば、新しい番号に変わったクロエになりすましてエマにテキストメッセージを送ることができる。きっとうまくいく。クロエとは連絡をとりあっていないとエマは言っていたから、おそらく気づかないはず。うまくいかないおそれもある。それでも失うものはなにもないんだし、このままでは秘密も解きあかせないし殺人犯も見つけられない。

ヘイ、エマ、クロエよ。最近、電話番号を変えたんだ。ところで、キルトンに住む女子高生から電話がかかってきて、自由研究のためにアンディのことを教えてくれって言われたんだけど。エマのところにもかかってきた？

やだー、久しぶり。
二日前にかかってきた。話をしてたら、うるっときちゃった。

まあ、わたしたち、ずいぶんアンディの影響を受けてたからね。アンディの恋愛関係についてはなんにも言わなかったでしょ？

サルじゃなくて、アンディが秘密にしてた年上の男のこと？

そう。

言ってないよー。

わたしも。ずっと気になってたんだけど、アンディはその人物が誰か教えてくれた？

ううん、知ってるでしょ、アンディは秘密主義だったって。教えてくれたのは、彼女がその気になれば相手を破滅させられるってことだけ。

そうだね、アンディは秘密好きだったもんね。

ほんとのところ、それが実在の人かどうかもあやしい。

自分をもっとミステリアスに見せたくて、話をつくったのかも。

それ、ありそう。
あの高校生、アンディのパパのことも訊いてきた。彼女、なにか知ってると思う？

たぶんね。浮気してたってことは簡単に察しがつくと思う。だって、離婚していくらもたたないうちにあのオンナと再婚したんだから。

そうだね、でも、アンディが当時浮気の件に気づいていたことまで知ってるかな。

あの女子がそこまでつかんでるかどうかはわからないけど、アンディが父親の浮気について知ってるってことを承知してたのは、わたしたちだけだった。それと、アンディのパパ自身は気づいてたみたいだけど。いずれにしろ、あの子が知ってるかどうかが、どうしてそんなに問題なの？

それはそうだね。たぶん、わたしはいまだにアンディの秘密を守りたいって思ってるのかも。

もう忘れちゃったほうがいいと思う。アンディ関連のこととはすべて距離をおいたほうが気持ちがやすらぐし。

そうだね、そうする。さて、もう出かけなくちゃ、今日は早めに出勤しなくちゃなの。でも近いうちに久しぶりに会わない？

もちろん、会いたい！　休暇でロンドンに来られそうになったら知らせて。

オーケー。じゃあね～。

われながら、びっくり。

生きてきたなかでこれほど汗をかいたことはない。自分にこんなことができるなんて、あらためてショックを受けている。これまでも自制心をなくしかけたことがあったけれど……今回は実際になくしてしまった。

同時に申しわけないと思っている。エマはとてもやさしい人で、協力的だった。でも申しわけないと思うのはいいことだ。倫理基準を見失っていないという証拠なのだから。わたしはまだ〝正しい女子生徒〟の地位に踏みとどまっている……

さて、そのことはおいといて、さらにもうふたつ手がかりをつかんだ。

ジェイソン・ベルはすでにその名が容疑者リストに載っているけれど、いまや彼は第一容疑者として極太の太字で書かれるべきだ。ジェイソンは浮気をしていて、アンディはそれを知っていた。さらにジェイソンはアンディが知っていることに気づいていた。アンディは〝自分は知っている〟と父親に迫ったにちがいない。あるいは浮気の現場を押さえたか。いずれにしろ、これで父子関係が険悪だったことの説明がつく。

いま考えていたのだけれど、アンディが持っていたという秘密の金は、口止め料として父親から渡されたものではないだろうか。アンディが父親を脅して得た金かもしれない。いや、これはたんなる憶測にすぎない。出どころを突きとめるまでは、金の件は別件として考えるべきだろう。

ふたつめの手がかりは、これまでに得た情報のなかでも衝撃度は図抜けている。アンディはサルとつきあいながらも、年上の男性とも秘密裡に会っていた。それが誰なのかは友人には言わず、相手を破滅させることができると語るだけだった。そこでぴんときた。相手は既婚男性。彼が秘密の金の出どころだったのでは？　新たな容疑者の登場。アンディを永遠に黙らせておきたい明確な動機を持っていた人物。

親友が語るアンディは調査のなかで見つかると思っていたアンディ像とは食い違う。美しいブロンドの被害者という世間に広まっているイメージとはかけ離れている。家族に愛されていて、友人たちのあこがれでもあったのに〝残虐な殺人鬼〟のボーイフレンドによって若い命を奪われた被害者。おそらくそういうアンディは架空の人物で、人びとの同情心を集め、新聞を買わせるためにつくられたイメージなのだろう。そしていま、わたしは爪を立てて従来のイメージを四隅からはがしはじめている。

ラヴィに電話をしなくては。

〈容疑者リスト〉

- **ジェイソン・ベル**
- ナオミ・ワード
- 秘密の年上男性（どれくらい年上なのだろう？）

10

「キャンプなんか大嫌い」折りたたまれたキャンバス生地につまずいたローレンがぶつぶつ言った。

「ああそう。でも今日はわたしの誕生日で、わたしはキャンプが大好きなの」カーラが返し、舌を軽く嚙みながら説明書を読んでいく。

夏休み最後の金曜日、ピップはローレン、カーラとともにキルトンのはずれに広がるブナ林のなかの小さな空き地へ来ていた。十八歳の誕生日祝いにと、カーラのたっての希望だった。ひと晩じゅう屋根のないところで寝て、トイレは暗い林のなか。ピップも本音ではこんな場所でのキャンプはごめんだった。原始的なトイレと野宿にはなんの意味も見いだせない。でもその気持ちを覆い隠すすべは心得ている。

「厳密に言うと、決められたキャンプ地以外でのキャンプは違法よ」ローレンはお返しとばかりにキャンバス生地に蹴りを入れる。

カーラがすかさず言う。「わたし、世界じゅうに今日のキャンプを報告しちゃったから、キャンプ警察がインスタグラムをチェックしないことを祈っとく。さてと、ちょっと黙ってて。いま説明書を読んでるとこだから」

「あのー、カーラ」恐る恐るピップが話しかける。「カーラが持ってきたやつ、テントじゃないってわかってるよね？　これ、天幕だよ」

「同じようなもんでしょ。わたしたちと三人の男子がなかで寝られるようにしないと」

「でもこれには地面に敷くものがついてないよ」ピップは説明書の挿絵を指でつついた。

カーラはお尻を突きだした。「ここにも敷くものはくっついてないよね。だからパパは地面に敷くものをべつに用意してくれたの」

「男子たちはいつ来るの？」とローレン。

「メールによると二分前に出発してる。でもね」カーラがぴしゃりと答える。「男子たちに設営してもらうのをぼーっと待ってるつもりはないよ、ローレン」

「わたし、こんなことをするはめになるとは思ってなかった」

カーラが関節をポキポキ鳴らす。「男性社会をぶち壊してやる。テントを一回張るごとに」

「天幕だよ」とピップ。

「その口をひねってほしい？」

「テントとも言います」

十分後、森の空き地のなかにどう見ても場違いに思える十×二十フィートの天幕が張られた。フレームがワンタッチで開くものだとわかってからは設営は楽になった。ピップは携帯電話をチェックした。すでに七時半をまわっていて、天気予報のアプリによると日没は十五分後。しかし完全に夜の帳《とばり》が降りるまでにはまだ二時間ほど黄昏《たそがれ》どきのぼんやりと明るい時間がつづくらしい。

「楽しい夜になりそうだね」カーラは手づくりの寝床をほれぼれと眺めた。「わたし、キャンプが大好き。ストロベリー・レース（赤い紐状のリコリス味の飴）を食べながらゲロを吐くまでジンを飲んでやる。明日はなにひとつ覚えてないくらいべろんべろんになるまで」

「はいはい、すばらしい計画ですね」とピップ。「さてと、ふたりでカーラの車から食料を運んできてくれないかな。わたしは寝袋を並べて、横幕を貼りつけておくから」

カーラの車は天幕を張った場所から二百ヤードほど離れたコンクリート敷きの狭い場所にとめられている。暗くなりはじめるまえの最後のオレンジ色の光が森を照らすなか、ローレンとカーラは木々のあいだを抜けてぶらぶらと歩いていった。

見えなくなる直前の背中に向けて「懐中電灯を忘れないでね」とピップは呼びかけた。それから大きなキャンバス地の横幕を天幕に貼りつける。マジックテープで貼りつける位置がうまく定まらず、最初の一辺からやりなおしてすっかり汗をかいてしまった。次に四苦八苦しながら地面にシートを敷く。小枝がポキポキ折れる音が聞こえてきたとき、カーラとローレンが戻ってきたのだと思いうれしくなった。しかし、ふたりを迎えに外を見にいってみても誰もいなかった。たぶんカササギのしわざだろう。暗い森のなかの木の上で小枝が折れる音を立ててからかい、甲高い声であざ笑っている。ピップは無理やりそう考えて三つの寝袋を並べる作業に戻った。アンディ・ベルがこの森のどこかの地面の下に埋められているかもしれないという説について考えないようにしながら。

　三つめの寝袋を並べているとき、小枝が踏みしだかれて折れる音とげらげら笑うやかましい声が聞こえてきて、男子たちの到着を告げた。同時に女子ふたりも腕を組みながら戻ってきて、ピップは仲間たちに手を振った。アントは〝アリ《アント》〟という名前からも推測できるとおり、十二歳で友だち同士になって以来、あまり成長が見られない。ザック・チェンはアモービ家から四軒先に住んでいて、コナーはカーラとピップが小学生のときからの知り合い。このところピップに充分すぎるほどの注意を向けてきている。願わくは、将来は猫心理学者になると公言していたときと同様に、さっさと気が変わってくれればと思う。

「ヘイ」ザックとともにクーラーボックスを運んでいるコナーが言う。「なんだよ、女子がいちばん寝やすそうな場所を占領してるじゃないか。おれたちは端っこへピッとはじきとばされるのかよ」

　驚くべきことに、コナーがこのジョークを言うのはこれがはじめてではない。

「おかしくてお腹がよじれちゃうよ、コナー」ピップは目から髪の毛を払い、一本調子で言った。

「えっと」アントが割って入る。「気を落とすなよ、コナー。おまえが研究課題だったら、ピップもおまえとヤリたがるのになあ」

「あるいは、ラヴィ・シンなら」カーラがウインクをしながらささやく。

「研究課題は男子なんかよりもずっとヤリガイがあるよ」ピップはカーラの肋骨《ろっこつ》を肘でつつい

て言った。「それからアント、きみのセックスライフは軟体動物のアオイガイみたいなもんだと予言しとく」

「どういう意味だよ」アントは手をしきりにうねらせている。

「えーと、アオイガイのペニスは交接の最中にポキリと折れちゃうの。だからセックスするのは一生に一度だけ」

「あー、それ、そのとおりかも」とローレン。去年アントとお遊びでつきあおうとして振られた経験がある。

みんないっせいに笑い、ザックがなだめるようにアントの背中をポンポンと叩いた。

「ほんと、みんな容赦ないよなあ」とコナーは声を立てて笑った。

銀色がかった闇が森を覆うなか、四方の幕をおろしたテントもどきは、眠りについた木々のあいだに置かれたランタンのように淡い光を放っていた。内側には黄色く光る電池式のランプが二台置かれ、懐中電灯も三つ用意されている。

メンバーは全員、予報では雨が降るとのピップの言葉に従って天幕の下に移動し、それと同時に雨が激しく降りだしたが、茂った木々のおかげで天幕はそれほど強く雨には打たれなかった。二カ所の横幕が男子の体臭を逃がすために巻きあげられ、六人はスナックと飲み物を囲んで腰をおろした。

ピップはウエストのところまで寝袋に入り、はめをはずしてビールを飲んでいた。でもおいしいと思うのはサワークリームのディップをつけたチップスのほう。ほんとうは酒を飲むのは好きじゃない。頭がぼんやりする感覚が好きじゃないから。

アントは懐中電灯をあごの下にあて、ゆがんだ異様な顔を浮かびあがらせながら、怪談を半分まで語ったところだった。内容は男三人と女三人、計六人の友人が森のなかに張られた天幕の下でキャンプをしているときに起きた怪奇現象。

芝居がかった調子でアントが語る。「そして誕生日を迎えた女はストロベリー・レースをまるまるひとパック食べおえ、真っ赤な菓子を血のようにあごに張りつけていた」

「うるさい、ほっとけ」カーラが食べ物を詰めこんだ口でもぐもぐ言う。

「彼女は懐中電灯を持ったハンサムな男に〝うるさい〟と言う。ちょうどそのとき、彼らはそれを耳にした。横幕をひっかく音を。外になにか、もしくは何者かがいる。爪がキャンバス生地をひっかいて、少しずつ穴をあけていく。〝ねえ、パーティーやってるの？〟女の子の声が訊く。それから彼女は手をひと振りして穴を大きく広げ、チェックのシャツを着た男の喉を切り裂く。〝わたしが恋しい？〟彼女は金切り声をあげ、生き残った友人たちはとうとうそれが誰かを目にする。それはゾンビと化したアンディ・ベルで、復讐のために――」

「やめなよ、アント」ピップはアントを小突いた。「ぜんぜんおもしろくない」

「じゃあ、なんでみんな笑ってんだ？」

「きみがビョーキっぽいから。殺された女の子をくっだらないジョークのネタにするんじゃないよ」

そこにザックが割りこむ。「でも彼女は学校の自由研究のネタではあるんだよな?」

「それとこれとはまったくちがうんですけど」

「せっかくアンディの秘密の年上の恋人がじつは殺人鬼だったという件《くだり》にたどりつくところだったのになあ」とアント。

ピップは一瞬たじろいだあと、厳しい目をアントに向けた。

「ローレンから聞いたんだよ」アントが小声で言う。

「カーラから聞いたの」ローレンは勢いこんで言ったものの、言葉は尻すぼみになった。

「カーラ?」ピップはカーラのほうを向いた。

「ごめん」言葉がつっかえ気味になっているのは、すでにメジャーカップ八杯ぶんに相当するジンを飲んでいるから。「秘密にしとかなきゃならないって知らなかった。しゃべったのはナオミとローレンにだけ。それに、ふたりにはほかの人に言わないでって頼んどいた」非難するようにローレンを指さしながら、身体を揺らしている。

それはそのとおりだ。カーラには秘密にしておいてくれとはとくに頼んでいなかった。そんなことを頼む必要もないと思っていた。こういう失敗は二度としてはいけない。

「わたしのプロジェクトはきみたちにゴシップを提供するためのものじゃないよ」いらだちで声がうわずるものの、なんとか平静を装い、カーラ、ローレン、アントを順に見やる。

「まあ、いいじゃないか」とアント。「ほら、同学年の半分はピップがアンディ・ベルの事件を題材にした自由研究をやっているって知ってるわけだし。それにさ、なんで自由を謳歌《おうか》できる最後の金曜日の夜におれたちは研究課題のことを話してるわけ？　ザック、ボードを出しな」

「なんのボード？」とカーラが訊く。

「ウィジャボード（心霊術で使われる文字盤）を持ってきたんだ。クールだろ？」ザックはそう言ってリュックサックを引き寄せた。それから古くさい感じのプラスチックっぽいボードを取りだした。盤上にはアルファベットが書かれ、その文字を読むための小さな穴があいた、プランシェットと呼ばれる板がついている。ザックはボード一式をみんなの輪のまんなかに置いた。

「いやよ」ローレンが腕を組んで言う。「怖すぎる。これって霊界との境界を越えるためのものでしょ。怪談ならいいけど、ウィジャボードなんかいや」

男子たちが楽しいからやろうとローレンに誘いかけているのを見てピップはげんなりした。彼らはおそらくウィジャボードを使ったいたずらを計画していて、それをやりたくてたまらないのだろう。たぶんアンディ・ベルがらみのいたずらを。ピップはチップスの袋を取ろうとウィジャボードの向こう側へ手をのばした。そのとき、見た。

懐中電灯の白い光が木々のあいだにちらりと見えたのだ。

ピップは正座して目を細めた。ふたたび光る。遠くの暗がりのなかで小さな正方形の光が森に溶けこみ、消えた。携帯電話の電源ボタンを押して画面の明かりを消すように。

少し待ってみたがふたたび光がつくことはなかった。外には闇が広がっているだけ。聞こえるのは雨の音のみ。月が隠れた暗闇のなかで眠りにつく木々の輪郭がうっすらと浮んでいる。ところが木の影だと思っていたものが二本足で動きはじめた。

「みんな」ピップは小声で呼びかけた。声を出そうとするアントの向こう脛《ずね》を蹴って黙らせる。「いまは姿は見えないけれど、森のなかに誰かがいる。こっちを観察してる」

11

「どこ？」コナーが声は出さずに口だけ動かしてそう訊き、細めた目でこちらの目をのぞきこんできた。

「十時の方向」ピップはささやき声で返した。霜《しも》から溶けだした水が一滴一滴、腹に落ちてくるような恐怖を感じる。目を見開くと、それが合図とでもいうようにみなの目も見開かれる。

いきなりコナーが声を張りあげ、懐中電灯をつかんで立ちあがった。

「変質者をつかまえてやる」勇ましいとはとても思えない声で叫んだあと、天幕の下から闇のなかへ飛びだした。走るのにあわせて懐中電灯の光が揺れる。

「コナー！」ピップは身体をねじって寝袋から抜けだし、コナーの背中に呼びかけた。呆然として言葉をなくしているアントの手から懐中電灯をもぎとり、コナーを追って森のなかへ駆けだす。「コナー、待って！」

漆黒《しっこく》の闇に取り囲まれ、懐中電灯を振ると木にあたった光が跳ねかえってくる。足は泥を踏みしめる。闇に光を向けると雨滴が浮かびあがる。

「コナー」もう一度声を張りあげてコナーのあとを追う。彼の居場所を示すのは、息苦しいまでの闇を切り裂いている懐中電灯の光のみ。

後方からは森のなかを突っ切ってくる足音と、ピップの名を大声で呼ぶ声が聞こえてくる。ローレンかカーラのどちらかが叫んでいる。

急ぎ足で進むうちに脇腹《わきばら》が痛みはじめ、頭をぼんやりさせていたビールの残りかすをアドレナリンが呑みこんでいくのを感じた。感覚は研ぎ澄まされ、頭が働きだす。

「ピップ」誰かが耳もとで呼びかけてくる。

携帯電話のライトをたよりに森のなかを追ってきたアントだった。

アントが息を切らしながら訊いてくる。「コナーはどこ?」

ピップは驚きのあまり言葉が出てこなかった。先のほうでちらちらとまたたく光を指さすと、アントはさっさと歩を進めていった。

そしてまたひとつ近づいてくる足音が聞こえてきたが、見まわしてみても小さな白い光が見えただけだった。

前へと進む懐中電灯の光が、背中を丸めたふたつの姿をとらえた。ピップはぶつかるのを避けようとしてよけた拍子にバランスを崩し、地面に膝《ひざ》をついてしまった。

「ピップ、だいじょうぶかい」アントが荒い息を吐きながら手をさしのべてきた。

「うん」ピップは湿った空気を吸いこんだ。身体をひねったせいで胸と腹のあたりがひきつる。

「コナー、それでどうなった?」

「見失った」コナーは膝に両手をあててあえぎながら答えた。「ほんの少しまえにやつを見失った」

「やつって、男なの？　顔を見た？」

コナーが首を振る。「いや、男だとはっきりはわからなかったけど、ふつうに考えると男だろ？　黒っぽいフードをかぶっているのを見ただけだけど。懐中電灯を向けたら逃げだしたんで、そのあとを闇雲に追った」

「はじめっから闇雲に追ってた」ピップは怒りをにじませて言った。「しかも、ひとりで」

コナーが反論する。「夜中に森のなかで、たぶんマスターベーションしてたんだぜ。あきらかに変質者とわかるやつがおれたちを見ていて、たぶんマスターベーションしてたんだぜ。ボコボコにしてやりたいと思って当然だろ」

「そういうのをむだな勇気って言うの。男らしさとか、なんかそういうのを見せたかったわけ？」

白い光が見えたかと思うと、ザックがあらわれ、こっちにぶつかる直前で歩をとめた。

「どうした？」ザックはそれだけ言うと黙った。

そのとき、叫び声が聞こえてきた。

「やっべ」そう言い捨てて、ザックはくるりと身体の向きを変え、いま来た道を大急ぎで戻っていった。

「カーラ！　ローレン！」ピップは大声をあげ、懐中電灯を握りしめてほかのふたりとともにザックのあとにつづいた。ふたたび暗い森を通り抜けるあいだ、人格を持った木の指に髪をつかまれたような気がした。脇腹の痛みが一歩進むごとにひどくなる。

三十秒後、ザックがつけている携帯電話のライトのなかで、ふたりの女子が身体を寄せあい、腕と腕をからめて立ちすくんでいるのを見つけた。ローレンは泣きじゃくっている。

「どうした?」ピップはそう言って、両手でふたりの肩を包みこんだ。暖かい夜だというのにふたりとも震えている。「なんで叫び声をあげたの?」

「だってわたしたち迷子になっちゃって、懐中電灯は壊れるし、ふたりとも酔っぱらっているし」とカーラ。

「どうして天幕の下にいなかったんだよ」とコナー。

「だってみんなでわたしたちを置き去りにするから」ローレンが泣きながら言う。

「わかった、わかったから」とピップ。「みんなちょっと過剰反応しちゃったね。ぜんぜん、なんでもないから。さあ、天幕へ戻ろう。誰だか知らないけど、謎の人物は逃げたし、こっちは六人もいるんだから。ねっ? だいじょうぶ、だいじょうぶ」ピップはローレンのあごまで流れている涙をぬぐった。

懐中電灯で照らしても、天幕を張った場所へ戻る道を見つけるのに十五分かかった。夜の森はべつの惑星に様変わりする。ザックの携帯電話に入っている地図のアプリを使って、現在地が道路からどれくらい離れているかたしかめなければならなかった。木と木のあいだに白いキャンバス生地と電池式のランプのやわらかな黄色い光がおぼろげに見えたとき、全員の足取りが速まった。

寝袋を並べるスペースをつくるため、すばやく飲み物の空き缶を片づけ、大きな袋のなかにいくつものスナックの袋を詰めこむあいだ、誰も必要以上はしゃべらなかった。四枚の横幕をぜんぶおろし、白いキャンバス地の壁をつくって内部の安全を確保すると、外のようすは窓がわりのビニール製の透明なシートごしにゆがんだ木々が見えるだけになった。

男子たちが森のなかの真夜中の追跡劇について冗談めかしてしゃべりはじめた。ローレンはまだ冗談に乗る余裕はないらしい。

ピップはローレンの寝袋をカーラと自分の寝袋のあいだに運んだあと、酔っぱらいすぎたローレンがジッパーをあけるのにもまごついているのを見て、我慢できずに手を貸して彼女をなかへ押しこんだ。

「もうウィジャボードはなしだよね?」とアント。

「もう充分おっかない思いはしたでしょ」とピップ。

ピップはしばらくのあいだカーラのとなりに腰をおろしていた。彼女の注意を自分のほうへ向けるためにローマ帝国の崩壊についての話をし、隙を見てカーラの喉に水を流しこむ。ローレンはすでに眠っていて、天幕のなかの反対側ではザックも眠りに落ちていた。

カーラのまぶたが瞬き《まばた》をするたびに閉じはじめると、ピップは自分の寝袋へ這っていった。アントとコナーはまだ起きていてなにごとかをささやきあっていたが、自分はもう寝ることにし、ひとまず横になって眠りが訪れるのを待とうと思った。両脚を寝袋のなかへ滑りこませたとき、なにかが右脚に触れてかさこそと鳴った。両膝を胸まで引き寄せてなかを探ったところ、指が一枚の紙に触れた。

スナックかなにかの袋をなかに落としてしまったにちがいない。そう思って引きだしてみた。袋ではなかった。それは二つ折りにされた真っ白な印刷用紙だった。

紙を開いて、目を走らせる。

大きなフォントで言葉が印刷されていた。**調査をやめろ、ピッパ**。

紙が手から滑り落ちる。その落下を目が追う。闇のなかを走っていたとき同様に呼吸が速くなり、懐中電灯の光に浮かびあがった木々が頭によみがえる。恐怖がうすれ、疑念が頭をもたげる。ここまでで五秒。少しずつ頭がはっきりし、次に怒りが湧きあがってきた。

ピップは紙を拾いあげ、男子たちをどなりつけた。「どういうつもり？」

「しーっ。女子が寝てる」起きているふたりのうちのどちらかが言った。

「こんなことして、おもしろいと思ってるの？」二つ折りにした紙を振りながらふたりを睨《にら》みつける。「ほんと、信じらんない」

「なんの話をしてるんだよ」アントが目を細める。

「きみがここに置いたメモのこと」

「メモなんか置いてないよ」紙のほうへ手をのばしながらアントが答える。

ピップは手をさっと引いた。「わたしが真に受けてビビると思ってるわけ？　森のなかの謎の人物の件もぜんぶ仕組んだものだったの？　ジョークの一環？　あれは誰よ、きみの友だちのジョージ?」

「ちがうよ、ピップ」アントがこちらの目を見つめて答える。「ほんとうに、きみがなんの話をしているのかわかんないよ。そのメモにはなんて書いてあるの?」

「あくまでもしらを切るつもりってわけだ。コナー、なにか付け加えることはある?」

「ピップさあ、あれが手のこんだいたずらだとして、おれがあんなに必死になって変質者を追っかけると思うか? 誓って言うけど、おれたちはなにひとつ計画してなんかいないよ」

「きみたちふたりとも、このメモをわたしんとこに置いてないって言うわけ?」

うなずくふたり。

「あんたたち、ほんと頭にくる」ピップは天幕のなかの女子サイドのほうに向きなおった。

「ほんとうだよ、ピップ、おれたちじゃない」とコナーが言う。

ピップはコナーを無視して、必要以上にカサカサと音を立てながら寝袋のなかへ身をくねらせながら入った。

薄手のセーターをまくらがわりにして横になり、メモを広げたまま顔のすぐ横に置く。横向きになってメモを見つめ、アントとコナーから〝ピップ〟と四度呼びかけられても、そのたびに無視した。

ピップは起きている最後のひとりになった。ほかのメンバーが寝入っているのは息遣いでわかる。ぱっちり目が覚めて、ひとりだけ眠れずにいる。

怒りが燃えたあとの灰から新しいなにかが生まれる。燃え殻と埃を原料にして。恐怖と疑念、混沌と論理のはざまをさまよう感情。

頭のなかでメモに書かれた言葉を何度もつぶやいているうちに、それは弾むような、外国語みたいな音になっていく。

調査をやめろ、ピッパ。

本物の脅《おど》しであるわけがない。たんなる悪質な冗談。つまらないジョーク。

メモから顔をそむけることができず、目は黒く印刷された文字の字面を前から後ろへ、後ろから前へと、休みなく追っていく。

死の静寂にも似た夜の森が自分のまわりで息づいている。小枝同士が触れあって乾いた音を立て、木から木へと鳥がはばたいて絶叫する。キツネかシカか、得体の知れない動物が泣き声めいた甲高《かんだか》い声を発している。泣いているのはアンディ・ベルなのか。彼女が時間の層を突き抜けて叫んでいるのだろうか。

調査をやめろ、ピッパ。

第二部

12

ピップはなんだか気持ちが落ち着かず、テーブルの下で脚全体をもじもじさせていた。カーラがおしゃべりに夢中でそのことに気づかずにいてくれるようにと願う。なにごとかをカーラには言わずに秘密にするのは今回がはじめてで、気分はへたくそな人が動かす操り人形みたいに支離滅裂なうえ、胃のなかには塊《かたまり》が詰まっている気がする。

新学期がはじまってから三日目、教師たちは授業内容のガイダンスを終えて、実際に授業をスタートさせた。その日の放課後、ピップはカーラの家に来ていた。ふたりはワード家のキッチンのテーブルにつき、形だけは宿題をやっていたが、実際のところカーラは目前に迫った重大な局面について嘆いていた。

「でね、大学でなにを勉強したいのかいまだにわからないのに、どこの大学に行きたいかなんてわかるはずがないってパパに言ったの。なのにパパは〝どんどん時間は過ぎていくよ、カーラ〟みたいなことばっかり言うから、わたし、それがストレスで。ピップはご両親とはもう話

「うん、二、三日前にね。ケンブリッジ大学のキングス・カレッジに決めた」

「専攻は英語？」

ピップはうなずいた。

「人生設計を堂々と公表するなんて、いちばんムカつくタイプの人間だね、ピップは」カーラが鼻で笑う。「大人になったらなにになりたいか、どうせもう自分でわかってるんでしょ」

「当然」とピップ。「ジャーナリストのルイ・セローとヘザー・ブルックにミシェル・オバマをあわせてひとまとめにした人物になりたい」

「ほんとになれちゃいそうなところが、またムカつくんだよね」

ピップの携帯電話が大音量の汽笛を響かせた。

「誰から？」とカーラが訊く。

「ラヴィ・シン」答えてから、テキストメッセージにざっと目を通す。「最新の情報はないかって訊いてきてる」

カーラが芝居がかった調子でしゃべりだす。「ああ、いまやあの人とはテキストメッセージを送りあう仲。結婚に向けて来週のデートは控えるべきかしら」

ピップがボールペンを放る。カーラがひょいとよける。

「で、アンディ・ベルの件の最新情報はあるの？」とカーラ。

「ない」とピップ。「ぜんぜん、ひとっつもない」

嘘をついたせいでぎゅっとよじれた腹に塊ができた気がする。

アントとコナーを学校でふたたび問いつめてみたところ、ふたりは寝袋で見つかったメモを書いたのは自分たちではないとがんとして否定した。加えて、書いたのはザックか女子のうちのひとりではないかと言ってきた。もちろんふたりが否定したからといって、はいそうですかと鵜呑《うの》みにはできない。しかしほかの可能性も考えてみなければならないのはたしかだ。考えられる可能性とは？　アンディ・ベルの事件に関与している者が脅しをかけてプロジェクトをあきらめさせようとしているとしたら？　その誰かとは、こちらが調査をつづけると多くのものを失う人物と思われる。

メモの中身については誰にも話していない。あの場にいた女子にも、メモにはなんと書いてあるのかと訊いてきた男子にも。両親にも、ラヴィにすら知らせていない。もし話したら、彼らは心配のあまり、ただちに調査をやめさせようとするだろう。これからは情報漏れに注意しなければならない。胸におさめておくべき秘密ができてしまったいま、秘密保持の達人、ミス・アンドレア・ベルからその極意を学ぶべきかもしれない。

「カーラのパパはどこにいる？」とピップは訊いた。

「十五分くらいまえに顔を出して、これから家庭教師をしにいくって言ってたじゃない」

「そうだったね」嘘と秘密をかかえていると注意散漫になる。エリオットは週に三回、個人宅へ家庭教師として出向いている。それはワード家の日課のひとつで、ピップもよく知っている。神経が昂《たかぶ》っているせいで言動がぎこちなくなっているのが自分でもわかる。カーラには気づかれているかもしれない。こっちのことはなんでもお見通しなのだから。落ち着け、とピップは自分に言い聞かせた。今日は目的があってワード家に来たのだから。どぎまぎしていては見破られてしまう。

べつの部屋にあるテレビからざわめきやドスッという音が聞こえてくる。ナオミがアメリカのドラマを見ていて、そのなかでサイレンサーつきの銃がブス、ブスと鳴り、男が〝クソ〟と叫んでいる。

完璧。やるならいまだ。

「ねえ、ちょっとカーラのノートパソコン貸してくれる？」肩の力を抜いて訊いたので、おそらく見破られないだろう。「この本の英語の題名を調べたいの」

「いいよ」テーブルの向かい側にすわっているカーラがパソコンをこちらへ押す。「開いてるタブは閉じないでね」

「わかった」パソコンをこっちに向けてカーラに画面が見えないようにする。

鼓動が大きくなり、その音まで聞こえる。頭に血がのぼってくるのが感じられるので、顔が赤くなっているはずだ。身をかがめて画面の陰に顔を隠し、コントロールパネルをクリックする。

昨日の晩は三時まで起きていた。〝可能性〟のことが頭から離れず、なかなか寝つけなかったのだ。そこでインターネットを開き、質問して回答が得られるQ＆Aサービスのページでワイヤレスプリンターについてのガイドを読んだ。

森のなかまで何者かが尾《つ》けてきた可能性がある。それはほぼたしか。誰かがこっちを見張り、友人たちも含めて全員を天幕の外へおびきだし、その隙にメッセージを残した。これも確実。容疑者リストに載せたひとつの名前がいまどうしても頭にちらつく。自分とカーラがキャンプをする正確な場所をあらかじめ知っていた人物。ナオミ。姉がわりでもあるナオミがそんなことをするはずがない、と思うのはもうやめたほうがいい。〝もうひとりのナオミ〟がいる可能性は充分に考えられるのだから。もうひとりのナオミは、アンディが殺されたと思われる時間帯にマックスの家からこっそり外へ出ていたかもしれない。サルに恋していたかもしれない。アンディを殺してしまうほど憎んでいたかもしれない。

数時間かけて執拗《しつよう》なリサーチをした結果、ワイヤレスプリンターが過去に印刷したドキュメントを見る方法はないことがわかった。まともな判断力のある人物なら自分のパソコンに脅迫文めいたメモを残さないだろうから、ナオミのパソコンをのぞいても徒労に終わるだろう。しかし、できることがひとつある。

ピップはカーラのノートパソコンの〈デバイスとプリンター〉をクリックし、ワード家のみんなが共用している、その名も〝フレディ・プリンツ・ジュニア〟という名前のプリンターにポインターをあわせた。〈プリンター〉の〈プロパティ〉をクリックし、詳細設定のタブを押す。

ピップはマンガのイラストがついた〝ハウツー〟もののウェブサイトにあったやり方を頭に叩きこんでいた。記憶どおりに〈印刷されたドキュメントを保持する〉のボックスにチェックマークを入れ、適用とＯＫのボタンを押して終了する。コントロールパネルを閉じ、カーラの宿題をふたたび画面に表示させた。

「ありがとう」ピップはノートパソコンをカーラのほうへ押した。胸のあたりにスピーカーを縫いつけでもしたように、心臓の音がはっきりと聞こえる。

「どういたしまして～」

カーラのノートパソコンは、一家のプリンターで印刷されたドキュメントの履歴を、いまからすべて保存することになる。もしまた印刷されたメッセージが届いた場合は、履歴を見ればそれがナオミが印刷したものかどうかがわかる。

キッチンのドアが開いたと同時にホワイトハウスのどこかが爆発する音と、ＦＢＩ捜査官が「ここから逃げて、自分自身を守れ！」と叫んでいる声がなだれこんできた。ナオミがドア口に立っている。

「ちょっと、ナオミ」とカーラ。「わたしたち、勉強してるんだから、ボリュームをさげてよね」

「ごめん」せめて生の声は小さくしておくとでもいうように、ナオミが小声で謝る。「飲み物をとりにきたの。ちょっと、ピップ、だいじょうぶ？」眉根を寄せたナオミに声をかけられ、そのときようやくピップは見つめられていたことに気づいた。

「えーっと、うん、だいじょうぶ。とつぜんナオミが入ってきたからびっくりしただけ」そう言って笑ったものの、口を無理やり横に広げ、ひきつったみたいに口角をあげているのが自分でもわかった。

ピッパ・フィッツ＝アモービ
EPQ　二〇一七年九月八日

作業記録――エントリー13

エマ・ハットンとのインタビュー記録

ピップ：もう一度話をすることに同意してくれてありがとうございます。今回は追加の質問なので短くすむと思います。

エマ：そう、じゃあ、さっそくはじめて。

ピップ：ありがとう。えっと、いろいろアンディのことを訊いてまわってみて、ある噂を耳にしたんです。それであなたの意見を聞きたいと思って。噂というのは、アンディがサルと二股《ふたまた》をかける形で誰かべつの人とデートしていた、というものなんです。おそらく年上の人物と。そういう噂話を聞いたことがありますか。

エマ：誰から聞いたの？

ピップ：ごめんなさい、匿名《とくめい》にしてほしいと言われてるんです。

エマ：それ、クロエ・バーチ？

ピップ：ほんと、ごめんなさい。名前は出せないんです。

エマ：クロエ・バーチに決まってる。その話を知っているのはわたしたちふたりだけだったんだから。

ピップ：じゃあ、ほんとうなんですか？　アンディがサルとつきあいながらも、べつの人ともデートしていたというのは。

エマ：まあ、そうね、アンディはそう言っていた。名前とか具体的なことはいっさい言わなかったけれど。

ピップ：どのくらいの期間、そういう状態がつづいていたのか、だいたいのところ、わかりますか？

エマ：アンディが行方不明になるちょっとまえからじゃないかな。彼女がその話をしだしたのは三月だったと思う。あくまでも〝思う〟だけどね。

ピップ：相手が誰だったかは見当もつかない？

エマ：つかない。アンディはわたしたちが知らないってことを楽しんでいたくらいだから。

ピップ：そのことを警察には伝えるべきだとは思わなかった？

エマ：思わなかった。実際にわたしたちが知ってるのは話の断片にすぎなかったから。それに、アンディがお遊びで架空の彼氏をつくりあげたのかも、と思ってたし。

ピップ：サルに嫌疑がかかったあと、その件が犯行の動機になりうると警察に知らせようとは思わなかった？

エマ：思わなかったわね。何度も言うけど、相手の男が実在しているという確信はなかったから。アンディだってばかじゃないから、べつの恋人の存在をサルに話したとは思えなかったし。

ピップ：でも、どうにかしてサルが気づいていたとしたら？

エマ：うーん、サルが気づけたとは思えない。アンディは秘密を隠すのがうまかったから。

ピップ：わかりました。じゃあ、最後の質問に移ります。アンディがナオミ・ワードと仲たがいしていたかどうか、覚えていませんか？　あるいは、ふたりが険悪な仲だったかどうか。

エマ：ナオミ・ワードってサルの友だちの？

ピップ：はい。

エマ：ううん、そんな話、聞いたことがない。

ピップ：アンディ自身が、ナオミとは仲が悪いとか、ナオミの悪口なんかを言っていませんでしたか。

エマ：いいえ。でもいまそう訊かれて思いだしたことがある。アンディはワード家のひとりを徹底的に嫌っていたけど、それはナオミじゃなかった。

ピップ：どういうことですか？

エマ：ワード先生を知ってる？ 歴史の教師。先生がまだキルトン・グラマースクールにいるかどうかわからないけど。アンディはワード先生を嫌っていた。先生のことを〝クソ男〟とか、けっこうきっつい言葉でののしっていたのを覚えてる。

ピップ：嫌っていた理由は？ それはいつのことですか？

エマ：理由はわからないけど、先生を悪く言っていたのはイースターのころだったと思う。一連の事件が起きる少しまえ。

ピップ：でも、アンディは歴史のクラスをとっていなかったんですよね？

エマ：とってなかった。学校に通うにしてはスカートが短すぎると注意されたかなにかで、先生を嫌ってたみたい。アンディはそういうふうに注意されるのが大嫌いだったから。

ピップ：オーケー、訊きたいことは以上です。ご協力に感謝します。

エマ：どういたしまして。じゃあね。

いやだ。ほんとにいや。

最初はナオミ。いまじゃ彼女の目を見ることもできない。そして次はエリオット？　アンディ・ベルについて質問するたびに、なぜわたしと近しい人の名前が出てくるのだろう。アンディが死に至るまでのあいだに、あるひとりの教師の悪口を友人に言っていたのはまったくの偶然に思える。そう。たんなる偶然で、そこにはなんの意味もない。

でも——この〝でも〟はかなり大きな〝でも〟——、エリオットはアンディのことはほとんど知らなかったと言っていたし、彼女の人生の最後の二年間はアンディとは接点がなかったはず。互いにまったく接点がないのなら、どうしてアンディはエリオットのことを〝クソ男〟なんて言っていたんだろう。なにか理由があって、エリオットが嘘をついているとか？

エリオットが自分と近しい人だからといって、いつものように突っこんで考えないとしたら、わたしは言行不一致の不誠実な人間になってしまう。心理的につらいとしても、しっかり考えなければ。実際問題として〝クソ男〟発言からエリオットが秘密の年上の男だと断言できるだろうか。最初わたしは〝秘密の年上の男性〟は二十代なかばから後半の人物だと思っていたけれど、自分の直感が間違っていたのかもしれない。もっと年上を指しているとしてもおかしくない。このまえのエリオットの誕生日にケーキを焼いたから彼の年は知っている。いま四十七歳。ということは、アンディが行方不明になったときは四十二歳。

アンディは友人にこの男性を〝破滅〟させることができると語っている。それはつまり当該の男は既婚者だということを意味していると思う。エリオットはあてはまらない。奥さんはその何年かまえに亡くなっているのだから。しかし彼は学校の教師で、信頼されてしかるべき立場にある。仮に不適切な関係を持っていたとしたら、刑務所送りとなる可能性もあったはずだ。これはたしかに誰かを〝破滅させる〟という言葉にあてはまる。

エリオットはそんなまねをするタイプの人間だろうか。いや、ちがう。では、十七歳の美しいブロンドの生徒が寝たいと思うたぐいの男性だろうか。わたしはそうは思わない。だからといって彼が気味の悪い男というわけではなく、白髪まじりのいかにも教師という風貌……ちがう。わたしには想像できない。

エリオットへの疑惑をつらつら考えていること自体が自分でも信じられない。次に容疑者リストに載るのは誰？　カーラ？　ラヴィ？　パパ？　わたし？

ほんとうのことを知りたいならば、覚悟を決めてエリオットに訊いてみるべきだと思う。そうしないと、アンディと話す機会が少しでもあったすべての人物に疑いの目を向けるはめになるかもしれない。妄想に振りまわされるなんてごめんだ。

しかしどうやったら六歳のころから知っている大人の男性に、どうして殺された女子について嘘をついたんですか、とさらりと訊けるだろうか。


〈容疑者リスト〉
・ジェイソン・ベル
・ナオミ・ワード
・秘密の年上男性
・エリオット・ワード

13

字を書く自分の手が独自の頭脳を持っている気がする。頭の中身とは切り離され、独立した電子回路みたいなものを。

ワード先生はしゃべっている。「しかしレーニンは一九二一年の赤軍侵攻後のジョージアに対するスターリンの方針が気に入らなかった」一方で自分の指は先生の話にあわせて動き、日付とともにすべてを書きとめ、下線まで引いている。内容はひとつも頭に入ってこないのに。

頭のなかでは闘いが繰り広げられていて、両陣営は互いに言い争っては小突きあっている。アンディの発言についてエリオットに訊くべきか、それともそれは調査にとってリスクとなるか。殺された生徒について探りを入れるような質問をするのはぶしつけだろうか、それとも〝ピップだからしかたがない〟と許してもらえるだろうか。

昼休みを告げるベルが鳴り、椅子を引いたり、かばんのジッパーをあけたりしている生徒たちに向かってエリオットは声をかけた。「次の授業のまえに第三章を読んでおくこと。それでは物足りないというのであれば、第四章のトロツキーまで進んでも、もちろんかまわない」そして自分で言った言葉にくっくと笑う。

「いっしょに行くだろ、ピップ」とコナーが言い、立ちあがってリュックサックを背負う。

「えっと、うん、あとでみんなを見つける。先にワード先生に訊きたいことがあるんだ」

「ワード先生に訊きたいことがあるって?」言葉を漏れ聞いたらしきエリオットが言う。「そいつはなにやら不吉だな。これから取り組む学習課題について、まだ考えていないなんて言うんじゃないだろうな」

「いいえ、その、それは考えてます。でも訊きたいのはそういうことじゃなくて」

ピップは教室のなかでふたりきりになるまで待った。

「それで、訊きたいことっていうのは?」エリオットはちらりと時計を見た。「きみに十分やろう。そのあと急いでパニーニを買う列に並ぶとするよ」

「わかりました、すみません」ピップはなけなしの勇気をかき集めようとしたが、それはひとつも残っていなかった。「えーっと、その……」

「だいじょうぶかい」エリオットはそう言い、自分の椅子に腰かけて腕と脚を組んだ。「大学の願書について悩んでいるのかい。志望理由書の書き方についても相談に乗るよ、もし――」

「ちがうんです、そういうことじゃなくて」息を吸いこみ、上唇に向けて吐きだす。「あの……まえにインタビューしたとき、先生はアンディが亡くなるまえの二年間は彼女とは接点がなかったと言ってましたよね」

「うん、言った」エリオットは目を瞬《しばた》かせた。「その二年間は、彼女は歴史のクラスはとっていなかったからね」

「そうですよね、でも――」勇気がほんの少しずつ湧いてきて、言葉が互いに競いあうように飛びだしはじめた――「アンディの友人のひとりが言っていたんです。失礼な言葉遣いはご容赦ください。アンディは行方不明になるまえに、先生を〝クソ男〟と呼んだり、ほかにもあまりよろしくない言葉を吐いていたそうです」

なぜですか、という質問を言外にこめた。口に出して言う必要はない。

「そういうことか」エリオットは落ちてきた髪を顔から払った。こっちを見てため息をつく。「まあ、その件が持ちだされなければいいと思っていたよ。どう説明すればいいかよくわからないからね。でもきみが自由研究に打ちこんでいるのはよくわかる」

ピップはうなずき、沈黙で答えをうながした。

エリオットが身じろぎする。「その件に関してはあまりいい気分になれないな。命を失った生徒について不愉快な話をしなくちゃならない」エリオットは開いている教室のドアをちらりと見て、閉めにいった。「学校ではアンディとはあまり接点がなかったが、ナオミの父親として、もちろん彼女のことは知っていた。それで……ナオミをとおしてアンディ・ベルに関するあることを知った」

「あること？」

「オブラートに包むのは無理だな……アンディは〝いじめ〟をしていたんだ。同じ学年の女子をいじめていた。相手の名前は忘れたが、ポルトガルふうな名前だったと思う。アンディはいやがらせでその女子の動画をネットに投稿したりしていた」

ピップは驚いたが、アンディならやりかねないとも思った。アンディ・ベルの日常という迷路に、もうひとつ新たな道が追加された。アンディの人物像は次々に書きかえられ、もともとのイメージは書きなおされた層の隙間からほんの少しのぞいているものだけになった。

「その行為のためにアンディが学校でも警察でも窮地に立たされることは充分わかっていた」エリオットがつづける。「わたしは……残念に思った。というのもそれを知ったのがイースター明けの最初の週で、Ａレベルのテストが目前だったからだ。彼女の将来を決めてしまうテストが」そこでため息をつく。「すぐさまいじめの件を校長に報告するのが自分の義務だとわかっていた。だが学校側はネット関連を含むいじめに対しては厳罰を科す方針で、わたしが報告すればアンディはすぐさま退学処分を受けることはあきらかだった。Ａレベルは得られず、大学へも行けない。わたしにはそこまではとてもできなかった。いじめの加害者であるとはいえ、生徒の将来をぶちこわすことに一部荷担してしまったという良心の呵責《かしゃく》を覚えながら生きていくのは、自分にはできそうもなかった」

「それで先生はどうしたんですか」とピップは訊いた。

「彼女の父親の連絡先を探し、春休みが明けて学校が再開した初日に電話をかけた」

「つまり、アンディが行方不明になった週の月曜日ってことですね」

エリオットがうなずく。「そうだったと思う。わたしはジェイソン・ベルに電話をかけて知っていることをすべて告げ、いじめとその報いについて娘さんと真剣に話しあってくださいと伝えた。アンディのオンラインへのアクセスも制限すべきだと付け加えた。そして、あなたを信頼して処理をまかせた、それがうまくいかなければ、学校へ報告してアンディには退学してもらうしかないと念を押した」

「それで彼はなんと言ったんですか」

「そうだな、どうしようもない娘に立ち直るチャンスを与えてくれたと言って、感謝していたよ。彼は娘に言い聞かせて解決すると約束してくれた。ミスター・ベルがアンディを諭《さと》したときに、情報源はわたしだと言ってしまったんだろうな。だから、その週にアンディがわたしを特別な呼び方で呼んでいたとしてもべつに驚かないよ、ほんとに。がっかりだけどね」

ピップは大げさに思えるほどの安堵のため息をついた。

「どうしてそんなため息をつくのかな?」

「すみません、じつは先生がなにか隠しておかなきゃならない理由があって嘘をついてるんだと思っていました。そうじゃなくてよかった」

「推理小説の読みすぎだよ、ピップ。かわりに偉人の伝記でも読んだらどうかな」エリオットはやさしげに微笑《ほほえ》んだ。

「伝記もののなかには推理小説なみに不穏なものもありますよ」そこで少し間《ま》をおく。「えーっと、アンディのいじめについては、誰にも話してはいないんですよね?」

「もちろん話していないよ。本人の身にあんな悲劇が起きたあとでは、話しても意味がないからね。死者に鞭打《むちう》つなんて無神経にもほどがある」エリオットはあごを掻いた。「この件についてはあまり考えないようにしているんだ。ついバタフライ・エフェクト的な仮説にまで考えがおよんでしまうから。もしあの週に学校側に報告してアンディが退学処分になっていたらどうなっていたか。結果はちがうものになっていたのではないか。サルがアンディを殺さずにはいられないほどの状況にはならなかったのではないか。いまもふたりは生きていたのではないか、というふうに」

「どう考えても袋小路にはまりますから、やっぱり考えないほうがいいですね。ところで、いじめに遭っていた女子生徒のことはまったく覚えていないんですか」

「残念ながら、覚えていない。たぶんナオミは覚えているだろう。訊いてみるといいよ。きみの自由研究の〝犯罪捜査とメディアの報道のあり方〟となんの関係があるのかわからないけどね」エリオットがたしなめるような目つきで見つめてくる。

「最終的にタイトルをどうするか、まだ決めていないんです」

「そう。まあ、きみも袋小路に入りこまないように」チッチッチッと左右に指を振りながら言う。「さてと、ここらで逃げだすとしようかな。ツナとチーズのパニーニが待ちきれないよ」笑みを浮かべ、廊下へと速足で出ていく。

エリオットがドアから出ていくと、胸にあった疑念が消えてピップは気持ちが軽くなった。間違った方向へと自分を導いた見当違いの仮説にかわり、今度は追うべきほんとうの手がかりを見つけた。同時に容疑者リストから名前がひとつ消えた。思いきって訊いてみてよかった。しかし、手がかりによってふたたびナオミへと引きもどされた。会って話をするならば、相手に対して疑いめいた気持ちなどみじんも抱いていないという態度で、彼女の目を正視しなくてはならない。

ピッパ・フィッツ＝アモービ
EPQ　二〇一七年九月十三日

作業記録――エントリー15

ナオミ・ワードとの二度目のインタビュー記録

ピップ：じゃあ、録音するね。ナオミのパパから聞いたんだけど、彼はアンディが同学年の女子をいじめているのを知ったんだって。ネットいじめ。エリオットの話ではネットに動画が投稿されたらしい。そのことについてなにか知ってる？

ナオミ：うん、まえにも言ったように、アンディは困ったちゃんだった。

ピップ：もうちょっと詳しく教えてくれる？

ナオミ：わたしたちの学年にナタリー・ダ・シルヴァっていう子がいて、すごくきれいで、彼女もブロンドだったの。ふたりはよく似ていた。だからアンディはナタリーを脅威だと感じていたんじゃないかな。その証拠に最終学年にあがってから、アンディはナタリーについてのよからぬ噂話を流しはじめたの。いやがらせの一環として。

ピップ：サルとアンディがつきあいはじめたのは十二月だよね。それより以前に起きたアンディがらみの出来事をナオミはどうやって知ったの？

ナオミ：わたし、ナタリーとは友だち同士だったの。いっしょに生物のクラスをとってた。

ピップ：そっか。で、アンディが流しはじめたのってどんな話？

ナオミ：ティーンエイジの女子しか考えつかないような無責任で悪趣味な話。ナタリーの親族は内輪で性交しているとか、ナタリーは更衣室をのぞいて着替えている生徒を見てオナニーしているとか。そういうばかみたいなムカつく話。

ピップ：それで、アンディがそんなことをしたのは、ナタリーがすごくきれいで、アンディがそれを脅威に感じたからだとナオミは思ってるんだ。

ナオミ：アンディの考えつくことなんてその程度だったと思ってる。彼女は同学年の男子全員にちやほやされたがってた。ナタリーはいわばライバルだったから、なんとかして彼女を貶《おとし》めなきゃならなかったの。

ピップ：それで、動画の話についても知ってたの？

ナオミ：うん。その動画、いろんなソーシャルメディアでシェアされていた。誰かが不適切な動画だと通報してから数日たって、ようやく取り消されたの。

ピップ：それっていつ？

ナオミ：春休みの最中。学校が休みだったのが不幸中の幸い。学期中だったらナタリーはもっとひどいダメージを受けてたよ、きっと。

ピップ：そうなんだ。で、どういう動画だったの？

ナオミ：聞いた話では、アンディが友人たちとぶらついているときに思いついたらしいんだよね。連中のなかには、もちろん取り巻きふたりも含まれてた。

ピップ：クロエ・バーチとエマ・ハットン？

ナオミ：そう。それとほかの子が何人か。サルはいなかった。もちろんわたしの友だちも。そこにはクリス・パークスっていう男子もいて、ナタリーが彼に片思いをしていたのはみんな知っていた。アンディがクリスの携帯電話を使ったのか、直接クリスにやらせたのか、そこのところはよくわからないけど、とにかくクリスの携帯電話からナタリーへ〝つきあいたい〟みたいなメッセージが送られた。ナタリーは大喜びだった。クリスが大好きだったし、彼が本気だと信じていたから。で、そのときアンディだかクリスだかが、ナタリーにトップレスの動画を送ってくれって頼んだの。本人だとわかるように顔出ししたのを。

ピップ：それでナタリーは送っちゃったの？

ナオミ：そう。そんな手口に引っかかるナタリーもナタリーだけど、とにかく自分がしゃべっている相手はクリスだけだと彼女は思っていたから。気がついてみると、動画はネット上に拡散されて、アンディや大勢の生徒のＳＮＳでシェアされてた。ついたコメントはムカつくものばかり。で、学年のほぼ全員が取り消されるまえにその動画を見たってわけ。ナタリーの落ちこみようは半端じゃなかった。恥ずかしさのあまり学校へも来られず、春休み明けの新学期の最初の二日は欠席した。

ピップ：サルはアンディが黒幕だって知ってたの？

ナオミ：わたしがサルに言った。サルはあからさまにアンディを非難しはしなかったけれど、〝そこまでかまってられない。ぼくはかかわりたくない〟って言ってた。サルにはそういう、どこか冷めたところがあったから。

ピップ：ナタリーとアンディのあいだには、ほかにもなにかあった？

ナオミ：あった。かなりひどいことをされたけど、それについて知ってる生徒はほとんどいなかった。わたしだけじゃないかな、知ってたのは。その出来事の直後の生物のクラスでナタリーが泣きだして、なにがあったか話してくれた。

ピップ：なにがあったの？

ナオミ：秋学期に最上級生たちで芝居をやることになっていたの。たしかアーサー・ミラーの〈るつぼ〉だったと思う。オーディションの結果、ナタリーが重要な役をやることになった。

ピップ：アビゲイル役？

ナオミ：たぶんそうだったと思うけど、覚えてない。どうやらアンディもその役をやりたかったらしくて、ナタリーに決まったときかなり腹を立てていた。役が割り振られたあと、アンディがナタリーに詰め寄って、話したの。

ピップ：なにを？

ナオミ：ごめん、背景を説明するのを忘れてた。ナタリーには五歳上のダニエルっていうお兄さんがいるんだけど、ダニエルはわたしたちが十五歳か十六歳のときにパートタイムの用務員として学校で働いていたの。ほかの職を探す合間の一年間だけ。

ピップ：それで？

ナオミ：それで、アンディはナタリーに詰め寄って、ダニエルとの関係を話したらしいの。なんでもダニエルがまだ学校で働いている時期に、当時十五歳だったアンディと関係を持ったんだって。それでアンディはナタリーに役を降りろと迫った。さもないと、警察に駆けこんでナタリーのお兄さんにレイプされたと通報するって。結局ナタリーは役を降りた。降りないとアンディがなにをしでかすかわからず、怖かったから。

ピップ：それって事実なの？　アンディがナタリーのお兄さんと関係を持ったってことだけど。

ナオミ：わからない。ナタリーにもたしかなところはわからなくて、だからなおさら役を降りざるをえなかった。たぶん、お兄さんには訊けずにいたと思う。

ピップ：ナタリーがいま住んでいるところ、知ってる？　わたし、彼女と話ができるかな。

ナオミ：ナタリーとは連絡をとりあっていないけど、ご両親の家に戻っていることは知ってる。でも、よからぬ噂を耳にしたんだよね。

ピップ：どんな噂？

ナオミ：うーんと、たしか彼女、大学で乱闘騒ぎに巻きこまれたっていう話で。傷害罪で逮捕されて、服役していたみたい。

ピップ：たいへんだったね。

ナオミ：ほんとに。

ピップ：ナタリーの電話番号を教えてくれる？

14

「ぼくに会いにくるのにドレスアップしてきたのかい、部長刑事」ラヴィが玄関ドアの枠に寄りかかりながら訊いてくる。今日の恰好はグリーンの格子柄のフランネルのシャツにジーンズ。「まさか。学校からまっすぐ来たの」とピップ。「ちょっと協力してほしくて。さあ、靴をはいて――」そこで手を打ち鳴らす――「いっしょに来て」

「おっ、いよいよ出動ですね」ラヴィはいったん奥へ入り、廊下に放りだしてあるスニーカーを急いではいた。「暗視ゴーグルとツールベルトは必要でありますか？」

「今回はいらんよ」ピップが笑って庭の小道を歩きはじめると、ラヴィが玄関ドアを閉め、あとからついてきた。

「どこへ行くんだい」

「アンディ殺害の容疑者二名が育った家まで。そのうちのひとりは〝傷害を惹起《じやつき》した暴行〟を犯して、服役していた刑務所から出てきたばかり」〝傷害を惹起した暴行〟のところで指で引用符の形を示す。「あなたはいわば助っ人。アンディ殺害の容疑者であるうえ、暴力的傾向のある人物の話を聞きにいくんだから」

「助っ人？」ラヴィがあわてて追いついてきて、となりに並んだ。

「そう、まさかのときに、助けを求めるわたしの叫び声を聞いてくれる人が必要だから」

「ちょっと待った、ピップ」ラヴィに腕をつかまれ、引っぱられてしかたなくピップは立ちどまった。「身を危険にさらすようなまねはしてほしくない。サルだってそんなことを望んじゃいないはずだ」

「やだなあ、もう」ラヴィの手を振り払って言う。「プロジェクトのためだからといってわたしが危険を冒すと思う？　たとえ小さな危険でも。すこぶる穏やかに、彼女にいくつか質問をするだけ」

「なんだ、相手は女性なのか。それならいいよ」

ピップはリュックサックを振りまわしてラヴィの腕にぶちあてた。

「ちょっと、聞き捨てならないんですけど。女性だって男とおんなじくらい危険な存在になれるんだよ」

「痛いなあ。とにかく状況を説明してくれよ」腕をさすってラヴィが言う。「ところで、そこまでどうやって行くんだい？」

ずんぐりして正面が虫の顔みたいなピップの車を見てラヴィは笑いを引っこめた。乗りこむとすぐにラヴィはシートベルトをカチリと締め、ピップは携帯電話に住所を打ちこんだ。車を発進させて、ふたりで最後に話しあってから自分が知り得たことをすべてラヴィに話す。森で見た人影と寝袋に残されたメモは除いて。ラヴィにとって今回の調査はなによりも重要だろうけれど、もし相棒の身が危険にさらされていると知ったらすぐにやめると言ってくるだろう。そうさせるわけにはいかない。

ピップが話しおえるとラヴィは言った。「アンディはとんでもない女の子のようだな。それでも、まわりの人間はサルがモンスターだとあっさりと考えたわけだ。なんか、あんまりな話だなあ」そこでピップのほうを向く。「もしよければ、ぼくのこのコメント、きみのプロジェクトのなかで引用していいよ」

「ありがと。脚注かなんかに載せとく」

「ラヴィ・シンが」両手の親指を自分のほうに向けてラヴィが言う。「率直な気持ちを語る。虫の顔をした車のなかにて、二〇一七年」

「そういえば、今日は一時間、ＥＰＱの脚注のつけ方についてのレクチャーがあった」道路に目を戻し、ピップは言った。「こっちが知らないとでも思っているみたいに。レポートにどうやって参照事項を書くかくらい、母親の子宮から出てきたときから知ってるっていうのに」

「なんともはや、すごい超能力だ。その能力を売りこみに〈マーベル〉に電話をかけなよ」

携帯電話から聞こえてくる機械的でえらそうな声がふたりの会話に割りこみ、あと五百ヤードで目的地に到着すると告げた。

「あれだと思う」とピップ。「ナタリーんちは鮮やかなブルーのドアの家だってナオミが言ってた」道路の縁石《えんせき》に車をとめる。「昨日ナタリーに二度、電話をかけてみた。最初は〝学校の自由研究〟って言ったとたんに電話を切られた。次は電話に出てもくれなかった。せいぜいドアをあけてくれることを期待しよっか。ラヴィもいっしょに行く?」

「どうするかなあ」そこでラヴィは自分の顔を指さした。「これ、どう見ても〝殺人者の弟〟だよな。ぼくがいないほうがなんらかのコメントを引きだせると思うよ」

「そうかなあ」

「そこの道で待機っていうのはどうかな」ラヴィは家の前の庭と道を隔《へだ》てているコンクリート敷きの一画を指し示した。そこを左に直角に曲がると玄関ドアに行きあたる。「彼女からはたぶん見えないし、あそこにいればなにか起きたときにすぐ動ける」

ふたり同時に車を降りるときに、ラヴィが大げさなうなり声をあげながらリュックサックを持ちあげて手渡してきた。

ラヴィが位置につくとピップはうなずき、玄関へと向かった。二度、短くベルを鳴らし、そわそわした気分でブレザーの襟《えり》をいじっていると、曇《くも》りガラスの向こうに近づいてくる人影が見えた。

ドアがゆっくりと少しだけ開き、隙間から顔がのぞく。ホワイトブロンドを短く刈りこんだ若い女性で、目のまわりにアイラインを引いている。顔は奇妙なほどアンディにそっくり。大きな青い目も、ふっくらとして色のうすい唇も。

「こんにちは。ナタリー・ダ・シルヴァさんですよね?」

「そ、そうだけど」とまどっているようす。

「わたし、ピップです、昨日電話をかけた」と言うと、相手が息を呑んだ。「ナオミ・ワードの友人です。ナオミとは学校でいっしょだったんですよね?」

「ナオミは友だちだったけど。彼女、どうかしたの? なにかあった?」とたんにナタリーは心配顔になった。

「いいえ、彼女は元気です」ピップは微笑んだ。「いまは実家に戻ってます」

「知らなかった」ナタリーはもう少し広めにドアをあけた。「そうだな、そろそろ連絡してみようかな。それで……」

「すみません」ピップはナタリーの足もとを見て、足首にGPSつきのアンクレットがつけられているのに気づいた。それから視線をすばやく相手の顔に戻す。「電話したときに言ったとおり、わたし、学校の自由研究に取り組んでいて、あなたにいくつか質問させてもらいたいと思って」

「どんな内容?」ナタリーはアンクレットがついた足をドアの裏に移動させた。

「えーっと、アンディ・ベルについてです」

「ご苦労さま」ナタリーはドアを閉めようとしたが、ピップは閉めさせないようすっと足を出した。

「お願いします。アンディがあなたにひどい仕打ちをしたのは承知しています。質問に応じたくないのは理解できるけれど――」

「あのビッチはわたしの人生をめちゃくちゃにした」ナタリーが吐き捨てるように言う。「あの女について話すつもりはいっさいないから。帰って！」

そのとき、靴のゴム底がコンクリートをこする音につづき、「おっと」というささやき声が聞こえてきた。

声のほうを見たナタリーの目が大きく見開かれる。「あなた」小さな声。「あなた、サルの弟ね」

それは問いかけではなかった。

ピップはくるりと身体の向きを変えて、後方にいるラヴィに視線を向けた。でこぼこのコンクリートにつまずいてしまったらしく、なにやら恥ずかしそうにしている。

「こんにちは」ラヴィは片手をあげて軽く会釈した。「ラヴィです」

ラヴィがとなりに並ぶ。するとナタリーはがっちりつかんでいたドアを大きくあけた。

「サルはいつでもわたしにやさしくしてくれた」とナタリー。「そんなふうにしなくていいときにも。最後に話したとき、サルはランチタイムをつぶして政治学を教えてあげると言ってくれた。わたしがほとほと困っていたから。あなたのお兄さんがもういないなんて残念でしかたがないわ」

「そう思ってくれてありがとう」とラヴィ。

「あなたもきっとたいへんでしょうね」ナタリーは話しつづけた。その目はほかの世界を見つめている。「この町はアンディ・ベルをキルトンの聖なる君《きみ》としてずいぶんと崇拝しているから。ベンチにも〝こんなにも早く奪われてしまった〟なんて言葉が刻まれてる。わたしに言わせれば遅すぎたくらいだったのに」

「アンディは聖なる君なんかじゃなかった」ナタリーをドアの向こうから出てこさせようと、ピップは穏やかに言った。けれどもナタリーはこっちには目もくれず、ラヴィだけを見つめていた。

ラヴィが突っこんで訊く。「アンディはあなたにいやがらせをしていたんですか」

「ええ、そうよ」ナタリーはおかしくもなさそうに笑った。「あの女は墓のなかからいまだにわたしの人生を破壊しつづけている。この装置に気づいたでしょ」ナタリーはアンクレットを指さした。「大学で同居人のひとりをぶん殴ってこれをつけられた。それぞれのベッドルームは決まっていたのに、その子は好き勝手にわたしのベッドルームまで使っていた。アンディがやりそうなこととまったく同じ。それでわたしは怒りにわれを忘れてしまった」

「アンディがあなたをだまして動画を撮らせたこともわたしたちは知っています」とピップ。「その件で起訴されたっておかしくなかったはず。当時あなたは未成年だったんだから」

ナタリーは肩をすくめた。「あの週、アンディはとにかくああいった形で罰を受けた。神の摂理ってとこだわね。サルに感謝しなくちゃ」

「あなたはアンディの死を望んでいたんですか。ひどいことをされたあとってことですけど」とラヴィ。

「もちろんよ」ナタリーは低いつぶやき声で言った。「当然、あの女には死んでほしいと思っていた。わたしは学校を二日も休んだのよ、あまりに途方に暮れて。水曜日に登校してみたら、みんながわたしを見て笑っていた。廊下で泣いていたところへアンディが通りかかって、こっちに向かって〝エロい女〟って言った。ものすごく頭にきて、それでわたし、アンディのロッカーにちょっとしたメモを置いてやった。意気地がなくて面と向かってはなにも言えなかったから」

ピップが横目で見ると、ラヴィはあごをこわばらせ、眉をしかめていた。それで彼もぴんときたのだとわかった。

「メモ？　それって……脅迫状みたいなやつ？」とラヴィ。

「脅迫状に決まってるじゃない」ナタリーはさもおかしそうに笑う。「〝まぬけなビッチ、おまえを殺してやる〟みたいなことを書いてやった。でもサルに先を越されちゃった」

「たぶんサルはやってない」とピップ。

ナタリーはピップを見た。それからいきなりひきつった笑い声をあげた。霧状の唾がピップの頬まで飛んできた。

「それは、それは」ナタリーがはやしたてる。「で、あなたはわたしがアンディ・ベルを殺したかどうか訊きにきたってわけ？　ナタリーには動機がある、そうだ、犯人はナタリーだ、とあなたは考えてるの？　わたしのアリバイを知りたい？」そこでふたたび人をばかにしたように笑う。

ピップはなにも言わなかった。口のなかには唾がどんどんたまってきていやな感じがしたけれど、それを呑みこみもしなかった。身じろぎさえしたくなかった。ラヴィがさっと肩をさわってきたのがわかった。彼の手が自分の手をかすめ、手もとの空気を揺らす。

ナタリーが前かがみになった。「アンディのせいでわたしには友だちがひとりもいなくなったの。だからあの金曜日の夜にも行くところがなかった。それで、家族と義理の姉といっしょに十一時までずっとスクラブル（英単語を組みあわせて競うボードゲーム）をしていた。がっかりさせてごめんなさいね」

ピップは勢いこんで訊いた。「じゃあ、お兄さんはどこにいたんですか。彼の奥さんがあなたといっしょにいたのなら」

「兄まで疑われているの？」声が不満げで陰気なものになった。「ナオミったら、うちの兄が疑わしいとまで言ったのね、きっと。あいにくだけど、あの晩、兄は警察の仲間といっしょにパブで飲んでた」

「お兄さんは警察官なんですか？」とラヴィ。

「事件のあった年にちょうど研修を終えたばかりだった。だからね、悪いけど、この家には殺人者はいないの。さあ、もう帰って。ナオミには絶交だって言っといて」

ナタリーは後退してふたりの鼻先でドアをバタンと閉めた。

ピップはドア枠のなかで震えているドアを見つめた。そこに目が釘づけになる。ドアが閉じられた衝撃で少しのあいだ空気が波打っているような気さえした。ようやく首を振り、ラヴィを見やる。

「帰ろう」ラヴィが静かに言う。

車に戻り、ピップは何秒間かあえてゆっくりと呼吸をし、靄《もや》がかかった思考をきちんとした言葉であらわそうとした。

ラヴィが先に言葉をかけてきた。「ごめん、きみが質問しているときにつまずいたりして。大声が聞こえてきたんで、それで――」

「いいよ」ピップは相棒を見て、微笑まずにはいられなかった。「ラヴィが来てくれてよかった。ラヴィがいてくれたから、ナタリーは口を開いてくれた」

ラヴィが座席にすわりながら少しだけ背筋をのばすと、頭が車の天井をこすった。「それで、例の記者がきみに語った脅迫状というのは」

「ナタリーが置いた」とピップが言葉を引き継ぎ、イグニッションにさしたキーをまわした。縁石から車を出して道路を二十フィートほど進むとダ・シルヴァの家は見えなくなり、そこでふたたび車をとめて携帯電話を手に取った。

「どうしたんだい」

「ナタリーはお兄さんは警察官だと言ってたよね」ピップは検索アプリを開き、文字を打ちこみはじめた。「お兄さんのことを調べてみる」

検索して最初に出てきた結果は〝テムズバレー警察、ダニエル・ダ・シルヴァ〟だった。警察のホームページの記載によれば、ダニエル・ダ・シルヴァ巡査はリトル・キルトンをカバーする警官隊の一員らしい。彼のリンクトイン（ビジネスに特化したSNS）のプロフィールをざっとチェックしてみると、二〇一一年の終わりから警察につとめているという。

「彼を知ってる」ラヴィが身を寄せてきて、ダニエルの写真を指でつついた。

「知ってるの？」

「うん。サルの件について調べはじめたとき、この警官に出くわして、あきらめろ、きみのお兄さんは間違いなく犯人だ、と言われた。どうやらぼくのことが嫌いらしい」ラヴィは頭の後ろに手をやり、黒髪のなかに指を突っこんだ。「去年の夏、カフェのテラス席にすわってたんだ。そしたらこの男に――」ダニエルの写真を指し示す――「立ち去るよう命じられた。ぼくが〝ぶらぶらしている〟からと。笑っちゃうよね、テラス席のほかの客も似たようなものだったのに、ぼくだけが追い払われた。殺人者の弟で、肌が浅黒かったからみたいだよ」

「見さげ果てたクソ野郎だね。それで、彼のせいでサルの件の調査が中断されちゃったの？」

ラヴィはうなずいた。

「ダニエルはアンディが行方不明になるしばらくまえからキルトンで警察官として働いている」ピップは携帯電話の画面に映る、笑顔を張りつけたダニエルの顔をじっと見つめた。「ラヴィ、何者かがサルをはめて、彼の死を自殺に見せかけたとして、その何者かが警察の捜査手順をよく知っている人物なら、より簡単にことを運べたんじゃないかな」

「たぶんそうだろうな、部長刑事。それに、アンディが十五歳のときにダニエルと寝たという噂があり、それを利用してアンディはナタリーに役を降りるよう脅したんだったよな」

「そう。仮にその後ふたりの関係がふたたびはじまったとしたら？　ダニエルの結婚後、アンディが最終学年のときに。それなら、例の秘密の年上男性がダニエルだという可能性も出てくる」

「ナタリーのほうはどう思う？」とラヴィ。「友人はぜんぶいなくなってしまったんで、事件の晩は家族と家にいたというナタリーの話を、ぼくは信じたい気がするなあ。しかし……彼女は暴力的な人間だということがはっきりしているし」ラヴィは左右の手を交互に上下させ、どちらのナタリーがほんとうなのか考えているようだった。「あきらかな動機もある。もしかしたら兄と妹の共犯とか？」

「あるいはナタリーとナオミの共犯」とピップはうなるように言った。

「ナオミがきみにぺらぺらしゃべったと腹を立てているようだったけど、あれはわざとかな」とラヴィ。「きみのプロジェクトではどう推理する？」

「まだ情報が足りないよ、ラヴィ。ぜんぜん足りない」

「アイスクリームでも食べて、ちょっと脳を休ませるというのはどう？」ラヴィがとびきりの笑顔を見せて言った。

「そうだね、たぶんそうしたほうがいい」

「きみがクッキードウ（焼くまえのクッキー生地）入りのアイスクリームが好きというなら、仰せのままに。引用、ラヴィ・シン」ラヴィは見えないマイクに向かって小芝居ふうに言った。「どのフレーバーのアイスクリームがベストかを論議する、ピップの車のなかにて、九月――」

「口を閉じな」

「はい」

ピッパ・フィッツ＝アモービ
EPQ 二〇一七年九月十六日
作業記録――エントリー17

ダニエル・ダ・シルヴァについての情報がなにひとつ見つからない。さらなる手がかりを与えてくれるものはなしってこと。彼のフェイスブックのプロフィールを見ても、二〇一一年に結婚したという事実以上の情報はほとんどなにも得られない。

しかし、彼が秘密の年上男性だとしたら、アンディは二通りのやり方で彼を破滅させることができたと考えられる。ひとつめ。新婚の奥さんに彼が浮気していることを告げ、結婚生活をぶち壊す。ふたつめ。二年前の未成年に対するレイプを警察に通報する。現状ではどちらも確たる証拠はないが、もし真実なら、ダニエルにはアンディの死を望む充分な動機があったと考えられる。アンディは彼を脅迫していたかもしれない。ダ・シルヴァ家の人間を脅迫することにかけては、彼女は熟練者とさえ言えるのだから。

警察官としての日常についてもオンラインではなにも発見できない。見つかったのは、三年前にダニエルが対応したホッグ・ヒルでの自動車の衝突事故についてスタンリー・フォーブスが書いた記事だけ。

仮にダニエルがわれわれが追う殺人者だとしたら、彼は警察官という立場を利用して捜査を妨害したかもしれない。内部の人間として。ベル宅を捜索したときに、自分を、あるいは自分の妹を犯人だと指し示す証拠を盗んだり改竄《かいざん》した可能性もある。

サルの事件について調査しようとしたラヴィに対するダニエルの反応も注目に値する。彼は自分を守るために調査をやめさせたとも考えられる。

わたしはアンディの失踪事件についての新聞記事に再度、目を通してみた。警察の捜索のようすを写した写真をじっと見つめているうちに、目に小さな脚が生えて眼窩《がんか》から飛びだし、気味の悪い蛾《が》さながらにノートパソコンの画面に張りついているような気がしてきた。そうまでして見ても、捜索チームのなかにダ・シルヴァの姿は見つけられない。

けれども一枚だけ、彼が写っていないとは言いきれない写真がある。その一枚が撮られたのはアンディ失踪後の日曜日の朝。彼女の自宅の正面の人目につきやすい位置に何人かの警察官が立っている。そのうちのひとりはカメラに背を向けて玄関からなかへ入ろうとしている。髪の色と長さは、さきほどから見ているSNS上のダ・シルヴァの写真と一致している。

これはダニエル・ダ・シルヴァかもしれない。きっとそうだ。

彼を容疑者リストに載せなければ。

ピッパ・フィッツ＝アモービ
EPQ　二〇一七年九月十八日

作業記録――エントリー18

ついに来た！

ほんとうに来たなんて信じられない。

テムズバレー警察は情報自由法《FOIA》に基づくわたしの要望に応えてくれた。届いたメールを載せておく。

ミス・フィッツ＝アモービ

情報自由法に基づく要望への回答
参照番号：三一四二／一七

二〇一七年八月十九日にテムズバレー警察にて受領した情報開示についての貴殿の要望に関連し、次のとおり回答する。

わたしは現在、学校での自由研究に取り組んでいます。題材はアンディ・ベル事件の捜査についてです。つきましては下記の情報開示を要望いたします。

1、二〇一二年四月二十一日のサル・シンに対しておこなわれた事情聴取の記録
2、ジェイソン・ベルに対しておこなわれた事情聴取の記録
3、二〇一二年四月二十一日および二〇一二年四月二十二日におこなわれたベル宅の捜

索から発見されたもののリスト

これらの情報開示の要望につき、ご助力いただければさいわいです。

結果

貴殿からの要望2と3は、情報自由法の第三十節（一）（a）（捜査）および第四十節（二）（個人情報）の免除事項に基づき拒否されるものとする。本メールは情報自由法（二〇〇〇年制定）の第十七節に基づき、要望の一部に対する拒絶通知としての機能を果たすものとする。

要望1は開示を了承されたが、書類には第三十節（一）（a）（b）および第四十節（二）に基づき非公開とされた部分も含む。記録は以下のとおり。

決定理由

第四十節（二）は開示請求された個人データの情報公開の免除を規定した項目であり、当該の個人データの公開は一九八八年データ保護法（DPA）の原則に抵触するものとされた。

第三十節（一）は公的機関が特定の捜査活動をつうじて取得した情報につき、公開の義務の免除を規定した項目である。

この回答に納得できない場合、貴殿は個人情報保護監督機関に申し立てをする権利を有する。申し立ての権利についての詳細については、添付書類を参照のこと。

以上。

グレゴリー・パネット

サルの事情聴取の記録をゲットした！ ほかのものは開示拒否されたが、拒否されたことから、ジェイソン・ベルが捜査中に事情聴取されていたことがはっきりした。警察も彼を疑っていたのかもしれない。

添付されていた記録は次のとおり。

サル・シンの事情聴取の記録

日時：二〇一二年四月二十一日

聴取時間：十一分
場所：被面談者の自宅
テムズバレー警察の警察官により聴取

警官：この事情聴取はテープに録音されています。日時は二〇一二年四月二十一日、午後三時五十五分。わたしは四十節（二）により非公開で、テムズバレー警察での所属は四十節（二）により非公開です。同僚の四十節（二）により非公開も同席しています。まず、あなたの名前をフルネームで述べてください。

SS：あ、はい、サリル・シンです。

警官：生年月日を教えてください。

SS：一九九四年二月十四日です。

警官：バレンタイン・デーですね。

SS：はい。

警官：ではサリル、最初にこの聴取についていくつか説明させてください。ご理解いただいていると思いますが、これは任意の事情聴取であり、あなたはいつでもストップをかけることができるし、われわれに辞去するよう要求できます。アンドレア・ベルが行方不明になっている事案において、われわれはあなたを重要証人と考えて事情聴取しています。

SS：話の腰を折るようで申しわけないですが、まえにも言ったとおり、ぼくは下校したあとはアンディに会っていないし、なにも目撃していません。

警官：わかりづらい専門用語で申しわけありません。重要証人というのは、被害者と特別な関係にある人物のことも指します。本件では被害者である可能性もあるという意味になりますが。われわれの理解では、あなたはアンドレアのボーイフレンドですよね？

SS：はい。ですが誰も彼女をアンドレアとは呼びません。アンディです。

警官：わかりました、アンディですね。あなたはアンディとどれくらいの期間、交際しているんですか。

SS：去年のクリスマスの直前からです。だから約四カ月です。あっ、すみません、アンディは被害者である可能性もあると言いましたか？　ちょっと理解できないんですけど。

警官：そう考えて行動するのが通常の手順なんです。アンディは行方不明者というだけではなく、未成年者であり、姿を消すという行動が彼女らしくないという理由から、事件に巻きこまれた可能性を完全には除外できません。もちろん、そうではないことを祈りますが。この説明でよろしいですか？

SS：えーっと、はい、ぼくはただ心配なんです。

警官：お気持ちはわかりますよ、サリル。それでは最初の質問です。アンディと最後に会ったのはいつですか？

SS：さっき言ったように学校で会ったのが最後です。放課後に駐車場で話をして、それからぼくは徒歩で帰宅、彼女も歩いて帰っていきました。

警官：金曜日の午後までのいずれかの時点で、アンディが家出をしたいとほのめかしたことはありましたか。

SS：いいえ、一度もありません。

警官：家庭で、つまり家族間で問題をかかえていると、アンディから相談を受けたことはありますか。

SS：そうですねえ、そういった問題について話をしたことはあります。深刻なものではなく、あくまでもふつうのティーンエイジャーが頭を悩ませるたぐいの問題ですが。アンディと四十節（二）により非公開との問題だといつも思っていました。しかし、彼女に家を出たいと思わせるようなことはなにもありませんでした。質問の意味がそういうことでしたら、答えはノーです。

警官：アンディが家を出て、見つけてほしくないと思う理由に心あたりはありますか。

SS：うーん、わからないな、心あたりはありません。

警官：アンディとあなたの関係を説明していただけますか？

SS：どういう意味ですか？
警官：性的な関係はありましたか？
SS：まあ、そこそこは。
警官：そこそこ？
SS：ぼくは、ぼくたちは、その……、最後までは行っていません。
警官：あなたとアンディには性的な関係はないと？
SS：はい、ありません。
警官：あなたたちおふたりの関係は健全だとおっしゃるわけですね？
SS：健全とか、よくわかりません。なにが言いたいんですか。

警官：頻繁に口論をしますか？

SS：いや、口論とかはしません。ぼくは喧嘩っ早い性格ではありませんから。だから、ぼくらはうまくつきあっていけてるんです。

警官：アンディが行方不明になるまえの数日間に、あなたたちは口論をしましたか？

SS：えーと、いいえ。していません。

警官：今朝、提出された四十節（二）により非公開からの供述書によると、このふたりはそれぞれ、今週あなたとアンディが学校で口論をしているところを見たと主張しています。木曜日と金曜日です。四十節（二）により非公開は、あなたたちがつきあいはじめてから何度か口論するのを見てきたが、そのなかでもいちばん激しいものだったと述べています。この口論の件についてなにかご存じですか、サリル。それは事実なんですか？

SS：うーん、少しはほんとうかもしれません。アンディは怒りっぽくなるときもあり、そういうときは言いかえすのもたいへんで。

警官：木曜日と金曜日の口論についてですが、なんの件で言い争っていたのか教えてもらえますか？

SS：えーと、それはちょっと……いえ、言えません、個人的なことなので。

警官：言いたくないということですか？

SS：えー、はい、そうです。言いたくありません。

警官：アンディの失踪とは関係がないと思っているかもしれませんが、どんなに小さな情報でもアンディを見つけだすのに役立つはずです。

SS：うーん、だめです、それでも言えません。

警官：ほんとうに？

SS：はい。

警官：わかりました。では、次の質問に移りましょう。昨晩、アンディと会う予定はありましたか。

SS：いいえ。ぼくは友人たちと会う予定になってたので。

警官：四十節（二）により非公開は、アンディが午後十時三十分ごろに家を出るとき、ボーイフレンドに会いにいったのだと思った、と言っているんですが。

SS：いいえ、ぼくは友人の家にいて彼女とは会わないことを、アンディ本人も承知していました。

警官：では、昨晩あなたはどこにいたんですか。

SS：友人の四十節（二）により非公開の家です。時刻も知りたいですか？

警官：はい、お願いします。

SS：父が車で送ってくれて、八時半ごろ友人宅に着きました。零時十五分ごろにそこを出て徒歩で帰宅しました。誰かの家に泊まらないときは午前一時が門限なんで。ちょうど一時少しまえに家に着いたと思います。父に確認してください。父は起きていましたから。

警官：四十節（二）により非公開の家にはほかに誰がいたんですか。

SS：四十節（二）により非公開

警官：その晩、アンディと連絡をとりましたか？

SS：いいえ、アンディから九時ごろに電話がかかってきましたが、ぼくは忙しかったんで出ませんでした。携帯電話を見せましょうか？

警官：四十節（二）により非公開　アンディが行方不明になってから、彼女と連絡をとりましたか。

SS：今朝、彼女が行方不明になったと知ってから、それこそ百万回くらい彼女に電話をしました。何度かけてもボイスメールにつながるんです。電源がオフになってるんだと思います。

警官：わかりました。四十節（二）により非公開、訊きたいことがあるとか……

警官：……あっ、そうだった。それで、サリル、きみはわからないと言っていたけれど、アンディはどこにいると思う?

SS：うーん、正直なところ、アンディはやりたくないと思ったことは絶対にしません。彼女はどこかでひと息ついているだけだと思います。携帯電話の電源を切っていれば世界を閉めだしてひとりになれるし。ぼくはそう願っています。

警官：どうしてアンディはひと息つきたいんだろう。

SS：わかりません。

警官：どこでなら、アンディはひと息つけると思う?

SS：わかりません。アンディは多くの秘密を持っています。もしかしたらぼくらが知らない友人がいるのかもしれません。ほんとに、わからないんです。

警官：オーケー。じゃあ、なにか付け加えることはあるかい？　アンディを見つけだすために役立つようなことを。

ＳＳ：そうですね、ないかな。あっと、捜索とかするんでしたら、できればぼくも手伝いたいです。

警官：三十節（一）（b）により非公開三十節（一）（b）により非公開オーケー、いまのところ必要なことはすべて訊いた。以上で事情聴取を終了する。時刻は午後四時六分。テープをとめる。

オーケー、深呼吸。もう六回も読んだ。そのうち何回かは声に出して。そしていま、お腹がずしりと重くなり、ひどい気分になっている。我慢できないくらいの飢えと、これ以上は口に入らないくらいの満腹感を同時に覚えているような。

サルらしいすばらしい受け答え、とはとても思えない。

記録から微妙な心理のあやを読みとるのは難しい場合もあるけれど、彼とアンディがなにについて口論をしていたのかとの質問に対して、サルはあからさまにのらりくらりと口を濁《にご》している。たとえ非常に個人的なことであっても、それが行方不明のガールフレンドを見つけだす手がかりになるとしたら、警察に話さないなんてありえない。

口論の内容がべつの男性との交際についてだったとしたら、サルはどうして警察に話さなかったのだろう。打ちあけていれば、捜査の初動段階で真犯人が見つかった可能性もあったはずなのに。

しかしサルがなにかまずいことを隠していたとしたら？　アンディを殺す真の動機につながるようなことを。サルはこの事情聴取のほかの部分でも真実を語っていない。マックスの家を出た時刻について警察に嘘をついている。

彼が真実を隠しているとしたら、わたしは打ちのめされ、ほんとうにサルが犯人だと考えざるをえなくなってしまう。ラヴィも同じく打ちのめされるはずだ。こんなプロジェクトに取り組まなければよかった、ラヴィと話したりするんじゃなかったと思えてくる。警察からの返信を待ちこがれていると昨日ラヴィに話した手前、この記録を彼に見せなければならないだろう。でもラヴィが内容をどう受けとるか見当がつかない。あるいは……嘘をついて、返信はまだ来ていないと言おうか。

そもそもサルが犯人だなんてことがありえるのか。これまでもサル犯人説はいちばん安易で無難な仮説だったけれど、それが真実であるからこそ、誰もがあっさりと信じたのだろうか。

いや、ちがう。あのメモ。

何者かが調査を進めるのをやめろと警告してきた。

たしかに、あのメモはたちの悪いいたずらだとも考えられる。あれがジョークだとしたら、サルが真犯人である可能性も出てくる。でも、どうしてもすっきりしない。この町の誰かが表には出せない秘密をかかえていて、わたしがその秘密を暴くべく正しい道を突き進んでいるからこそ、その人物は焦ったのだと考えるほうがしっくりくる。

道が険しかろうと、わたしは真実を追い求めるしかない。


〈容疑者リスト〉
・ジェイソン・ベル
・ナオミ・ワード
・秘密の年上男性
・ナタリー・ダ・シルヴァ
・ダニエル・ダ・シルヴァ

15

「手をつなごう」ピップは手をさしのべ、ジョシュアの手を自分の手で包みこんだ。

右手で弟のちょっと湿った手を握り、前を行くバーニーに引っぱられてもう片方の手にリードを食いこませながら、ジョシュアといっしょに道路を渡った。

カフェの前に着くと、ジョシュアの手を離してしゃがみ、テラス席のテーブルの脚にバーニーのリードをくぐらせた。

「おすわり。いい子だね」舌をだらりと垂らして笑顔を向けてくるバーニーの頭をなでる。

カフェのドアをあけ、ジョシュアをうながして先になかへ入れる。

「ぼくもいい子だよ」

「いい子だね、ジョシュ」サンドイッチの棚に目を走らせ、おざなりに弟の頭をなでる。それから四種類のサンドイッチを選んだ。ブリーチーズとベーコンのカロリーたっぷりのはもちろん父親用で、〝気持ち悪いつぶつぶが入ってない〟チーズとハムのはジョシュ用。四人ぶんのサンドイッチをかかえてレジへ行く。

「ハイ、ジャッキー」ピップはお金を渡して笑顔を向けた。

「ハロー、ピップ。アモービ家のランチはにぎやかそうね」

「庭用のテーブルセットを組み立てているところなんだ。ああでもない、こうでもないって、なんか喧嘩になりそうで。サンドイッチを与えて、腹ぺこの作業部隊の気をなだめなくちゃ」

「あはは、そうだね。あなたのとこのママに、来週ミシンを持ってうかがうって言っといてくれる?」

「わかった。ありがと」ピップは紙袋を受けとり、ジョシュアのほうを向いた。「さあ、帰るよ、おぼっちゃま」

ドアまであと一歩のところで、ひとりでテーブルにつき、テイクアウト用のカップに両手をそえている女性に気づいた。もう何年もこの町で彼女の姿を見かけたことはない。遠くの大学へ通っているのだと思っていた。年は二十一歳か、二十二歳になっているはず。その女性がすぐそばにいて、〝熱い飲み物にご注意ください〟と書かれた文字を指でなぞっている。まえはそれほどでもなかったのに、いまではアンディにそっくりだ。

顔は以前に比べるとほっそりし、髪を姉と同じように明るい色に染めている。アンディが髪をウエストのあたりまでのばしていたのに対し、彼女は肩の上で短く切りそろえている。たしかに容貌は姉に似てはいるものの、ベッカ・ベルの顔はどこか雰囲気がアンディとは異なる。生身の人間というよりむしろ絵画のなかにいる女の子といった、アンディがかもしだしていた不思議な魅力に欠けている。

だめ、とピップは自分に言い聞かせた。間違っているし無神経だとわかっている。モーガン先生が〝あなたのプロジェクトがどこへ向かうか心配です〟と言った警告の言葉が頭に浮かぶ。分別があり良識的な自分が頭のなかに集結しているのを感じる一方で、ほんのわずかな一部がすでに心を決めていた。無鉄砲という小さなしみが脳内でじわじわと広がり、ほかの思考を追いやりつつある。

「ジョシュ」ピップは弟にサンドイッチの袋を渡した。「ちょっとのあいだ、テラス席でバーニーと待っていてくれる？　二秒で行くから」

ジョシュアが期待に満ちた顔を向けてきておねだりする。

「わかった。わたしの携帯で遊んでていいから」ピップはポケットを探った。

「やった」ジョシュアは歓喜の声をあげて携帯電話を受けとると、すぐにゲームのページを開き、ドアから急いで外へ出ていった。

心臓がやめておけと警告を発して暴れている。喉の奥のほうに針がぐるぐるまわる時計があって、チクタクチクタクと早送りで時を刻んでいる。

近づいていって、空いている椅子の背に両手を置いて声をかける。「こんにちは。ベッカ、ですよね？」

「そうだけど。わたしたち、知り合いだったっけ？」ベッカの目がすっと細まり、探るような表情になる。

「いいえ、ちがいます」ピップはとびきりの温かい笑顔を浮かべようとしたが、唇が横に広がるだけで、顔がひきつっているのがわかる。「わたし、ピッパっていいます。この町に住んでます。キルトン・グラマーの最上級生です」

「あっ、ちょっと待って」ベッカがすわったまま身じろぎする。「あてるから言わないでね。あなた、わたしの姉についての自由研究をやっている人でしょ？」

「な、なんで――」言葉に詰まる。「どうして知ってるんですか」

「うーんとねえ」ベッカが間をおく。「わたし、スタンリー・フォーブスの知り合いなの。へんな関係じゃないわよ」そこで肩をすくめる。

ピップは空咳をして動揺を隠そうとした。「そうですか、いい人ですよね」

「まあね」ベッカはテーブルに置かれたコーヒーを見つめた。「学校を卒業したばかりで、いまわたし〈キルトン・メール〉でインターンとして働いているの」

「えーっ、いいなあ。わたしもジャーナリストを目指しているんです。事件記者になれたらと」

「だからアンディについての自由研究に取り組んでいるの？」ベッカはカップの縁《ふち》を指でなぞりながら訊いてきた。

「はい」ピップはうなずいた。「お邪魔して申しわけありません。いやだったらあっちへ行けと言ってください。あなたのお姉さんについての質問に答えてくだされればと思って」

ベッカは椅子にすわったまま上体をかがめた。髪が首のあたりで揺れる。それから咳をひとつする。「えーっと、どういう質問？」

あまりにもたくさんありすぎて、それらがいっぺんに喉もとからせりあがり、ピップはしどろもどろになった。

「えっと、そうですね、ティーンエイジャーのころ、あなたとアンディはご両親からお小遣いをもらっていましたか」

ベッカの眉間《みけん》に皺《しわ》が寄り、当惑顔になる。「そういう質問をされるとは思わなかったな。いいえ、もらっていなかった。必要なときに必要なものを買ってもらってただけ。どうしてそんなことを訊くの？」

「ただ……疑問を解消したくて。お姉さんとお父さんは仲があまりよくなかったんですか？」

ベッカの視線が床に落ちる。

「えーと」声がかすれ気味になる。ベッカは両手でカップを持って立ちあがった。その拍子に椅子の脚がタイル張りの床にこすれて甲高い音が鳴った。「悪いんだけど、質問を受けるなんてあまりいい考えじゃなかったみたい」そう言って、鼻をこする。「ごめんなさい。ちょっと……」

「こちらこそ、ごめんなさい」ピップは一歩さがって言った。「声をかけたりして」

「いいの、いいのよ。ようやくいろいろなことに整理がついたばかりなの。わたしと母で新しい生活を見つけて、状況はよくなってきている。アンディのことを偲《しの》んで過去に生きるのは……ふたりにとって健全とは言えないと思う。とくに母にとっては。だからね」そこで肩をすくめる。「その題材での自由研究を進めたいなら、あなたの好きにして。でも、できればわたしたちのことはそっとしておいてほしい」

「わかりました。ほんとうにごめんなさい」

「いいのよ」ベッカはぎこちなくうなずき、ピップの脇をすり抜けてカフェのドアから出ていった。

ピップはしばらく待ってからカフェの外に出て、ふいに思った。家を出るまえにグレイのTシャツを脱いでほかのものに着替えておいてほんとうによかった。そうでなかったら、いまごろ腋《わき》の下に大きく目立つ汗じみをこしらえていただろう。

「さてと」テーブルの脚からバーニーのリードをはずして言う。「帰ろっか」

「あの女の人、ピップのことが嫌いみたいだね」携帯電話の画面上で踊っているマンガのキャラクターを見つつジョシュが言う。「喧嘩でもしたの、ピッポ、ピッポ?」

ピッパ・フィッツ＝アモービ
EPQ 二〇一七年九月二十四日

作業記録――エントリー19

わかってる。わたしは調子に乗ってベッカに質問してしまった。あれは間違いだった。自分を抑えられなかった。二歩先のところにベッカがいたのだから。殺人犯を除けばアンディの生きている姿を最後に見た人物が。

ベッカの姉は殺された。彼女が事件について語りたくないと思っていることぐらい簡単に想像できたはずだ。たとえこちらが真実を見つけようとしているとしても。モーガン先生にばれたら評価の対象にしてもらえないかもしれない。だからといって、ここで調査を終了するわけではないけれど。

いまもってわたしは家庭でのアンディの姿を思い描けずにいる。彼女の両親と話をするのは現実的には無理で、けっして了承を得られないだろう。

わたしはベッカのフェイスブックを検索して、五年前の殺人が起きる以前の投稿をのぞいてみた。わかったのは、そのころは彼女の髪型はもっと地味で、頰がふっくらしていたことくらい。二〇一二年にはとても仲のいい友人がひとりいたようだ。名前はジェス・ウォーカー。願わくは、ジェスがベッカとはほどよい距離をおいた友人で、アンディ事件にはそれほど心を乱されておらず、でもそこそこベッカと仲がよく、わたしが求めている答えを与えてくれる人物でありますように。

ジェス・ウォーカーのプロフィールはすっきりしていて、役立ちそうな情報も載っていた。現在はニューカッスルの大学に通っている。五年前に遡《さかのぼ》ってみると（永遠と思えるくらい時間がかかった）、ほとんどの写真はベッカ・ベルといっしょに写っているもので、その後はふたりそろった写真はとつぜんなくなっている。

もう、もう、ほんと、わたしったらばかじゃないの？　ああ、もうやんなる。

間違って五年前の彼女の写真の一枚に〝いいね！〟を押してしまった。

まったく。これじゃストーカーかと思われかねないよね⁇!　急いで〝いいね！〟を取り消したけれど、ジェスはすでに〝いいね！〟がついたことに気づいたかもしれない。タッチパネル機能つきのノートパソコン／タブレットは、なにげなくフェイスブックを検索してまわる人にとっては危険きわまりない。

とにかく手遅れだ。わたしが五年前の彼女の日常をのぞいたことを本人に知られてしまったかもしれない。こうなったらプライベートメッセージを送って、電話でのインタビューに応じてくれるかどうか訊いてみよう。
不器用な親指にはくれぐれもご用心。

ピッパ・フィッツ＝アモービ
EPQ　二〇一七年九月二十六日

作業記録――エントリー20

ジェス・ウォーカー（ベッカ・ベルの友人）とのインタビュー記録

（はじめにリトル・キルトンのことや、ジェスが卒業してから学校がずいぶん変わったこと、当時の教師がまだいることなどを話す。数分後にようやくわたしのプロジェクトについての会話に持っていく）

ピップ：わたしが訊きたいのはアンディだけじゃなく、ベッカについてもなんです。ベル家はどんなふうだったか、家族は仲がよかったか、そういったことです。

ジェス：うーん、なんとも悩ましい質問だわね。（鼻で笑う）

ピップ：どういう意味ですか？

ジェス：えーと、〝機能不全〟というのが正しい表現かわからないけれど。〝どこかへん〟をそんなふうに仰々しく言う人もいるわよね。わたしは機能不全っていうのがふさわしい気がする。言いかえれば、ふつうじゃなかった。ぱっと見は充分にふつうだったけどね。わたしみたいにあの家で多くの時間を過ごした人間以外には、彼らはふつうに見えたってこと。ベル家の人たちに囲まれていなければ気づかないような、細かい多くの点にわたしは気づいていた。

ピップ：ふつうじゃないってどういうことですか。

ジェス：そう表現するのが適切かどうかわからないけど。正しいとは思えないことがいくつかあったのはたしか。おもにベッカのお父さんのジェイソンがらみでね。

ピップ：彼はなにをしたんですか。

ジェス：娘たちや奥さんのドーンへ話しかけるときの態度がひどかった。一、二回見ただけだと、冗談で笑わせようとしていると思うかもしれない。でも何度も見たわたしから言わせると、ジェイソンが家族に話しかけるたびに、家庭の雰囲気が悪くなったと思う。

ピップ：よくわからないんですけど。

ジェス：ごめんなさい、話がちっとも先に進んでないよね。説明するのはちょっと難しいの。ジェイソンはいつも容姿や見た目についてのちょっとした嫌味を娘に言っていた。ふつうならティーンエイジの娘には言わないでおこうと思うようなことを。ジェイソンは娘たちが人目を気にすることを知っていて、わざと容姿の話題を選んでいた。ベッカには〝デブだな〟とか言って、冗談めかして笑い飛ばしてみたり。アンディには、出かけるまえには化粧をしていけ、顔は金儲けの道具だから、とか。そういう冗談をいつも言ってた。世の中では見た目がなによりも重要だ、とか。ディナーに招かれたときのことはいまでも覚えている。アンディは願書を出した大学から入学許可をもらえなくて焦ってた。許可をもらえたのは滑り止めの地元の大学からだけだと。そのときジェイソンは〝いいじゃないか、大学へ行くのは金持ちの亭主を見つけるためだけなんだから〟と言ったの。

ピップ：なんてやつ！

ジェス：奥さんに対しても同じだった。他人であるわたしがいる前でほんとにムカつくことを言っていた。老けて見えると言って、冗談のつもりだろうけど顔の皺を数えたり。ドーンと結婚したのは容姿がよかったからで、ドーンが自分と結婚したのは金を持っていたからだけど、ふたりのうちいまでも〝契約〟を守っているのは片方だけだとか言ったこともあった。ジェイソンがとんでもないことを言いだしても、家族同士でふざけてるといったふうにみんな笑っていた。でもそういうようすを何度も見ているうちに、なんというか……落ち着かない気分になった。あの家に行くのもいやになった。

ピップ：娘たちにも影響を与えていたと思いますか。

ジェス：ベッカは父親のことを話したがらなかった。でも、そう、ジェイソンの言動がほかの家族の自尊心を傷つけているのはたしかだったかな。アンディは自分がどう見えるか、人からどう思われているかを異様に気にしていた。家族で出かける用事があって、両親がもう出発する時間だと言ってるのにアンディの髪型が決まらなかったり、化粧がまだだったりすると、ののしりあいが起きていた。〝ぜったいに必要だから〟と言って、新しい口紅を買ってくれと頼んで拒否されたときも。アンディが自分の容姿に自信をなくすなんてありえないように思えた。ベッカのほうは自分の欠点を気に病んでばかりいたけれど。体形を気にして食事を抜いたりしたこともあった。父親からの影響がちがう形で出ていたのよね。アンディは声高《こわだか》に叫び、ベッカは内にこもった。

ピップ：姉妹の関係はどんなだったんですか。

ジェス：ジェイソンの影響はふたりの関係にもおよんでいた。彼はなんであろうとふたりの競争心をあおっていた。たとえば、どちらかがいい成績をとったりすると、その子を持ちあげてもうひとりをけなすとか。

ピップ：アンディとベッカがいっしょにいるときはどんなふうでしたか。

ジェス：そうだなあ、ティーンエイジャー同士の姉妹だったから、よく喧嘩をしていたけれど、数分したらふたりともケロッとしていた。喧嘩はするけどベッカはアンディにあこがれているみたいだったな。年も近かったしね。十五カ月しか離れていなかったんだよね。アンディは学校ではちょうど一学年上だった。十六歳になるとベッカはなんでもアンディのまねをするようになった気がする。アンディはいつも自信に満ちて、誰からもちやほやされていたからだと思う。で、ベッカはアンディと同じような恰好をしはじめた。それと、お父さんに頼んで車の運転を教えてもらっていた。早くから練習しておけば、十七歳になってすぐに試験が受けられるし、アンディみたいに車を持てるから。アンディを見習って、個人宅で開かれるパーティーにも行きたがった。

ピップ：それってカラミティ・パーティーのことですか。

ジェス：そう、それ。主催者が上の学年の生徒だとか、知ってる人がほとんどいないとかにはおかまいなく、どうしても行こうとベッカが誘ってきた。三月だったと思う。アンディが行方不明になるちょっとまえの。アンディに誘われたわけでもなく、ベッカは自分で次のカラミティがどの家で開かれるか調べて、それでふたりで出かけたの。歩いて。

ピップ：どんなでしたか。

ジェス：もう、さんざんだった。わたしたち、ひと晩じゅう隅っこのほうにただすわっていて、誰とも話さなかった。アンディはベッカを完全に無視していた。たぶん、妹がいきなりやってきたんで怒ってたんだと思う。少しお酒を飲んでたら、そのうちにベッカがわたしを残してどこかへ消えてしまった。酔っぱらいのティーンエイジャーだらけの会場を探しまわったんだけど見つからなくて、しかたなくひとりで帰ったわよ。酔っぱらってよろつきながら徒歩で。わたし、ほんとにベッカに頭にきてた。次の日にようやくベッカが電話に出て、なにがあったかわかったときはもっと頭にきたけどね。

ピップ：なにがあったんですか。

ジェス：ベッカは言おうとしなかったけど、緊急避妊薬《アフターピル》を買いにいくのにつきあってくれと頼まれてぴんときた。何度もしつこく訊いたんだけど、ベッカは相手が誰だかは言わなかった。照れくさかったんだと思う。でもそこでまた、わたしはカチンときたわけ。だってこっちはあんなパーティーに行きたくもなかったのに、ベッカは友人をほっぽりだして、自分はちゃっかり男と寝ることを選んだわけだから。わたしたちは大喧嘩して、たぶんそれがふたりの友情の終わりのはじまりだったんだと思う。ベッカは学校を休みがちになって、それ以降は週末になってもわたしはベッカに会いにいかなくなった。そのころにアンディが行方不明になった。

ピップ：アンディが行方不明になったあと、ベル家の人とは会いましたか？

ジェス：何度か訪ねていったけど、ベッカは多くは話したがらなかった。ほかの家族も。ジェイソンはいつにもまして気が短くなっていた。とりわけ警察から事情聴取されたときは。なんでも、アンディが失踪した晩、ディナーパーティーに出席している最中に彼のオフィスの警報装置が作動したんだって。確認のために車でオフィスまで行ったんだけど、そのときはすでにお酒をたくさん飲んでかなり酔っぱらっていたそうなの。で、一連の出来事を警察に話すときにかなりびくびくしていたらしい。まあ、ベッカから聞いた話だけどね。そのころのベル家はしーんとしてた。その後ずいぶんたってアンディは死亡したとみなされ、もう帰ってこないとわかってからも、ベッカのママはアンディの部屋をそのままにしておくと言って譲らなかった。帰ってきたときのためにと。ほんと、かわいそうだった。

ピップ：三月にカラミティ・パーティーへ行ったとき、アンディはなにをしていましたか？誰といっしょでしたか？

ジェス：それが、わたしね、サルがアンディのボーイフレンドだなんて知らなかったの、彼女が行方不明になるまで。アンディはサルを自宅には呼ばなかったし。彼女にボーイフレンドがいるってことは知ってたけど。カラミティのあとは、アンディの彼はパーティーに来ていたあの男だなって勝手に思ってた。だって、ふたりきりでぴったりくっついて、なにやらささやきあっていたから。サルといっしょにいるところは一度も見なかった。

ピップ：誰？　その男って誰ですか？

ジェス：えーっと、背が高くてブロンド。髪は長めだったかな。きざったらしいしゃべり方をしてた。

ピップ：マックス？　それ、マックス・ヘイスティングスですか？

ジェス：ああ、そうかも。そうだと思う。

ピップ：パーティーでマックスとアンディがふたりっきりでいるところを見たんですね？

ジェス：うん、見た。すごく仲がよさそうだった。

ピップ：ジェス、話を聞かせてくれてどうもありがとうございます。すごく参考になりました。

ジェス：そう、よかった。あっそうだ、ピッパ、ベッカがいまどうしているか知ってる？

ピップ：ちょうど数日前に会いました。生活は充実しているみたいですよ。学位をとって、キルトンのタウン紙を発行している会社でインターンをやっているらしいです。すごく元気そうでした。

ジェス：そうなんだ。ベッカのようすを聞けてよかった。

いま、ジェスとの会話から得た情報を懸命に消化しているところ。アンディの日常の新たなページをのぞくたびに、この調査の色合いが変化していく気がする。

ジェイソン・ベルは調べれば調べるほど、ますますあやしく思えてくる。そして今回、彼が例の夜に、ディナーパーティーの席をしばらく中座していたことがわかった。ジェスからの情報によると、家族を精神的に虐待していたらしい。家庭内での威張り屋だったわけだ。そのうえ男性優位主義者にして浮気男。こんな有害な父親がいたんだから、アンディがあんなふうになってしまったのは無理もない。ジェイソンが娘たちの自尊心を傷つけた結果、ひとりは父親同様のいじめっ子になり、もうひとりは自傷までするようになってしまった。アンディの友人のエマから話を聞いていたので、アンディが失踪する数週間前にベッカが入院し、まさに例の夜、アンディは妹の世話をしなければならなかったことをわたしは知っている。どうやらジェスはベッカの自傷行為については知らなかったようだ。ベッカはたんに学校を休んだのだと思っているふしがある。

アンディは完璧な女子高生ではなく、ベル一家は完璧な家族ではなかった。彼らの家族写真は千もの言葉を語るかもしれないが、そのほとんどは嘘だ。

嘘といえば、マックス。マックス・嘘つき・ヘイスティングス。彼にインタビューしたおりの、アンディのことをどれくらい知っていたのかという質問に対するマックスの回答をここに引用しておく。〝しゃべったりもしたよ、ときどき。だがいつもってわけじゃなかった。友だちの友だちって感じで、実際には彼女のことはあまり知らなかった。まあ、ちょっとした知り合いってやつかな〟

パーティーではちょっとした知り合いとべったりくっつきあうわけ？　しかもほかの人にばっちり見られたあげく、目撃者はマックスがアンディのボーイフレンドだと思いこんだんだよ？

それだけじゃない。ふたりは学校で同級生だったけれど、アンディの誕生日は夏で、かたやマックスは白血病のために一年遅れていたうえ、誕生日は九月。よく考えてみると、ふたりの年の差はほとんど二歳。アンディにとってマックスは厳密には年上の男だった。でも、彼が秘密の年上男性だったなんてことがあるだろうか。サルのすぐ近くにいながら、彼には隠れて会っていた？

まえにマックスのフェイスブックを検索して見てみたことがある。彼のプロフィールは基本的に無味乾燥で、両親と写っている休暇やクリスマスのときの写真や、伯父さんや伯母さんから届いた誕生日のメッセージがあるだけ。マックス・ヘイスティングスらしくないと思ったけれど、深くは考えなかったことを覚えている。

さて、これからはヘイスティングスのことを深く考えてみよう。すでにひとつ発見したことがある。ナオミのフェイスブックの写真にはマックスがタグ付けされているものの、表示されている名前は〝マックス・ヘイスティングス〟ではなく〝ナンシー・タンゴティッツ〟だ。それは内輪のジョークみたいなものだと思っていたけれど、ちがう。〝ナンシー・タンゴティッツ〟がマックスのフェイスブックのほんとうのアカウントだ。〝マックス・ヘイスティングス〟はあたりさわりのない表向きのもので、大学や将来の雇い主がマックスのソーシャルメディアのアカウントを見てみようと思ったときのために置かれたものにちがいない。それで充分、説明がつく。わたしの友人にも大学の願書提出の季節が近づくにつれ、検索されないようにアカウント名を変えはじめた人たちがいる。

本物のマックス・ヘイスティングス、酔っぱらってやりたい放題の写真や友人たちが投稿してタグ付けした写真は、すべてナンシーのアカウントに隠してあるのだ。少なくともわたしはそう推測する。現状では本物のマックスの写真を見にいくことはできない。ナンシーのアカウントではプライベート設定で公開範囲がすべて限定されている。見られるのはナオミがタグ付けされた写真や投稿だけ。そこからはこれといったものは見つからない。背景でマックスとアンディがキスをしている秘密の写真もないし、アンディが行方不明になった夜のマックスの写真もない。

わたしはすでに教訓を学んでいる。殺された女子高生について誰かが嘘をついているのを見つけたら、第一にすべきなのはその人物のところへ行って、理由を訊くこと。

〈容疑者リスト〉
・ジェイソン・ベル
・ナオミ・ワード
・秘密の年上男性
・ナタリー・ダ・シルヴァ
・ダニエル・ダ・シルヴァ
・マックス・ヘイスティングス（ナンシー・タンゴティッツ）

16

以前とはドアがちがっている。前回、つまり六週間以上まえにここへ来たときは、ドアは茶色だった。いまは白いペンキが塗られているが、そこここにムラがあり、下の茶色が透けている。

なかでうなりをあげている掃除機の音に負けないようにと、ふたたび今度は強めにノックする。

ふいにうなりがやみ、かすかなブーンという音を残して静かになった。それから硬材の床を歩いてくる足音が聞こえてきた。

ドアがあき、赤い口紅を引いて身なりをきちんと整えた女性があらわれた。

「こんにちは」とピップは言った。「わたし、マックスの友だちです。彼、いますか？」

「あら、こんにちは」女性は上の歯についた赤い口紅を見せながら笑った。客人を通すために一歩さがる。「マックスならいるわよ、さあ入って……」

「ピッパです」笑みを返し、なかへ入る。

「ピッパ。そうだったわね。マックスはリビングルームにいるわよ。掃除機をかけているのに叫び声が聞こえたくらいだから、ゲームで死闘を繰り広げているんじゃないかな。どうやらやめられないみたい」

マックスのママに案内されてピップは廊下を進み、アーチ形の仕切りを抜けてリビングルームへ入った。

マックスは格子柄のパジャマのズボンに白いTシャツ姿でソファに寝ころがり、ゲームのコントローラーを握ってしきりにXボタンを押していた。

マックスのママが咳払いをする。

マックスが顔をあげる。

「やあ、ピッパ・ヘンテコ＝サーネームくんじゃないか」マックスは低く艶《つや》のある声で言い、ゲームに視線を戻した。「ここでなにをやっているのかな」

ピップは反射的に顔をしかめかけたが、ぐっとこらえてつくり笑いをしてみせた。「とくにこれといって」なんの気なさそうに肩をすくめる。「あなたがアンディ・ベルのことをどのくらいよーく知ってたか訊きにきただけ」

ゲームがとまる。

マックスは身体を起こし、まずピップを、それから母親を、そしてまたピップを見やった。

「えっと」とマックスのママ。「お茶でもいかが」

「いらないよ」マックスが立ちあがる。「上へ行こう、ピッパ」

マックスはピップと母親の前を大股で通りすぎ、廊下へ出て、裸足《はだし》で段を踏み鳴らしながら広い階段をのぼっていく。ピップはマックスの母親に小さく手を振って挨拶してから、彼のあとにつづいた。階段をのぼりきった先でマックスがベッドルームのドアを押さえ、なかへ入れと手振りでうながした。

ピップはためらい、掃除機のあとがついているカーペットの上に片足を浮かせた。マックスとふたりきりになって、ほんとうにだいじょうぶだろうか。

マックスがじれたように首をぐいっと振る。

彼のママが階下にいるんだし、きっとだいじょうぶだろう。ピップは足をおろし、部屋へ入っていった。

「ご足労をおかけしてすみませんねえ」マックスはそう言ってドアを閉めた。「おれがアンディとサルについてまた話すところを、おふくろに聞かせる必要はないんでね。女ってやつはブラッドハウンドみたいだな、一度食いついたら二度と放さない」

「ピットブルだよ」とピップ。「一度食いついたら放さないのはピットブル」

マックスは栗色のベッドカバーの上に腰をおろした。「どっちでもいいだろ。ところで、なにが望みなんだ」

「言ったでしょ。あなたがどれくらいよくアンディのことを知っていたか知りたいの」

「もう話しただろうよ」マックスは身体を後ろへ倒して両肘《りょうひじ》で支え、こちらの肩の先をちらりと見た。「アンディのことはよく知らなかった」

「あっそう」ピップはドアにもたれた。「ちょっとした知り合い、だったっけ？　そう言ってたよね」

「ああ、言った」そこで鼻を掻く。「正直に言わせてもらうと、きみの口ぶりに若干イラついてるんですけど」

「それはどうも」ふたたびちらりと動いたマックスの視線を追うと、ベッドの反対側の壁に掛かっているコルクボードに行き着いた。ポスターやメモや写真が雑然とピンでとめられている。

「わたしのほうは、あなたの嘘に若干、興味をそそられてるんですけど」

「嘘ってなんだよ。ほんとにアンディのことはよく知らなかった」

「あら、そうですか。ある人物と話をしたんだけど、その人、二〇一二年に開かれたカラミティ・パーティーであなたとアンディを見たんだって。興味深いことに、彼女はその晩に何度もあなたたちがふたりっきりでいるところを見たそうだよ。とっても仲がよさそうだったって」

「誰が言ったんだよ」またしても、ほんのかすかにちらりと視線がコルクボードのほうへ向いた。

「情報源の名はあかせません」

「まったく」マックスは乾いた声で笑った。「何様のつもりだ？　わかっていると思うけど、きみは警察官でもなんでもない、だろ？」

「質問をはぐらかさないで。あなたとアンディはサルに隠れてこっそりつきあってたの？」

マックスはまたしても笑った。「サルはおれの親友だったんだぞ」

「答えになってない」ピップは腕を組んだ。

「答えはノーだ。おれはアンディ・ベルとはつきあっていなかった。まえに言ったとおり、彼女のことはよく知らない」

「なら、どうしてわたしの情報源はあなたたちがふたりきりのところを何度も見たの？　いったいなんでまた、あなたがアンディのボーイフレンドだと思いこんだんだろうねえ」

その質問にマックスが天井を仰いでいるあいだ、ピップはコルクボードにちらっと目をやった。走り書きのメモみたいな紙が何枚も重なって層をなし、角が折れたり端が丸まったりしている。いちばん上にはマックスがスキーやサーフィンをしている光沢のある写真がピンでとめられている。ボードのほとんどを占めているのは〈レザボア・ドッグス〉のポスター。

「知らねーよ、そんなこと」とマックス。「その誰かさんは間違ってるよ。たぶん酔っぱらってたんだろうな。ずいぶんとあてにならない情報源だなあ」

「そうかな」ピップはドアから身体を離した。右側に数歩ずれ、それから少し戻る。そうすれば少しずつコルクボードのほうへ近づいていることをマックスには気づかれないだろう。「じゃあさ、はっきりさせようよ」もう一度ちょっとずれては戻り、徐々にボードへ近づいていく。「カラミティ・パーティーではアンディとふたりきりで話をしたことはないってわけ？」

「なかったかどうかは覚えてない。だが、あったとしてもそっちがほのめかしてるようなもんじゃなかった」

「わかった」ピップは床から目をあげた。いまやボードまで二フィートといったところ。「で、どうしてここをちらちらと何度も見てるの？」踵《かかと》をくるりとまわしてボードにピンでとめられた紙の層をめくりはじめた。

「おい、やめろ」

マックスが立ちあがろうとしてベッドがきしむ音が聞こえた。

ピップは指をすばやく動かし、ｔｏ－ｄｏリスト、新卒を採用する企業についての走り書き、パンフレット、病院のベッドに横になっている子どものころのマックスの写真を次々にめくり、目を走らせていった。

後ろから裸足でカーペットの上を歩く音が聞こえてきた。

「それはおれの個人的なものだ！」

そのとき〈レザボア・ドッグス〉の後ろから少しだけはみだしている紙の白い角が目に入った。その紙を引っぱりだしたと同時に、マックスに腕をつかまれた。ピップはマックスのほうへ向きなおった。彼の指が手首に食いこんでいる。ふたりの視線がピップの手のなかにある紙に落ちる。

ピップは口をあんぐりとあけた。

「まったく、勝手なまねを」マックスはピップの腕から手を離し、ぼさぼさの髪に指を通した。

「ちょっとした知り合い?」ピップは手のなかのものを振りながら言った。

「おまえ、何様だよ。人のものを勝手に見て」

「ちょっとした知り合い?」ピップはもう一度言って、マックスの顔の前に印刷された写真を掲げた。

アンディの写真だった。

鏡に映った自分の姿を写した写真。赤と白のタイル張りの床に立ち、高くあげた右手で携帯電話をつかんでいる。唇を突きだし、視線は枠の外に向いている。黒のパンティ以外はなにも身に着けていない。

「説明していただける?」

「断る」

「あっ、そう。まずは警察に説明したいんだね。そりゃそうだよね」ピップはマックスをねめつけ、ドアへ向かうふりをした。

「ふざけたまねはよせ」マックスが冷たいブルーの目で睨みかえしてくる。「それはアンディの身に起きたこととはなんの関係もない」

「それは警察に決めてもらう」

「やめろ、ピッパ」そう言ってドアへの行く手をふさぐ。「あのな、そういうんじゃないんだよ、その写真は。アンディがくれたわけじゃない。拾ったんだよ」

「拾った？　どこで」

「教室に落ちてた。見つけて、とっておいたんだ。おれが拾ったってことをアンディは知らなかった」声には懇願の色がまじっている。

「教室に落ちていたアンディのヌード写真を拾った？」ピップは疑いの気持ちを隠そうともしなかった。

「そう。教室の後ろのほうに隠してあった。ほんとだ、誓うよ」

「拾ったってことをアンディにもほかの誰にも言わなかったの？」

「言わなかった。ただ、自分で持っていた」

「なんで？」

「知るかよ」声がひっくり返る。「そのアンディ、めちゃめちゃそそるだろ、だから持っていたかった。それに捨てるのもなんか悪いような気がして。あんなことがあったあとでは……なんだよ、おまえにつべこべ言われる筋合いはない。アンディが自分でその写真を撮ったんだ。見てもらいたがっていたのは間違いない」

「アンディの裸の写真をただ拾っただけだなんて話、こっちが信じるとでも思ってるの？　しかも彼女とパーティーでひっつきあっているところを見られてる――」

マックスが話をさえぎる。「それとこれとは話がべつだ。つきあっていなくったって話しかけるぐらいはするだろうし、その写真を持っているのは彼女とつきあっていたからじゃない。つきあってなんかいなかった。絶対に、だ」

「じゃあ、カラミティ・パーティーではたんにアンディに話しかけていただけだと?」ピップはあざ笑うように言った。

マックスはしばらくのあいだ両手で顔を覆い、指先を目に押しあてていた。

「わかったよ」小さな声。「話したら、これからはもうほっといてくれるか? 警察もなしだ」

「話による」

「よし、いいだろう。おれは〝ちょっとした知り合い〟以上にアンディのことを知っていた。すごくよく。彼女がサルとつきあうまえからだ。だがデートしてたんじゃない。買い物をしてたんだ」

〝買い物〟という言葉が頭のなかでカチカチ鳴って、ピップは当惑しながらマックスを見た。

「買い物って……ドラッグ?」思わず声が小さくなる。

マックスはうなずいた。「だが、ハードなやつじゃなかった。マリファナや錠剤だ」

「ま、マジで⁉ ちょっと待って」ピップは指を掲げて間をおき、相手の言葉を咀嚼《そしゃく》した。

「アンディ・ベルがドラッグを売ってた?」

「ああ。だがカラミティのときだけだった。あとはクラブに繰りだしたときなんかに。客はほんの数人。多くても五人ってとこかな。本格的な売人とは言えなかった」そこで間をおく。

「町で本物の売人から仕入れていた。その男はアンディをつうじて学校まで市場を広げていたわけだ。双方ともにうまみがあったんだろう」

「だからアンディはいつでも大金を持っていたんだ」カチリとパズルのピースがはまる音が聞こえた気がした。「本人は使ってたの?」

「いや。金を稼ぐためだけにやっていたんだと思う。金があればまわりをねじ伏せられる。本人は影響力を行使して楽しんでたんじゃないかな」

「で、アンディがドラッグを売っていたことをサルは知ってたの?」

マックスは声を立てて笑った。「まさか。そんなわけないだろう。サルはドラッグを嫌っていたから、知ったらまず、いい顔はしなかっただろうな。だからアンディもサルには隠していた。彼女は秘密を隠すのがうまかったからな。知ってるのは顧客だけだったと思う。サルには信じられないくらいのんきなところがあった。自分の彼女がドラッグを売ってるのに気づかないなんて、ふつうは考えられないだろう」

「アンディはどれくらいの期間、売人をやってたの?」そう訊きながらも、身体のなかに異様な興奮が湧きあがってくるのを感じた。

「まあ、しばらくのあいだ、ってとこかな」マックスは天井を見あげた。記憶のなかを探っているかのように視線があちこちに動く。「アンディからはじめてマリファナを買ったのは二〇一一年のはじめで、彼女がまだ十六歳のころだったと思う。売りはじめたのはそのころだろう」

「供給元は誰?　アンディは誰からドラッグを仕入れていたの?」

マックスは肩をすくめた。「知らないなあ。供給元についてはなにもわからなかった。おれはアンディからしか買ったことがないし、彼女は仕入れ先をあかさなかった」

ピップはさきほどの興奮がしぼむのを感じた。「ほかになにか知らない？　アンディが殺されたあとは、キルトンでドラッグを買ったことはないの？」

「買ってないね」マックスはまた肩をすくめた。「おれが知ってるのはいましゃべったことくらいだ」

「でも、アンディの死後もカラミティではみんなドラッグを使っていたわけでしょう？　どこから手に入れていたの？」

「知らないよ、ピッパ」マックスがはっきりと言いきる。「そっちが聞きたいことは教えてやった。だからもう帰ってくれ」

マックスが進みでてきて、ピップの手から写真をさっと取りかえした。彼の親指がアンディの顔にかぶさり、写真は震える手で握りしめられた。アンディの身体がまんなかからふたつに折り曲げられた。

17

ピップは内輪の会話からカフェテリアじゅうに響く雑多な音に注意を向けた。聞こえてくるのは椅子を引くときに床がこすれる低い音や、ティーンエイジの男子たちのげらげら笑いで、深みのあるテノールから甲高いソプラノまで、さまざまな声が飛び交っている。ランチ用のトレイがテーブルの上を滑り、サラダのパックやスープの入れ物の蓋《ふた》をあける音が、チップスの袋のカサカサ鳴る音や先週末のゴシップと調和している。

ピップは誰よりも先にアントに気づき、〝こっち〟というふうに手を振った。アントはサンドイッチをふたパック、大切そうに持ちながら、ゆっくりとテーブルへ近づいてきた。

挨拶がわりに「よっ」と声をかけ、ベンチシートにすわっているカーラのとなりに滑りこむ。ひとつめのサンドイッチの封はすでにあけられている。

「練習はどうだった?」とピップ。

アントが咀嚼中のサンドイッチを少しあいた口からのぞかせながら、警戒気味の顔を向けてくる。「まあまあだった」口のなかのものを飲みこむ。「なんだって今日にかぎってそんなふうに気にかけてくれるわけ? なんか頼みごとか?」

「そんなんじゃないよ」ピップは笑って答えた。「サッカーの練習はどうだったたって訊いただけじゃん」

「いや」とザックが割りこむ。「ピップにしては愛想がよすぎる。これはなにかあるな」

「なんにもないって」肩をすくめて答える。「国債の発行高と世界的な海面上昇が気になるだけ」

「おそらくホルモンのせいかな」とアント。

ピップは見えないクランクをまわし、その勢いでアントに向けて中指を突き立てた。

どうやらこっちがなにかを持ちかけようとしていることにみんな気づいているらしい。そのまままるまる五分間、全員が観ているゾンビドラマの最新回の話にじっと耳を傾けていた。コナーだけはまだ観ていないので、耳に指を突っこんでわけのわからないメロディーをハミングしている。

「でさ、アント」ピップはふたたび話しかけた。「サッカーのチームにジョージって子がいるじゃない？」

「いるよ。サッカーのチームにジョージってやつが」今回は警戒しつつも興味がまさったようだ。

「あの子、人を集めてカラミティ・パーティーとかやってるんだよね？」

アントがうなずく。「ああ、やってるよ。次のカラミティはジョージ本人の家でやるらしい。両親がなにかの記念で海外へ行くんだと」

「今週？」

「そうだよ」

「あのさあ……」ピップはテーブルに両肘をついて身を乗りだした。「わたしたちみんなを招待してもらえるよう、話をつけてくれないかな」

全員がこっちを向いて、あんぐりと口をあけた。

「あなたは誰？　ピッパ・フィッツ＝アモービにいったいなにをしたの？」とカーラ。

「えっ？」むだな豆知識が四つくらい頭に浮かび、いまにも口から出そうになって、ピップは自分が緊張していることに気づいた。「ついに最終学年になっちゃったし。ちょっとみんなではめをはずして楽しんでもいいんじゃないかと思って。いまがちょうどいいタイミングかなって。自由研究の締切や模擬試験がはじまるまえだから」

「そういうところはピップらしいな」コナーが笑う。

「つまり誰かの家で開かれるパーティーに行きたいってこと？」アントがわざわざたしかめるように訊く。

「そう」

「みんな酔っぱらって、ハイになったり、ゲロ吐いたり、気を失ったりするんだよ。床一面、ゴミだの汚物だの人だのがゴロゴロしてるし」とアント。「きみの好みじゃないと思うよ、ピップ」

「それって……なんか異文化っぽいね。やっぱり行ってみたい」

「そこまで言うんなら、いいよ」アントは決まりとばかりに手を打ち鳴らす。「みんなで行こう」


　ピップは学校からの帰り道にラヴィの家へ寄った。ラヴィは砂糖とミルクなしのお茶を出し、冷めるまで一ジフィも待たなくていいよ、先まわりして水をさしておいたから、と告げた。

「そうか」ラヴィは話を聞きおえて言った。聞いている最中は、小顔でブロンドのかわいらしいアンディ・ベルのイメージをなんとかドラッグの売人に加工しようとしているのか、さかんに首を振ったりうなずいたりしていた。「オーケー。それで、きみは供給元の男を容疑者と考えているのかい」

「そう。子ども相手にドラッグを売ろうなんていう不届き者は、殺人にだって簡単に手を染めると思う」

「話の流れはわかった」そこでうなずく。「でもどうやってそのドラッグの売人を見つけるつもり？」

ピップは割れんばかりの勢いでマグカップをテーブルに置き、ラヴィのほうを見て目を細めた。「潜入捜査ってやつで」

18

「パントマイムをしにいくんじゃなくて、個人宅のパーティーへ行くんだよ」ピップは顔を右に左にと動かしてなんとかカーラの手から逃れようとした。しかしカーラはさらにがっちりと押さえこんでくる。完全に顔面を乗っとられてしまった。

「そうだけど、せっかくアイシャドウが似合う顔つきなんだから、やらなきゃ損だよ。ほら、もじもじしない。もうすぐ終わるから」

ピップはため息をついて身体をだらりとさせ、無理やりの〝おめかし〟をしてもらった。顔はずっとしかめっ面のまま。さっきは友人たちにオーバーオールからローレンのドレスに着替えさせられた。それがまたロングTシャツと見まごうほど丈が短い。その感想を述べるとカーラたちに大笑いされた。

「お嬢さんたち」ママが下から呼びかけてくる。「急いだほうがいいわよ。ヴィクターがローレンに自分のダンスの動画を見せはじめてる」

「やばっ」とピップ。「これで終了? 下へ行ってローレンを救出しなきゃ」

カーラが身を寄せて息を吹きかけてきた。「完璧」

「準備完了」ショルダーバッグをつかんで、中身をもう一度チェックする。携帯電話は百パーセント充電済み。「行こう」

カーラとふたりで下へおりると、ヴィクターが大声で「これはこれは、ピックル」と呼びかけてきた。「ローレンと相談して、わたしもきみのキロメーター・パーティーに行くことにしたよ」

「カラミティだよ、パパ。それと、年寄りはお断り」

ヴィクターが近寄ってきて、両腕できつく抱きしめてきた。「あんなに小さかったピップシーが個人宅のパーティーに行くなんてなあ」

「さあさあ」ママがにんまりと笑いながら言う。「お酒と男の子が待ってるわよ」

「そうだ、それ」ヴィクターは身体を離し、いかにも真剣な面持ちで娘を見つめ、指を一本、立てた。「ピップ、ほんの少しぐらいははめをはずすべきだということを覚えておいてもらいたい」

「わかった」車のキーをつかみ、玄関ドアへ進んでいく。「いざゆかん、過去とへんてこな両親よ、さようなら」

「さよーならー」ヴィクターは手すりをつかみながら出かけていく娘たちのほうへ手をのばし、芝居の一シーンさながらに大きな声を出した。家は沈みかけている船で、自分はそれとともに海の藻屑《もくず》と消える船長になりきっているらしい。


家の前の歩道まで屋内の音楽のせいで振動していた。三人は玄関ドアまで行き、ピップが拳でノックした。それと同時にドアが内側にさっと開き、安っぽく耳ざわりな低音のサウンドがのたうち、ざわざわした話し声と暗めの明かりがもれてくる世界へといざなわれた。

おずおずとなかへ入っていくと、あたりの空気は鼻を刺すウォッカと、汗とかすかにただようゲロのいやなにおいに汚染されていた。今日のホストでありアントの友だちのジョージの姿が目に入る。彼は一学年下の女子とキスへ突入する寸前でありながら、目をぱっちり見開き、こちらのようすをじっと見つめている。それから相手と唇をくっつけたまま、彼女の背中にまわした手を振った。

ここで挨拶を返すとなにごとかを共謀している気分になりそうなので、ピップは無視して廊下を進んでいった。両どなりにカーラとローレンという布陣で横一列に歩いているため、ローレンは壁にもたれてぐたっとなり軽く鼾《いびき》をかいている、政治学のクラスでいっしょのポールを踏みつけざるをえなかった。

三人でだだっ広いリビングルームに足を踏み入れ、ティーンエイジャーたちがかもしだすカオスを目の当たりにして、ピップは「これって……一部の人にとってはお楽しみの極致って感じだね」とつぶやいた。音楽にあわせて踊る者たちが身体をこすりつけあったり打ちつけあったりし、ビール瓶のタワーが危なっかしくそそり立ち、酔っぱらいが人生の意味を独白調で叫び、あちこちでカーペットが濡れて黒ずみ、おおっぴらに股ぐらをぼりぼり掻く者もいれば、結露して湿った壁に相手を押しつけていちゃついているカップルもいる。

「どうしても行きたいって言ったのはピップだよね」課外授業の演劇のクラスをいっしょにとっている女子に手を振りながらローレンが言う。

ピップがぼそぼそと答える。「そうだよ。いま現在のピップは過去のピップが決めたことをいつでもよろこんで受け入れる所存です」

アントとコナーとザックが仲間の女子たちに気づき、酔っぱらってふらつく生徒たちのあいだをひょいひょいと縫ってやってきた。

「だいじょうぶ？」コナーは声をかけ、三人の女子と順番にぎこちなくハグを交わした。「遅かったね」

「そうなの」とローレン。「ピップを着替えさせなきゃならなくて」

ピップとしては、オーバーオールの連れがいるとなぜバツが悪いのかさっぱりわからない。

ローレンの演劇のクラスの友だちが痙攣《けいれん》を起こしたロボットみたいなダンスを披露しているのはオーケーなのに。

「カップはある?」カーラがウォツカとレモネードのボトルを掲げながら訊く。

「あっちにあるよ」アントがカーラをキッチンのほうへ連れていった。

カーラが飲み物をつくって戻ってくると、ピップは飲むふりをしながら会話の合間に適当にうなずいたり笑ったりした。それから頃合いを見計らって輪を離れ、キッチンまで横歩きで行き、シンクにカップの中身を捨てて水を注いだ。

ザックがおかわりを入れてきてあげると言い、ピップはまたしても飲むふりをしてシンクに酒を流し、そのあと英語のクラスで後ろの席にすわっているジョー・キングと話をするはめになった。彼にはひとつだけ、笑いをとれるとびきりのネタだと自分で思いこんでいるものがある。まずはわけのわからないことをごちゃごちゃと話し、相手が眉をひそめるのを待ってからこう切りだす。「ぼくは冗談を言っただけ《オンリー・ジョーキング》」

〝オンリー・ジョーキング〟を三度、聞かされたあと、ピップはなんとか口実を見つけて彼から離れ、隅のほうの目立たないもってこいの場所でひとりきりになれた。陰のなかで誰にも邪魔されず、リビングルームにいる生徒たちをじっくりと観察する。踊っている者やむさぼるようにキスしている者たちを見やり、すばやい動きで手から手へ錠剤を受け渡ししていないか、ドラッグをキメておかしな顔になっている者はいないかチェックする。瞳孔が過度に開いている者はいないか。アンディの供給元へと導いてくれるきっかけになるものはないか。

十分が過ぎても不審なものはなにも見つからなかった。そのときふと、スティーヴンという男子がテレビのリモコンを叩き壊し、残骸《ざんがい》を花瓶のなかに隠しているのが目に入った。目で追っていくと、スティーヴンは洗濯機や掃除機が置いてある広いユーティリティールームをぶらついて裏口へ向かい、尻のポケットから煙草のパックを取りだした。

見つけた。

ドラッグがらみのなにかを見つけるには、いちばんに喫煙者のたまり場となる庭をあたるべきだった。ピップは肘を突っぱり、からみついてくるやつらやよろめいている者から身を守り、カオス状態になっている部屋を進んでいった。

庭には数えられるほどの人間しかいなかった。ひと組の暗い影が端のほうにあるトランポリンの上に転がっている。涙にくれるステラ・チャップマンが庭用のゴミ箱のそばに立ち、携帯電話の向こうの誰かに泣きながらなにごとかを訴えている。ほかには同学年のふたりの女子が子ども用のブランコに乗り、なにやら深刻そうな話をしながら、ときたま手を打ち鳴らしたり、口もとを覆って息を呑んだりしている。そして、以前数学のクラスで前の席にすわっていたスティーヴン・トンプソンだかシンプソンシ。スティーヴンは塀に腰かけて煙草をくわえ、あちこちのポケットを両手で探っている。

ピップはぶらぶらと近づいていった。「ハイ」とひと声かけて、スティーヴンのとなりに腰かける。

「ハイ、ピッパ」スティーヴンは言い、口から煙草を引き抜いてふたたび声をかけた。「どうした?」

「どうもしない。メアリー・ジェーン（マリファナを意味するスラング）を探してるだけ」

「そんな子、知らないなあ、悪いけど」スティーヴンはようやく蛍光グリーンのライターを見つけて取りだした。

「人じゃないよ」スティーヴンに向かって意味ありげな表情をこしらえる。「わかってるでしょ、草よ、草。草を探してるの」

「なんだって?」

今日の午前中、ピップは一時間をかけてスラングの辞書サイトの〈アーバン・ディクショナリー〉を検索し、いまストリートで使われているマリファナの隠語を探した。

それをもう一度ためそうとして、ささやき声で言う。「わかってるでしょ、ハーブを探してるの。ドゥーブ、ヒッピー・レタス、ギグル・スモーク。もう、野菜よ、ワッキー・タバッキーよ。意味、わかるよね。ガンジャよ、ガンジャ」

スティーヴンは声を立てて笑った。「まいったな」まだ笑いがとまらない。「ずいぶん酔っぱらってるみたいだな」

「そうかな」ピップは酔っぱらいのくすくす笑いをまねようとしたが、悪事をたくらむ悪人っぽい笑い方になってしまった。「で、持ってるの?　シュワッグ」

スティーヴンは声にならない笑いを引っこめてピップを見つめ、長い時間をかけて上から下へと視線を走らせた。胸と青白い脚を重点的に見つめているのがわかる。ピップはなんだかムカついてきた。胸のうちでは嫌悪と困惑の嵐が吹き荒れている。心のなかでスティーヴンの顔に罵声を浴びせたが、口はしっかりと閉じる。潜入捜査員なのだから。

「ああ」スティーヴンは下唇を噛んだ。「マリファナ煙草を巻いてやるよ」それからまたポケットを探り、葉っぱの入った小さな袋と巻紙のパックを取りだした。

「わあ、ありがと」うれしそうにうなずくものの、心中では不安と期待がまぜこぜになり、ちょっと具合が悪くなってきた。「それで巻くんだ。くるくる巻いて……サイコロを扱うカジノディーラーなみの手つきだね」

スティーヴンはこっちを見て声をあげて笑い、視線を動かさずに太くて短いピンクの舌を出して巻紙の端をなめた。ピップは目をそらした。思わず〝プロジェクトのための調査にしては、これってずいぶん本筋からかけ離れていない？〟という本音が胸をよぎる。たぶんそのとおりだろう。けれどももはやたんなる自由研究じゃない。これはサルのため、ラヴィのためだ。真実を手にするため。そのためならなんだってやってやる。

スティーヴンはマリファナ煙草に火をつけ、二度、深々と吸ってからさしだしてきた。ピップはそれをこわごわと中指と人さし指ではさみ、唇へ持っていった。同時に首を振って髪で顔を隠し、その隙に二回ほど吸うふりをした。

「うーん、いいねえ」ピップはそう言って、スティーヴンに返した。「〝スプリフ〟とも言うんだよね」

「今日はやけにクールじゃん」スティーヴンは一度吸ってから、またさしだしてきた。

ピップは相手の指に触れないようにして受けとった。もう一度吸うふりをしたが、においが鼻につき、次の質問を繰りだしたとたんにむせてしまった。

「で」マリファナ煙草を返しながら言う。「これ、どこへ行ったら手に入る?」

「おれのをわけてやるよ」

「いや、そういうんじゃなくて、スティーヴンはどこから買ってんの? 教えてくれたらわたしもそこから買う」

「町の売人からだよ」スティーヴンは塀の上で身じろぎして、こっちへ寄ってきた。「ハウィーってやつ」

「そのハウィーって人、どこに住んでるの?」再度マリファナ煙草のやりとりをして、そのあいだにそれとなくスティーヴンから離れる。

「知らね。家じゃ商売はやらないんじゃないかな。会うのはいつも駅の駐車場。防犯カメラがない端っこのあたり」

「夜に会うの?」

「まあ、たいていはそうかな。テキストメッセージが来たら会いにいく」

「ハウィーの電話番号、知ってる?」そこでバッグに手をのばし、携帯電話を取りだす。「教えてもらっていい?」

スティーヴンは首を振った。「きみに番号を教えたと知られたら怒られる。わざわざあの男と会うことはないよ。ほしければ、おれに金を払ってくれ。そうしたらきみのぶんを買ってきてやるから。値引きにも応じるよ」そこでウインク。

「わたし、直接買いたいんだよね」首もとからじわじわといらだちが這いあがってくる。

「だめだ」スティーヴンが首を振りながらも口もとを見つめてくる。

さっと顔をそむけると、長い黒髪がふたりを仕切るカーテンになってくれた。イライラはつのる一方で、ほかのことを考えられなくなった。こいつ、教えてくれるつもりはないわけ？

そのとき、イライラを押しのけていい考えが浮かんだ。

「じゃあ、どうやってあなたから買えばいいの？」相手の手からマリファナ煙草をもぎとる。

「わたしの電話番号も知らないのに」

「そうだよな、頭まわんなくて悪い、悪い」声音に下心もあらわな下卑《げび》た感じがまじる。スティーヴンは尻のポケットを探って携帯電話を引っぱりだした。画面をタップしてパスワードを入力し、ロックが解除された携帯電話をさしだしてきた。「そこにきみの番号を入れといてくれ」

「わかった」

ピップは電話帳アプリを開き、スティーヴンの正面に向きなおった。そうすれば相手に画面を見られずにすむ。それから検索バーに〝ハ〟と打ちこむと、結果がひとつだけ表示された。〝ハウィー・ボワーズ〟と彼の電話番号。

並んだ番号を食い入るように見つめる。だめだ、番号全部は覚えきれない。ここでまたもやいい考えがひらめいた。画面の写真を撮ればいい。自分の携帯電話は塀の上の、ちょうどとなりに置いてある。けれどもスティーヴンもとなりにいて、指をくわえながらこっちを見つめている。なんとかして彼の気をそらさなければ。

ピップはだしぬけに前のめりになり、マリファナ煙草を芝生へ落とした。「ごめーん。なんか脚に虫がひっついてたみたいで」

「いいよ、おれが取ってくる」スティーヴンは塀から飛び降りた。

与えられたのは数秒だけ。ピップは自分の携帯電話をつかみ、左へスワイプしてカメラを出し、スティーヴンの携帯の画面にかぶせた。

心臓が早鐘を打ち、胸が苦しいほどに締めつけられる。

カメラがピントをあわせようとしている間《ま》に、貴重な時間が過ぎていく。

指がボタンの上でいまか、いまかと焦れる。

ピントがあうと同時にすかさずボタンを押し、携帯電話を膝の上に落としたところで、スティーヴンが振りかえる。

「まだ火がついてる」そう言って塀に跳び乗り、ぐっと近づいてすわる。

ピップはスティーヴンの携帯電話をさしだした。「えーっと、ごめんね、こっちの番号を教えるの、なんだか気が引けて。どうもドラッグは自分にはあわないみたい」

「まあ、そう言うなよ」スティーヴンは自分の携帯ごとピップの手をつかみ、身を乗りだしてくる。

「ちょっと、だめだよ」すばやく相手との間をあける。「なかへ戻らなくちゃ」

スティーヴンがピップの頭の後ろに手をあて、強引に自分のほうへ引き寄せて顔を近づけた。ピップは顔をそむけて押しかえした。けっこう強く押したせいで相手は三フィート下に落ち、湿った草の上に仰向けになった。

「なにしやがるんだよ、このばか女」そう言い放ち、立ちあがってズボンから芝生を払う。

ピップが言いかえす。「そっちが礼儀知らずでがっついた、発情期の猿みたいなまねをするからだよ。あっ、猿が気を悪くするか。とにかく、だめって言ったよ、こっちは」

そのときふと気づいた。いつからかはわからないが、あたりを見まわすと庭には自分たちのほかには誰もいなかった。

恐怖心がさっと身体に広がり、そのせいで鳥肌まで立った。

スティーヴンがふたたび塀へ跳び乗ってくる。ピップは急いでドアのほうへ向かおうとした。

「ヘイ、まだ行くなよ。もう少し話をしようぜ」スティーヴンに手首をつかまれ、引き寄せられる。

「放してよ、スティーヴン、もうなかへ戻るんだから」きつい調子で言葉を投げつける。

「そんなこと言ったたって――」

ピップは空いているほうの手でスティーヴンの手首をつかんでひねり、皮膚を思いっきりひっかいた。相手は小さな悲鳴をあげ、手を放した。その隙に一目散に家へと走り、ドアを閉めてカチリと鍵をかけた。

室内へ戻り、ペルシャ絨毯《じゅうたん》を敷いた即席のダンスフロアで踊る生徒たちのあいだを右へ左へと突きとばされながら進んでいく。いくつもの揺れる身体と汗にまみれて笑う顔に目を走らせる。カーラという安全地帯を探して。

多くの身体がぶつかりあうなかにいると、熱気がむんむんして暑苦しい。それでも身体の震えがとまらない。おさまりきらない冷たい衝撃がむきだしの膝へ走る。

ピッパ・フィッツ＝アモービ
EPQ 二〇一七年十月三日

作業記録――エントリー22

最新情報：車のなかで四時間、待った。駅の駐車場の端っこで。確認したところ、防犯カメラはなし。ロンドンのメリルボーン駅から乗ってくる通勤客の波が三回、来ては去った。パパもそのなかのひとり。幸運にもわたしの車には気づかなかった。

あたりをうろついている者はいない。ドラッグを買ったり売ったりしているように見える者はひとりもなし。そもそもドラッグの取引をしている者がどういう感じに見えるのかはわからないけれど。ここでアンディ・ベルを見かけたとしても、まさか彼女がドラッグを売買しているとは思わなかっただろう。

マリファナ・スティーヴンからハウィー・ボワーズの電話番号をゲットするのには成功した。ハウィーに電話をかけて、アンディについていくつか質問に答えてくれるかどうか打診してみるのも手だろう。ラヴィはそうすべきだと考えている。しかし現実的に考えて、正面から攻めてハウィーがなにかを答えてくれる見込みはない。なんといっても彼はドラッグの売人なのだ。電話をかけてきた見ず知らずの人間にその事実を認めるとはとても思えない。まあ、天候や経済学のトリクルダウン理論について気軽に議論に応じてくれるとも思えないけれど。だめだ。ハウィーから話を聞きたいなら、まずは話をさせるための切り札となる脅しのネタを手に入れなければならない。

明日の晩も駅へ来てみよう。ラヴィは仕事があるけれど、だいじょうぶ、わたしひとりでやれる。両親にはカーラの家で英語の課題をやると伝えるつもり。どうしてもやらなければと思えば思うほど、嘘をつくのも気が楽になる。

ハウィーを見つけなければ。

彼に話をさせる切り札も。

ついでに、睡眠も必要だ。

〈容疑者リスト〉
・ジェイソン・ベル
・ナオミ・ワード
・秘密の年上男性
・ナタリー・ダ・シルヴァ
・ダニエル・ダ・シルヴァ
・マックス・ヘイスティングス
・ドラッグの売人——ハウィー・ボワーズ？

19

目にやさしいとは言えない携帯電話のライトで第十三章を読んでいるとき、街灯の下を人影がよぎるのに気づいた。いまは駅の駐車場の端っこにとめた車のなかにいて、三十分ごとにロンドン、もしくはエールズベリー行きの列車が立てる甲高い音やガタンゴトンと鳴る音を聞いている。

街灯は一時間ほどまえに点灯した。そのころには太陽はほぼ沈み、リトル・キルトンは深い青に染まっていた。明かりは黄色がかったオレンジ色で、どことなく不穏な光を放ちながら周辺を照らしている。

ピップは窓の外に目を凝《こ》らした。人影が街灯の下を通りすぎたとき、その人物は男性だとわかった。裏地が明るいオレンジ色でファーフードがついた深緑色のジャケットを着ている。フードをかぶっているせいで顔は陰になっていて、街灯の光があたっても三角形になった鼻の部分しか見えない。

すばやく携帯電話のライトを消して『大いなる遺産』を助手席に置く。シートを後ろに動かして床にしゃがみこむ。こうしていれば外からは姿が見えなくなる。頭を少しだけあげて、目を窓に押しつける。

男は駐車場の周縁を歩いていたかと思うと、オレンジ色の明かりを放つ街灯と街灯のあいだの暗い場所で立ちどまり、フェンスに寄りかかった。ピップは息を詰めて男を見ていた。呼吸をすると窓が曇って外が見えなくなってしまう。

男はうつむいてポケットから携帯電話を取りだした。ロックを解除したのか、画面が明るくなり、はじめて男の顔が見えた。骨ばっていて輪郭は鋭角的。恰好よく無精ひげを生やしている。年齢をあてるのは得意ではないが、おそらく二十代後半か三十代前半。

じつは今夜ハウィー・ボワーズを見つけたと思ったのはこれがはじめてではなかった。ほかにもふたりの男をかがんで姿を隠しながら観察した。最初の男はまっすぐにおんぼろの車に乗りこみ走り去った。ふたりめは立ちどまって煙草を吸いはじめたが、喫煙するだけにしては時間が長すぎて、思わず心臓の鼓動が速まった。だが彼は煙草をもみ消したあとリモコンキーで車を解錠し、やはり走り去った。

正直なところ、そのふたりを目にしたときは〝これだ〟という感じはしなかった。ふたりともパリっとしたスーツにそれとよくあうコート姿で、街から列車に乗ってやってきたというふうだった。でもこの男はちがう。ジーンズにフードつきのジャケット姿で、そのようすからなにかを待っているのは間違いない。もしくは、誰かを。

男は携帯電話の画面上で両手の親指をさかんに動かしている。おそらく客にメッセージを送って待っていることを知らせているのだろう。いつもの自分ならどう対処すべきか焦ってしまうところだが、今回はなにかを待っているらしきフードつきジャケットの男がハウィーだと確認できる確実な方法がある。ピップは携帯電話を取りだし、明かりが外にもれないように低い位置で持ち、ふとももののほうへ画面を向けた。それから連絡先リストをスクロールしていき、ハウィー・ボワーズを選択して通話ボタンを押した。

窓の外を見ながら、親指を赤い通話終了ボタンの上に置き、待つ。半秒ごとに心拍数があがっていく。

そのとき、聞こえてきた。

自分の携帯電話から聞こえる音よりももっと大きな呼び出し音が。

電気仕掛けのアヒルがクワクワッと鳴いているみたいな音が男の手からもれてくる。ピップは男がどこかを押して携帯電話を耳にあてるのをじっと見つめた。

「もしもし」外の少し離れたところからの声が窓にあたってくぐもる。ほぼ同時に、同じ声がこちらの携帯電話のスピーカーをとおして聞こえてくる。ハウィーの声だ、間違いない。

ピップは通話終了ボタンを押して、ハウィー・ボワーズが耳から携帯電話をおろしてじっと見つめているようすを観察した。彼の目は陰になってよく見えないが、太くて驚くほどまっすぐな眉がしかめられているのはわかる。それからハウィーは親指でなにかのボタンを押し、もう一度携帯電話を耳にあてた。

「まずい」ピップはひとりささやき、携帯電話を持ちあげてマナーモードに切りかえた。一秒もしないうちにハウィー・ボワーズからの着信で画面が明るくなった。そこで電源ボタンを押してバイブレーションもとめ、サイレント応答にする。心臓が痛いほど激しく肋骨《ろっこつ》を打っている。危なかった、ぎりぎりセーフ。発信者番号を非通知にしなかったなんてばかすぎる。

ハウィーは携帯電話を耳から離し、うつむいて両手をポケットのなかに突っこんだ。この男がハウィー・ボワーズだと判明したとはいえ、彼がアンディにドラッグを供給した人物だと確認できたわけではない。わかっているのは、ハウィー・ボワーズが現在、高校生相手にドラッグを売り、その高校生が通う学校へアンディのかつての供給元が彼女をつうじて販路を広げたことがある、ということだけ。たんなる偶然ということもありえる。ハウィー・ボワーズは数年前にアンディにドラッグを流していた人物ではないかもしれない。でもキルトンのような小さな町では、偶然で片づけられないことのほうが圧倒的に多い。

ふいにハウィーが顔をあげて意味ありげにうなずくのが見えた。と同時にコンクリートをカツカツと鳴らす足音が聞こえてきた。音は近づくにつれてどんどん大きくなる。一歩近づいてくるごとに身体を揺さぶられるような気がする。思いきってもっと頭をあげて足音の主《ぬし》を観察することはできなかったが、やがてその人物が視界に入ってきた。ベージュのロングコートを着て、ピカピカに磨かれた黒い靴をはいた背の高い男。つやといい、カツカツと鳴る音といい、靴はおそらく新品なのだろう。髪をかなり短く刈りこんでいる。ハウィーのとなりに着くなり、くるりと身体の向きを変えて彼と並んでフェンスにもたれた。男性の顔に目の焦点をあわせるのに少し時間がかかったが、はっきりと見えたときピップは息を呑んだ。

知っている男だった。〈キルトン・メール〉のウェブサイトのスタッフ写真でその顔を見た覚えがある。スタンリー・フォーブス。

調査には無関係なはずなのに、二度も存在を示してきた男。ベッカ・ベルは彼と知り合いだと言っていた。そしていまここでスタンリー・フォーブスは、ベッカの姉にドラッグを供給していたと思われる男と会っている。

ふたりともまだ口を開いていない。スタンリーは鼻を掻いたあと、ポケットからぶ厚い封筒を取りだした。それをハウィーの胸もとに突きつける。その瞬間、ピップはスタンリーの顔が紅潮し、手が震えていることに気づいた。すぐさま携帯電話を掲げ、フラッシュがオフになっていることを確認してからふたりのようすを写真におさめた。

「これが最後だ。わかっているだろうな」スタンリーは声を低く抑えもせずに鋭い口調で言った。車の窓ガラスごしでも彼の語気の激しさは伝わってくる。「これ以上、要求してもむだだからな。それでぜんぶだ」

ハウィーはかなり小声でしゃべっているため、ピップに聞こえたのは文のはじめと終わりのつぶやきだけだった。「だが……言う」

スタンリーは身体ごとハウィーのほうを向いた。「きみがそうするとは思えない」

ふたりはしばらくのあいだぴんと張りつめた空気のなかで互いに相手の顔を睨みつけていた。それからスタンリーはくるりと向きを変え、コートの裾をひるがえして足早に立ち去った。

スタンリーが去ったあと、ハウィーは両手で持った封筒の中身を見て、ジャケットのポケットに突っこんだ。ピップは封筒を手にしたハウィーの写真も何枚か撮った。ひとりになっても動きだす気配はない。フェンスにもたれかかり、また携帯の画面をタップしている。ほかの誰かを待っているのだろうか。

数分後、誰かがやってきた。ピップはかがんで隠れ、手を振ってハウィーに近づいていく人物を見た。今度もまた、見覚えのある顔だった。同じ学校の下級生で、アントと同じサッカーチームに入っている男子。たしか、ロビンだったか。

ふたりが会っていた時間はごく短かった。ロビンが現金を取りだして手渡す。ハウィーが金を数え、ポケットから口を折って閉じた紙袋を出す。ピップはハウィーが袋をロビンに渡して現金をポケットに入れるところを、連続で五枚、写真に撮った。

ふたりの口が動いているのは見えたが、交わされた秘密の言葉は聞きとれなかった。ハウィーは笑いながらロビンの背中を叩いた。ロビンは紙袋をリュックサックのなかにしまい、いま歩いてきた道をぶらぶらと戻りながら低い声で「それじゃ、また」と呼びかけた。すぐあとに彼がピップの車の後ろを通ったため、ピップは跳びあがらんばかりに驚いた。

窓の下にもぐりこみ、いまさっき撮った写真をスクロールしていく。ハウィーの顔はしっかり写っていて、少なくとも三枚の写真ではっきりと本人だと確認できる。売買の現場の写真も撮れていて、客の男子の名前もわかっている。ドラッグの売人を恐喝する方法についての教本があるとしたら、この状況は見習うべき手本として載っているだろう。

と、そのとき、ピップは凍りついた。誰かが車のすぐ後ろを大きな足音を立て、口笛を吹きつつ歩いている。二十秒数えてから外をのぞいてみる。ハウィーが駅方面へ向かっていくのが見えた。

どうするべきか。ハウィーは徒歩。だから車で尾けるわけにはいかない。でも、虫の顔をした小さな車という安全地帯から絶対に離れたくない。頼もしいフォルクスワーゲンの盾なしで犯罪者を追うなんてとんでもない。

恐怖が腹のなかに広がりはじめ、しまいには脳にまで達し、ひとつの考えが浮かんだ。アンディ・ベルはひとりで闇のなかへ出ていき二度と戻らなかった。ピップはその考えを抑えつけ、ひと息ついて恐怖を追い払い、車から降りてなるべく音を立てないようにドアを閉めた。ハウィーについてできるだけ多くの情報を得なければならない。アンディにドラッグを供給し、もしかしたら彼女を殺した男かもしれないのだ。

ハウィーは四十歩ほど前を歩いている。いまはフードをおろしているので、オレンジ色の裏地が暗闇のなかではいい目印になる。ピップはしっかりと距離をとってついていった。一歩進むごとに心臓は四度も鼓動を刻んでいる。

街灯が明るく照らす駅前の環状交差点《ラウンドアバウト》を通りすぎるときは、歩く速度を落として距離を広げた。明るいところで近づきすぎるのはまずい。前を行くハウィーは丘に沿って右に曲がり、町の小さなスーパーマーケットの前を通りすぎていく。道路を渡り、ハイ・ストリート沿いを左に曲がる。この道の反対側の先には学校とラヴィの家がある。

なおもあとを尾け、ウィヴィル・ロードに行きあたり、跨線橋《こせんきょう》を渡る。橋を渡りきるとハウィーはウィヴィル・ロードをそれ、黄色に染まる生垣の隙間を抜けて、草地を突っ切っている小道へ入った。

ハウィーとの距離が少しあくまで待ってから小道へ入ると、暗い路地が見えてきた。ピップは五十フィート先を行くオレンジ色の裏地のファーフードを目印に歩きつづけた。暗闇はいとも簡単に感覚を狂わせる。なじみのものを未知のなにかに変えてしまう。通りの標識の前を過ぎたとき、ピップははじめて自分がどこを歩いているかに気づいた。

ロマー・クロース。

心臓が反応し、いまや一歩進むごとに六度も鼓動を刻んでいる。ロマー・クロースはアンディ・ベルが消息を絶ったあとで、彼女の車が乗り捨てられているのが発見された場所だ。

先を歩くハウィーが道をそれるのを見て、急いで木の後ろに隠れた。彼は小さな平屋の家の前で鍵を取りだし、なかへ入った。ドアがカチリと閉まったあと、ピップは隠れていた場所から出て、ハウィーの家へ近づいた。ロマー・クロース二九。

屋根の低い棟割り住宅の壁には茶色いレンガが使われ、スレート葺《ぶ》きの屋根は苔《こけ》むしている。正面側には窓がふたつあり、どちらもブラインドがおりているが、ハウィーがなかで明かりをつけたと同時に、左側の窓からは黄色い光の筋がもれてきている。玄関ドアの前に狭い砂利敷きの一画があり、そこに色あせたえび茶色の車がとまっている。

ピップは車をじっと見つめた。今回は即座に気づいた。自然と口が開き、胃が喉もとまでせりあがり、車のなかで食べたサンドイッチが逆流してきたような味が口のなかに広がる。

「どうなっちゃってるの」

後ずさりして家から離れ、携帯電話を取りだす。電話の通話履歴をたどってラヴィの番号にかける。

相手が出たとたんに言う。「お願い、今日はシフトに入っていないって言って」

「いま帰ってきたとこだけど。なんで?」

「いますぐロマー・クロースへ来て」

20

殺人地図《マーダー・マップ》をつくったので、ラヴィが家からロマー・クロースまで歩いてくるのに十八分かかるとわかっていた。ラヴィはそれより四分早くあらわれ、こちらに気づくと走りだした。

「どうした？」少しだけ息を切らし、顔にかかった髪を払う。

「どうしたもこうしたも」ピップは小声で答えた。「どこから話しはじめていいかわからないけど、とにかく聞いて」

「なんかおっかないなあ」ピップの顔を見てなにかを探しているみたいに、ラヴィの目が泳ぐ。

「わたしも言うのが怖いよ」そこで間をおいて深呼吸し、喉もとまでせりあがってきていた胃を気管へ押しもどそうとした。「オーケー、カラミティ・パーティーで手がかりをつかんだ、例のドラッグの売人をわたしが探していたのは知ってるよね。今夜、彼が駅の駐車場で商売しているところを目撃して、彼の家まで尾けてきたの。その売人はここに住んでるんだよ、ラヴィ。アンディの車が発見された場所に」

ラヴィの視線が暗い道をなぞるようにさまよう。「でもどうして彼がアンディにドラッグを供給していた売人だとわかるんだい」

「わたしもいまひとつはっきりしなかった。いまははっきりしてるけど、それはひとまずおいとく。先に伝えなきゃならないことがあるから。怒らないで聞いてほしい」

「どうしてぼくが怒るんだい？」ラヴィが見つめてくる。やさしげな顔なのに目のあたりがこわばっている。

「えっと、ラヴィに嘘をついたから」相手の顔を見られず、自分の足もとに目を向けて言う。

「サルの事情聴取の記録はまだ警察から届いていないって言ったよね。ほんとは届いてたの、二週間以上まえに」

「なんだって？」ラヴィが小さな声で言う。傷ついた表情が顔に浮かび、鼻と額《ひたい》に皺が寄っている。

「ごめんなさい。届いた記録を読んだときに、ラヴィは見ないほうがいいと思って」

「どうして」

ピップはぼそぼそと話した。「あきらかにサルにとって不利に見えたから。警察に対してサルはのらりくらりと言葉を濁していて、木曜日と金曜日にアンディと口論をした理由を訊かれても言いたくないって答えてた。まるで動機を隠そうとしているみたいに。それで、サルがアンディを殺したのかもしれないって思っちゃって。記録を見せてラヴィを動揺させたくなかった」ピップは顔をあげてラヴィの目を見た。いらだちも感じられたが、なによりも悲しげだった。

「これまで調査をつづけてきて、結局のところ、きみはサルが犯人だと思ってるんだね」

「思ってない。たしかにちょっとのあいだ疑った。なにより記録を見てラヴィがどう思うかが不安だった。届いていないなんて嘘をついて、ごめんなさい。ちゃんと見せるべきだった。そのうえサルを疑うなんて、わたし、ほんとに間違ってた」

ラヴィはしばらくのあいだ頭の後ろを掻きながらこっちを見つめていた。「わかった。もういいよ、きみがどうして嘘をついたかわかったから。それで、今夜、なにをつかんだの？」

「サルが警察での事情聴取で奇妙なほど口を濁していた理由と、アンディと喧嘩をした原因がはっきりわかったの。来て」

　ピップはついてくるよう手招きし、ハウィーの家へ歩いていった。そして指をさす。

「これがドラッグの売人の家。彼の車を見て、ラヴィ」

　ラヴィの目が車のあちこちに向けられた。フロントガラスからボンネットへ。右のヘッドライトから左のヘッドライトへ。視線がナンバープレートにたどりつき、ぴたりととまる。右から左へ、左から右へと視線を走らせる。

「まさか」とラヴィ。

　ピップはうなずいた。「その、まさかなんだよね」

「マジで、これこそ〝びっくり〟の瞬間だ」

　ふたりの目がふたたびナンバープレートに向けられた。R009KKJ。

「サルは携帯のメモにこのナンバーを書いたんだね」とピップ。「四月十八日水曜日、午後七時四十二分。たぶん学校で噂かなにかを耳にして、疑いを抱いたんだと思う。それで水曜日の晩にアンディのあとを尾けて、この車と彼女がハウィーといっしょにいるところを見た。アンディがなにをしているかにも気づいた」

「それでアンディが行方不明になる前日と当日にふたりは口論をした」ラヴィが付け加える。

「サルはドラッグを忌み嫌っていた。憎んでいたと言ってもいい」

「口論の理由について警察に訊かれたとき」とピップが引き継ぐ。「はぐらかすような話し方をしていたのは、殺人の動機を隠すためじゃなかった。サルはアンディを守ったんだね。まさか死んでるなんて思っていなかったから。アンディは生きていて、きっと戻ってくると思っていた。だからドラッグを売買している件を警察にしゃべってアンディを困った立場に追いやりたくなかった。金曜日の晩に送った最後のテキストメッセージはドラッグの件についてだったんだね」

「〝きみがすっかりやめたまでぼくはきみとは話さない〟」とラヴィ。

「もうわかってるよね？」ピップが笑顔を向ける。「もともとラヴィのお兄さんはこれ以上ないくらい無実だったってこと」

「ありがとう」ラヴィが笑みを返してくる。「こんなことを女の子に言ったことはないけど……きみがとつぜんやってきて、うちのドアをノックしてくれてうれしいよ」

「わたしはラヴィが帰ってくれって言ったのをはっきり覚えてるよ」

「まあ、どうやらきみを追い払うのは難しそうだな」

「お褒めにあずかり光栄です」ピップはお辞儀をした。「さてと、いっしょにノックする準備はできてる？」

「えっ、いや、なんだって？」ラヴィは唖然とした顔を向けてきた。

「さあ、行くよ」ピップはハウィーの家の玄関に向かって歩きだした。「ラヴィもここいらで行動開始だね」

「きみにばっかり労働させて悪うございました。ちょっと、待ちなよ、ピップ」急いでピップのあとを追う。「どうするつもりなんだい。彼が話してくれるとは思えないけど」

「話すよ」ピップは頭上で携帯電話を振った。

「こっちには切り札があるもん」

「切り札って?」ラヴィは玄関ドアの正面でようやくピップに追いついた。

ピップは振り向き、目を細めてにんまりと笑った。それからラヴィの手を取る。本人が引っこめる間もなく。そして彼の手でドアを三度ノックした。

ラヴィは目をみはり、指を立てて声を出さずに口だけ動かして文句を言った。

なかから咳をしながら廊下を歩いてくる音が聞こえた。数秒後、ドアが勢いよく内側に開いた。

ハウィーが玄関口に立ち、こっちを見て目を瞬かせている。いまはジャケットを脱ぎ、しみがついた青いTシャツを着て、足もとは裸足。彼があらわれたとたんに、しみついた煙と湿ったボロボロの服のいやなにおいがただよってきた。

「ハロー、ハウィー・ボワーズ」とピップ。「わたしたち、ドラッグを買いたいんだけど」

「おまえ、誰だ」ハウィーが語気を荒らげて言う。

「今夜、ちょっとまえにすてきな写真を撮った者でーす」ピップは携帯の画面をスクロールしてハウィーの写真を表示させ、それを相手の鼻先に突きつけた。写真をすべて見せるために親指でスクロールしていく。「しかも、わたし、あなたがドラッグを売っているこの子を知ってるんだよね。名前はロビン。いまここで彼のご両親に電話をかけて、ロビンのリュックサックを調べてみてくださいって言ったら、どうなるかなあ。お宝入りの小さな紙袋が見つかったりして。警察がここまでやってきてドアをノックするまでの時間はどれくらいかなあ。わたしが警察に一本電話を入れてご注進したら、時間が早まるかも」

ピップはハウィーがこっちの言葉を咀嚼するのを待った。彼の目が携帯電話、ラヴィ、そしてピップへ順に向けられる。

ハウィーはうなるように言った。「なにが望みだ」

「まずはなかへ入れてもらおうかな。それからいくつか質問に答えて。要求はそれだけ。答えてくれれば警察へは行かない」

「質問て、どんな」爪で歯をせせり、ハウィーが言う。

「アンディ・ベルについて」

わざとらしい困惑の表情がハウィーの顔に広がる。

「知ってるでしょ、高校生たちに売りさばくためにあなたがドラッグを供給していた女子。五年前に殺された子。覚えてるよね。覚えていないようなら、警察が思いださせてくれるよ」

「いいだろう」ハウィーは一歩さがってビニール袋の山を踏んづけ、ドアを押さえた。「入んな」

「どうもありがとう」ピップは振りかえって肩ごしにラヴィを見た。口だけ動かして「切り札」と伝えると、ラヴィは天を仰いだ。けれどもいざ家のなかへ入る際にはピップを押しのけ自分が先に立って一歩踏みこみ、ハウィーが玄関口から狭い廊下を奥へ進みはじめるまで、じっと彼を見つめていた。ピップはラヴィにつづいて家に入り、ドアを閉めた。

「こっちだ」ハウィーはぶっきらぼうに言い捨て、リビングルームへ進んだ。

そして古めかしい肘掛け椅子にどさりとすわる。椅子の肘掛けには口のあいたビールの缶が置かれている。ラヴィはソファまで行って服の山を払いのけ、ハウィーと正面きって向きあう位置に腰をおろした。背筋をまっすぐにのばし、転げ落ちそうなほどソファの端っこぎりぎりにすわっている。ピップはラヴィのとなりにすわり、腕を組んだ。

ハウィーはビールの缶でラヴィを指し示した。「あんた、アンディを殺した男の弟だろ」

「そうとは決まってない」ピップとラヴィが同時に言う。

三人ともが部屋を覆う張りつめた空気に呑まれていく。目があうたびにひとりからもうひとりへ、見えない粘着性の蔓《つる》が這っていくみたいに。

「アンディについての質問に答えなければ、わたしたちはこの写真を持って警察へ行くってことは理解してるよね」ピップはビールを見つめて言った。それはおそらくハウィーが帰宅してから最初にあけたビールではないだろう。

「わかってるよ、ダーリン」ハウィーは吐息まじりの笑い声をあげた。「充分すぎるほどはっきりと言ってくれたからね」

「よかった」とピップ。「これから充分すぎるほどはっきりとした質問をするよ。アンディが最初にあなたに協力したのはいつで、それはどういうふうにはじまったの？」

「覚えていないなあ」そこで大きくひと口、ビールを飲む。「たぶん二〇一一年のはじめだったかな。アンディのほうから会いにきたんだ。いい度胸をしたティーンエイジャーがおれを訪ねて駅の駐車場にぶらっとあらわれ、ブツを流してくれれば商売をもっと広げてやると言ってきたのを覚えてる。あっちが金を稼ぎたいと言ったんで、こっちも同じ思いだと答えてやったよ。おれの仕事場をどうやって見つけたのかは知らねえな」

「アンディがあなたの商売に協力したいと申しでてきたとき、あっさり同意したんだ」

「そうだよ、あたりまえだろう。アンディは若い客層を開拓すると約束したんだからな。おれにはツテがなくてお子さま相手に拡販できなかった。いわばウィンウィンってやつだ」

「それからなにがあったんだい」とラヴィ。

ハウィーの冷ややかな視線がラヴィに向けられた。ピップは互いに触れあっているラヴィの腕がこわばるのを感じた。

「あらためて会って、基本原則を定めた。たとえばドラッグや金をこっそり保管する方法とか、名前ではなく略号を使うとか。高校生たちにはどんなドラッグを売りさばけばいいか意見を訊いたりもした。それからビジネス用の携帯電話を渡した。まあ、それくらいかな。おれはアンディを大きくて広い世界へ送りだしてやったんだよ」ハウィーは笑った。不気味なほど顔と無精ひげの均整がとれている。

「アンディはふたつめの携帯電話を持っていた?」とピップ。

「ああ、持ってたよ。親が料金を払ってくれる携帯じゃあビジネスの手配はできねえだろ?おれが現金でプリペイド方式の使い捨て携帯を買ってやったんだよ。計二台だったかな。最初の携帯の料金ぶんを使いきったときに、二台目を買った。アンディが殺される二、三カ月前に渡した」

「売りさばくまえのドラッグをアンディはどこに保管していたんだい」とラヴィ。

「それは基本原則で取り決めてあった」ハウィーはすわりなおしてビールの缶に話しかけた。「おれはアンディに言ってやった。ドラッグとビジネス用の携帯を親に見つからない場所に隠しておかないと、あんたのちっちゃなベンチャービジネスは立ち行かなくなるぞってね。彼女は誰にも見つからない隠し場所があるって自信満々に言ってたよ」

「それはどこ?」ラヴィが突っこんで訊く。

ハウィーはあごをぼりぼり掻いた。「そうだなあ、ワードローブのなかのゆるんだ底板の下とか、そんなところだったと思うけどな。そういう場所があることすら親は知らないから、いつもそこに隠しているとアンディは言ってた」

「ということは、その携帯電話はいまもアンディのベッドルームに隠されているかもしれないってこと?」とピップ。

「さあ。持って出かけたのでなければな、あのときに……」ハウィーは指で喉にまっすぐな線を引き、うめき声をあげた。

ピップは次の質問に移るまえにとなりを見やった。ラヴィは歯を食いしばってあごをこわばらせながら、ハウィーからけっして目を離さずにいる。睨みつけていれば相手をその場に釘づけにできると思っているみたいに。

「わかった」とピップ。「それで、個人宅のパーティーでアンディはどんなドラッグを売っていたの?」

ハウィーは空き缶を握りつぶし、床に放った。「最初はマリファナだけだった。最後のころには、ずいぶんいろんなものを売ってたけどな」

そこでラヴィが口を開いた。「どんなドラッグをアンディは売っていたかと彼女は訊いたんだ。種類を言ってみてくれ」

「ああ、わかったよ」ハウィーはいらついているのか、背をのばしてすわりなおし、Tシャツについた茶色いしみをつまんだ。「アンディが売ってたのは、マリファナ、ときどきMDMA、メフェドロン、ケタミン。ロヒプノールを定期的に買う顧客もふたりくらい持っていた」

「ロヒプノール？」ピップはショックを隠しきれずに繰りかえした。「〝ルーフィー〟ってこと？　デートレイプドラッグとして使われるやつ？　アンディは高校生が集まるパーティーでルーフィーを売ってたの？」

「ああ。あれはふつう睡眠薬として使われるけど、まあ、一般的に考えられているのとはちがう使い方もあるからな」

「アンディからロヒプノールを買っていたのは誰だか知ってる？」

「そうだなあ、きざったらしいやつがいるとかアンディが言ってたが、わかんねえな」ハウィーは首を振った。

「きざったらしいやつ？」ピップの頭に即座に彼の姿が浮かんだ。骨ばった顔に人を見下したような笑い、やわらかそうな金色の髪。「そのきざったらしいやつってブロンドの男？」

ハウィーはぽかんとした顔を向け、肩をすくめた。

「答えないとぼくらは警察へ行くことになる」とラヴィ。

「わかったよ、たぶんブロンドの男だったと思う」

ピップはひとつ咳払いをして、考える時間を稼いだ。

「オーケー。どれくらい頻繁にアンディと会ってたの？」

「必要なときはいつでも。オーダーが入って商品をそろえなきゃならないときとか、こっちに金を払うときとか。そうだなあ、平均すると週に一度くらいだったかな。場合によってはもっと多くなったり少なくなったり」

「どこで会ってた？」とラヴィ。

「駅とか、たまに彼女がここへ来たりとか」

「あなたたち……」ピップが言いよどむ。「あなたとアンディは恋愛関係だった？」

ハウィーは鼻で笑った。それからふいにすわりなおし、耳の近くのなにかをぴしゃりと叩いた。「ばか言うな、ちがうよ」笑って答えたものの動揺は隠しきれないようで、首が徐々に赤くなっていった。

「ほんとにちがうの？」

「ああ、ちがう」おもしろがっているようすは跡形もなくなっている。

「なんでそんなにびくびくしてるの？」

「そりゃあ、びくびくもするだろうよ。ふたりのガキが家に乗りこんできて、何年もまえのことを尋問するみたいにあれこれ訊いてきて、答えなきゃ警察へ行くと脅してるんだからな」ハウィーが床に転がっていたつぶれたビールの空き缶を蹴《け》ると、缶は部屋のなかを飛び、ちょうどピップの頭の後ろのブラインドにぶつかってがしゃがしゃと音を立てた。

ラヴィがソファからすっくと立ちあがり、ピップの前に立ちふさがった。

「てめえ、やる気か」ハウィーはラヴィを睨みつけ、ふらつきながら立ちあがった。「おまえにはさっきからムカついてるんだよ」

ピップも立ちあがる。「ふたりとも、わかったから、落ち着いて。もうすぐ終わるから。だから正直に答えて。アンディと性的な関係があったか——」

「ねえよ、さっきそう答えただろう?」首から這いあがってきた赤みが顔に達し、無精ひげのあたりを染めている。

「アンディと性的な関係を持ちたいと思っていた?」

「いいや」いまや大声になっている。「アンディとおれはたんなるビジネスパートナーだった。それ以上のややこしい関係はいっさいなかった」

「アンディが殺された夜はどこにいた?」とラヴィ。

「そのソファで酔いつぶれてたよ」

「誰がアンディを殺したか知ってる?」とピップ。

「知ってるよ、そいつの兄貴だ」ハウィーはラヴィに向かって指を突きつけた。「これはそういうことなのか? おまえは殺し屋のクソ兄貴が無実だと証明したいのか?」

身体をこわばらせ握った拳から盛りあがっている関節を見つめるラヴィをピップは見ていた。

ふいにラヴィは自分に向けられている視線をとらえ、厳しい表情を引っこめて両手をポケットに突っこんだ。

「オーケー、以上でもうおしまい」ピップはそう言ってラヴィの腕に手を置いた。「帰ろう」

「だめだ、そうはさせない」ハウィーは大きく二歩踏みだしてドアへつづくスペースで立ちどまり、ふたりの行く手をさえぎった。

「わたしたち、もう帰るんですけど」ピップは言いながらも、いらだちがすっと消えて恐怖に変わるのを感じた。

「だめだ、だめに決まってるだろう」ハウィーは笑って首を振った。「行かせるわけにはいかないんだよ」

ラヴィが一歩、ハウィーのほうへ近づいた。「どいてくれ」

ハウィーがピップに向かって言う。「おれはあんたの質問に答えた。今度はそっちがおれの写真を消去する番だ」

ピップは少しばかりほっとした。「わかった。そうだよね、そうしないとフェアじゃないもんね」そう言ってから携帯電話を持ちあげ、駐車場の写真を一枚一枚、消去していき、最後の一枚のあとにスワイプしたのが犬用のベッドで眠るバーニーとジョシュアになるところまでハウィーに見せた。「消去、終了」

ハウィーは脇にどき、ふたりを通した。

ピップが玄関ドアを引きあけ、ラヴィとともに冷たくて心地よく感じられる夜の外気のなかへ出ると、最後にハウィーが声をかけてきた。

「お嬢さんよ、ヤバい質問をしてまわってると、そのうちにヤバい答えにぶちあたっちまうよ」

ラヴィは勢いよくドアを閉めて、ハウィーの家から少なくとも二十歩は遠のいてから口を開いた。「楽しかったよ。ぼくのはじめての〝キョウカツ〟に誘ってくれてありがとう」

「どういたしまして。じつはわたしもはじめてなんだ。でも首尾は上々だったね。わかったのは、アンディがもう一台べつの携帯電話を持っていたこと、ハウィーがアンディに対して意味深な感情を抱いていたこと、マックス・ヘイスティングスがデートレイプドラッグとしても使われるロヒプノールを愛用していたこと」そこで携帯電話を持ちあげ、フォトアプリを開く。

「ハウィーの写真はまた切り札として使わなきゃならないときのためにここにバックアップをとってある」

「さっすがあ」とラヴィ。「そのときが待ちきれないよ。ぼくの履歴書に特別な技能としてキョウカツも加えられるかな」

「ラヴィってさ、動揺してるときに防衛機制として冗談を言うってこと、知ってた？」ピップは笑みを向け、生垣の隙間のところでお先にどうぞとばかりにラヴィを先に通した。

「そうかな、じゃあきみはエレガントに態度がデカくなるね」

前を行くラヴィが振りかえってじっと見つめてくると、ピップはこらえきれずに笑いだした。ラヴィもつられて笑いだし、ふたりとも笑いがとまらなくなった。アドレナリンの効果がうすれてきても笑いはとまらない。ピップはラヴィにもたれかかり、涙をぬぐいながら笑いの合間に息継ぎをした。ラヴィは足もとをふらつかせ、顔をくしゃくしゃにして笑った。激しく笑いすぎて、前かがみになって腹をかかえる始末だった。

そのうちにピップは頬が痛くなり、腹が締めつけられてひきつったみたいになった。笑い終わったあとにため息をつくと、またしても笑いの発作がはじまった。

ピッパ・フィッツ＝アモービ
EPQ　二〇一七年十月六日

作業記録――エントリー23

マジで大学の願書提出に集中しなくてはならない。まずはケンブリッジの提出期限までにこれから一週間くらいかけて志望理由書を仕上げる。入学事務局の責任者に向けて精いっぱい尾を立てて羽を広げ、自分の才能をひけらかす。でもいまはちょっとだけひと息つこう。

ハウィー・ボワーズにはアンディが行方不明になった晩のアリバイはない。本人の言葉によると、自宅で〝酔いつぶれてた〟。確たる証拠はなく、これは完全な嘘である可能性もある。

彼は年上の男に該当し、アンディがドラッグ供給の件を警察に通報すれば彼を破滅させることができる。アンディとの関係はドラッグビジネスのパートナーだが、びくびくした態度から察するに、性的な関係も見え隠れしている。それにアンディの車がハウィーの自宅がある通りで発見されている。トランクにアンディの遺体を積んで何者かが運転したと警察が考えている車が。

アンディが消息を絶った夜のマックスには、サルが友人たちに偽のアリバイづくりを頼んだことからもわかるとおり、れっきとしたアリバイがある。しかしここでよく考えてみよう。アンディが連れ去られた時間帯は午後十時四十分から午前零時四十五分のあいだ。この時間帯のお尻にあたるぎりぎりの時刻にマックスが犯行におよんだと考えることもできる。彼の両親は家を空けていた。ジェイクとサルはすでに去っていて、ミリーとナオミは〝零時半をまわる少しまえ〟にべつの部屋へ寝にいった。マックスはその時刻に誰にも知られずに家を出ることができただろう。それを言うならナオミも。もしかして共犯？

マックスは殺人の被害者であるアンディの裸の写真を持っている。本人の弁では性的な関係はなかったというが。厳密に言えば彼は年上の男性に該当する。アンディのドラッグビジネスの顧客であり、定期的に彼女からルーフィーを買っていた。きざったらしい年上の男性、マックス・ヘイスティングスは、もはやまったくの無害な男には見えない。彼を疑うに足るほかの証拠が出てくるかどうか、ロヒプノールの線を追わなくてはならない（疑って当然でしょ？なんたって、あいつはルーフィーを買ってたんだよ）。

ほぼ同時にふたりは容疑者として浮上してきたわけだが、マックスとハウィーがタッグを組んでいたとは思えない。マックスはキルトンではアンディ経由でのみドラッグを買い、ハウィーはマックス自身のことやドラッグの購入状況についてはアンディをとおして漠然と知っているにすぎない。

ハウィーから得たもっとも重要な情報はアンディのビジネス用の使い捨て携帯についてのものだ。調査すべき案件としてこれは最優先事項となる。携帯には彼女がドラッグを売っていた人物すべての詳細が残されていると思われる。おそらくハウィーとの関係がどのようなものだったかの確認もとれるだろう。ハウィーが秘密の年上男性でなかったとしても、おそらくアンディはその男性と連絡をとるために使い捨て携帯を使い、そこに秘密を隠していたにちがいない。アンディが表向きに使っていた携帯電話はサルの遺体から発見されたあと警察が保管した。なかに秘密の関係を示す証拠があれば、警察はその線を追ったはずだ。

第二の携帯電話を発見できれば、秘密の年上男性が誰だかもわかるだろうし、おそらくは彼女を殺した犯人を見つけることもでき、調査に終止符を打つことになるはず。目下のところ、三人の秘密の年上男性候補がいる。マックス、ハウィー、そしてダニエル・ダ・シルヴァ（容疑者リストには太字で記す）。使い捨ての携帯電話に残された情報によって誰かひとりが確定されたら、その情報を持ってすぐさま警察へ行ける。

犯人は容疑者リストにはいない、われわれがまだ疑いの目を向けていない人物という可能性もある。このプロジェクトにおける主役として舞台の袖で出番を待っている人物。たとえば、スタンリー・フォーブスとか？　彼とアンディのあいだには直接的なつながりがないことはわかっているので、ひとまずのところ〈容疑者リスト〉には載せないでおく。しかし彼はアンディの〝人殺しのボーイフレンド〟について中傷記事を書いた記者であり、いまやアンディの妹とデートする仲であり、かつアンディの供給元だったドラッグの売人に金を渡していた。この三つが重なっているのがたまたまとは思えない。それとも偶然なのか？　わたしは偶然なんか信じない。

〈容疑者リスト〉
- **ジェイソン・ベル**
- ナオミ・ワード
- 秘密の年上男性
- ナタリー・ダ・シルヴァ
- **ダニエル・ダ・シルヴァ**
- **マックス・ヘイスティングス**
- **ハウィー・ボワーズ**

21

「バニバニ、バーニー、バニバニ、バーニー、ドボーン」ピップはバーニーの両方の前足を握り、ダイニングテーブルのまわりで踊っていた。そのときママの古いCDの表面に傷が入っているらしき部分の〝さあ、出かけよう、ジャ、ジャ、ジャ、ジャ……〟から曲が先に進まなくなってしまった。

「もう、やんなっちゃうわね」リアンがベイクドポテトをのせた皿を手に入ってきて、テーブルの上の鍋敷きに置いた。「次の曲にして、ピップス」そう言い残して、ダイニングルームを出ていく。

ピップはバーニーを下におろし、CDプレーヤーのボタンを押した。まさに二十世紀の遺物。ママはCDプレーヤーからタッチパネルやブルートゥースのスピーカーに替えようとはしない。それはそれでしかたがない。テレビのリモコンを操作するママの姿にさえ痛々しいものがあるのだから。

「ヴィクター、肉は切ったの?」リアンが叫ぶ。今度は溶けたバターがのった湯気の立つブロッコリーと豆のボウルを手にダイニングへ入ってくる。

「ただいま切りわけました、奥さま」ヴィクターの返事が聞こえてくる。

「ジョシュ、夕食ができたわよ！」リアンが呼びかける。

ピップはキッチンへ行って皿とローストチキンを運ぶ父を手伝い、その後ろをジョシュアが横歩きでついてくる。

「宿題は終わったのかしら、スウィーティー」全員が自分の席についたと同時にリアンがジョシュアに訊く。バーニーの指定席はピップの横の床。両親が見ていない隙に肉のかけらを落とすのが相棒のために課されたピップのミッション。

父親に先を越されるまえにさっとポテトの皿をつかむ。ピップ同様にヴィクターもジャガイモにはうるさい。

「ジョシュア、きみのお父さんのためにグレイビーソースの〈ビスト〉を取ってくれないだろうか」

それぞれがそれぞれの皿に料理を盛り、全員が食べはじめたとき、リアンがピップを見て、フォークの先を向けた。「UCAS（イギリスの大学へ進学するさいの総合出願機関）に願書を送る期限はいつなの？」

「十五日。二、三日じゅうに送るつもり。ちょっと早めにね」

「しっかり時間をかけて志望理由書を仕上げたんでしょうね？　このところあなたがやっていることといったら自由研究《EPQ》ばっかりのようだけど」

「わたしがいつ願書提出をそっちのけにした？」ピップは育ちすぎたブロッコリーの茎をフォークで刺した。ブロッコリー界のジャイアント・セコイヤ（世界でもっとも体積が大きくなる木）と呼ばせてもらおう。「わたしが締切を守らなかったら、それは世界の終末がはじまったから、という理由からだろうね」

「そう。とにかく、もし読んでほしければ、夕食のあとでパパとわたしで目を通してあげるけど？」

「わかった。一枚、印刷しとく」

ピップの携帯電話の汽笛が鳴った。バーニーはびっくりして跳びあがり、リアンは顔をしかめた。

「食卓で携帯電話はなし」

「ごめん。マナーモードにしとく」

一行ごとに送られてくる、カーラの長ったらしいおしゃべりがまたはじまったのかもしれない。ひとたびはじまると携帯電話は駅と化し、急ブレーキをかけた汽車が入ってくるたびに汽笛がうなりをあげる。あるいはラヴィからの連絡かもしれない。ピップは携帯電話を取りだして膝《ひざ》の上に置き、画面を見てから消音ボタンをスライドさせようとした。

そのとき、顔から血の気が引いた。

身体じゅうの熱が下へとおりていき、腹がカッと熱くなっていま食べたものを戻しそうになる。ふいに喉が恐怖で締めつけられた。

「ピップ？」

「えーっと……ごめん……急にどうしてもトイレに行きたくなっちゃった」携帯電話を手に勢いよく椅子から立ちあがり、もう少しのところでバーニーを踏みつけそうになった。

ピップは足早に部屋から廊下へ出た。厚いウールの靴下をはいているせいで、よく磨かれたオーク材の床の上で滑って転んでしまい、片肘《かたひじ》だけで身体を支える形になった。

「ピッパ?」ヴィクターが呼びかけてくる。

「だいじょうぶ」起きあがって答える。「ちょっと滑っただけだから」

バスルームに飛びこんでドアを閉め、鍵をかけた。便座の蓋《ふた》をおろし、震えながら腰かける。

両手で握りしめた携帯電話のボタンを押して、メッセージを表示させる。

愚《おろ》かなビッチ。その件は放っておけ。まだそうしておけるうちに。

送信者は匿名《とくめい》。

ピッパ・フィッツ゠アモービ

EPQ 二〇一七年十月八日

作業記録――エントリー24

眠れない。

五時間後には学校がはじまるのに、眠れない。

自分のなかにこれをいたずらだと考える余地はもうない。最初は寝袋に入っていたメモ、次がこのメッセージ。お遊びではなく本物の脅《おど》し。キャンプに参加して以来、調査についての情報はいっさい外部に漏らしていない。わたしがなにを発見したかを知っている人物はラヴィとインタビューに応じてくれた人のみ。

わたしが真相に近づきつつあることを誰かが気づき、それゆえに彼だか彼女だかはあわてているのかもしれない。脅迫者は森のなかまでわたしを尾《つ》けてきた人物。わたしの携帯の電話番号を知っている人物。

〝あなたは誰?〟と、むだだと思いつつもメッセージを返してみた。案の定、送信エラー。返信不可。調べてみたところ、匿名でメッセージを送るのに使えるウェブサイトやアプリがあり、こちらからは返信できないし、送信者が誰かもわからないようになっているらしい。

匿名という名の送信者というわけだ。

その匿名氏がアンディを殺した人物なのか? 〝こっちこそおまえをつかまえてやる〟とわたしに思わせたいのか。

警察に駆けこむことはできない。まだ充分な証拠がないのだから。いまあるのは、アンディの秘密の世界の断片を知る人物からの、なんの裏づけもない言葉だけ。七人の容疑者の名をあげているけれど、決定的に疑わしい者はひとりもいない。リトル・キルトンにはアンディを殺す動機を持っていた人間がやたらと多い。

明白な証拠が必要だ。

それには例の使い捨て携帯を探しださなければ。

秘密の携帯が見つかれば匿名氏を探す必要もなくなる。そこに真実があれば、匿名氏は匿名ではなくなるだろう。

22

「ぼくら、どうしてここにいるんだい？」ピップの姿をとらえてラヴィが言う。

「しーーー」ピップはラヴィのコートの袖をつかんで、木の後ろへと引っぱった。それから幹の陰から頭を突きだして、通りの向こう側の家を見やる。

「いまは学校にいる時間なんじゃないの？」とラヴィ。

「今日は病欠した。だからいいの。すでに罪悪感を覚えているんだから、これ以上いやな気分にさせないで」

「病欠したことないの？」

「いままで学校を休んだのは四日だけ。いままでにだよ。しかもそのときは水疱瘡《みずぼうそう》でしかたなかった」小声で語りながらも、目は大きな一戸建て住宅に向けられている。古いレンガはうすい黄色からうすい茶色に変色してあちこちに斑《まだら》をつくり、外壁は一面ツタに覆われ、湾曲した線を描く屋根からは背の高い三本の煙突が突きだしている。一台の車もとまっていない私道の向こうに大きな白いガレージのドアが見え、秋の朝日を照りかえしている。家は通りの端に立っていて、そこから先の道路は教会へ向かってのぼり坂になっている。

「ここでなにをしてるのかな?」ラヴィは木の幹をまわりこんで、ちょうどピップの顔のまん前にひょいと顔を出した。

「わたし八時過ぎからずっとここにいるの」ほとんど息を継がずに言う。「ベッカは二十分くらいまえに出かけた。〈キルトン・メール〉のオフィスでインターンとして働いてる。わたしが着いたのとほぼ同時にドーンは出かけた。うちのママによると、彼女はウィコムにあるチャリティー団体の本部でパートタイムで働いているんだって。いまは九時十五分だから、ドーンはしばらくは帰ってこないはず。家の玄関側に警報器はなし」

最後の言葉があくびまじりになる。昨夜はほとんど眠れず、匿名の人物からのメッセージをまた読んでいたら、その言葉がまぶたの裏に焼きついてしまい、目を閉じるたびに浮かんでくるようになった。

「ピップ」ラヴィは注意を自分に向けさせるように言った。「もう一度訊くけど、どうしてここにいるんだい?」両目が小言を並べる気まんまんといったふうに見開かれている。「まさかと思うけど、ぼくが思っている理由じゃないよね」

「侵入するため」とピップ。「例の使い捨て携帯を見つけなきゃならないから」

ラヴィがうなる。「きみがそう言うだろうと、なんでぼくにはわかってたんだろう」

「物的証拠なんだよ、ラヴィ。正真正銘、まごうことなき物的証拠。アンディがハウィーと組んでドラッグの売買をしていたことを示す証拠品。アンディがつきあっていた秘密の年上男性が誰かもわかるはず。それを見つければ、警察に匿名で電話をかけて情報を伝えられる。そうすれば警察はおそらく捜査をやりなおして本物の犯人をつかまえてくれる」

「オーケー。でもちょっと言わせてほしい」ラヴィが指を一本あげて言う。「きみはぼくに、アンディ・ベルを殺したと思われている人物の弟に、ベル宅へ押し入れと頼んでいるんだよ。そのうえ茶色い肌の男が白人一家の家へ押し入ったとなると、どれほどの厄介ごとが待っているか見当もつかない」

「ラヴィ……」ピップは喉を詰まらせて木の陰へ後ずさった。「ごめん。わたし、考えなしだった」

ほんとうに思慮が足りなかった。真実はベル宅のなかで自分たちを待っていると確信するあまり、その行動によってラヴィがどんな立場に追いやられるかまでは考えていなかった。ラヴィがいっしょに侵入できないのは当然だ。この町はすでに彼を犯罪者も同然に扱っている。もし押し入るところを見られでもしたら、彼への扱いがどこまでひどくなるか想像もつかない。

子どものころから、父親が世間から受けたさまざまな扱いを本人から聞かされてきたし、どうしてそういうことが起きるのかを説明してもらっていた。父が店のなかで見知らぬ人間につきまとわれたときも、白人の子どもとふたりきりでいるのはなぜかと訊かれたときも、事務所で共同経営者ではなく、警備員として働いていると思われたときも。ピップは世間の差別意識に対してけっして鈍感になるまいと心に決めて成長した。白人である自分が闘う必要に迫られることもなく見えない階段をのぼってきたという事実に対しても。

それなのに今朝はまったく鈍感になっていた。自分に腹が立ち、不快な感情が湧きあがってきて胃がよじれた。

「ほんとうにごめんなさい。わたし、ばかだった。こっちと同じリスクをラヴィが負えないことはわかる。だからひとりで行くよ。ラヴィはここにいて、見張りをしていてくれる？」

「だめだよ」ラヴィは指で髪を梳《す》き、思いの丈を吐きだすように言った。「サルの汚名をすすぐためにやるんだったら、ぼくは行かなきゃならない。そのためならいくらでもリスクを負うよ。これは重要なことなんだ。それでも無謀だと思うし、ぼく自身びくついているけど――」

そこで間《ま》をおき、小さな笑顔を見せる――「ぼくらはパートナーなんだから、ヤバいことだっていっしょにやるよ。パートナーってそういうもんだろ」

「本気？」身じろぎをしたせいでリュックサックの肩ひもが肘の内側のところまでずり落ちた。

「本気」ラヴィが手をのばして肩ひもをもとに戻してくれた。

「わかった」ピップは身体の向きを変え、人のいないからっぽの家を見やった。「気休め程度に言っとくと、そもそも思いついた計画はつかまるようなやつじゃないから」

「いまはどんな計画？　窓を割るとか？」

ピップはぽかんと口をあけてラヴィを見た。「まさか。鍵を使おうと思ってた。わたしたちはキルトンの住人だよ。誰もがみんなスペアキーを家の外のどこかに置いてるはず」

「ああ……そのとおりだね。さあ、行って、目的のものを探しだそう、部長刑事」ラヴィは軍隊式のハンドシグナルのまねごとをやっているらしく、さかんに手を動かしながらこっちを見る。腕をバシンと叩くと動きはぴたりとやんだ。

ピップが先頭に立ち、足早に道を渡って前庭の芝生の上を進む。ありがたいことにベル一家は静かな通りの端っこに住んでいる。まわりには誰もいない。玄関ドアの前まで来て振りかえり、ラヴィが頭を低くして急いで道を渡り合流するのを見守った。

まずはドアマットの下をチェックする。ピップの一家がスペアキーを隠している場所だが、残念ながらそこにはなし。ラヴィが腕をのばし、玄関ドアの上の出っぱったところを手で探る。成果はなく、指先が埃にまみれて汚れただけだった。

「オーケー、ラヴィはあっちの木が植わってるところをチェックして。わたしはこっちを見てみるから」

どちらにも鍵はなく、作りつけのランプのまわりにも、ツタに覆われて隠れている釘にも、どこにも見あたらない。

「えっと、あれはどうかな」ラヴィは玄関ドアの横にかけてある、クロームメッキが施されたウィンドチャイムを指さし、並んで吊りさがっている何本かの筒のあいだに手をさしいれた。筒と筒が触れあって奏でられる音に歯をくいしばって耐えている。

「ラヴィ」ピップが切迫したささやき声で言う。「いったいなにを――」

ラヴィはウィンドチャイムのまんなかに引っかけられていた小さな木片を取りだして、ピップの目の前に掲げた。一本の鍵が粘着ラバーの〈ブル・タック〉で固定されている。

「まあ、弟子が師を越える、って感じかな。きみが部長刑事なら、ぼくは警部ってとこ」

「無駄口を叩くんじゃないよ、シン」

ピップは背中からリュックサックをおろして地面に置いた。なかに手を突っこんで目当てのものを手探りし、なめらかなビニールの素材に触れる。そしてそれを引っぱりだした。

「それがなにか、あえて訊きたくはないなあ」ピップが明るい黄色のゴム手袋を取りだすと、ラヴィは笑いながら首を振った。

「これから犯罪に手を染めようとしてるんだよ。当然、指紋はひとつも残したくない。ラヴィのもリュックサックのなかに入ってるから」

ピップがさしだした黄色い蛍光色に包まれたてのひらにラヴィは鍵をのせた。次に腰を落としてピップのリュックサックのなかから紫色の地に花模様が散った手袋を取りだし、立ちあがった。

「これって何用?」とラヴィ。

「ママのガーデニング用。しかたないじゃん、押し入りの支度をする時間があんまりなかったんだから。それでいいよね?」

「はいはい」ラヴィが文句たらたらな感じで答える。

「大きめのやつはそれしかなかったの。さっさとはめなよ」

「男のなかの男は不法侵入をするときに花柄のものを身に着ける」ラヴィは手袋をはめ、ポンとひとつ両手を打ちあわせた。

うなずいて準備オーケーと伝えてくる。

ピップはリュックサックを背負い、ドアへの段をあがった。息を吸って、とめる。片手をドアノブに置き、もう片方の手で鍵穴に鍵をさし、ひねる。

23

日光が家のなかまでついてきて、タイル張りの床に長い光の帯をのばしている。ふたりが玄関から入ると、ふたつの影が光のなかにくっきりと浮かび、しだいに重なりあって、しまいにはひとつの長い影となり、ふたりぶんの頭と腕と脚がもつれるように動く。

ラヴィがドアを閉め、ふたりは廊下をゆっくりと歩きはじめた。家のなかには誰もいないとわかっていながらも、ピップは知らず知らずのうちにつま先歩きになっていた。過去にこの家を何度も見た。家の前に集まる黒地の反射ベストを着た警察官が写りこむ、さまざまなアングルから撮られた写真で。けれども見えるのはいつも外側ばかりだった。家のなかを見たのは、大きく開いたドアから報道カメラマンが内部にカメラを向けたときに撮った写真を目にしたときだけだった。

外となかを仕切る境界線を越えるのは、なにか特別なことに感じられた。

ラヴィが息を詰めているようすから、彼も同じように感じているのがわかる。ここでは空気の重さまで実感できる。静寂のなかにいくつもの秘密がとらわれ、目に見えない細かな埃のようにあたりにただよっている。気が散るといけないのであまり深くは考えたくないが、この静かな場所は、アンディ・ベルがいまの自分よりもほんの数カ月年上のときに、生きている姿を最後に目撃された場所なのだ。家自体が謎の一部であり、キルトンの歴史の一部でもある。

階段へ向かう途中で、右側にある豪華なリビングルームをちらりとのぞく。左側には落ち着いた趣《おもむき》のある広々としたキッチンがあり、上品な淡青色の戸棚と大きな木製の天板をのせたアイランドが備えつけられている。

そのとき、二階からなにかがチリンと鳴る小さな音が聞こえてきた。

ピップはその場に凍りついた。ゴム手袋をはめた手をラヴィが握ってくる。

もう一度、音が聞こえた。今度はさっきよりも近く、ちょうど頭上にあたる場所から。

振りかえって玄関ドアを見る。見つかるまえに外へ逃げられるだろうか。

音はしだいに激しく大きくなり、数秒後に一匹の黒猫が階段のいちばん上にあらわれた。

「なんだよ」ラヴィが言い、肩を落としてピップの手を放す。静けさのなかでラヴィがついた安堵の吐息で空気が揺れ動いた気さえした。

ピップは鼻をひくひくさせて、ひきつった笑みをもらした。両手はゴム手袋のなかで汗ばみはじめている。猫が階段を駆けおりてきて、途中でとまったかと思うとこっちに向けてミャアと鳴いた。犬派として生まれ育ってきた身としては、どう反応していいかわからない。

「ハイ、猫ちゃん」小声で挨拶すると、猫は残りの階段をおりて、しゃなりしゃなりと近づいてきた。それから向こう脛に顔をこすりつけ、脚のあいだを八の字を描いて歩く。

猫が今度はラヴィの足首に頭のてっぺんをぐりぐりと押しつけはじめた。ラヴィは眉根を寄せてそれを眺め「ピップ、悪いけどぼくは猫が苦手なんだ」とせっぱつまった口調で言った。

ピップは腰をかがめ、ゴム手袋をはめた手で猫をやさしく叩いた。すると猫はまた自分のほうへ寄ってきて、喉をごろごろと鳴らしはじめた。

「さあ、行こう」とピップはラヴィに言った。

猫から足を引き抜いて階段へ向かう。ラヴィを従えて階段をのぼりはじめると、猫がミャアと鳴き、階段を駆けのぼってきてラヴィの足にじゃれつきだした。

「ピップ……」猫を踏みつけないようにしながら、ラヴィが情けない声を出す。ピップがシッシと声をかけると、猫は足早に階段をおりていき、キッチンへと消えた。「べ、べつに怖くはなかったけど」ラヴィは言い訳がましく付け加えた。

手袋をはめた手を手すりにかけて階段の残りをのぼっていたところ、あがりきった場所の親柱のてっぺんに置かれていたノートとUSBメモリをあやうく叩き落としそうになった。ものを置いておくにはなんとも微妙な場所だ。

二階に着き、廊下に向かってドアが開いているいくつかの部屋をピップはじっくり観察していった。右側の奥のベッドルームはアンディの部屋ではなさそうだ。花柄のベッドカバーは乱れていて、寝坊した人があわててベッドメイクしたような感じだし、隅の椅子の上には靴下がのっている。正面のベッドルームもちがうようだ。ガウンが床に脱ぎすてられ、ベッド脇《わき》のテーブルには水の入ったグラスが置かれている。

最初に気づいたのはラヴィだった。ピップの腕をちょんちょんと叩き、指をさす。そこにはひとつだけ閉じられているドアがあった。ふたりはさっそく近づいていった。ピップが金色のドアハンドルを握り、押し開く。

それが彼女の部屋なのはあきらかだった。

すべてが舞台用かなにかのためにつくられたものといったふうで、生活感がまるでない。そこにはティーンエイジの女子のベッドルームにありがちなものがそろっていたが——ピンでとめられた、エマとクロエのあいだにアンディが立って三人でVサインをしている写真、綿あめをはさんで顔を寄せあっているアンディとサルの写真、ベッドに並んで置かれた、くたびれた茶色いテディベアとふわふわした袋に入った湯たんぽ、机の上のあふれんばかりの化粧道具——部屋自体は本物とは思えない。悲しみに暮れる五年間ですっかり墓となってしまった場所。

ピップは高級そうなクリーム色のカーペット敷きの部屋に足を一歩、踏み入れた。

ライラック色の壁から白い木製の家具へ目を向ける。すべてが清潔で磨きこまれ、カーペットには最近のものと思われる、掃除機をかけたあとが残っている。ドーン・ベルはいまだに亡くなった娘の部屋をきちんと掃除し、アンディが最後に出ていったときのままに保っているにちがいない。娘はもういないが、娘が寝て、起きて、着替えをして、叫んだりどなったりしながらドアを閉め、母が娘に〝おやすみ〟とささやいて明かりを消した部屋はまだ残っている。

あるいは、かつてここで暮らしていた人の日常を思い描くことで、からっぽの部屋に命を吹きこもうとしているだけかもしれない。閉ざされたドアの外で世界が時を刻む一方で、この部屋はけっして戻ってこない人物を永遠に待っている。

振りかえってラヴィを見る。その表情からシン家にもここと同じような部屋があることをピップは知った。

いまだ多くの謎に彩られたアンディの正体を少しずつ解きあかしてきたつもりになっていたが、この部屋を見てはじめて、ほんとうのアンディに触れたという実感が湧いてきた。ラヴィといっしょにワードローブに近づき、ピップはかならず真実を見つけると心のなかで誓った。サルのためだけではなく、アンディのためにも。

まさにここに隠されているはずの真実を。

「準備はいいかい」ラヴィがささやき声で訊いてくる。

ピップはうなずいた。

ラヴィがワードローブの扉をあけると、なかは木製のハンガーに掛かったワンピースやセーターでいっぱいだった。いちばん端にはアンディのキルトン・グラマーの古い制服がスカートやトップスの束に押しつぶされるように掛かっていて、服と服のあいだには一インチのスペースもない。

ピップはゴム手袋をはめた手でジーンズのポケットからなんとか携帯電話を取りだして、画面をスワイプしてライトをつけ、膝をついた。ラヴィもとなりで同じように膝をつき、ふたりして服の下を這っていき、内部の古い底板を照らした。ふたりは板をコツコツと叩きはじめ、形に沿って指でなぞり、角をこじあけようとした。

ラヴィが左側のいちばん奥にこじあけられそうな角を見つけた。

彼がひとつの角を押して、板の反対側の角を浮きあがらせる。ピップはにじり寄っていき、底板を持ちあげて後ろにずらした。携帯電話を掲げ、ラヴィとふたりで前にかがみこんで暗いスペースの内部を見る。

「ない」

ピップは念のためにライトを狭い空間にねじこみ、すべての角を順ぐりに照らした。照らしだされたのは埃の層だけで、その埃もふたりがつく荒い息で舞いあがっている。

なかはからっぽだった。携帯電話もなし。現金もなし。ドラッグの在庫もなし。なにもなし。

「ここじゃないんだな」とラヴィ。

落胆が身体を揺さぶる衝撃となってピップのはらわたを削りとり、ぽっかりあいた空間に恐怖が入りこんできた。

「ほんとにここだと思ったんだけどな」とラヴィがまた言う。

ピップだってそう思っていた。秘密の携帯電話の画面に殺人者の名前が映しだされ、警察が残りの仕事を引き受けてくれると。匿名の人物から危害を加えられるおそれはなくなると。事件はこれで解決するはずだった。泣きだす前兆で喉が締めつけられる。

ピップは底板をもとの位置に戻し、少しずつ後ずさりした。アンディの丈の長いワンピースのファスナーに髪が引っかかってしまったけれど、なんとかラヴィにつづいてワードローブから出る。立ちあがり扉を閉めてラヴィのほうを向く。

「使い捨て携帯はどこにあるんだろう」とラヴィ。

「たぶん、アンディが亡くなったときに持っていたんじゃないかな。いまは彼女といっしょに埋められているか、そうでなければ殺人者に破壊されてしまったか」

「もしくは」ラヴィがアンディの机の上のものを調べながら言う。「それがどこに隠されているかを知っていた人物が、アンディが行方不明になったあとに持ちだしたか。発見されたら、自分のところへ警察を引き寄せてしまうとわかっていた人物が」

「ありうるね」とピップは同意した。「でもそれが正解だとしても、いまのわたしたちにとっては意味がない」

ピップも机のところへ行った。化粧道具のケースの上にヘアブラシがひとつ置かれていて、長いブロンドの髪の毛がくっついている。その脇に二〇一一年／二〇一二年用のキルトン・グラマーの学習手帳があるのをピップは目にした。自分も持っている今年用の手帳とほぼ同じデザインだ。ビニールのカバーがかかった手帳の表紙に、アンディはハートと星を手書きして、スーパーモデルの小さな切り抜きをいくつか貼りつけている。

ピップは手帳をぱらぱらとめくってみた。スケジュール表は宿題と教科ごとの課題でびっしりうまっている。十一月と十二月のページにはさまざまな大学のオープンキャンパスの日程が書きこまれている。クリスマスのまえの週には〝サルへのクリスマスプレゼントを買う〟というメモ。カラミティ・パーティーの日時と場所、学校への提出物の締切、友人たちの誕生日。そしてなぜか、そういったメモと並んで意味不明のアルファベットと時刻が走り書きされている。

「ねえ」ピップは手帳を持ちあげてラヴィに見せた。「このおかしなイニシャルを見て。なにを意味してるんだと思う?」

ラヴィはガーデニング用の手袋をはめた手にあごをのせて、少しのあいだ手帳をじっと見つめていた。眉間《みけん》に皺《しわ》が寄り、目の色が翳《かげ》る。「ハウィー・ボワーズが言ってたこと、覚えてるかい? アンディに名前のかわりに略号を使えって言ったという話」

「これはアンディが使ってた略号なのかも」ピップはラヴィの言葉を引き継ぎ、ゴム手袋の指で意味不明なアルファベットをなぞった。「証拠書類としてとっとかなきゃ」

手帳をおろして、ふたたび携帯電話を取りだす。ラヴィに片方の手袋を脱がせてもらって、画面をタップしてカメラを準備する。ラヴィがページをめくって二〇一二年二月のページを開いてくれたので、そこからはじめて、四月の春休み明けの週までの見開きのページの写真を撮った。その週の金曜日にアンディの最後の書き込みがあった。〝フランス語の試験勉強スタート〟撮った写真はぜんぶで十一枚。

「オーケー」携帯電話をポケットにしまって、ふたたび手袋に手を通す。「それから――」

階下で玄関ドアがバタンと閉まった。

ラヴィがさっとあたりを見まわし、目に恐怖の色を浮かべた。

ピップは手帳をもとの場所に戻した。ワードローブをあごで指し示し「なかに隠れよう」と小声で言う。

扉を開いてなかへ這っていき、ラヴィが入ってくるのを待つ。ラヴィはちょうど扉の前で四つん這いになっている。ピップはさっと脇によけて相棒が入れるスペースをつくった。けれども彼は動かない。どうして動かないんだろう。

手をのばしてラヴィの腕をつかみ引っぱりこむと、自分の身体が奥の板にどすんとぶつかった。それでラヴィははっとわれに返ったようだった。彼がワードローブの扉をつかんでそっと閉め、ふたりは無事になかにおさまった。

下の廊下からヒールがカツカツと鳴る音が聞こえてきた。ドーン・ベルがもう帰宅したのだろうか。

「ハロー、モンティ」声が家じゅうに響く。ベッカの声だ。

となりでラヴィが震えていて、こっちの骨にまで震えが伝わってくる。彼の手を取って持ちあげると、ゴムの手袋がきゅっと鳴った。

そのときベッカが階段をのぼってくる足音が聞こえてきた。一段あがるごとに音は大きくなり、足音の後ろからは猫の首輪がチリンチリンと鳴る音も聞こえてくる。

「あっそうそう、ここに置きっぱなしにしたんだ」ベッカが言い、階段をのぼりきったところで足音がやむ。

〝わたしのせいだ、ごめんなさい〟と思っていることが伝わりますようにと願いながら、ピップはラヴィの手をぎゅっと握った。もし見つかったら、責任はすべて自分が負うつもりでいることを知ってほしい。

「モンティ、ここに入ったの?」ベッカの声がどんどん近づいてくる。

ラヴィが目をつぶった。

「この部屋には入っちゃいけないって、わかってるでしょ」

ピップはラヴィの肩に顔をうずめた。

いまやベッカは自分たちといっしょにこの部屋のなかにいる。息遣いや舌打ちする音まで聞こえてくる。厚いカーペットの上を歩くかすかな足音も。ふいに、アンディのベッドルームのドアがカチリと閉まる音が聞こえた。

ドアの向こうのくぐもったベッカの声が呼びかける。「じゃあね、モンティ」

ラヴィがゆっくりと目を開き、手を握りかえしてくる。彼の不規則な息遣いがこちらの髪を揺らして伝わってきた。

玄関ドアがふたたびバタンと閉じた。

ピッパ・フィッツ=アモービ

EPQ　二〇一七年十月九日

作業記録──エントリー25

今日が終わるまで目を覚ましているために、コーヒーが六杯は必要だと思った。よくよく考えてみると、すんでのところでベッカに見つからずにすんだのは、もはや僥倖《ぎょうこう》としか言いようがない。ラヴィは仕事に出かける時間になってもまだ、ふだんのラヴィらしさを取りもどしていなかった。あれほどまでに危機一髪の事態に直面したことがいまだに信じられない。使い捨て携帯があそこになかったことも……。けれども、すべてがむだだったわけではなかったかもしれない。

アンディの手帳の写真はすべて自分のアドレスにメールで送ったので、ノートパソコンの画面でより大きな写真を見ることができた。何か手がかりはないかと、それぞれを十回以上、詳細に見た結果、いくつか特筆すべきことがあったのでここに記しておこうと思う。

19日　木曜日

— クリス・パークスに翻訳してもらう

・演劇クラス　—　舞台用の葉巻をレックスに用意させる
小道具準備

5、6時限目　あき　エムに行く

20日　金曜日

フランス語の試験勉強　スタート

21日／22日　土曜日／日曜日

16日　月曜日

フランス語　―　長文翻訳　金曜日のクラス向け　□

演劇クラス　―　第1幕シーン4　振付

放課後　クロエと買い物

17日　火曜日

空き時間にフランス語の翻訳をやる、絶対今日！

↑

それかサルのを写す

リハーサル、ジェイミーと　レックスとランチ

18日　水曜日　　デブのダ・シルヴァ0　―　3アンディ

・地理　―　〝川〟の章、読んでメモをとる

→　CP@7:30

15日　木曜日

・『復讐者の悲劇』ウィキであらすじ、調べる

・フランス語　質問書きだす

→ IV@8

16日　金曜日

!!! 地理の試験 !!!

17日／18日　土曜日／日曜日

土曜：HH@6
カラムのまえ

週間スケジュール　2012年3月12日〜

12日　月曜日

フランス語の教科書の9章読む　□

演劇クラス　—　『復讐者の悲劇』読む

→ CP@6

13日　火曜日

アンディ・ベル　☆アンディ・ベル　アンディ・ベル

アンディ・ベル　アンディ・ベル

・『復讐者の悲劇』読む　□

14日　水曜日

『復讐者の悲劇』つまんない　でも読む

・EH+CBのプレゼント、オーダー

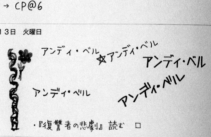

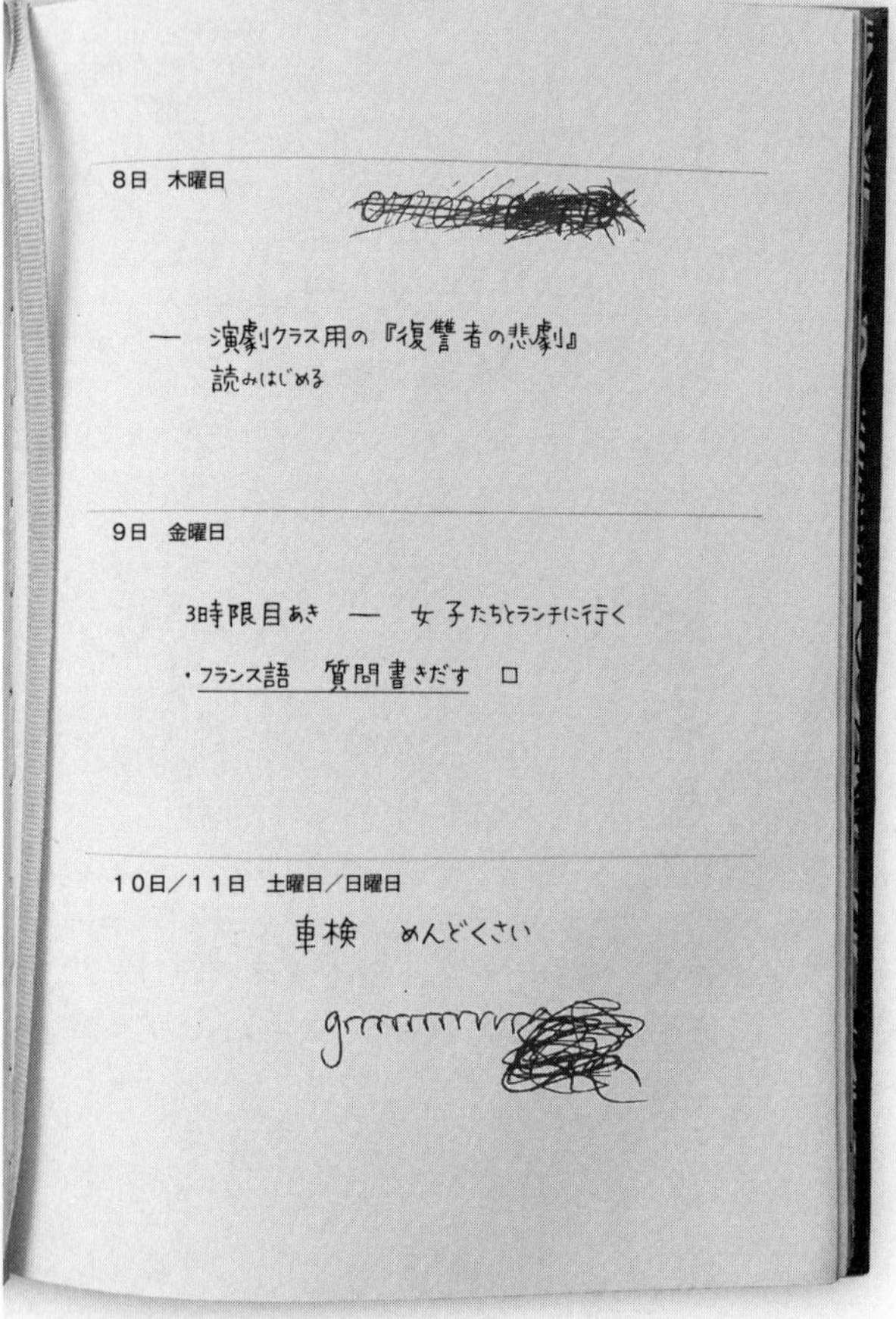
8日　木曜日

[redacted]

── 演劇クラス用の『復讐者の悲劇』
読みはじめる

9日　金曜日

3時限目あき ── 女子たちとランチに行く

・フランス語　質問書きだす　□

10日／11日　土曜日／日曜日

車検　めんどくさい

grrrrrrrrrr

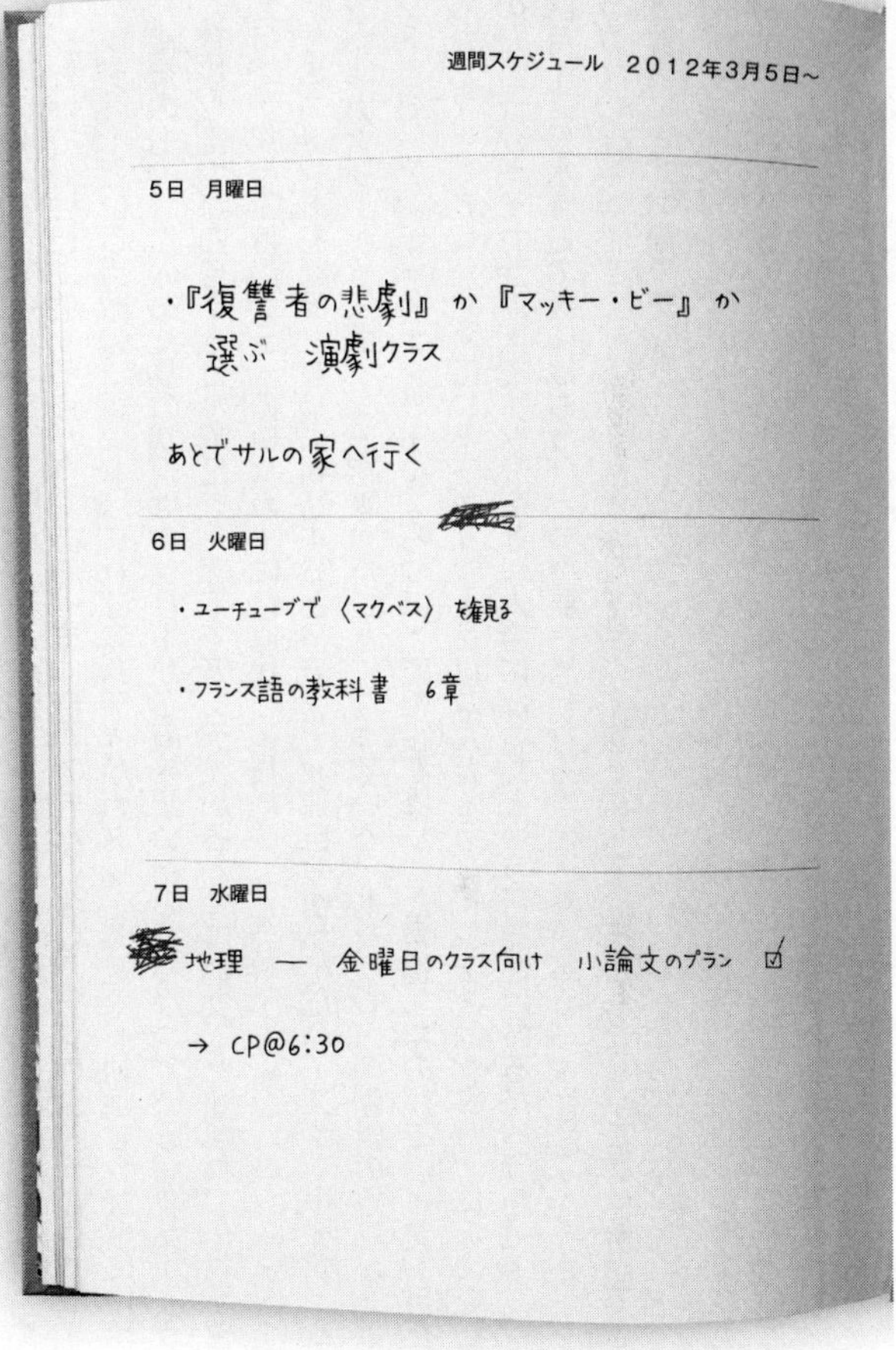
週間スケジュール　2012年3月5日～

5日　月曜日

・『復讐者の悲劇』か『マッキー・ビー』か
選ぶ　演劇クラス

あとでサルの家へ行く

[redacted]

6日　火曜日

・ユーチューブで〈マクベス〉を観る

・フランス語の教科書　6章

7日　水曜日

[redacted]地理　—　金曜日のクラス向け　小論文のプラン ☑

→ CP@6:30

いま見ているのは春休み明けのもの、つまりアンディが行方不明になった週のものだ。このページだけでも注目に値する点が多くある。まず無視できないのは〝デブのダ・シルヴァ0―3アンディ〟という点数のコメント。これはアンディがナタリーのヌード動画をSNSに投稿した直後のもの。このあたりの状況はナタリーから直接聞いたのでわかっている。彼女がようやく登校したのが四月十八日水曜日で、廊下でアンディから〝エロい女〟と呼ばれ、それがきっかけでナタリーはアンディのロッカーに脅迫状を入れた。

点数のコメントを額面どおりに判断すると、アンディ独自のゆがんだハイスクール・ゲームで彼女はナタリーから三ポイントを奪ったことになっている。トップレスの動画の投稿が一ポイント目で、アンディがナタリーに〈るつぼ〉での役を降りろと脅迫したのが二ポイント目だとしたら？　ここに記されている三ポイント目はなんだろう。アンディはナタリーになにをしたのだろうか。それが原因でナタリーが殺人者になったという可能性はあるだろうか。

四月十八日水曜日の欄にはもうひとつ重要と思われる書き込みがある。〝CP@7：30〟ラヴィの見解が正しく、アンディが略号を使って書き記しているとしたら、これは解読できたと思う。とても簡単だから。

CP＝カー・パーク。駅の駐車場の略。この日の晩にハウィーと駐車場で落ちあう予定を忘れないように書き記していたのだと思う。実際にその夜アンディがハウィーと会ったことはわかっている。サルが同じ水曜日の午後七時四十二分に、自分の携帯電話にハウィーの車のナンバーを記しているのだから。

われわれが撮った写真のなかには、たくさんのCPが時刻とともに書かれている。それらはハウィーとのドラッグの売買をあらわしたものだろう。彼女がハウィーの指示どおりに略号を使い、詮索好きの目からみずからの行動を隠していたのはまず間違いない。すべてのティーンエイジャーと同じく、アンディも物ごと（とくにスケジュール）を忘れがちだったとしても、授業があるたびに目にとまるよう、手帳にメモとしてハウィーと落ちあう日時を書いておけば忘れずにすむ。

これでアンディの略号をひとつ解読したわけだが、手帳には時刻とともに書かれたほかの略号もある。

三月の中旬の週、アンディは十五日木曜日の欄に〝IV@8〟と書いている。

これには手を焼いている。同じ略号のパターンをなぞっているとすると、IV＝I……V……になる。

CPと同様にIVが場所をあらわしているとしても、それがなんなのか、さっぱり見当もつかない。この略号にあてはまると思える場所はキルトンにはひとつもない。それともIVが人名の略号だとしたら？　写真におさめたページのなかでIVが記されているのは三カ所だけ。似たような略号でもっと頻繁に出てくるものがある。〝HH@6〟だ。三月十七日の書き込みでは、アンディはその略号の下に〝カラムのまえ〟と書いている。カラムはおそらくカラミティ・パーティーの意味。だから、HHはハウィーの家《ハウス》で、アンディはパーティーへ持っていくためのドラッグを彼の家まで出向いて調達していたと思われる。

三月初旬のページにも注意を引かれた。三月八日木曜日の欄にいったん書かれたあとでぐしゃぐしゃっと消されている番号は、たぶん電話番号だ。07ではじまる十一桁の数字。電話番号にちがいない。ここはよく考えてみなければならない。アンディはなぜ自分の手帳に電話番号を書き記したのか。もちろん手帳は学校でも放課後でもたいていは彼女の手もとにあっただろうし、かくいうわたしもずっと自分のかばんに入れっぱなしにしている。しかし、アンディが新しい電話番号を知らされたとして、どうしてその場で自分の携帯に登録しなかったのだろうか。自分の本物の携帯電話にその番号を登録したくなかったとしか考えられない。彼女が番号を書きとめたのは、おそらくそのときに使い捨ての携帯電話が手もとになかったからだろう。登録するなら二台目のほうにしたかったのだと思われる。これは秘密の年上男性の番号だろうか。もしくはハウィーの新しい電話番号か。それともアンディからドラッグを買いたがっていた顧客の番号？　二台目の携帯に番号を登録したあと、書きとめたものを隠すために乱雑に塗りつぶしたとみて間違いないだろう。

ゆうに三十分はその走り書きを見つめていた。わたしの目には八桁目までの数字は〝07700900〟に見える。この八桁の最後のふたつの数字は88という可能性もあるが、上から念入りに消したせいで8に見えるようになったのだろう。最後の三つの数字はなんとも悩ましい。最後から三番目の数字は、いちばん上がまっすぐな一本線か丸まった線になっているので、7か9に見える。その次の数字は縦の一本線に見えることから、7か1で間違いない。いちばん最後の数字は、丸っこい部分が見えるので、6か0か8と考えられる。

こういったことを考えあわせると、次の十二通りの組み合わせが候補にあがる。

0770090776　0770090976　0770090716　0770090916
0770090770　0770090970　0770090710　0770090910
0770090778　0770090978　0770090718　0770090918

最初の列の三つの番号にかけてみた。どれも同じ自動音声での応答だった。〝申しわけありませんが、あなたがおかけになった番号にはつながりません。電話を切っておかけなおしください〟

二列目の番号に順にかけていったところ、マンチェスターに住む年配の女性につながった。彼女はリトル・キルトンには来たことがないどころか、名前も聞いたことがないとのことだった。ほかは〝つながらない〟と〝現在使われていない〟だった。三列目のふたつは〝つながらない〟で、三つめはふつうの電話会社のボイスメールにつながった。最後の三つの番号は、ひとつめはきついニューカッスル訛り《ジョーディ》があるギャレット・スミスというボイラー技士の電話のボイスメールにつながり、あとは〝現在使われていない〟と、なんのへんてつもないボイスメールにつながった。

こんなふうにして電話番号を追っても意味がないような気がする。最後の三つの数字の解読はほぼ無理だし、そもそもこの番号は五年以上まえのもので、おそらくもう使われていないだろう。とはいえ、ふつうのボイスメールにつながった番号にはあとでまたかけてみるつもりだ。当たりを引く可能性がなきにしもあらずだから。だがいまやるべきなのはa：夜はちゃんと寝ること、b：ケンブリッジへの願書を書きあげる、このふたつだ。

〈容疑者リスト〉

・ジェイソン・ベル
・ナオミ・ワード
・秘密の年上男性
・ナタリー・ダ・シルヴァ
・ダニエル・ダ・シルヴァ
・マックス・ヘイスティングス
・ハウィー・ボワーズ

ピッパ・フィッツ＝アモービ

EPQ　二〇一七年十月十一日

作業記録――エントリー26

ケンブリッジへの願書を今朝、送った。まずはケンブリッジの英語学科へ出願する者が面接試験のまえに受ける英文学共通入学テスト《ELAT》が十一月二日にひかえている。試験会場はキルトン・グラマーで、登録はすでにすんでいる（ELATはたいていの場合、自分が通う学校で受験する）。今日の自習時間に入学事務局に送る小論文を見なおしはじめた。自分ではトニ・モリスンについて書いたものが気に入っているので、それを送ろうと思っている。でもこれだけでは充分ではない。もう一本、新しいのを書かなければならない。というわけで、マーガレット・アトウッドについて書こうと思っている。

すぐにでもはじめなければならないのに、ふと気づくとアンディ・ベルの世界に引きもどされていて、小論文を書くべきときについつい作業記録のページを開いている。アンディの手帳を何度も読みかえしているので、二月から四月の彼女のスケジュールはそらで言えるほどだ。ひとつ、きわめてあきらかなのは、アンディ・ベルは宿題を先延ばしにするタイプだったということ。

推測の域を出ないとはいえ、さらにもうふたつ、わかったことがある。CPはアンディがドラッグの売買の件で駅の駐車場でハウィーと接触することを示し、HHはハウィーの家で会うことをあらわしている。
ⅠⅤについては、いまだにまるっきり解読できていない。この略号はぜんぶで三回しか登場していない。三月十五日木曜日の午後八時、三月二十三日金曜日の午後九時、そして三月二十九日木曜日の午後九時。
時刻がまちまちなＣＰやＨＨとはちがい、ⅠⅤは八時に一度、九時に二度だ。ラヴィもⅠⅤの解読に取り組んでいる。ちょうどさっきメールを送ってきて、ⅠⅤが意味すると考えられる人や場所の候補をいくつかあげている。ラヴィは調査する範囲をキルトンだけではなくほかの場所へ広げて、近隣の町や村まで調べたらしい。わたしも思いつくべきだった。
ラヴィがあげた候補：
アマーシャムにあるナイトクラブの〈インペリアル・ヴォルト〉
リトル・チャルフォントにある〈アイヴィー・ハウス・ホテル〉
チェシャムに住むアイダ・ヴォーン、年齢は九十歳
ウェンドヴァーにある〈フォー・カフェ〉（ⅠⅤはローマ数字の４《フォー》）
オーケー、グーグルさまに訊いてみよう。
〈インペリアル・ヴォルト〉のウェブサイトによると、クラブがオープンしたのは二〇一〇年。地図で場所を確認してみると、まわりにはなにもないようで、草地をあらわす一面の緑のまんなかにコンクリート造りのナイトクラブと駐車場がぽつんとあるだけ。毎週水曜日と金曜日は〝スチューデント・ナイト〟だそうで、〝レディース・ナイト〟といったイベントも定期的にお

こなっている。クラブのオーナーはロブ・ヒューイットという男性。アンディがそこへドラッグを売りにいった可能性はある。足を運んで実物を見て、オーナーに話を聞いてみてもいいかもしれない。

〈アイヴィー・ハウス・ホテル〉にはウェブサイトはないが〈トリップアドバイザー〉には載っていて、それによるとランクは星二・五。場所はチャルフォント駅のすぐ近くで、部屋数が四室の家族経営のB&B。サイトにある数枚の写真からは、古風な趣があって居心地がよさそうな雰囲気が伝わってくるけれど、〝交通量の多い道路に面していて、うるさくて眠れなかった〟というCarmel672さんからのコメントがあり。Trevor59さんはどうしようもなく不快だったと。なんでも、部屋をダブルブッキングされてしまい、ほかの宿を探すはめになったとか。T9Jonesさんは〝オーナー一家は親切だった〟けれど、バスルームが〝古くて不潔だった――バスタブにはぐるりと黒いしみがついていた〟とコメントしている。彼女はその点を強調するために、レビューに何枚かの写真も投稿している。

えっ。

まさか、まさか、まさかー。少なくとも三十秒間は〝まさか〟を連呼していたけれど、それでも足りない。タイプもしておかなきゃ。ま・さ・か。

こんなときにラヴィは電話に出てくれないし!

文字を打つ指が脳に追いつかない。T9Jonesさんはちがう角度からクローズアップしたバスタブの写真を何枚か投稿している。それに加えて、少し離れてバスルーム全体を撮った写真も載せている。バスタブの横の壁には、全身を映せる大きな鏡がはめこまれている。投稿された写真には T9Jones さんが鏡に映った自分の姿をフラッシュを焚《た》いて撮ったものもあった。鏡のなかにはバスルームのほかの部分も映っていて、円形のライトがついたクリーム色の天井から、タイル張りの床までが見える。赤と白のタイル張りの床。

間違っていたらわたしが持っているキツネの顔の帽子を食べてもいい。でもわたしには言いきる自信がある。この床は、マックス・ヘイスティングスのベッドルームに貼られた〈レザボア・ドッグス〉のポスターの後ろにピンでとめられていた、粒子の粗い写真のなかのタイル張りの床とまったく同じものだ。アンディは小さな黒のパンティ以外はなにも身に着けず、鏡に向かって……、リトル・チャルフォントにある〈アイヴィー・ハウス・ホテル〉のこの鏡に向かって、唇を突きだしていた。

わたしの読みが正しければ、アンディは三週間のうちに少なくとも三回はこのホテルへ行ったことになる。彼女はそこで誰に会ったのか。マックス？　秘密の年上男性？

明日の放課後にリトル・チャルフォントへ行くしかない。

24

列車がとまるときにくぐもった甲高《かんだか》い音が鳴り、しばらくしてからまた走りだした。急に動いたのでペンがあらぬ方向へ走り、小論文のまえがきを書いていたページに一本線が引かれた。ピップはため息をついてレポート用紙から一枚をはがし、くしゃくしゃにして丸めた。最初からやりなおし。丸めた紙をリュックサックに突っこみ、もう一度ペンを握る。

いま、リトル・チャルフォントに向かう列車に揺られている。仕事場から直接チャルフォントへ向かうラヴィとは駅で落ちあう予定なので、到着までの十一分間を有効活用すべく、マーガレット・アトウッドについての小論文の下書きを書こうと思っていた。しかし、自分で書いた文を読みかえしてみると出来は最低。自分が言いたいことはしっかりわかっているし、どのアイデアも完璧な形になるのだが、アウトプットする段になると言葉は不明瞭になり、脳から指へ移動するあいだに散逸してしまう。思考がアンディ・ベルのほうへ脱線してしまうから。

車内放送の録音された声が次の停車駅はチャルフォントだと告げると、ピップは待ってましたとばかりにA4のレポート用紙から目をあげ、それをリュックサックへ突っこんだ。列車はスピードを落とし、やがてとまる間際のため息とともに停車した。軽い足取りでプラットホームに降り立ち、自動改札機に切符を通す。

ラヴィが駅の前で待っていた。

「部長刑事」目から黒髪を払いながら言う。「犯罪と闘うわれわれにぴったりのテーマ曲を思いついたよ。ぼくが登場する場面では、弦楽器とパンパイプのいかした音楽で、部長刑事のほうはなんか重々しい、ダース・ベイダーのテーマっぽいトランペットの曲はどうかな」

「なんでわたしがトランペットの重々しい曲なのよ」

「足を踏み鳴らすようにして歩いているからね。おっと、口が滑ってしまって申しわけない」

ピップは携帯電話を取りだし、地図アプリに〈アイヴィー・ハウス・ホテル〉の住所を打ちこんだ。画面上に線があらわれ、ふたりはその線が示すとおりに三分間の道のりを歩きはじめた。手のなかで現在地点を示す青い丸がルートに沿って少しずつ進んでいく。

青い丸が赤いピンが刺された目的地にぶつかったところでピップは顔をあげた。私道の入口に小さな木製の看板があり、彫刻刀で彫られなかば消えかけている文字は〝アイヴィー・ハウス・ホテル〟と読めた。私道は砂利敷きののぼり坂で、這いのびるツタにほぼ覆われた赤いレンガ造りの屋敷へとつづいている。青々とした葉にびっしりと覆われているために、風がそよと吹くたびに屋敷自体が震えているように見える。

私道の砂利を踏みしめながら玄関ドアへと向かう。車がとまっていることから察するに、誰かが屋内にいるにちがいない。いるのは客ではなくオーナーならいいのだが。

冷たい金属製のドアベルを指で押すと、ベルが長く音を引いて鳴った。

なかから小さな声が聞こえ、ゆっくりとした足取りで歩いてくる音がしてドアが内側に開き、ドア枠にのびているツタが震えた。出迎えたのは、厚いレンズの眼鏡をかけ、季節を先取りしてクリスマスふうな模様のセーターを着た、ふわふわした白髪まじりの髪のおばあさん。こっちを見てにこにこ笑っている。

「いらっしゃいませ。今日お客さまがお越しになるとは思わなかったわ。予約したお客さまのお名前は？」そう言ってピップとラヴィをなかへ迎え入れ、ドアを閉めた。

ふたりは照明がやや暗めのロビーへ足を踏み入れた。左側にソファとコーヒーテーブルが置かれ、反対側の壁に沿って白い階段がつづいている。

「すみません」ピップがおばあさんのほうを向いて言う。「わたしたち、予約は入れていません」

「あらそうなの。でもだいじょうぶ、予約を入れていなくてもおふたりなら——」

「そうではなくて」ピップは相手の話をさえぎり、おずおずとラヴィを見た。「わたしたち宿泊を希望する客じゃないんです。わたしたちが希望しているのは……このホテルのオーナーにいくつか質問をしたくて。あなたがオーナー……？」

「そうよ。わたしがこのホテルのオーナー」おばあさんはそう答え、ピップの顔の左半分を見ながら、人を落ち着かない気分にさせるような笑みを浮かべた。「夫のデイヴィッドと二十年、このホテルを切り盛りしてきたの。もっとも、彼がたいていのことはやってくれていたけれど。二年前にデイヴィッドが亡くなってからは、そりゃあもうたいへんで。でも孫がね、いつもいてくれて助けてくれるの。運転もして、どこへでも連れていってくれるのよ。孫のヘンリーはいま上にいて、お部屋を掃除しているわ」

「ということは、五年前はあなたとあなたのご主人がこのホテルを経営していたわけですね」とラヴィ。

おばあさんはうなずき、ラヴィに目を向けた。「とてもハンサムな方」小さな声で言ってからピップを見る。「あなた、運がよかったわね」

「いえ、ちがうんです……」ピップはラヴィのほうを向いた。向かなければよかったと即座に後悔した。おばあさんの目が届かないところで、ラヴィはいかにもうれしそうに両肩を揺らし、自分の顔を指さして〝とてもハンサム〟と声には出さずに口だけ動かして言っている。

「どうぞおかけになって」おばあさんは窓の下に置かれたグリーンのベルベットのソファを手で示した。「わたしもかけさせてもらうわね」ソファの正面に置かれている肘掛け椅子へ歩いていく。

ピップはソファへ向かう途中でわざとラヴィの足を踏んづけた。それから腰をおろして膝をおばあさんのほうへ向ける。ラヴィは顔ににやにや笑いを張りつけたまま、となりにすわった。

「どこかしら、わたしの……」おばあさんがセーターとズボンのポケットを叩く。その顔からすっと表情が消えた。

「えーっと、それで」ピップは相手の注意を引きもどそうと、声をかけた。「宿泊客の記録は保存していますか?」

「そういうのはすべて、えーと……つまりね……、いまはコンピューターでやるのよね? ときには電話で。デイヴィッドがいつでも予約についてはすべてやってくれていた。いまはわたしのかわりにヘンリーがやってる」

「受けた予約をどうやって記録していたんですか」答えは返ってこないだろうとうっすら予想しながら訊いた。

「デイヴィッドがやっていた。週ごとに表をプリントアウトして」おばあさんは肩をすくめ、窓の外に目をやった。

「五年前の予約表をまだ保管なさっていますか」とラヴィが訊く。

「いいえ、まさか。ホテルじゅうが紙であふれちゃう」

「でも、そういった書類をコンピューターに保存してるんじゃないですか？」とピップ。

「いいえ。デイヴィッドが亡くなったとき、彼のコンピューターは捨ててしまったの。わたしとおんなじで、とても動きがのろかったから。いまはヘンリーがわたしのかわりに予約をぜんぶ管理してくれているのよ」

「ちょっとおうかがいしてもいいですか？」ピップはリュックサックのジッパーをあけて、折りたたんだ印刷用紙を取りだした。紙をまっすぐにのばし、おばあさんに手渡す。「この女の子に見覚えはありませんか。いままでこちらに泊まったことは？」

おばあさんは新聞の記事で使われたアンディの写真をじっと見つめた。顔の高さに紙を持ちあげ、持ったまま腕を遠くへのばし、それからふたたび近づけた。

「ええ、見たことある」うなずいて、視線をピップからラヴィへ移し、アンディの写真へ戻す。「この子を知ってる。ここへ来たことがあるもの」

不安と興奮がないまぜになって鳥肌が立つ。

「五年前にこの女の子があなたのホテルに泊まったことを覚えているんですか？　いっしょに来た男性のことも覚えていますか？　その人、どんなふうでしたか？」

おばあさんはぼんやりした顔をピップに向け、視線を右へ左へと動かした。そのたびごとに目から表情が消えていく。

「いいえ」声が震えている。「ちがうわ、五年前じゃない。わたし、この子を見たの。ホテルへ来たときに」

「二〇一二年ですか?」とピップ。

「いいえ、ちがう」おばあさんの視線はピップの耳の向こうに据えられている。「ほんの数週間前。彼女はここへ来た。わたし、覚えているもの」

心臓が数百フィート下へ沈んだ。ドロップタワーに乗ったときみたいに。

「それはありえません。その女の子は五年前に死んだんですから」

「でも、わたしは――」おばあさんは首を振った。目のあたりに皺が寄り、皮膚が折り重なる。「――でも覚えているもの。その子はここへ来た。このホテルにいたの」

「五年前にですか?」ラヴィが確認する。

「ちがう」声に怒りがまじりはじめている。「覚えているって言ってるでしょ、わたしは――」

「おばあちゃん?」二階から男性の声が聞こえてきた。

階段をおりてくる重そうなブーツの足音が聞こえてきて、金髪の男性があらわれた。

「いらっしゃいませ」ピップとラヴィに目を向ける。それから近づいてきて、手をさしだした。

「ヘンリー・ヒルです」

ラヴィが立ちあがり、彼と握手した。「ラヴィです。こちらはピップ」

「なにかお困りですか?」ヘンリーはそう訊きながら、心配そうに祖母を見た。

「ぼくたち、五年前にこのホテルに宿泊した人物について、あなたのおばあさんにいくつか質問をしていたんです」とラヴィ。

ピップはおばあさんに向きなおり、彼女が泣いていることに気づいた。涙がティッシュペーパーのような肌を伝い落ち、あごからアンディの写真が載った印刷用紙に落ちていく。

孫もそのようすに気づいたようで、おばあさんのもとへ行って彼女の肩をぎゅっと握り、震える手から紙を引き抜いた。

「おばあちゃん、お茶を淹れてぼくたちにごちそうしてくれないかな。この人たちのお世話はぼくがするから、心配いらないよ」

ヘンリーはおばあさんが椅子から立ちあがるのに手を貸し、ロビーの左手のドアへ身体を向かせたあと、彼女を連れていく途中でアンディの写真を手渡してきた。ラヴィとピップが目に疑問の色を浮かべながら顔を見あわせていると、すぐにヘンリーが戻ってきて、キッチンへつうじるドアを閉め、水が沸騰《ふっとう》してふつふつ鳴るやかんの音を閉めだした。

「すみません」ヘンリーが悲しげな笑みを浮かべて言う。「混乱すると怒りだすんです。アルツハイマー病で……悪化しはじめていまして。じつは掃除をしているのはこのホテルを売りに出すためなんです。祖母はそのことを忘れていましてね」

「こちらこそ、すみません」とピップ。「気づくべきでした。わたしたち、おばあさんを動揺させるつもりはなかったんです」

「いえいえ、わかっていますよ、あなたにそんなつもりはなかったことは。ところで、どういったご用件かわかりませんが、わたしでお役に立ちますか？」

「わたしたち、この女の子について訊いていたんです」ピップは紙を掲げた。「彼女が五年前にこちらのホテルに泊まったかどうかを」

「それで、祖母はなんて言ったんですか」

「数週間前に見たと思っていらっしゃるようで」ぼそぼそと答える。「でもこの女の子は二〇一二年に死んでいるんです」

「ここのところそういうことがよくあるんですよ」ヘンリーがピップとラヴィのあいだを見つめて言う。「時間のことで混乱して怒りだすんです。ときどき祖父が生きていると思いこんだりして。おそらく五年前にその子を見たんでしょう。彼女がここへ来たのが五年前だとあなたがおっしゃるなら」

「そうですね」とピップ。「そういうことでしょうね」

「申しわけありませんが、これ以上はお役に立てそうもない。五年前にどなたが宿泊したかをお教えすることはできないんですよ。古い記録は保管していませんから。でも祖母がその子に見覚えがあるのなら、その事実があなたの問いに対する答えになるんじゃありませんか？」

ピップはうなずいた。「おっしゃるとおりです。おばあさまを動揺させてすみませんでした」

「おばあさんはだいじょうぶですか？」とラヴィが訊く。

「ええ、だいじょうぶです」ヘンリーが穏やかに答える。「お茶が効くんですよ」

キルトン駅を出るころには時計の針は六時をまわり、太陽は西のほうへ沈んで町はしだいに暗さを増していた。

ピップは自分の頭が遠心分離機になった気がした。アンディにまつわるいくつもの断片が高速で回転し、断片同士が離れたかと思うと、またちがう組み合わせでくっついたりしている。

「あれこれ考えてみて、アンディは〈アイヴィー・ハウス・ホテル〉に泊まったと断言できると思う」ピップはバスルームのタイルと、時間の食い違いはあるものの、おばあさんがアンディを見たと言いきったことが充分な証拠になると考えた。けれども断言できるとはいえ、ツッコミどころはまだあるし、検証しなおさねばならない部分もある。

ラヴィといっしょに右へ曲がって駐車場に入り、端にとめた自分の車へ向かいつつ〝もし〟と〝それで〟を繰りかえす。

「もしアンディがあのホテルへ行っていたのなら」とラヴィ。「秘密の年上男性との密会にあそこを使うことで、両者ともに知り合いに見られるのを避けようとしていたんだろう」

ピップが同意の意味でうなずく。「秘密の年上男性が誰であれ、彼はアンディを家へ呼ぶことができなかったんだと思う。いちばんに考えられるのは、その男性が家族か奥さんと暮らしていたから」

そうなると話はまた変わってくる。

ピップがつづける。「ダニエル・ダ・シルヴァは二〇一二年には結婚したての奥さんと暮らしていたし、マックス・ヘイスティングスはサルのことをよく知っている両親と住んでいた。

ふたりともアンディとの秘密の関係をつづけるためには、地元から離れた場所で会う必要があった。それに忘れちゃいけないのは、マックスは〈アイヴィー・ハウス・ホテル〉のなかで撮影されたアンディのヌード写真を持っているという事実。まあ、彼は〝拾った〟と言ってるわけだけど」〝拾った〟と言うときに指で引用符をつくる。

「そうだね。でもハウィー・ボワーズは当時もひとりで住んでいたと思われる。もしアンディが秘密裡に会っていたのが彼だとしたら、ホテルに泊まる必要はふたりにはなかったはずだよね」

「わたしもそれを考えてた。つまり、ハウィーは秘密の年上男性の候補から除外できるってことだよね。彼が犯人ではないとまでは言いきれないけど」

「そうだね」とラヴィが同意する。「少しだけとはいえ、細かい点がはっきりしはじめている。アンディが三月にサルに隠れて会っていたのはハウィーではなかったという点と、破滅させてやると言っていた相手も彼じゃなかったという点」

車をとめてある場所まで行くあいだずっと、ふたりは推論を交換しあっていた。ピップはポケットのなかでキーをいじり、ピッと鳴らしてロックを解除した。運転席側のドアをあけてリュックサックを投げ入れる。ラヴィはさっさと助手席に乗りこみ、すでにかばんを膝の上にのせている。車に乗ろうとしたところでピップは顔をあげ、男がひとり、六十フィートほど離れたフェンスにもたれかかっているのを目にした。深緑色のジャケットに明るいオレンジ色の裏地。ハウィー・ボワーズ。顔をはっきり見せないためにか、ファーフードをかぶり、となりにいる男にうなずきかけている。

となりの男は両手を大きく振りかざし、声までは聞こえないものの、どうやら怒りの言葉を吐いているらしい。おしゃれなウールのコートを着た、やわらかそうなブロンドの男。

マックス・ヘイスティングス。

顔から血の気が引くのがわかった。急いで身をかがめて車に乗りこむ。

「どうしたんだい、部長刑事」

ピップは助手席側の窓の外を指さした。フェンスのところにふたりの男が立っている。「ほら、あそこ」

マックス・ヘイスティングスはまたしても嘘をついたことになる。アンディが死んだあとはキルトンでドラッグを買ったことはない、アンディの供給元が誰なのか知らなかったと言ったのだから。そのマックスがいまここにいて、距離があるためになにを言っているのかまではわからないものの、まごうことなきドラッグの売人をどなりつけている。

「どういうことだ」とラヴィ。

ピップはエンジンをかけて車を出し、マックスかハウィーに見られないうちに、手の震えが激しくならないうちに、走り去った。

マックスとハウィーは知り合いだった。

アンディ・ベルの世界にまたひとつ、地殻変動が起きた。

ピッパ・フィッツ＝アモービ
EPQ　二〇一七年十月十二日

作業記録――エントリー27

マックス・ヘイスティングス。容疑者リストに極太の太字で載せる者がいるとしたら、それは彼だ。ジェイソン・ベルは第一容疑者の地位から転げ落ち、いまやマックス・ヘイスティングスが躍りでてそのタイトルを手中にした。彼はアンディがらみの件で二度も嘘をついた。隠すものがなければ人は嘘をつかない。

内容を要約してみよう。マックス・ヘイスティングスは年上の男性に該当。二〇一二年三月にアンディとの密会に使っていたと思われるホテルで撮影された彼女のヌード写真を持っている。サルとアンディ、どちらとも親しかった。アンディからロヒプノールを定期的に買っていた。駐車場でのようすから察するに、ハウィー・ボワーズをよく知っている。

また、共謀してアンディを殺害したと考えられる新たなペアの存在も浮上した。マックスとハウィー。

これを機にロヒプノールの線を追い、詳しく調べてみようと思う。高校生が集まるパーティー用にルーフィーを買うというのはふつうの十九歳がやることではないのだから。ロヒプノールこそ、マックス／ハウィー／アンディの不道徳きわまりないトライアングルをつなぐ鍵だ。二〇一二年にキルトン・グラマーに在籍していた生徒にメッセージを送り、カラミティ・パーティーでどんなことがおこなわれていたかをあきらかにできるかどうか調べてみようと思う。いまわたしが疑っていることが真実だと証明されたとして、アンディ失踪の晩に彼女の身に起きたことにマックスとロヒプノールが深くかかわっていた可能性はあるだろうか。推理ゲーム〈クルード〉さながらに、欠けているカードを見つけてみよう。

〈容疑者リスト〉

- ジェイソン・ベル
- ナオミ・ワード
- 秘密の年上男性
- ナタリー・ダ・シルヴァ
- ダニエル・ダ・シルヴァ
- **マックス・ヘイスティングス**
- ハウィー・ボワーズ

ピッパ・フィッツ＝アモービ
ＥＰＱ　二〇一七年十月十三日

作業記録――エントリー28

学校にいるあいだに、エマ・ハットンがこちらからのテキストメッセージに返信してくれた。内容は次のとおり。

うん、たぶん。女の子たちが飲み物にクスリを盛られたと言っていたことを覚えてる。でもはっきり言って、ああいうパーティーではみんなものすごく酔っぱらっていたから、そんなことを言ったのは、おそらく自分たちの限界を知らなかったからか、もしくは注目を集めたかったからだと思う。わたしは飲み物にクスリを盛られたことはなかったよ。

クロエ・バーチは四十分前に返信してきた。そのときわたしはジョシュといっしょに〈ロード・オブ・ザ・リング〉を観ていた。

いいえ、そんなことなかったと思う。そういう噂も聞いたことがなかった。でも女の子って、飲みすぎたときにそういうふうに言ったりすること、あるでしょ？

昨日の晩、何人かの人にメールを送ってみた。みんなナオミがアップした二〇一二年のカラミティの写真にタグ付けされた人たちで、彼らのプロフィールにはメールアドレスも載っていた。わたしはささやかな嘘をつき、自分のことをＢＢＣに依頼されて調査をしているフリーのレポーターで、ポピーと呼ばれていると書いた。そうすれば相手も話す気持ちになってくれると思ったからだ。彼らがなにか話してくれれば儲けもの。メールを送信したなかのひとりが返信してきた。

From:pfa20@gmail.com
to:handslauraj116

ローラ・ハンズさま

十月十二日（一日前）

わたしはBBCのドキュメンタリー番組の制作に携わっているフリーのレポーターです。今回のテーマは個人宅でのパーティーにおける未成年のドラッグ使用についてです。調査の結果、二〇一二年にキルトン地区でおこなわれた〝カラミティ〟と称される個人宅でのパーティーにあなたが参加されていたことがわかりました。もしよろしければ、そういったパーティーで女子生徒の飲み物に薬物が盛られたという実例を見たり、噂を聞いたことがあるかどうかお知らせいただけないでしょうか。

この件に関する情報をいただければたいへんありがたく、お寄せくださいますコメントは匿名扱いにされ、最大級の注意を払って取り扱われることをお約束いたします。

お時間を頂戴しありがとうございます。

どうぞよろしくお願いいたします。

From:handslauraj116@yahoo.com

to:pfa20@gmail.com

九：二二PM（二分前）

ハイ、ポピー

メールを拝見し、よろこんで協力いたします。

実際にクスリを混入された飲み物について噂されていたことを覚えています。もちろんそういうパーティーでは誰もが飲みすぎていたので、若干の思い違いもあったと思います。

しかし、ナタリー・ダ・シルヴァというわたしの友人は、カラミティで飲み物にクスリを盛られたと思うと話していました。彼女の話では、たった一杯しか飲んでいないのに、その夜の記憶がまったくないとのことでした。わたしの記憶が正しければ、それは二〇一二年のはじめだったはずです。

まだナタリーの電話番号がどこかにあると思うので、彼女と連絡をとりたければお知らせください。

では、お仕事がんばってください。番組の放送予定をお知らせくださいますか？　とても興味がありますので。

では、失礼します。

ローラ

ピッパ・フィッツ＝アモービ
EPQ　二〇一七年十月十四日

作業記録――エントリー29

午前中にジョシュのサッカーの試合を観に出かけているあいだに、さらに二通の返信があった。最初の一通は、それについてはなにも知らないし、コメントもしたくないとのことだった。二通目は次のとおり。

BBCのドキュメンタリー番組のための情報提供依頼

十月十二日（二日前）

pfa20@gmail.com

ジョアンナ・リデルさま

わたしはBBCのドキュメンタリー番組の制作に携わっているフリーの……。

十二：四四PM（五十七分前）

Joanna95Riddell@aol.com
to:pfa20@gmail.com

ポピー・ファース－アダムスさま

メールありがとうございます。今回のテーマはとても重要なもので、多くのメディアにもっと取りあげてもらいたいと思います。

わたしはそういった個人宅のパーティーで飲み物にクスリを盛られたという実例を知っています。最初はたんなるデマだと思っていました。流しているのは飲みすぎた女子で、酔っぱらった言い訳をしているんだと。でも二〇一二年二月のあるパーティーで、わたしの友人のひとり（名前は言いたくありません）がすっかり酩酊《めいてい》してしまったんです。彼女は話すことはおろか、ほとんど動くこともできませんでした。わたしは何人かの男子の手を借りて、彼女のパパの車まで彼女を運びました。翌日、彼女はパーティーに参加していたことすら覚えていなかったんです。

数日後、その出来事を届けでるためにいっしょにキルトン警察へ行ってくれないかと彼女から頼まれました。彼女は警察で、名前は覚えていませんが、若い男性の警察官に事情を話しました。そのあとなにか反応があったのかどうかはわかりません。それ以降わたしは用心深くなり、自分の飲み物からは目を離さないようになりました。

だから、はい、そういったパーティーで女子たちが飲み物にクスリを盛られていた（なんのクスリかはわかりませんが）とわたしは考えます。

この情報があなたのお仕事に役立つことを期待します。なにか追加の質問がありましたら気軽にご連絡ください。

よろしくお願いします。

ジョー・リデル

目論見《もくろみ》はあたり、ほかにも返信メールが入ってきている。

事実をふまえて推測すると、こういうことになる。二〇一二年に開かれたカラミティ・パーティーでは飲み物にクスリが盛られていた。だがその事実はパーティー参加者のあいだではあまり知られていなかった。そう、つまりは、アンディからロヒプノールを買ったマックスが主催するパーティーでは女子の飲み物にクスリが盛られた、ということなのだろう。天才でなくともこう結論づけられる。

それればかりではなく、ナタリー・ダ・シルヴァはマックスがクスリを盛った女子のひとりだと思われる。これはアンディ殺害と関連しているのだろうか。ドラッグを盛られたと気づいた夜、ナタリーの身になにが起きたのか。わたしから彼女に直接訊くことはできない。彼女はいわゆる並外れた敵意ある証人なのだから。

おまけにもうひとつ、ジョアンナ・リデルによると、クスリを盛られたとおぼしき女子がパーティーでの件をキルトン警察に通報したという。〝若い男性の警察官〟に。調べたところ、二〇一二年にキルトン警察に在籍していた唯一の若い男性の警察官はダニエル・ダ・シルヴァだった（ビンゴ）。二〇一二年当時の二番目に若い警察官は四十一歳だった。ジョアンナによると、警察からはなんの反応もなかったらしい。届けでたのが名もなき女子生徒だったからか。身体のどこかに出ていたはずのドラッグの影響がもはや見られなかったからか。それともダニエルがなにかに関与していた……なにかを隠そうとしていた？　隠そうとした理由は？

もしかしたら、容疑者リストに載る人物たちの、またべつのつながりを見つけてしまったかもしれない。マックス・ヘイスティングスと、ふたりのダ・シルヴァの。あとでラヴィに電話をして、三者のつながりの裏になにが隠されているか話しあってみよう。けれどもいまはマックスに焦点をあてるべきだろう。彼はすでに充分すぎるほどの嘘をついている。そのうえ、彼がパーティーで女子生徒の飲み物にクスリを盛り、サルに隠れて秘密裡に〈アイヴィー・ハウス・ホテル〉でアンディに会っていたと考えるに足る証拠をわたしはつかんでいる。

もしここでプロジェクトを終了し、誰かを指さすとしたら、その先にはマックスがいるはずだ。第一容疑者のマックス・ヘイスティングスが。

だが手ぶらでマックスのもとへ行き、さまざまな件について話を聞かせてくれと言ってもむだなのはわかっている。彼はもうひとりの敵意ある証人で、しかも過去に法に抵触する行為をしていた可能性がある。しゃべらせるための脅しの切り札がなければ、彼はけっして話そうとしないだろう。わたしはなにかを見つけだささねばならない。自分が知る唯一の手段を講じて。そう、サイバーストーキングをして。

マックスのフェイスブックのプロフィールを閲覧する方法を見つけだし、投稿と写真をとおして彼の生活を追跡する必要がある。アンディ、もしくは〈アイヴィー・ハウス・ホテル〉、もしくはクスリを盛った女子につながるなにかを探しだすために。切り札となる〝なにか〟があればしゃべらせることができるだろうし、警察に連れていくことだってできるかもしれない。なんとかしてナンシー・タンゴティッツ（マックスの別アカウント）のプライバシー設定を突破しなければ。

25

ピップはうやうやしく、かつ、きっちりとナイフとフォークを皿の上に置いた。
「ごちそうさま。もう部屋へ行っていい？」しかめっ面をしている母を見る。
「どうしてそんなに急いでいるのかしらね」とママ。

「いまEPQの真っ最中で、寝るまえに今日のノルマまでやっちゃいたいの」

「いいよ、行きなさい、ピックル」ヴィクターは笑顔を見せ、手をのばしてピップの皿を取り、食べ残しを自分の皿に移す。

「ヴィクター!」母が父にしかめっ面を向けた隙に、ピップは立ちあがって椅子をテーブルの下にしまう。

「なあ、ダーリン、自分の子どもが夕食のあとどっかへすっとんでいって目玉にヘロインを打ちゃしないかと心配している親もいるんだよ。宿題のためにすっとんでいくんなら、感謝しなくちゃ」

「ヘロインってなに?」さっさとダイニングから逃げだそうとしたピップの耳にジョシュアの小さな声が聞こえてきた。

階段の下にバーニーを置き去りにして、ピップは一段抜かしで段をあがった。バーニーは自分が立ち入ってはいけない場所へと相棒が消えていくのを、首をかしげ、困惑顔で見送っているにちがいない。

夕食のテーブルで隙あらばナンシー・タンゴティッツのことを考えていたおかげで、いまひとつのアイデアが浮かんでいた。

部屋のドアを閉め、携帯電話を取りだして番号を押す。

「ハロー、お嬢さん《ムチャチャ》」カーラがすぐに応答した。

「ヘイ。〈ダウントン・アビー〉でお楽しみの最中? そんなときになんだけど、秘密作戦に手を貸してくれないかな」

「秘密作戦ならいつでも手を貸しますよ。で、どうすればいい？」

「ううん、ロンドンに行ってる。なんで？」不審に思っているようすがカーラの声から伝わってくる。

「オーケー、秘密にするって誓う？」

「もちろん。で、なに？」

「昔のカラミティ・パーティーについての噂を耳にしたんだけど、そこからＥＰＱのためのヒントをもらえそうなんだよね。でも証拠を探さなきゃいけなくて、それで秘密作戦を敢行ってわけ」

ピップは軽いノリを心がけた。最初はマックスの名は伏せ、カーラがナオミのことを心配しないよう、それほどこの件に強い関心を持たないよう、いかにも軽い感じで話を進めようとした。

「なになになに、どんな噂話？」とカーラ。

ありがたい、ノッてきてくれた。

「まだ風の噂程度なんだけどさ。でもわたしとしては古いカラミティの写真をざっと見てみたいんだよね。それでカーラの協力が必要なの」

「オーケー。まかしといて」

「マックス・ヘイスティングスのフェイスブックのプロフィールは表向きのやつなの。ほら、会社や大学の関係者がのぞきにくるとき用の。偽名でほんとうのアカウントを持ってて、プライバシー設定を厳しくしてる。だからわたしが見られるのはナオミがタグ付けされたやつだけ」

「で、ピップはナオミとしてログインしたいんだね。そうすればマックスの古い写真を見られるから」

「ビンゴ」ピップはベッドに腰かけ、ノートパソコンを引き寄せた。

「いいよ〜」カーラが歌うように言った。「そういうことなら、べつにナオミの日常生活をのぞき見するわけでもないし。ベネディクト・カンバーバッチ似の赤毛男がナオミの新しい彼氏かどうか確認しなきゃならなかったときとはちがって、今回はルール違反じゃないみたいだよ、パパ。それに、ナオミは定期的にパスワードを変更することを学ぶべきだし。ずーっとおんなじのを使ってるんだから」

「カーラはナオミのノートパソコンを開ける?」

「いま開いてる」

キーを打つ音とタッチパッドをクリックする音が聞こえてくる。パジャマに着替えたときにカーラがいつもするように、頭のてっぺんでばかでかいお団子を結った彼女の姿が目に浮かぶ。それがカーラの定番スタイル。

「オーケー、ナオミはやっぱりまだこのパスワードを使ってる。ログインできたよ」

「セキュリティ設定のところに入れる?」

「うん」

「ログインアラートのとなりのボックスのチェックをはずして。そうすれば、わたしがちがうパソコンからログインしてもナオミには気づかれないから」

「はずした」

「オーケー。カーラにやってほしいハッキングは以上」

「もう終わりだなんて残念。わたしのＥＰＱの調べものよりこっちのほうが断然スリリングで楽しい」

「ははは、きみは無難なやつを題材に選んでしまったからね」

カーラはナオミのメールアドレスを読みあげ、ピップがそれをフェイスブックのログインページに打ちこんだ。

「パスワードはIsobel0610」とカーラ。

「すばらしい」ピップはそれを入力した。「ありがとう、同志。これにて作戦終了」

「了解。でもナオミに見つかったら、ただちにピップのしわざだって言っとく」

「こっちも了解」

「じゃあね、プロップス、パパが呼んでる。なにかおもしろいものを見つけたら教えて」

「オーケー」おそらくカーラには教えられないとわかっていながらそう言う。

ピップは携帯電話を脇に置き、ノートパソコンにかがみこんでフェイスブックのログインボタンを押した。

すぐにナオミのニュースフィードがあらわれ、自分のと似たようなものだと思いながら画面を見る。おかしなことをやらかす猫やすぐにできるひと品のレシピ、サンセットの写真にかぶせた、文法的に正しくはないもののやる気を出させる引用句の投稿、などなど。

ピップは検索ボックスに〝ナンシー・タンゴティッツ〟と入力し、マックスのプロフィールをクリックした。くるくるまわる円が消えてページが表示される。タイムラインは鮮やかな色と笑顔でうまっている。

マックスがふたつのプロフィールを持つ理由に気づくのに長くはかからなかった。これでは外でなにをやっているか親には知られたくないと思うのも当然だ。マックスがクラブやバーで遊んでいる写真が満載で、どれもブロンドの髪が汗をかいた額《ひたい》にくっつき、あごはこわばり目はどんよりとして焦点があっていない。女の子の肩に腕をまわしてポーズをとり、カメラに向かって斑点が散った舌を突きだし、グラスからあふれた飲み物がシャツにはね散っている。タイムライン上にはそういった最近の写真が載っている。

ピップはマックスの数々の写真をクリックしていき、二〇一二年に向けて下へスクロールしはじめた。八十枚くらいの写真をスクロールしていくたびに、読み込み中を示すバーが出てきては消えるのを待たねばならず、それを繰りかえし、しだいにナンシー・タンゴティッツの過去に分け入っていった。とはいえ、時代を遡《さかのぼ》っても写真の内容はどれもみな似たり寄ったり。クラブ、バー、焦点があっていない目。マックスの夜の活動の合間にスキー旅行の写真がアップされ、一連の写真のなかにはきわどい男のビキニ《マンキニ》だけを身に着けたマックスが雪のなかで立っているものもあった。

スクロールしていくのにあまりにも時間がかかるので、携帯電話を取りだし、半分まで聴いた犯罪実録のポッドキャストを流した。ようやく二〇一二年にたどりつき、一月の写真から順に一枚一枚じっくり見ていった。

ほとんどはマックスとほかの友人たちがいっしょに写っている写真で、マックス本人がいちばん前に出て笑っているか、彼がなにかばかみたいなことをしてまわりを笑わせているものばかり。たいていの写真におさまっているのは、ナオミ、ジェイク、ミリー、そしてサル。マックスに頬をなめられ、カメラに向かってまばゆいばかりの笑みを浮かべているサルの写真を、ピップは長いこと見つめた。酔っぱらって楽しげにしているふたりの男子を交互に見て、彼らのあいだにあったかもしれない、悲劇の原因となる秘密のわずかばかりの手がかりを探そうとした。

大勢が集まっている写真にはとくに注意を払い、後ろのほうにアンディの顔が写っていないか、マックスがなにかあやしげなものを握っていないかと目を凝《こ》らし、彼が女子の飲み物にこっそり近づいている決定的な瞬間を見つけようとした。先に進んだり後ろに戻ったりと、何度もクリックを繰りかえし、数多くあるカラミティ・パーティーの写真を見ているうちに、パソコンの明かりで目が疲れてかゆくなり、写真はパラパラ漫画っぽく動いて見えるようになった。ようやくあの晩の写真にたどりつくと、ふたたびすべてがはっきりとまとまって見えた。

思わず前かがみになる。

マックスはアンディが行方不明になった夜の写真を十枚、投稿していた。みんなの服とマックスの家のソファには見覚えがある。ナオミの三枚とミリーの六枚を加えて、これであの夜の写真は十九枚になる。アンディ・ベルが生きていた最後の数時間のうちに撮られた十九枚の写真。

ピップは身体が震えるのを感じ、上掛けで脚を覆った。マックスが投稿した十枚はどれも、ミリーとナオミが撮ったものと内容的によく似ている。マックスとジェイクがゲームのコントローラーを握り、枠の外のものに視線を向けている写真。ポーズをとるミリーとマックスの顔にへんな画像をかぶせて加工した写真、みんなの背後でナオミが自分の携帯電話をじっと見つめている写真。前面でポーズをとっている仲間は後方にいるナオミに気づいていないらしい。五人目が欠けている四人の親友たち。サルはみんなと酔っぱらうかわりに、外で人を殺したと思われている。

そのとき、ピップは気づいた。ミリーとナオミの写真を見たときにはたんなる偶然だと思ったが、マックスの写真を見ているいま、そこにはある種のパターンがあると言わざるをえない。三人はそろってあの夜の写真を四月二十三日の月曜日に投稿している。しかも投稿時刻はすべて午後九時半から十時のあいだ。アンディの失踪という大騒ぎの真っただ中で、三人が三人ともほぼ同時刻にあの夜の写真を投稿することにしたというのはやや奇妙ではないだろうか。なぜいっせいに写真を投稿したのか。ナオミの話では、彼女とほかの三人が、警察へ行ってサルのアリバイについての真相を話すと決めたのは月曜日の夜だった。警察へ行く決心をかためるための第一歩として、彼らは写真をいっせいに投稿したのだろうか。サルの不在を隠すのをやめるために？

ピップは投稿の偶然についてのメモを打ちこみ、それを保存してノートパソコンを閉じ、寝る準備に入った。歯ブラシをくわえたままバスルームから戻り、鼻歌まじりに明日のto-doリストを走り書きする。〝マーガレット・アトウッドについての小論文を仕上げる〟には三重の下線を引く。

ベッドにもぐりこみ、いま読んでいる本の三段落ぶんを読みおえたところで、疲れているせいか文字がぼやけはじめ、本の内容が頭のなかでまったくちがう奇妙なものに変換されてしまった。そして明かりを消したとたんに眠りに落ちた。

鼻がむずむずし、脚がびくっとなって、ピップはベッドの上でがばっと身体を起こした。ヘッドボードにもたれて目をこすりながらも、頭は動きはじめている。携帯電話のホームボタンを押すと、画面のライトがついて目がくらんだ。時刻は午前四時四十七分。

どうしてこんな時間に目が覚めてしまったのだろうか。外でキツネが大声で鳴いていた？夢を見た？

そのとき舌の先と脳の片隅でなにかがうごめいた。おぼろげな考えが浮かんでくる。あやふやで触れがたく、しかも少しずつ変化していくため、寝起きの頭では言葉にできそうもない。しかしそれのせいで眠りから引きもどされたのはたしかだ。

ピップは急いでベッドから出た。むきだしの肌に部屋の冷たい空気が突き刺さり、吐く息が白くなる。机からノートパソコンを持ちあげて、それを持ったままベッドへ戻り、暖をとるために上掛けで身体を覆う。パソコンを開いたとたん、銀色に輝くバックライトにまたしても目がくらんだ。まぶしさに目を細めつつ、ナオミとしてログインしたままのフェイスブックを開き、ナンシー・タンゴティッツのアカウントに入ってあの夜の写真に戻った。

すべての写真にざっと目を通し、次に少しゆっくりめにもう一度見ていく。そして最後から二番目の写真のところで目をとめた。四人の親友たちが全員、一枚の写真のなかにおさまっている。ナオミはカメラに背を向けてすわり、うつむいている。彼女は背景に写りこんでいるにすぎないが、よく見ると手に携帯電話を持ち、小さな数字が白く浮かびあがったロック画面に視線を注いでいる。写真のピントはおもにマックスとミリーとジェイクにあっていて、三人はソファのすぐ横に立ち、ミリーが男子ふたりの肩を左右それぞれの腕で抱き、全員がにこやかに笑っている。マックスは外側のほうの手でまだコントローラーをつかんでいて、ジェイクの手は右側の枠の外に消えている。

ピップは身体が震えるのを感じたが、それは寒いからではなかった。

フレームのなかに四人すべてをおさめるには、楽しそうに笑う友人たちからカメラは少なくとも五フィートは離れていなければならない。

しーんと静まりかえったなかでピップはささやいた。「この写真を撮ったのは誰?」

26

撮影者はサルだ。

それ以外は考えられない。

寒かったはずなのに、身体じゅうの血が熱く駆けめぐり、心臓は早鐘を打った。

ピップは無意識に動きはじめた。いくつもの思考が互いにわけのわからないことを叫びあうなかで心は宙をただよっていたが、手はどういうわけかなにをすべきかがわかっていた。数分後、ノートパソコンにフォトショップの無料トライアル版をダウンロードしていた。マックスの写真を保存し、ソフトを起動してファイルを開く。なめらかなアイルランド訛《なま》りの英語を話す男性によるオンラインガイドに従い、写真を拡大して輪郭をはっきりさせた。

肌が冷たくなったかと思うと熱くほてった。ピップはすわりなおして息を呑んだ。

もはや疑う余地はない。ナオミの携帯電話に浮かびあがっている小さな数字は00：09。サルがマックスの家を出たのは十時半だったと彼らは証言した。ところが零時九分過ぎにサルを除く友人たち四人全員がこの写真のなかにおさまり、四人のうちの誰かがこの写真を撮るのは不可能な状況だった。

マックスの両親はあの夜は外出していて、ほかには誰もいなかった。彼らは口をそろえてそう言っていた。サルがガールフレンドを殺しに十時半に出ていくまでは、家のなかには五人しかいなかったと。

いまや目の前にはそれが嘘だったといえる証拠がある。零時過ぎに五人目の人物がいたのだ。その人物がサルでなければ、いったい誰だというのだ。

ピップは拡大した写真の上半分がよく見えるようにスクロールした。奥の壁ぎわに置かれたソファの後ろは窓になっている。そして窓ガラスのまんなかあたりに携帯電話のカメラのフラッシュが反射している。窓の外は真っ暗で、ガラスに人影がぼんやり映っているものの、携帯電話を持っているのが誰かは判別がつかない。けれどもフラッシュの白い光のなかに、暗闇を背景にして青い色がかすかに映っているのが見えた。あの晩にサルが着ていたコーデュロイのシャツと同じ青で、そのシャツをいまではラヴィがときどき着ている。それを思いだしたとたん、この写真を見たときにラヴィの目に浮かぶはずの表情を想像して、胃が締めつけられた。

ピップは拡大した写真をパソコンに保存し、携帯電話を持ったナオミと窓ガラスに映った人物の部分をそれぞれ切りとって、ページをわけて貼りつけた。すでに保管してあるオリジナルの写真とともに、加工した画像を貼ったページを机の上にあるワイヤレスプリンターに送信する。蒸気機関車がゆっくりと走るときのような音を立ててプリンターが画像を印刷していくようすをベッドから眺める。そのあとしばらくのあいだ目を閉じて、小さくダッダッダッと鳴る音に耳を傾けていた。

「ピップス、掃除機をかけていい？」

目がぱっと開く。ピップは倒れこむようにして寝ていた状態から身体を起こした。右側のお尻から首にかけてがひどく痛む。

「まだ寝ているの？」母が声をかけてきて、ドアをあけた。「もう一時半よ、ずいぶんと寝坊助ね。もう起きてると思ってた」

「だって……」喉がカラカラでなんだかむずがゆい。「疲れていて、気分もよくなくて。先にジョシュの部屋を掃除してくれない？」

リアンは立ちどまり、やさしげな目を心配で曇《くも》らせて娘を見つめた。

「あんまりがんばりすぎないのよ、ピップ。まえにも言ったと思うけど」

「そんなにがんばってないよ、ほんとに」

母がドアを閉めたと同時に、ピップはノートパソコンを蹴《け》り落とす勢いでベッドから出た。深緑色のセーターの上にオーバーオールをはいて、言うことを聞かない髪をブラシでとかす。プリントアウトした三枚の写真を手に取り、クリアファイルに入れ、リュックサックに滑りこませる。それから携帯電話の通話履歴を出して電話をかける。

「ラヴィ！」

「どうしたんだい、部長刑事」

「十分後にラヴィんちの前で会おう。車で行く」

「オーケー。本日のメニューはなにかな。また脅迫とか？　サイドメニューは不法侵入――」

「ふざけてる場合じゃないの。十分で行く」

頭が車の天井にくっつきそうになりながら、ラヴィは助手席にすわり、口をあけて手のなかの印刷された写真を見つめていた。

もうずいぶん長いあいだひと言も口をきかない。ピップも黙ってすわり、ラヴィが写真のなかの奥の窓ガラスに映るおぼろげな影を指でなぞるのを見ていた。

「サルは警察に嘘をついていなかった」ラヴィはようやくそう言った。

「うん、ついてなかった。サルはもともと供述していたとおり、零時十五分にマックスの家を出たんだと思う。嘘をついていたのは彼の友だちのほうだった。理由はわからないけど、火曜日になって彼らは嘘をつき、サルのアリバイを奪い去った」

「つまり、サルは無実ってことだね、ピップ」ラヴィの大きな目がこちらに向けられる。

「それを裏づけるためにいまから実験をするの」

ピップはドアをあけて車から降りた。ラヴィの家の前で彼を拾い、ウィヴィル・ロードからはずれた草地まで彼を連れてきた。いまはハザードランプをつけて車をとめている。ラヴィは車のドアを閉めて、ピップのあとにつづいて道路のほうへ歩きはじめた。

「どうして実験を？」

「確証を得る必要があるからだよ、ラヴィ。真実としてそれを受け入れるまえに」ラヴィが追いつけるように歩調をゆるめる。「確証を得る唯一の方法は、アンディ・ベル殺害を再現すること。サルがマックスの家を出た新たな時刻をもとにして、彼にアンディを殺す充分な時間があったかどうかを調べるの」

ふたりは左に折れてチューダー・レーンに入り、五年半前にすべてがはじまった場所であるマックス・ヘイスティングスの大邸宅の前まで歩いていった。

ピップは携帯電話を取りだした。「サルを容疑者とした当局に考えなおすチャンスを与えてやらなくちゃ。さて、この写真が撮られた直後の午前零時十分に、サルがマックスの家を出たと仮定しよっか。ラヴィのパパはサルが何時に帰宅したって言ってたっけ？」

「零時五十分ごろ」

「オーケー。多少の誤差を考慮して、帰宅時間は零時五十五分としてみよう。つまりサルにはマックスの家から自宅まで四十五分の持ち時間があったことになる。そこでね、ラヴィ、わたしたちでちゃっちゃと動いて、できるかぎり短時間でアンディを殺して死体を遺棄する行動を再現してみようと思うの」

「ふつうのティーンエイジャーなら、日曜日には家にいてテレビを観てるもんだけどなあ」

「あっそう。さあ、ストップウォッチを押すよ……はい、スタート」

ピップはくるりと踵《きびす》を返し、ラヴィと並んでいま来た道を引きかえしはじめた。歩調は速く歩くのとゆっくり走るのとの中間ぐらい。八分四十七秒後、ふたりで車をとめた場所に着いたときには、ピップの鼓動はすでに速くなっていた。まず、そこをサルとアンディが会った地点と仮定する。

「オーケー」ピップはイグニッションにさしたキーをまわし、道路へ戻った。「これはアンディの車で、彼女はサルを呼びとめる。アンディは両親を迎えに行くために車で走っていたとしよう。いまわたしたちは推定上、殺人事件が起きたと考えられそうなこの付近の人気《ひとけ》のない場所へ向かっている」

いくらも走らないうちにラヴィが指をさした。

「あそこ。静かだし人目にもつきにくい。そこで曲がって」

ピップは背の高い生垣に囲まれた狭い未舗装の道に入った。看板によると、車が一台しか通れない曲がりくねった道は農場へつづいているらしい。生垣に割りこんでつくられた待避所に車をとめ、ラヴィに言う。「ここで降りよう。警察の捜査では、血痕が見つかったのは車のフロント部分ではなくトランクのなかだったんだよね」

ラヴィがボンネットをまわりこんで運転手側に来るまで、ピップは時間を刻んでいるストップウォッチを見つめていた。15：29、15：30……

「オーケー。ここでふたりが口論したと仮定するね。口論はヒートアップしはじめる。原因はアンディのドラッグビジネスか、もしくは秘密の年上男性。サルは怒り、アンディはどなりかえす」ここで調子っぱずれのハミングをしながら、想像上の場面を再現して時間をうめるべく両手を振りまわす。「このへんでサルは道から石を拾うか、アンディの車からなにか重いものを取りだす。凶器っぽくないものかもしれない。アンディを殺すのに少なくとも四十秒」

ふたりはじっと待った。

「いまアンディは死んでる」砂利道を指さす。「トランクをあける――」自分の車のトランクをあける――「アンディの死体を持ちあげる」腰を落として両腕をさしのべ、見えない死体を持ちあげるのに充分な時間をとる。「サルはアンディをトランクに入れ、あとからそこで血痕が発見される」トランクのカーペット敷きの底に両腕を置き、後ろにさがってトランクを閉める。

「ここで車のなかに戻る」とラヴィ。

ピップはストップウォッチを確認した。20：02、20：03……。車をバックさせて広い道路へ急いで戻る。

「いまサルは運転している」とピップ。「指紋がハンドルやダッシュボードのあたりにつく。どうやって死体を遺棄するか考えている。いちばん近い森はロッジ・ウッド。たぶんサルはこのあたりでウィヴィル・ロードをはずれる」左手に森が見えてきた。

「サルは車を乗り入れられる、森の入口みたいな場所を探さなければならなかったはずだ」とラヴィ。

そういった場所を探して数分間走ったあと、ようやく両サイドから木の枝が張りだしてトンネルをつくっている暗い道に行きあたった。

「そこだ」ふたりは同じ場所を見やった。ピップはウィンカーを出し、森の入口っぽい草地へと曲がった。

「ここらへんは警察が百回は捜索したと思う。マックスの家からいちばん近い森だから」とピップ。「でも、サルはここに死体を隠したとひとまず仮定しよう」

ピップとラヴィはふたたび車を降りた。

26：18。

「サルはトランクをあけてアンディの死体を引っぱりだす」その動作を再現している最中に、ラヴィのあごのあたりの筋肉がいったんこわばったあとでふっと力が抜けたのに気づいた。彼はおそらくこうした場面、つまりやさしい兄が森のなかで血まみれの死体を引きずっているところを、何度も夢で見たにちがいない。今日以降はそんな悪夢を見ることはないだろう。

「サルは道からけっこう離れた場所までアンディを運ばなきゃならなかったはずだよね」

ピップは死体を運んでいるようすを再現するために、背中を丸めてゆっくりと後ろ向きに進んだ。

木々のあいだを二百フィートほど死体を引きずる恰好で進んだところで「ここなら道からほとんど見えないだろう」とラヴィが声をかけてきた。

「そうだね」ピップは目には見えないアンディの死体を放した。

29：48。

「オーケー、次は穴だね。それほど時間をかけずにどうやって死体を隠せるほど深く穴を掘れたのかがつねに問題になっていた。でも実際に現地っぽい場所へ来てみると」ピップは日がさして地面に斑模様ができている森のなかを見まわした。「こういう森には根こそぎ倒れた木がたくさんあるのがわかる。だからそれほど必死になって掘る必要はなかったかもしれない。自はなくても同然の浅い窪《くぼ》みを見つけて。あそこみたいに」ピップは地面に穿《うが》たれた、苔《こけ》むした大きな窪みを指さした。倒木から生えている乾いた根がもつれあいながら一面を覆っている。

「それでももう少し深く掘る必要があったと思う」とラヴィ。「アンディは発見されていないわけだから。掘った時間を三、四分は加算しておかないと」

「そうだね」

三、四分がたち、ピップは穴のなかにアンディの死体を入れるふりをした。「次に穴を埋めなおさなきゃならなかったはず。アンディに土やなんかをかぶせて」

「やってみよう」ラヴィは決然とした表情で言った。そしてブーツのつま先で地面を突き、穴のなかに土を蹴り入れた。

ピップも同じようにして小さな窪みを埋めるために土や枯葉や小枝を押し入れた。いまやラヴィは膝をつき、両手いっぱいに土をすくって目には見えないアンディの上にかぶせている。

「オーケー」埋めおえてピップは言い、さっきまでは窪みがあったのに、すっかり平らな地面になった場所に目をやった。「アンディの死体は埋められ、サルは車へ戻った」

37：59。

ふたりは車まで走って戻り、乗りこんで床じゅうに泥をまき散らした。三ポイントターンを決めようとしたところで、通りかかったせっかちな四輪駆動車に大音量のクラクションを鳴らされ、ピップは悪態をついてハンドルを切り、そのあとはずっと耳鳴りがしていた。

ウィヴィル・ロードまで戻ってきたときにピップが言った。「えーと、次にサルはハウィー・ボワーズが住んでいるロマー・クロースまで車を走らせる。そこでアンディの車を乗り捨てる」

数分後にふたりはロマー・クロースに着き、ピップはハウィーの家からは見えない場所に車をとめた。降りたあとにリモコンキーをピッと鳴らしてロックする。

「次はぼくの家まで歩く」なかば走りだしているピップのあとをラヴィはあわてて追った。ふたりは集中するあまり言葉を交わすこともなく、自分たちの足もとだけを見て、数年前のサルが残したと言われている足取りをたどっていった。

ラヴィの家の前に着いたときには、ふたりとも息を切らし、身体がすっかり温まっていた。ピップは鼻の下にうっすらと汗までかいていた。それを袖でぬぐい、携帯電話を取りだした。すぐにストップウォッチのストップボタンを押す。数字が目に飛びこんできて、不安でキリキリしはじめている胃のあたりへ落ちていく。そこで顔をあげてラヴィを見た。

「どうだった?」ラヴィの目が答えを求めて見開かれる。

「えっと、われわれはサルがとったと仮定した一連の行動のための時間を四十五分を上限として設定した。そしてかぎりなく忠実に、考えられないほどのスピードでその行動を再現した」

「そうそう、そのとおり。とびきりのスピード殺人だったね。それで?」

ピップはラヴィに向けて携帯電話を掲げ、ストップウォッチを見せた。

「五十八分十九秒」ラヴィが声に出して読む。

「ラヴィ」吐息まじりに相棒の名前を口に出し、にっこりと微笑《ほほえ》む。「サルが制限時間内にぜんぶをやり遂げるのは無理だったはず。彼は無実だよ。写真が証明してくれる」

「ちきしょう」ラヴィは後ずさって口を覆い、首を振った。「サルはやっていなかった。兄貴は無実だ」

ふいにラヴィがなにやらしゃがれた奇妙な声を立てた。最初は喉のあたりで、そのあとしだいに大きくなって口からもれだし、息を吐きだすのにも似た笑い声に変わった。筋肉のあいだに折りたたんでいたとでもいうように、笑みがゆっくりと顔じゅうに広がる。そしてふたたび笑い声をあげる。今度は心の底からの温かな声で。ピップは頰が熱くなるのを感じた。

笑顔を張りつけたまま、ラヴィは空を仰いで日の光を浴びた。笑い声が叫びに変わる。首筋をこわばらせ、目をぎゅっと閉じて、空に向かって吠える。

通りの向こう側の家のなかから人びとがラヴィを見て、カーテンをさっと引いた。でもピップにはわかっていた。ラヴィはそんなことをちっとも気にしていない。もちろん自分も気にしない。喜びと悲しみがないまぜになって感情を爆発させているラヴィの姿を、ピップは見守った。

ラヴィが見つめてくる。叫びはふたたび笑いに変わっている。いきなりラヴィに身体を持ちあげられ、ピップは晴れやかな気分にひたった。ぐるぐるまわされ、目に涙があふれるほど笑った。

「ついにやった！」そう叫ぶラヴィにすとんと地面におろされ、ピップは勢いあまってもう少しで転びそうになった。ラヴィが後ずさり、照れくさそうな顔になって両目をこする。「ぼくらはほんとうにやり遂げた。それでもう充分？　写真を持って警察に行く？」

「わからない」このままにはしておきたくない気持ちはあるけれど、どうすればいいかほんとうにわからなかった。「警察に事件の再捜査をはじめることを納得させられるかもしれないし、だめかもしれない。でもそれより先に答えがほしい。どうしてサルの友人たちが嘘をついたのか、その理由が知りたい。なぜサルからアリバイを奪いとったのかを。そうでしょ？」

ラヴィが一歩近づいて、ためらいがちに訊いてきた。「それってつまり、ナオミに訊くってこと？」

ピップがうなずくと、ラヴィは一歩後ろへ退いた。

「きみがひとりで行ったほうがいい。ぼくがいたらナオミはしゃべらないよ。口が動かなくなるみたいなんだ。去年ばったり会ったときも、いきなりこっちを見て泣きだしたくらいだから」

「それでいいの？　ほかの誰よりも、ラヴィは理由を知りたいはずだよね」

「しかたないんだよ、ほんとに。気をつけて行っといで、部長刑事」

「わかった。戻ったらすぐに電話する」

この場をどうやって立ち去ればいいかよくわからない。ピップはラヴィの腕に触れたあと、すれ違いざまに彼の顔に浮かんだ表情を心に刻みつけ歩き去った。

27

ピップはロマー・クロースに置き去りにした車のところまで歩いて戻った。ひと仕事終えて、足取りはまえよりずっと軽い。どうしてこれほどまでに軽いのか、理由はわかっている。心のなかではっきりと言う。サル・シンはアンディ・ベルを殺していなかった。一歩進むごとに呪文《マントラ》のように繰りかえす。

途中でカーラに電話をかけた。

「おー、ハロー、シュガーちゃん」とカーラ。

「いま、なにしてんの？」

「ナオミとマックスといっしょに宿題クラブの活動中。ふたりは求職用の書類づくり、こっちはEPQを進行中。わたしがひとりだと集中できないこと、知ってるでしょ」

胸がぎゅっと締めつけられた。「マックスとナオミ、ふたりともそこにいるの？」

「そうだよ」

「カーラのパパは？」

「いない。今日の午後はライラおばさんの家に行ってる」

「わかった。そっちへ行く。十分で着く」

「すばらしい。宿題クラブの楽しさをきみも味わいたまえ」

ピップはじゃあ、あとでと告げて電話を切った。カーラに対して後ろめたさがつのる。その場にいる彼女も、どう転ぶかわからないことに巻きこまれるかもしれないのだから。自分が行くのは宿題クラブの楽しさを味わうためじゃない。不意打ちを仕掛けるためだ。

カーラが玄関ドアをあけてくれた。ペンギンのパジャマを着て熊の爪の形のスリッパをはいている。

「お嬢さん《チーカ》」カーラはいきなりピップのぼさぼさの髪をなでた。「すてきな日曜日だね。わた《ミ・ク》しの宿題クラブはあなたの宿題クラブよ《ルブ・デ・オムワルコ・エス・ス・クルブ・デ・オムワルコ》」

ピップは玄関ドアを閉め、カーラにつづいてキッチンへ向かった。

「おしゃべりは禁止」カーラがピップのために開いたドアを支えて言う。「マックスみたいにかちゃかちゃうるさくタイピングするのもだめ」

キッチンに入る。マックスとナオミがとなりあってテーブルにつき、ふたりの前にはノートパソコンが置かれ、紙が何枚も広げられている。手には淹れたてのお茶が湯気を立てているマグカップ。カーラの席は反対側で、キーボードの上に大量の紙とノートとペンがまき散らされている。

「ヘイ、ピップ」ナオミが笑顔を向けてくる。「元気にしてる?」

「うん、元気、元気」思いもよらずうなるような、ざらざらした声になる。

マックスを見ると、彼はすぐに顔をそむけ、目を伏せて褐色のお茶の表面を見つめた。

「ハイ、マックス」こっちを向かせようと、わざと強い調子で言う。

マックスは閉じた小さな口の両端をあげて笑みらしきものを見せた。カーラとナオミには挨拶のように見えたかもしれないが、それは間違いなく嫌悪感をあらわしている。

ピップはテーブルまで歩を進め、マックスのちょうど向かい側にリュックサックを置いた。リュックサックがテーブルを打つと同時に、衝撃がヒンジに伝わり、三人のノートパソコンのカバーが震えた。

「ピップは宿題とか課題とかが大好きなの」とカーラがマックスに説明する。「それはそれは精力的で」

カーラが椅子にすわり、タッチパッドの上で指を動かすとパソコンが息を吹きかえした。

「すわんなよ」そう言って、足でテーブルの下から椅子を押しだす。椅子の脚が床にこすれて甲高い音を鳴らす。

「で、調子はどう、ピップ」とナオミ。「お茶、飲む？」

「なに見てんだよ」とマックスが割りこむ。

「マックス！」ナオミがメモ帳でマックスの腕をパシンと叩いた。

視界の隅にカーラの困ったような顔が見える。でもピップはナオミとマックスから視線をそらさなかった。身体じゅうで怒りがたぎり、その怒りが高まるにつれて鼻のあたりがカッと熱くなる。ふたりの顔を見るまでは、こんなふうに感じるとは思いもしなかった。たぶんほっとするだろうと思っていた。すべてが終わり、やろうと決めたことをラヴィとともにやり遂げた安堵感にひたるだろうと。だが、ふたりの顔を見たとたんにはらわたが煮えくりかえった。あれはちょっとした嘘でも、記憶違いによる罪のない勘違いでもない。人ひとりの人生を変える、計算されつくした嘘だ。一枚の画像から発掘された重大な裏切り。だからこそ、理由を知るまでは目をそらしもしないし、すわりもしない。

「なにかやむにやまれぬ理由があったのかもしれないと思いながらここへ来た」声が震えるのを抑えられない。「だって、ナオミ、あなたはわたしが小さいときからずっとお姉ちゃんみたいに接してくれたから。マックス、あんたにはなにも借りはないけどね」

「ピップ、なんの話をしてるの?」とカーラが訊く。その声で不安に思いはじめているのがわかる。

ピップはリュックサックのジッパーをあけ、クリアファイルを取りだした。それを開き、テーブルに身を乗りだして、マックスとナオミのあいだに印刷された紙を三枚、置いた。

「警察へ行くまえにあなたたちに説明するチャンスをあげる。どんな言葉が出てくるのかな、ナンシー・タンゴティッツさん」そこでマックスを睨《にら》みつける。

「いったいなんの話だろうね」とマックスがあざ笑う。

「これはあなたの写真だよ、ナンシーさん。アンディ・ベルが行方不明になった晩に撮ったやつだよね」

「そう」ナオミが小声で答える。「でも、なんで――」

「その夜、サルは十時半にマックスの家を出て、アンディを殺しにいったの?」

「そうだよ、そのとおりだよ」マックスが喧嘩腰で答える。「いったいなにが言いたいんだ?」

「ちょっとのあいだわめくのをやめてこの写真を見れば、こっちの言いたいことはわかると思うよ」ぴしゃりと言いかえす。「あんたは細かい点は気にもしない人間なんだね。そうでなきゃ、そもそもその写真を投稿しなかったはずだから。しかたないからこっちから説明してあげるよ。あんたとナオミ、それとミリーとジェイクは全員、この写真に写ってる」

「ああ、それで?」とマックス。

「それでね、ナンシーさん、ちょっとお訊きしますけど、あんたたち四人のうち、いったい誰がこの写真を撮ったの?」

写真を見ているナオミの目が徐々に見開かれていき、少しずつ口があいていくのを、ピップは見逃さなかった。

「そういうことか」とマックス。「たぶんサルが撮ったんじゃないの。おれたち、やつがまったくパーティーに参加していなかったとは言ってないから。サルがあの晩の早い時間にその写真を撮ったんだよ、おそらく」

「惜しい」とピップ。「でも残念——」

「わたしの携帯」ナオミの顔が曇る。彼女は手をのばして写真をつかんだ。「わたしの携帯に時刻が表示されてる」

マックスは口をつぐみ、印刷された写真を見てあごをこわばらせた。

「数字なんてほとんど見えないよ。もしかしてこの写真、誰かに改竄《かいざん》されたんじゃないのか」とマックスは言った。

「ちがうよ、マックス。わたしはこの写真をあんたのフェイスブックからそのままいただいたんだもん。それと、ご心配なく。ちゃんと調べておいた。たとえあんたがいまこれを消去しても、警察は消去された写真を見つけだせるんだって。彼らがこれを見たら、むちゃくちゃ興味を覚えるだろうね、きっと」

ナオミは頬を紅潮させてマックスのほうを向いた。「どうしてちゃんと確認しなかったの?」

「黙れよ」小声ながらきっぱりとマックスは言った。

「ピップに話さなくちゃ」ナオミはそう言って甲高い音を立てて椅子を引き、ピップをどきりとさせた。

「黙れよ、ナオミ」マックスがもう一度言う。

「もう、どうしよう」ナオミは立ちあがり、テーブルに沿ってうろうろと歩きだした。「ピップに話さなきゃ――」

「口を閉じろ!」マックスも立ちあがり、ナオミの肩をつかんだ。「もうなにも言うんじゃない」

「ピップは警察に行くつもりよ、マックス。それでいいの?」涙が頬を流れ落ちていく。「わたしたち、ピップに話さなきゃならない」

マックスは震える吐息を深々ともらし、ナオミとピップを交互に見た。

「くそっ」急に大声をあげたかと思うと、ナオミの肩を放し、テーブルの脚を蹴った。

「いったいどうしちゃったっていうの?」カーラがピップの袖を引っぱる。

「話して、ナオミ」とピップ。

マックスは椅子にどすんと腰をおろし、顔にかかったブロンドの髪を払った。「なんでこんなことをはじめたんだ」ピップを睨みながら言う。「どうしてそのままほっといてくれなかったんだよ」

ピップはマックスを無視した。「話して、ナオミ。サルがマックスの家を出たのは十時半じゃないんでしょ? 出たのは彼が警察に供述したとおり、零時十五分だった。みんなにアリバイづくりのために嘘をついてくれとも頼んでない。サルにはちゃんとアリバイがあった。あなたたちといっしょにいたんだから。警察に嘘なんかついてなかった。あなたたちは火曜日に嘘をついた。嘘をついて、サルからアリバイを奪いとった」

涙が浮かぶと同時にナオミは目を細めた。カーラを見て、それからゆっくりピップのほうを向く。そしてうなずいた。

ピップは目を瞬《しばたた》かせた。「どうして?」

「どうして？」ナオミが言葉もなくずっと足もとを見つめているので、ピップはもう一度訊いた。

「やらされたの」洟をすする。「わたしたち、やらされたの、誰だか知らない人に」

「どういうこと？」

「わたし、マックス、ジェイク、それにミリー、わたしたち全員、月曜日の夜にテキストメッセージを受けとったの。見覚えのない番号から。アンディが行方不明になった晩に撮った写真のうち、サルが写っているものはすべて消去して、ほかのものはいつもどおりにＳＮＳに投稿しろってメッセージに書かれていた。それから、火曜日に学校で校長先生に警察に連絡してくれと頼めと。そうすれば供述できるから。サルがマックスの家を出たのはほんとうは十時半で、彼がわたしたちに嘘をつくよう頼んできたと警察に供述しろと」

「でも、なんであなたたちがそんなことをしなくちゃならなかったの？」とピップ。

「それは――」ナオミは歯を食いしばって涙をとめようとしているようだった――「それは、その人物がわたしたちについてあることを知っていたから。わたしたちがやってしまった、とてもひどいことを」

もうそれ以上、涙を抑えきれなかった。ナオミは両手で顔を覆い、指のあいだから嗚咽《おえつ》をもらしはじめた。カーラが勢いよく立ちあがって姉のもとへ駆け寄り、腕をナオミのウエストにまわした。震えるナオミを後ろから抱きしめたままピップを見やる。彼女の顔は不安のあまり真っ白になっている。

「マックス?」とピップ。

マックスはひとつ咳払いをして、落ち着きなく動かしている両手に目をやった。「おれたちは、その……二〇一一年の大晦日《おおみそか》にあることが起きた。おれたち、やらかしてしまったんだ、ひどいことを」

「おれたち?」ナオミが割りこむ。「マックス、おれたちって、なに? すべてあなたのせいじゃない。あなたがわたしたちを巻きこんだあげく、彼をあそこに置き去りにさせたんじゃない」

「嘘を言うなよ。あのときはみんな同意したじゃないか」

「わたし、ショック状態だった。恐ろしくて」

「ナオミ?」とピップが口をはさんだ。

「わたしたち……、アマーシャムにある安っぽいちっぽけなクラブに出かけていったの」

「〈インペリアル・ヴォルト〉?」

「そう。みんなすごくたくさんお酒を飲んじゃって。それで、クラブが閉店になってタクシーに乗ることにしたんだけど、乗れなくて。タクシー待ちの列の七十番目くらいで、外は凍えそうなほど寒かった。そのときマックスが、もともとそこまで車を運転したのは彼なんだけど、そんなに飲んでないから運転してもだいじょうぶだと言いだして。わたしとミリーとジェイクを説得して、わたしたち三人を車に乗せたの。いまから考えるとばかなことをしたと思う。過去に遡って人生のなかで変えたいことがひとつあるとしたら、あの瞬間だな、きっと……」言葉が尻すぼみになる。

「サルはいなかったの?」とピップ。

「いなかった。いてくれたらよかったと思う。サルならあんなばかなまねをけっしてさせなかっただろうから。あの夜、サルは弟さんといっしょにいた。マックスはほかの三人と同じくらいひどく酔っぱらっていたのに、A四一三号線をものすごいスピードで走ったの。時刻は四時ごろで、道路にはほかの車は走っていなかった。それでそのとき――」涙がまたあふれる――「それでそのとき……」

「あの男がどこからともなくあらわれた」とマックス。

「いいえ、そんなんじゃなかった。彼は路肩の安全な場所に立ってたのよ、マックス。わたし覚えてる、あなたは車を運転できる状態じゃなかった」

「そうかい。ずいぶんお互いの記憶に隔《へだ》たりがあるんだな」マックスが弁解がましく言う。

「とにかくおれたちはその男を轢《ひ》いて跳ねとばした。それから車をとめ、路上に出て、みんなでなにが起きたのか見にいった」

「もう、そこらじゅう血だらけだった」ナオミが泣きながら言う。「脚がありえない方向に曲がっていて」

「死んでいるように見えただろう?」とマックス。「男が呼吸をしているかどうか調べてみて、していないとおれたちは思った。どう考えても間にあいそうにない、救急車を呼んでも手遅れだろうとおれたちは判断した。それに四人とも泥酔してたから、とんでもない窮地に立たされることはわかっていた。刑事責任を問われ、刑務所行きだ。だから、おれたちはみんな同意の上でその場を去った」

「マックスがそうさせたのよ」とナオミ。「あなたはわたしたちの頭のなかをのぞきこんで、怖がらせて同意させた。実際に窮地に立たされるのは自分だとわかっていたから」

「おれたちは全員が同意したんだ、ナオミ、おれたち四人がみんな」マックスは顔を紅潮させて大声をあげた。「みんなでおれの家へいったん引きあげた。両親はドバイへ行っていて留守だったからな。全員で洗車してから、ちょうど私道の前に植わっている木に車を衝突させた。両親はなにひとつ疑いもせず、数週間後には新しい車を買ってくれたよ」

　いまやカーラも泣いていて、ナオミに気づかれるまえに涙を拭《ふ》いていた。

「その人、死んだの？」とピップが訊く。

　ナオミは首を振った。「彼は数週間、昏睡《こんすい》状態に陥《おちい》っていたけれど、持ちなおしたの。でも……でも……」ナオミの顔が苦しげにゆがむ。「彼は下半身不随になった。車椅子の生活になったの。わたしたちのせいで。わたしたち、彼を置き去りにしちゃいけなかった」

　全員が耳を傾けるなかでナオミはしゃくりあげて泣き、涙の合間に空気を吸うのも苦しそうだった。

「とにかく」少ししてマックスが口を開いた。「おれたちがやらかしたことを誰かが知っていた。その人物は、命じたことをやらなければ、彼に対しておれたちがやったことを警察に届けると言ってきた。だからおれたちは命令に従った。写真を削除し、警察に嘘をついた」

「でもその人物はどうやってあなたたちの轢き逃げの件を見つけだしたの？」とピップ。

「わからない」とナオミ。「わたしたちみんなで、けっして誰にも言わないと誓いあった。わたしは絶対に言ってない」

「おれも言ってない」とマックス。

ナオミはマックスを見やって、涙を流したまま冷ややかに笑った。

「なんだよ」マックスがナオミを睨みかえす。

「わたしとジェイクとミリーは、秘密をうっかりしゃべったのはあなただと思ってた」

「マジでか？」

「だって、あなたは毎晩のようにべろんべろんに酔っぱらっていたから」

「おれは誰にもしゃべってない」そこでピップを見る。「どうやってそいつが見つけだしたのか、見当もつかない」

「余計なことをうっかりしゃべるのがあんたの癖《くせ》なんじゃないの」とピップ。「ナオミ、マックスがね、ナオミはアンディ失踪の夜にしばらくのあいだ行方不明になってたってうっかりしゃべってたよ。どこにいたの？　わたしは真実が知りたい」

「サルといっしょだったの。二階で話がしたいって言われて、ふたりっきりで。アンディのことについて。アンディがなにかをやらかしたらしくて、サルは怒っていた。なにをやらかしたのかは言おうとしなかったけど。アンディはふたりでいるときはふつうの女子高生なのに、ほかの人に対してはがらりと態度を変える、自分はもう我慢できないって言ってた。あの夜、サルはアンディと別れるって決めたの。そう決めてからはなんだか……すごくほっとしているみたいだった」

「ちょっと整理させて」とピップ。「アンディ失踪の夜、サルは零時十五分までマックスの家にみんなといっしょにいた。月曜日、何者かがあなたたちにメッセージを寄こして脅しをかけてきた。内容は、警察へ行ってサルは十時半にマックスの家を出たと供述しろ、サルがいっしょにいた痕跡を示す写真をすべて消去しろ、の二点。翌日の火曜日、サルは姿を消し、森で死体となって見つかった。これがなにを意味するか、わかるよね？」

マックスはうつむき、親指のあたりの皮膚をつまんでいる。ナオミはふたたび顔を手で覆っている。

「サルは無実だった、ということ」

「たしかかどうかはわからない」とマックス。

「サルは無実だった。何者かがアンディを殺し、何者かがサルを殺した。合理的な疑いの余地なく彼が有罪だと思われるように仕組んだあとで。あなたたちの親友は無実だった。あなたたちは五年ものあいだ、ずっと真実を知っていた」

「ごめんなさい」ナオミが泣き顔で言う。「ほんとに、ほんとにごめんなさい。わたしたち、ほかにどうすればいいかわからなかった。深みにはまっていて。サルが死んでしまうなんて思いもよらなかった。何者かが書いた筋書どおりにふるまうとしても、かならず警察がアンディを殺した犯人をつかまえて、サルの容疑は晴れ、丸くおさまると思っていた。ほんのささやか

かっている」な嘘だと自分たちに言い聞かせていた。でもいま、自分たちがなにをしてしまったのかよくわ

「サルはあなたたちのささやかな嘘のために死んだ」悲しみで鎮《しず》められていた怒りが再燃し、ピップははらわたがよじれる思いだった。

「それはどうかな」とマックス。「アンディの身に起きたことにサルが関与していた可能性だってまだ残ってる」

「サルにはアンディをどうこうしている時間はなかった」とピップ。

「それで、おまえはその写真をどうするつもりなんだ?」とマックスが低い声で訊いてきた。

苦悶で赤く腫れたナオミの顔をピップは見やった。カーラがナオミの手を握り、涙で頬を濡らして見つめてくる。

「マックス」とピップ。「あんたがアンディを殺したの?」

「なんだって?」マックスは立ちあがり、落ちてきた髪を顔から払った。「そんなわけないだろう、あの日はひと晩じゅう自分の家にいたんだから」

「ナオミとミリーが寝てしまったあとに外へ出られたでしょ」

「いずれにしろ、おれはやってない、わかったか」

「じゃあ、アンディの身になにが起きたか知ってる?」

「いや、知らない」

「ピップ」とカーラが口を開いた。「その写真を持って警察に行くのはやめて。お願い。ママ

みたいにナオミまで連れていかれたら、わたしもう耐えられない」下唇を震わせ、顔をくしゃくしゃにして必死で涙をこらえている。ナオミがカーラを抱き寄せる。

ピップはどうしようもない虚無感に喉を締めつけられ、カーラとナオミを見た。どうするべきか。自分になにができるのか。いずれにしろ、警察がこの写真を重大な証拠として扱ってくれるかどうかはわからない。でも警察がそうした場合、カーラはひとりぼっちであとに残され、そうなった責任を自分が負うことになる。カーラに対してそんな仕打ちはできない。じゃあ、ラヴィはどうなる？　サルは無実とわかっているのに、事実を放置してラヴィを裏切るなんて問題外だ。そうなると残された道はたったひとつしかない。

「警察へは行かない」とピップは言った。

安堵の吐息を漏らしたマックスへ嫌悪に満ちた目を向けると、彼は口もとに浮かんでいたかすかな笑みを引っこめた。

「あんたのためじゃないよ、マックス。ナオミのためだから。そもそもナオミがそんな目に遭ったのだって、あんたの過《あやま》ちのせいなんだからね。あんたが罪の意識を感じているかは疑わしいけど、代償を払う日が来るといいと思ってる」

「わたしの過ちでもあるの」とナオミが低い声で言う。「わたしも荷担したんだから」

カーラが近づいてきてハグしてくると、セーターが彼女の涙で濡れた。

マックスが無言で帰り支度をはじめた。ノートパソコンとノートをまとめ、肩にかばんをかけると、玄関へ向かっていった。

静まりかえったキッチンでカーラがシンクで顔に水をかけ、姉のために水を一杯、汲んだ。最初に沈黙を破ったのはナオミだった。

「ほんとうにごめんなさい」

「わかった」とピップ。「ナオミが心からそう思ってるのはわかってる。写真を持って警察へは行かない。そのほうがずっと簡単なんだけど、サルの無実を証明するために彼のアリバイは必要ない。ほかの方法がある」

「どういうこと？」ナオミが洟をすする。

「ナオミは自分たちのしたことを隠しておいてくれと頼んでるんだよね。それは了解した。でもわたしはサルが無実だという真実まで隠しておくつもりはない」ぼそぼそと話すうちに、喉が締めつけられ、むずがゆくなってきた。「事件の真犯人を見つける。アンディとサルを殺した犯人を。サルの汚名をすすぎ、同時にナオミを守る道はそれしかない」

ナオミがハグしてきて、こちらの肩に涙で濡れた頬をうずめた。「お願い、そうして」と小さな声で言う。「サルは無実。その事実が毎日わたしをさいなんでいる」

ピップはナオミの髪をなで、親友であり姉妹も同然のカーラを見やった。肩が重しを置かれたようにずり落ちる。世界がいままでよりも重く感じられた。

第三部

ピッパ・フィッツ＝アモービ
EPQ　二〇一七年十月十六日

作業記録――エントリー31

サルは無実。

一日じゅう学校でこの言葉が頭のなかでカチカチ鳴っていた。わたしのプロジェクトはもはやスタートしたときのような希望的推測の域を超えている。幼いときに心が傷ついたわたしにやさしくしてくれたサルが殺人者であるわけがないという、本能的な直感に支えられていた時期は終わった。ラヴィにとっても、愛する兄の無実の罪を晴らすのは、かなうはずのない希望ではなくなっている。〝たぶん／おそらく／と思われる〟は少しも残されていない。アンディ・ベルを殺したのはサル・シンではない。彼が死んだのは自殺したからではない。汚点のないひとつの人生は奪われ、町の誰もが醜く口をゆがませてサルを犯罪者だとののしった。だが、犯罪者がつくられるものだとしたら、もとの一般市民に戻すことだってできるはずだ。五年半前にリトル・キルトンでふたりのティーンエイジャーが殺された。いまわれわれは殺人者を見つけだす端緒についている。わたしとラヴィ、増えつづけているｗｏｒｄ文書の作業記録で。

放課後にラヴィに会いにいって、いま帰ってきたばかり。ふたりで公園へ行き、三時間以上、すっかり暗くなるまで語りあった。サルのアリバイが奪い去られた理由を話すと、ラヴィは怒りをあらわにした。静かな怒りを。ナオミとマックス・ヘイスティングスがすべての罰から逃れた一方で、誰も傷つけていないサルが殺されたあげく、殺人の濡れ衣《ぎぬ》を着せられたのは不公平だと語った。もちろん不公平きわまりない。事件のなにもかもがフェアじゃない。しかしナオミにはサルを傷つける意図はなかった。それは彼女の顔を見ればあきらかだったし、これまでの日々を薄氷を踏む思いで過ごしてきたようすからもわかる。ナオミは恐怖のあまりあのような行動をとってしまった。それはわたしにも理解できる。ラヴィも理解はするが、彼女を許せるかどうかはわからないという。

あの写真だけで警察が捜査を再開させるかどうかはわからないと話すと、ラヴィは失望の表情を見せた。わたしは脅迫まがいの手段に出てナオミとマックスに口を割らせた。警察はわたしが写真を捏造《ねつぞう》したと思い、マックスのプロフィールを確認するための令状の申請を拒否するかもしれない。当然、マックスはすでに写真を消去している。ラヴィは警察がマックスよりもわたしを信用するかもしれないと思っているようだが、おそらくそれはないだろう。サルに不利な鉄板の証拠があるというのに、写真のアングルや携帯電話の画面に映っている白い番号についてしゃべるティーンエイジの女の子に信を置くはずがない。言うまでもないがキルトン警察にはダニエル・ダ・シルヴァがいて、彼はこっちの話には耳を貸さないだろう。

話したのは事件についてだけではなかった。わたしがナオミを守りたがる理由をラヴィが理解するのにずいぶんと時間がかかった。ワード一家は家族、カーラとナオミはわたしにとっては姉妹も同然で、事件のなかでナオミがなんらかの役割を果たしてしまったとはいえ、カーラにはまったく罪はないのだと、わたしは説明した。すでに母親を亡くしているカーラに、姉まで失わせるようなまねをしたら、わたしはきっと生きてはいけないだろう。わたしはラヴィにきっぱりと言った。写真を持って警察へ行かなくても、調査が挫折することはない、サルの無実を証明するために、かならずしも彼にアリバイを持たせる必要はないと。そこでわれわれは取り決めをした。三週間を自分たちに与える。三週間以内に殺人者か、もしくは容疑者の有罪を揺るぎなくする証拠を見つけだす。期日までになにも発見できなかったら、ラヴィとわたしで警察へ写真を持っていき、彼らが真剣にとらえてくれるかどうか確認する。

取り決めは以上。三週間で殺人者を見つけるか、ナオミとカーラの生活がばらばらに吹き飛ぶのを余儀なくさせるか。これをラヴィに持ちかけたのはひどい仕打ちだっただろうか。すでに長い時間じっと耐えている彼に、さらに待ってほしいと頼むのは。わたしはワード家とシン家のあいだで引き裂かれ、なにが正しい道なのかと思い悩んでいる。すべてが曖昧模糊《あいまいもこ》としているなかで、正しい道などわかるはずもない。自分はいまでもかつてはそうだと思いこんでいたとおりの〝正しい女子生徒〟なのだろうか。わたしは道のなかばで自分自身を見失っている。だが、思い悩んでむだに消費する時間はない。容疑者のリストには五人の疑わしい人物が残っている。リストからナオミははずしてある。彼女への疑惑はきれいに払拭《ふっしょく》された。アンディ失踪時に〝行方不明〟になっていたことと、サルについての質問に答えたときにひどくおどおどしていたことについては。

すべての容疑者について、相関図を描いて要約してみる。

ハウィー・ボワーズ

彼を知らないと嘘をついた
まだ買っているのか？

- 販売するドラッグをアンディに供給
- 肉体関係にあった？
- ひとり暮らし＝あの晩のアリバイはなし
- 彼が住む界隈（ロマー・クロース）でアンディの車が乗り捨てられているのが発見され、トランクからはアンディの血痕が採取された
- アンディが使い捨て携帯とドラッグを隠していた正確な場所を知っていたが、いま現在、携帯とドラッグはなくなっている

ジェイソン・ベル

- 浮気をしていた。アンディはそれを知り、アンディが気づいていることを彼は知っていた
- 家族に対し精神的な虐待をしていた？
- 正式に警察から事情聴取を受けている
- アンディ失踪の晩、ディナーパーティーを中座していた
- ごく初期の記者会見で、アンディのことを話すときにすでに過去形を使っていた

マックス・ヘイスティングス

- アンディの秘密の年上男性の候補：アンディは彼とサルとの友情をぶち壊すことができる立場
- 〈アイヴィー・ハウス・ホテル〉で撮影されたアンディのヌード写真を持っている
- アンディからドラッグを買い、定期的にロヒプノールを購入
- カラミティ・パーティーで女子たちは飲み物にクスリを盛られていた
- 轢き逃げ事件の張本人

おそらくパーティーでクスリを盛った

アンディ・ベル

ダニエル・ダ・シルヴァ

兄と妹

- 秘密の年上男性の候補（〈アイヴィー・ハウス・ホテル〉）
- アンディが十五歳のときにダニエルと性的関係を持ったとアンディ本人が述べ、ナタリーが役を降りなければ未成年者に対するレイプとして通報すると脅した
- アンディに未成年者へのレイプを通報されれば、キャリアはぶち壊され、結婚生活が破綻する可能性があった
- （マックスによる？）飲み物へのドラッグ混入の通報を受けたにもかかわらず、それを放置
- 警官として捜索と称してアンディの家へ入り、彼が犯人であるとほのめかす証拠（使い捨て携帯電話）を持ち去ることができた

ナタリー・ダ・シルヴァ

- アンディによるいじめの標的。〈るつぼ〉の配役の件での脅迫、トップレス動画の投稿、たぶんそれ以上のいやがらせがあったと思われる
- 暴力的傾向があることが証明されている（大学在籍中、ルームメイトを殴り暴行罪で服役）
- アンディのロッカーに殺すと脅すメモを残す
- アリバイを主張しているが、十一時にベッドに入ったとしてもそのあとで抜けでた可能性あり

飲み物に薬物混入の件

わたしが受けとったメモとテキストメッセージに加え、殺人者へまっすぐにつながる新たな手がかりがある。その人物は轢き逃げ事件について知っていたという点。まずあきらかなのは、マックスが事件を知っているということ。事件を引き起こした張本人なのだから。友人たちとともに自分自身も脅迫されているふりをして、アンディ殺害の罪をサルに押しつけることもできたはず。

しかしナオミが指摘したように、マックスはつねに多くのパーティーへ出かけていた。そこで大酒を飲み、ドラッグをキメる。そういう状態になって轢き逃げ事件のことをうっかりしゃべってしまった可能性は充分にある。たとえばナタリー・ダ・シルヴァとかハウィー・ボワーズといった知り合いに。もしくはアンディ・ベルに。話を聞いた彼女がリストにあがっている誰かにしゃべったとも考えられる。マックスが事件後に故意に車を木に衝突させたとき、それを警察に通報した際に対応したのがダニエル・ダ・シルヴァで、彼が勘を働かせて真実を見抜いたとか？　それともリスト上の誰かが事件当夜に同じ道路を走っていて、一部始終を見ていたとか？　五人のうちの誰かが事故の件を嗅ぎつけ、自分を利するために脅しに使ったというのは、ありそうな話ではある。その側面から見ると、やはりマックスがもっとも有力な犯人候補となる。

マックスにはアンディが行方不明になった時間帯に確実と思えるアリバイがあるが、わたしは彼を信用していない。ナオミとミリーが眠ったあとにこっそり出かけられたはずだから。零時四十五分、つまりアンディが両親をパーティー会場で拾うはずだった時刻のまえに彼女をつかまえたと考えれば、マックス犯人説は充分に成り立つ。あるいは、ハウィーが直接手を下し、彼が従犯とか？　家から出なかったとマックスは言っていたが、わたしはその答えを信じていない。彼は警察に行けるものなら行ってみろという気持ちでいたんだと思う。わたしがナオミを警察に引き渡すわけがないとわかっていて、質問に正直に答えることはないと考えていたのかもしれない。いまわたしはジレンマに陥っている。マックスも同時に守らないかぎり、ナオミを守ることはできない。

新たな情報から得られるべつの手がかりとして、殺人者はどういう手を使ったのかわからないが、マックスとナオミとミリーとジェイクの（そしてわたしのも）電話番号を知っていたという点があげられる。しかしこの手がかりも犯人を絞りこむ決め手にはならない。マックスが全員の電話番号を知っていたのはあたりまえで、ハウィーもマックスをつうじて知っていたと考えられる。ナタリー・ダ・シルヴァも全員の電話番号は知っていただろう。ナオミとは仲がよかったのだから。ダニエルは妹をつうじて全員の番号を知り得たと考えられる。この点に関しては、ジェイソン・ベルが彼らの電話番号を知っていたとは思えない。しかし、もしジェイソンがアンディを殺して彼女の携帯電話を奪ったとしたら、なかに登録されている番号を知ることはできただろう。

ああ、もう。これではなにも絞りこむことはできず、ただ時間を浪費するだけだ。やるべきことは、すべての手がかりを精査し、ほつれて飛びだした糸を見つけること。それを引っぱれば、もつれてこんがらがったひと巻きの糸をあっという間にほどける糸を。あと、マーガレット・アトウッドの小論文を仕上げること!!!

29

玄関ドアの鍵をあけて押し開いた。バーニーが廊下を走ってきて、聞きなれた声がするほうへエスコートするようについてきた。

「ハロー、ピックル」リビングルームをのぞきこむと、ヴィクターが声をかけてきた。「われわれはきみよりちょっとだけ早く帰宅したところだ。わたしはママと自分のために夕食を用意しているところ。ジョシュアはサムの家で夕食をすませた。きみもカーラの家でごちそうになってきたかい?」

「うん、ごちそうになってきた」みんなで食べたけれど、誰もほとんどしゃべらなかった。今週に入ってからカーラは学校ではずっとおとなしい。それは理解できる。自分のプロジェクトがカーラの家庭生活の土台を揺るがし、彼女の人生そのものがこちらが真実を見つけられるかどうかにかかっているのだから。日曜日に、第一の容疑者と考えているマックスが帰ったあと、カーラとナオミは真犯人を見つけてくれと頼んできた。そのときはなにも語らずに、ナオミにマックスとは距離をおくようにと警告するだけにとどめた。彼女たちとアンディの秘密を共有する危険は冒せない。脅迫に屈して殺人者に協力することだって考えられるのだから。アンディの秘密という重荷はピッパ・フィッツ＝アモービみずからが負うべきものなのだ。

「夜間の保護者会はどうだった？」とピップ。

「そうね、楽しかったかな」とリアンは言い、ジョシュアの頭をぽんぽんと叩く。「科学と数学の成績があがったのよね、ジョシュ」

ジョシュアはコーヒーテーブルに広げたレゴブロックをいじりながらうなずいた。

「きみはクラスのお調子者だってスペラー先生は言っていたけどな」ヴィクターはまじめぶった顔をジョシュアのほうに向けた。

「どこでおちゃらけることを覚えたのかしらね」ピップは同じくまじめぶった顔を父親に向けた。

ヴィクターは膝を叩きながらヒューヒューとはやしたてた。「ずいぶんと小生意気なことを言うじゃないか、わが娘よ」

「パパにかまってる時間はないの。寝るまえに宿題をやっちゃわなきゃ」ピップは廊下に出て階段へ向かった。

「スウィーティー」とリアンがため息をつく。「勉強しすぎじゃないの」

「そんなことないからだいじょうぶ」階段から手を振る。

階段をあがりきり、ピップは自分の部屋の前で立ちどまった。ドアが少しだけあいていて、そのようすは今朝、学校へ行くまえに目にしたものとちがっていた。今朝はカウボーイハットをかぶったジョシュアがヴィクターのアフターシェーブローションのボトルを二本、かっさらってきて、それを左右の手に一本ずつ持ち、二階の廊下を気取って歩きながら中身を噴霧していた。「どけ、どけ、どけー。香水攻撃だ。この家はおれらふたりが住めるほど広くないんだよ、ピッポ」と言って。そのときピップはさっさと自分の部屋へ退散してドアを閉めたので、〈オンリーザブレイブ〉と〈プールオム〉がまざったような不快なにおいが部屋のなかからただよってくるはずはない。それともあれは昨日の朝の出来事だっただろうか。今週はよく眠れていないから、いつなにが起きたかが頭のなかでごちゃごちゃになっている。

「わたしの部屋に誰か入った?」と階下へ呼びかけてみる。

「いいえ、わたしたちもさっき帰ってきたところだから」と母が答える。

ピップはなかへ入り、ベッドの上にリュックサックを置いた。机に近づき、ちらっと見ただけでなにかがおかしいと気づいた。原因はノートパソコン。使ったあとはいつもかならず閉じているカバーが開いていて、画面の向きが右側にずれている。電源ボタンを押すと、パソコンはヒューッと音を立てて息を吹きかえした。ふと見ると、パソコンの横にきちんと重ねてあったはずのプリントアウトした用紙がばらばらになっている。いちばん上に置かれているのは、意図して選ばれたと思われる一枚。

例の写真。サルのアリバイを証明する一枚。それをそこに置いた記憶はない。

ノートパソコンが軽やかな音を奏で、デスクトップ画面を表示した。画面自体は最後に閉じたときのままだった。直近の作業記録を保存したｗｏｒｄファイルがタスクバーのクローム（グーグル社のｗｅｂブラウザ）のアイコンの横に表示されている。ピップは作業記録をクリックした。相関図の次のページが開かれる。

そこで息を呑んだ。

最後に書いた文字の下に何者かがタイプしていた。〝これをやめろ、ピッパ〟

何度も何度も。何百回も。A４の四ページぶんがまるまるこの言葉でうめつくされていた。

心臓が羽をはばたかせる無数のカブトムシに変わり、肌の下でさかんに飛びまわっている。

ピップは手を引っこめてキーボードを見つめた。殺人者がここに、わたしの部屋にいた。わたしのものにさわった。わたしの作業記録を見た。わたしのノートパソコンのキーを叩いた。

わたしの家のなかで。

ピップは机からさっと離れ、階下へ行った。

「えっと、ママ」声にまじる恐怖を押し隠してふつうにしゃべろうとする。「今日この家に誰か来た？」

「さあ、どうかしら。わたしは一日じゅう仕事で、それが終わってからはまっすぐにジョシュの保護者会へ行ったから。どうして？」

「ううん、なんでもない」そこでとっさに言い訳を考えた。「頼んだ本が来たかなあと思って。あのね……それともうひとつ。今日、学校でみんなが話してたんだよね。二軒の家が空き巣の被害に遭ったらしい。なかに入りこむのに犯人はスペアキーを使ったんだって。だから犯人がつかまるまでは、うちのスペアキー、外に置いとかないほうがいいんじゃないかな」

「えー、それほんと？」リアンはピップを見た。「そうね、置いとかないほうがいいわね」

「取ってくる」ピップは滑らないように注意しながら玄関へ急いだ。ドアをあけると、十月の夜の冷たい風がほてった頬に刺さった。かがみこんで玄関前のドアマットの角を持ちあげる。鍵が廊下の明かりを受けてきらりと光った。そのとなりには、マットの下の土のなかに鍵が埋まっていたあとがくっきりと残っている。手をのばして鍵をつかむと冷たい金属の感触が指に広がった。

ピップは上掛けの下にもぐりこんで震えた。目を閉じ、耳を澄ます。家のなかでなにかがこすれる音がする。何者かが侵入しようとしているのだろうか。それともヤナギの枝が両親のベッドルームの窓をこする音だろうか。

玄関のあたりから大きな物音が聞こえた。ピップは跳ね起きた。となりの家の車のドアが閉まった音か、それとも何者かが侵入しようとしているのか。

もうこれで十六回目になるが、ピップはベッドから起きだして窓辺へ行った。カーテンを少しだけあけて外をのぞく。暗い。淡い月の光を受けて私道にとまっている車はかろうじて見てとれるが、ほかはすべて夜の闇に覆われている。誰かが闇のなかにいて、こっちを見ているのだろうか。目を凝らして、なにかが動き、闇のなかから人間があらわれるのを待つ。

ピップはカーテンをきっちりと引き、ベッドへ戻った。上掛けはまるで役に立たず、しっかりかけていても身体の熱は奪われていった。ふたたび上掛けの下で震えながら、携帯電話の時計を見る。午前三時をまわっていた。

風がうなって窓を叩くと心臓が喉もとまでせりあがり、ピップは上掛けをはいでふたたびベッドから出た。今回はつま先歩きで廊下を進み、ジョシュアの部屋のドアをあけた。弟はぐっすり眠っているようで、室内を群青色に染めて星をまたたかせている常夜灯に照らされた寝顔は安らかだった。

ピップはジョシュアに近づいていった。それから足もとのほうからベッドにもぐりこんで、弟の眠りを妨げないように注意しながらまくらの端っこまで這っていった。弟は目を覚ましはしなかったが、ピップが上掛けを引き寄せると小さくうーんとうなった。ベッドのなかはとても温かかった。ここにいて見守っていればジョシュは安全だ。

弟の寝息に耳を傾け、彼の体温で温まりながら、ピップは静かに横になっていた。見あげた天井のあちこちへ視線をさまよわせ、星のまたたくやわらかな青い明かりに心を奪われた。

30

「あれからナオミはちょっとしたことにもびくついてるんだよね……」並んで廊下をロッカーへ向かいながらカーラが言った。カーラとのあいだにはなにかぎこちないものが残っていて、端のほうから溶けはじめているものの容易には消えてくれない。しかしふたりはそんな気まずさは存在しないみたいにふるまっていた。

ピップはなんと答えていいかわからなかった。

「まあ、いつもびくついてはいたけれど、このところそれが激しくなったって感じ」カーラが話しつづける。「昨日なんか、ちがう部屋にいたパパに呼ばれて驚いて跳びあがって、携帯電話をキッチンの床に放りだしちゃったの。携帯は完全に壊れて、今朝、修理に出さなくちゃならなかった」

「そうなんだ」ピップはロッカーをあけてなかに教科書を入れた。「それじゃあ、ナオミには当分のあいだ使える携帯がいるよね。ママが携帯を変えたばっかりで、古いやつがまだうちにあるけど」

「ううん、だいじょうぶ。何年かまえに使ってた古いのを見つけたから。いまナオミが使っているSIMカードはその携帯にあわなかったけど、通話時間がまだ残ってる古い使い捨てのSIMをふたりで探しだしたんだ。修理が終わるまではそれでいいみたい」

「ナオミ、だいじょうぶ？」

「わかんない。これまで長いあいだ、だいじょうぶじゃなかったんだと思う。ママが死んでからずっと。わたし、いつも思ってたんだ、ナオミがもがき苦しんでる原因がほかにもあるんじゃないかって」

ピップはロッカーを閉めてカーラのあとにつづいた。メイクしても隠しきれない目の下のクマや、血管が四方八方に走っている充血した目には気づかれないようにと願うばかり。もはや睡眠をとっている場合ではない。すでにケンブリッジの入学事務局には小論文を送ってあり、英文学共通入学テスト《ELAT》向けの勉強もはじめた。しかしナオミの件を警察には通報せずに自力で犯人を見つけだすために残された時間はどんどん減っている。そのうえ眠ると夢のなかにぼんやりとした暗い人影があらわれ、こちらを見つめてくる。

「きっとだいじょうぶになるよ、ほんと」ピップは言った。

　廊下での別れぎわにカーラが手をぎゅっと握ってきた。

　英語のクラスの教室へ向かう途中、靴が廊下にこすれる音がするくらい急ブレーキをかけてピップは立ちどまった。誰かがこっちへ向かって廊下をゆっくりと歩いてくる。短く刈りこんだホワイトブロンドの髪に、目尻にウィングアイラインを入れた人物が。

「ナタリー?」ピップは小さく手を振りながら言った。

　ナタリー・ダ・シルヴァはさらに歩調をゆるめ、ピップの目の前で足をとめた。にこりともせず、もちろん手を振りもしない。こっちをちゃんと見もしない。

「学校でなにをしてるんですか」とピップは言い、スニーカーをはいた足もとに目をやった。ソックスに覆われた足首がふくらんでいるのは電子機器のアンクレットをつけているからだろうか。

「わたしの人生のあれこれがとつぜんあなたの関心事になったことを忘れてたわ、ペニー」

「ピッパです」

「なんでもかまわない」ナタリーは吐き捨てるように言い、唇をゆがめて冷笑を浮かべた。

「あなたのとんでもない自由研究のためにも知っといたほうがいいかな。わたしはね、誰が見てもどん底に陥ってるの。両親からは見捨てられたし、どこからも雇ってもらえない。昔、兄がやってた用務員の仕事をもらうためにデブの校長に慈悲を乞うてきたところよ。でもどうやら、暴行罪で服役した人間は雇ってもらえないみたいだわね。あなたの研究の参考となる、アンディの毒牙にかかったなれの果てがここにいる。あの女は死んでもなおわたしを弄《もてあそ》んでるのよ」

「仕事の件、残念ですね」とピップ。

「べつに」ナタリーはふいに歩きだし、彼女が起こした風でピップの髪が乱れた。「べつに残念でもなんでもない」

ランチのあとピップはロッカーへ戻り、二時限連続の歴史のクラス用にロシア史の教科書を出そうとした。ロッカーの扉をあけると、積み重なった教科書のいちばん上に紙がのっていた。印刷用紙を折ったもので、どうやら扉の上の隙間から押しこまれたようだった。

冷たい恐怖で背中がぞくりとする。左右を見て、誰にも見られていないことをたしかめてからメモに手をのばす。

〝これが最後の警告だ、ピッパ。調査をやめろ〟

ピップは黒のインクででかでかと書かれたメモをもう一度だけ読み、折りたたんでから歴史の教科書の表紙の内側に滑りこませた。それから両手でしっかりと教科書を取りだして、その場を離れた。

これではっきりした。何者かが、家でも学校でもおまえをつかまえられるんだぞ、と知らせたがっている。怖がらせたがっている。自分はまんまと策にはまっている。恐ろしさのあまり夜も眠れず、このふた晩は暗い窓の外を眺めずにはいられなかった。でも日中は夜よりももっと理性的に考えられる。その人物が本気で自分や家族を傷つけようとしているなら、いまごろはすでにやっているのでは？　このまま背を向けて立ち去るわけにはいかない。サルとラヴィからも、カーラとナオミからも。もう引きかえせないほど深みにはまっているし、解決につながるたったひとつの道に踏みだしているのだから。

リトル・キルトンに殺人者が隠れている。犯人は最新の作業記録を見て反応している。つまり、自分は正しい道の途上にいる。だからこそ警告文が送りつけられてくるのだ。夜、眠れずにいるとき、そう信じて自分に言い聞かせよう。未詳の人物がこちらへ近づきつつあるのなら、こちらだってそいつに近づきつつあるのだ。

教科書の背で教室のドアを押したところ、思いのほか強く押してしまったらしく、ドアが勢いよくあいた。

「痛っ」とエリオットが言った。ドアが彼の肘にあたってしまったらしい。

そのはずみで閉まりかけたドアがぶつかってきて、ピップはよろけて持っていた教科書を落とした。本がどさっと音を立てて床に落ちる。

「ごめんなさい、エリ――ワード先生。そこにいらっしゃったことに気づかなくて」

「いいよ、だいじょうぶ」エリオットは笑みを見せた。「今回の衝突事件を暗殺未遂ではなく、きみの学びたいという意欲と受けとろう」

「そうでした、いま一九三〇年代のロシアについて学んでいるところでしたね」

「そのとおり」エリオットはかがみこんで教科書を拾った。「つまり、いまのは当時の事件を実際にやってみせたってことかい?」

メモが表紙の内側から滑りでて、床へと舞う。ちょうど折れ目から床に落ちたためにぱくりと口をあけた形になった。ピップはメモに向かって突進し、両手でつかんでくしゃくしゃにした。

「ピップ?」

エリオットが自分のほうへ顔を向かせようとしているのがわかった。けれどもピップはまっすぐ前を見つめた。

「ピップ、だいじょうぶかい」

「はい」ピップはうなずき、口を閉じたまま微笑んで、だいじょうぶどころではないと答えたい気持ちをぐっとこらえた。「もちろん、だいじょうぶです」

「ちょっといいかな」とエリオットがやさしく言う。「もし誰かにいじめられているとしたら、いちばんしちゃいけないのは自分自身でかかえこむことだよ」

「そんなんじゃありません」エリオットのほうを向いて言う。「だいじょうぶです、ほんとに」

「ピップ?」

「すべて順調です、ワード先生」ちょうどそのとき、最初の生徒たちのグループがおしゃべりしながら教室に入ってきた。

ピップは教科書をエリオットの手から取り、彼の視線が追ってくるのを感じつつ自分の席へ向かった。

「ピップス」コナーがかばんをピップのとなりの席へ置く。「ランチのあときみを見失った」それから声を落としてつづける。「どうしてカーラに冷たくしてんの？　喧嘩かなんかしたのか？」

「してないよ。いつもどおりだよ。なにもかもいつもどおり」

ピッパ・フィッツ＝アモービ
EPQ　二〇一七年十月二十一日

作業記録――エントリー33

ロッカーでメモを発見するほんの数時間前に校内でナタリー・ダ・シルヴァに会ったという事実は無視できない。ロッカーに脅迫状を入れた彼女の過去を考えるとなおさらに。いまや彼女の名前は容疑者リストのトップへ駆けのぼったけれど、いまひとつ決定打に欠けるのは否めない。キルトンのような小さな町では、関連があると思われることがじつはまったくの偶然だったということがときたま起きる。逆もまたしかり。町にある唯一の学校で誰かと偶然にばったり会ったからといって、その人物が殺人者であるということにはならない。

容疑者リストに載っている人物のほとんどは、うちの学校と関係がある。マックス・ヘイスティングスとナタリー・ダ・シルヴァは両者とも卒業生だし、ダニエル・ダ・シルヴァは用務員として働いていたことがある。ジェイソン・ベルの娘は姉妹ともにうちの学校に通っていた。ハウィー・ボワーズがキルトン・グラマーに通っていたかどうかはわからない。彼についての情報はオンラインでは見つかりそうにない。しかし容疑者たちは全員、わたしがキルトン・グラマーに通っていることを知っているはずだ。ということは、全員がわたしのあとを尾けることができ、わたしが金曜日にカーラといっしょに自分のロッカーにいたところを目撃できたわけだ。学校のくせにセキュリティがまったくなってない。部外者が問いただされもせずに校内を歩きまわれるのだから。

メモを入れたのはナタリーかもしれないし、ほかの誰かかもしれない。そしていま、一周まわって出発点に戻り、自分自身に問いかけている。殺人者は誰か。時間は刻々と過ぎていくのに、指をさすべき人物にちっとも近づいていない。

ラヴィとともに発見したあらゆることを思いかえしてみると、もっとも重要な手がかりはやはりアンディの使い捨て携帯だろう。所在はわからないが、携帯自体か、所持している人物を見つけられれば、その時点でわれわれの仕事は完了する。アンディの秘密の携帯電話はまぎれもない物的証拠だ。警察に再捜査に向かわせる道筋をつけたいなら、決定的な証拠が必要となる。細かい箇所がぼやけている印刷された写真を見せても警察は一笑に付すだけかもしれないが、被害者の秘密の第二の携帯電話となると、誰も無視できないだろう。

わたしは以前、こう考えていた。使い捨て携帯はアンディが死んだときに本人が持っていて、遺体とともに永遠に失われたと。しかし、本人が持っていなかったと仮定してみよう。まず、アンディは家を出て車でどこかへ向かっている途中にとめられたと仮定する。次に殺されて遺棄されたと仮定する。そのとき殺人者は考える。ああ、これはまずい。携帯電話の中身をたどると自分に行き着いてしまう。警察が捜査中にあれを見つけたらどうする？

そうなると殺人者は出かけていって使い捨て携帯を手に入れなければならなくなる。容疑者リストのなかには、使い捨て携帯のことを確実に知っている人物がふたりいる。マックスとハウィーだ。仮にダニエル・ダ・シルヴァが秘密の年上男性だとすると、彼もおそらく知っていただろう。そのなかでもハウィーは隠し場所まで知っていた。

このなかのひとりが、アンディを殺したあとにベル宅へ行き、発見されるまえに使い捨て携帯を持ち去ったとしたら？　ベッカ・ベルにいくつか質問したらなにかがわかるかもしれない。答えてくれるかどうかは定かではないが、トライしなければ。

31

建物に向かって歩きながら、ピップは胃が棘《とげ》にチクチク刺されるような不安を感じていた。建物は正面がガラス張りの小さなオフィスビルで、入口のドア脇《わき》に〈キルトン・メール〉と書かれた金属製の看板が掛かっている。月曜日の午前中だというのに、活気がないばかりか、打ち捨てられた感じさえする。窓からのぞいても人の姿も動きも見えない。

ピップはドアの横の壁にあるボタンを押した。小さいのに耳ざわりな音が鳴る。鳴らしっぱなしにして数秒後に、くぐもったロボットじみた声がスピーカーをとおして聞こえてきた。

「ハロー?」

「えーっと、こんにちは。ベッカ・ベルさんはいらっしゃいますか」

「いるわよ。ブザーが鳴ったら入ってきて。うんと押してね。ドア、なかなか開かないから」

ブザーが聞こえてきた。ピップはドアを押した。なかなかあかない。腰のあたりを押しつけて押すと、ミシミシ音を立てながら少しずつ開き、だいぶあいたと思った瞬間にいきなり内側に大きく開いた。ピップはドアを閉めた。入ったところは狭くて寒かった。ソファが三台とコーヒーテーブルが二台あるだけで、人の姿はない。

「こんにちは」とピップは声をかけた。

ドアが開き、男性が出てきた。ベージュのロングコートの襟《えり》もとを軽く叩いている。まっすぐな濃い色の髪を横分けにしていて、顔色はあまりよくない。スタンリー・フォーブスだ。

「えっと」スタンリーは立ちどまってピップを見た。「これから出かけるところなんだが……きみは誰？」

フォーブスはあごを突きだし、目を細めて見つめてくる。ピップは首から下へじわじわと鳥肌が立つのを感じた。ここは寒すぎる。

「ベッカに会いにきました」

「ああ、そうか」スタンリーは歯を見せずに笑った。「今日はみんな奥の部屋で働いている。ここのヒーターは壊れてるんでね。あっちだ」いま自分が出てきたドアを指さす。

「ありがとうございまーす」ピップは言ったが、スタンリーは聞いていないようだった。すでにドアから外に出ようとしている。〝まーす〟のところでドアが閉まる。

ピップは向かい側のドアへと歩を進めて押しあけた。短い廊下の先にさっきよりは大きめの部屋があり、四方の壁ぎわに書類であふれているデスクが一台ずつ置かれている。なかには三人の女性がいて、それぞれデスク上のパソコンになにやら打ちこんでいて、部屋じゅうに三人が奏でるカチカチ音が流れている。三人ともカチカチに夢中なのか、こっちにはまったく気づいていない。

ピップは咳払いをしているベッカ・ベルに近づいていった。短いブロンドの髪をひっつめて丸っこいポニーテールにまとめている。

「こんにちは、ベッカ」

ベッカが椅子ごとくるりと身体をまわし、ほかのふたりは顔をあげた。「あら。わたしに会いにきた人ってあなただったんだ。学校はいいの？」

「はい、学期の中間の休みなんで」ピップはベッカに見つめられて落ち着かない気分になり、身体をもじもじさせた。ベル宅で自分とラヴィがもう少しで見つかりそうになったことをどうしても思いだしてしまう。そこでベッカの肩の向こうを見やり、打ちこまれた文字でうまったパソコンの画面に視線を向けた。

ベッカは視線に気づき、パソコンに向きなおって文書を最小化した。

「ごめんね」とベッカ。「これ、タウン紙用に書いてるはじめての記事で、もともとの原稿がひどい出来なの。自分の視点ばっかで」そこで笑顔を見せる。

「どんな記事なんですか？」

「えっと、古い農場についての記事。シカモア・ロードのはずれのキルトンをちょっと出たところにあって、もう十一年も人が住んでいないの。売り払うのも難しいらしくて」ベッカはピップを見あげた。「近隣の数名の住人がお金を出しあって用途の変更を申請し、パブとして使うことを考えてる。とんでもない計画だし、そう思う根拠を書いている最中」

同僚のうちのひとりが割って入った。「わたしの兄がその近くに住んでいるんだけれど、兄はとんでもないとは思っていないわよ。道のちょっと先で生ビールを飲めるんだもの。めちゃくちゃよろこんでる」彼女は声を立てて笑い、賛同を得ようというのか、もうひとりの女性のほうを見た。

ベッカは肩をすくめ、セーターの袖口をいじる自分の手を見つめた。「わたしは農場がいつかまた家族のための家になってほしいと思ってる。うちの父が数年まえにそこを買って建てなおそうとしたの。事件が起きて結局はやめてしまったけれど、事件がなかったらどうなってたかなって、よく考える」

同僚ふたりはキーボードを叩く手をとめた。

「そうだったのね、ベッカ」と女性が言う。「そういう理由があったなんて知らなかった。ほんと、わたしっていやなやつね」彼女は額《ひたい》をぴしゃりと叩いた。「今日のお茶淹れはわたしがやるから」

「いいの、気にしないで」ベッカはさびしそうに笑った。

ふたりの女性はパソコンに向きなおった。

「ピッパ、だっけ?」小さな声で言う。「それで、どういうご用件? まえに話したことについてなら、申しわけないけれど、わたしはかかわりたくない」

「お願いです、ベッカ」ピップはささやき声で言った。「とても重要なことなんです。ほんとうに。お願いします」

ベッカの大きくて青い目がしばしこちらの目をのぞきこんでいた。

「わかった」ベッカが立ちあがった。「正面の部屋へ行きましょう」

正面の部屋はさっきよりもさらに寒くなったように感じられた。ベッカはいちばん手前のソファに腰をおろし、脚を組んだ。ピップはソファの反対側の端っこにすわり、ベッカに顔を向けた。

「えっと……その……」どう切りだすか、どこまで話すべきかわからず、すぐには言葉が出てこない。口を開けぬまま、ピップはベッカのアンディそっくりの顔を見つめた。

「どうしたの?」

ピップは意を決して口を開いた。「調査のなかで、アンディがドラッグのビジネスをやっていて、カラミティ・パーティーで売っていたことがわかったんです」

ベッカは整った眉をしかめ、信じられないといった顔を向けてきた。「嘘よ。そんなわけない」

「残念ですが、複数の情報からそれは事実だと判明しています」

「姉がそんなことをするわけないじゃない」

ピップはベッカの言葉を無視してつづけた。「供給元だった男性はビジネス用にとアンディに秘密の携帯電話を渡しました、使い捨ての携帯です。その男性の話では、アンディはワードローブにドラッグといっしょに秘密の携帯を隠していたそうです」

「悪いけど、あなたは誰かにからかわれているんだと思う」ベッカはそう言って首を振った。「うちの姉がドラッグを売っていたなんてありえないから」

「こんな話を受け入れられない気持ちはわかります。でもアンディには多くの秘密があったことがわかっています。ドラッグの件はそのうちのひとつです。警察の捜査ではアンディの部屋から使い捨ての携帯電話は発見されませんでした。わたしはアンディが行方不明になった直後に、彼女の部屋に出入りしたかもしれない人物を探しているんです」

「まさか……でも……」ベッカはつぶやくように言い、また首を振った。「いいえ、誰も出入りしてない。うちの外には規制線が張られていたから」

「警察が到着するまえってことです。アンディが家を出てから彼女が消息を絶ったことにご両親が気づくまでのあいだ。何者かが誰にも気づかれずにあなたの家に侵入した可能性はありませんか？　あなたはもう眠っていたんでしょうか」

「わたしは……わたし――」声がかすれる――「いいえ、わからない。わたしは眠ってはいなかったはず。下でテレビを観ていた。でも――」

「マックス・ヘイスティングスをご存じですか？」ベッカが異議を唱えるまえにピップはすばやく訊いた。

目に困惑の色を浮かべてベッカが見つめてくる。「えーと、サルの友だちだった人でしょ？　ブロンドの」

「アンディが行方不明になったあと、彼がお宅の周辺をうろついているのを見たことはありませんか」

「いいえ」ベッカが即答する。「いいえ、でもなぜ――」

「ダニエル・ダ・シルヴァはどうですか？　彼をご存じですか？」矢継ぎ早に質問されて、ベッカが返答を拒否するまえに勢いで口を開いてくれるのを期待しながら、ピップは訊いた。

「ダニエル、ええ、知ってるわよ。彼はうちの父と親しかったから」

ピップは目を細めた。「ダニエル・ダ・シルヴァがお父さまと親しかった？」

「そう」ベッカは洟をすすった。「彼は父のもとで少しのあいだ働いていた。学校での用務員の仕事をやめたあとにね。父は清掃会社を経営しているの。ダニエルを気に入って、現場の仕事からオフィスでの仕事へ配置換えをした。警察官の募集に応募してはどうかと説得したのも父で、研修のあいだはずっとダニエルの面倒をみていた。ふたりがまだ親しいかどうかは知らないけど。父とは話はしないから」

「じゃあ、何度もダニエルに会ったことがあるんですか？」

「しょっちゅう会ってた。よくうちにも来ていたし、夕食をともにしたこともあった。それがうちの姉とどう関係するわけ？」

「ダニエルはアンディが行方不明になったとき、すでに警察官になっていました。彼はアンディの捜索にも参加していましたか？」

「ええ、もちろん。父が届出をした際に、まっさきに反応してくれた警官のひとりだった」

ピップは知らず知らずのうちに身を乗りだしてソファのクッションに両手をつき、ベッカの言葉に聞き入っていた。「ダニエルは家のなかの捜索もしたんですか」

「したわよ。彼と女性警官がわたしたちの供述をとって、そのあとで捜索をはじめた」

「ダニエルはアンディの部屋の捜索もしましたか？」

「ええ、たぶん」ベッカは肩をすくめた。「あなたの質問がどこへ向かっているのか、よくわからないな。あなた、誰かにおかしな入れ知恵をされたみたいね。アンディはドラッグなんかにかかわっていなかった」

「ダニエル・ダ・シルヴァは最初にアンディの部屋に入ることができた人物」ピップはベッカにというより、自分に向かって言った。

「どうしてそれがそんなに重要なの?」いらだちが声にまじりはじめている。「あの夜になにが起きたかは、もうみんな知ってる。アンディやほかの誰かがなにをしていたとしても、サルがアンディを殺したの」

「サルが殺したとは思っていません」ここが重要な点だと言わんばかりに目を見開いてピップは言った。「わたしはサルが犯人だとはまったく考えていません。もう少しでそれを証明できると思います」

ピッパ・フィッツ=アモービ
EPQ 二〇一七年十月二十三日

作業記録――エントリー34

サルは無実だというこちらの言い分に対し、ベッカ・ベルは色よい反応を示さなかった。もう帰ってくれと言ってきたのがそのよい証拠だと思う。それは驚くにあたらない。ベッカは五年半ものあいだサルがアンディを殺したと信じて疑わなかったのだし、五年半をかけて姉を失った悲しみを忘れようとしてきたのだから。そこへわたしがあらわれて、あれやこれやと言いたて、真実はそうじゃないと告げたのだから。

しかしベッカは近いうちにサルの無実を信じざるをえなくなるだろう。キルトンのほかの住民も。ラヴィとわたしがアンディとサルを殺した真犯人を見つけたときに。

ベッカと話したあと、またしても容疑者リストの筆頭が変わった。リスト上のふたりの人物のあいだに密接な関係があったことを発見しただけではなく（またべつの共犯：ダニエル・ダ・シルヴァとジェイソン・ベル？）、ダニエルに対する疑念が決定的なものになった。ダニエルはアンディ失踪直後に彼女の部屋へ入れたというだけではなく、実際に部屋を捜索した最初の人物だったかもしれないのだ！　つまり、例の使い捨て携帯を見つけて隠し、アンディの人生から自分自身の痕跡を消し去るための完璧な機会を持っていたことになる。

ネットを検索してもダニエルに関する有益な情報はなにも見つからない。しかしテムズバレー警察のキルトン地区のページでこんなものを見つけた。

意見交換会

あなたの地域を担当する警官と直接会い、地域の治安維持に関するあなたのご意見をお聞かせください。

会の詳細

種別：意見交換会
日にち：二〇一七年十月二十四日火曜日
時間：十二時〜一時
場所：リトル・キルトンの図書館

キルトンには正式な警察官が五人と、警察補助員がふたりしかいない。ダニエルがこの会に出席する可能性は高い。彼がわたしになにかを話してくれる可能性は、残念ながらあまりないけれど。

32

「いまだに大勢の若者が夜間に広場や公園をうろついています」年配の女性が腕を振りあげながら、しわがれた声で言った。

「その件に関しては、以前の交換会でお話ししましたよ、ミセス・フェイヴァーシャム」巻き毛があちこちではねている女性警官が言った。「彼らは反社会的な行為にかかわっているわけではありません。放課後にサッカーをしているだけです」

ピップは明るい黄色のプラスチックの椅子にすわっている。聴衆はたったの十二人。図書館はうす暗くて換気が悪く、すべてを超越した古い本の妙《たえ》なる香りと、年寄りのむっとするにおいが同時に鼻に押し寄せてくる。

会自体は退屈で進行のスピードはのろいけれど、ピップは油断なく目を光らせていた。会を取り仕切っている三人の警察官のひとりがダニエル・ダ・シルヴァ。思ったよりも背が高く、黒い制服を着て立っている。うねり気味の明るい茶色の髪をオールバックに整えている。ひげはしっかり剃《そ》ってあり、鼻は細くてやや上向き、唇は横に広がっている。気づかれるといけないので、ピップはあまり長く彼を見ないようにしていた。

ほかにもひとり、見覚えのある人物が三つ離れた椅子にすわっている。その人物がふいに立ちあがり、警察官に開いたてのひらを向けた。「〈キルトン・メール〉のスタンリー・フォーブスです。読者の何名かが、ハイ・ストリートを猛スピードで走るドライバーがいまだにいると苦情を寄せてきています。この件に対し、どう取り組むつもりですか」

ダニエルは一歩前に出て、スタンリーに会釈してすわるよううながした。「ご意見ありがとう、スタン」とダニエル。「すでに道路に凹凸《おうとつ》をつけるなどの速度を制限する対策はとられています。スピード違反の取り締まりの強化については話し合いがなされておりますが、ご心配であるなら、上の者ともう一度話しあうのはやぶさかではありません」

ミセス・フェイヴァーシャムがもう二件、苦情を申し立てて規定時間が過ぎ、ようやく会はお開きになった。

「ほかにも治安維持に関するご意見がありましたら」と三人目の警察官がミセス・フェイヴァーシャムからの目配せをあからさまに避けながら言う。「後ろに用意した質問表にご記入ください」と後方を指し示す。「個人的にわれわれとお話をしたい方がいらっしゃる場合にそなえて、われわれはもう十分ほどこの場におります」

ピップは逸《はや》る気持ちが表に出ないよう、しばらくじっとすわっていた。ダニエルが図書館のボランティアと話しおえるのを待ち、そのあと椅子から立ちあがって彼のもとへ行った。

「こんにちは」とピップ。

「こんにちは」ダニエルが笑顔で応える。「こういった会に出席するにしては二、三十歳は若そうだね」

　ピップは肩をすくめた。「わたし、法と犯罪に興味があるんです」

「それなら、キルトンにはあまり興味を惹くものはなさそうだね。そのへんをうろつく子どもや速度が速めの自動車くらいで」

　まあ、それだけならいいんだけど。

「ということは、あなたはサーモンを手荒に扱っている人を逮捕したことがないんですね」ピップは顔をひきつらせて笑った。

　ダニエルが無表情で見つめてくる。

「えっと、それって……イギリスでは法律違反ですから」頬が熱くなる。緊張したときに自分はどうしてふつうの人みたいに髪をいじったり身体をもじもじさせたりせず、むだな豆知識を披露してしまうんだろう。「一九八六年のサーモン法で違法とされています……ああ、その、気にしないでください」そこで首を振る。「うかがいたいことがあって」

「そう。サーモンに関することじゃなければいいんだが」

「ちがいます」丸めた手に向けて軽く咳をしてから顔をあげる。「五、六年前にキルトン・グラマーの生徒から、個人宅のパーティーでドラッグが使用され、それを飲み物に混入されたという通報を受けたのを覚えていますか？」

　ダニエルはあごをこわばらせ、なにかを考えているのか、口をへの字に曲げた。

「いや、覚えていない。きみは被害届けを出したいのかい」

ピップは首を振った。「いいえ。マックス・ヘイスティングスをご存じですか？」

ダニエルは肩をすくめた。「ヘイスティングスさんのご一家のことなら少しは知っているよ。研修が終わってから、はじめてひとりで通報に応じた家だから」

「どういった通報？」

「たいした件じゃなかった。息子さんが家の前の木に車をぶつけたんだ。それで保険のために交通事故証明書の取得が必要となった。それがどうかした？」

「いえ、べつに」ピップはなんでもないふりをして言った。ダニエルが立ち去る気配を見せたところで言葉を継ぐ。「もうひとつ、知りたいことがあるんですが」

「なに？」

「アンディ・ベルの捜索願が出されたとき、最初に応対した警察官はあなただった。そして、ベル宅の内部を最初に捜索したのもあなた」

ダニエルは眉間《みけん》に皺《しわ》を寄せながらうなずいた。

「それって利益相反ではなかったですか？　あなたはアンディの父親ととても仲がよかったそうだから」

「いや、そんなことはなかった。制服を身に着けているとき、わたしは警察官としての職務に徹している。申しわけないが、話がどこへ向かっているのか知りたくもない。失礼する」ダニエルは立ち去ろうとした。

ちょうどそのとき、ダニエルの背後から女性があらわれ、彼のとなりに並んだ。長い金髪に、そばかすの散った鼻、服の前面を押しだす大きなお腹。少なくとも妊娠七カ月。

「こんにちは」無理やり出したみたいな明るい声で言う。「ダニエルの妻です。この人が若いお嬢さんと話をしているところを目撃するなんて、ほんとめずらしい。あなたは彼がいつも応対しているタイプの人じゃないわね」

「キム」妻の背中に手をあててダニエルが言う。「さあ、行こうか」

「こちらのお嬢さんはどなた？」

「会に参加していた人だよ。たぶん高校生じゃないかな」そう言って、ダニエルは妻を部屋の反対側へ連れていった。

図書館の出口でピップは肩ごしに振りかえった。ダニエルは妻といっしょにいて、ミセス・フェイヴァーシャムと話している。絶対にこちらを見ないようにしながら。ドアを押して外へ出る。とたんに冷たい風にさらされて、ピップはカーキ色のコートの襟をかきあわせた。ラヴィが道路の先のカフェの前で待っていた。

「ラヴィは来なくて正解だった」ピップは彼のとなりに並んだ。「ダニエルはわたしに対してだけ、ちょっと冷淡だった。あと、スタンリー・フォーブスも来てた」

「お忙しい御仁だね」ラヴィは皮肉っぽく言って、冷たい風から守るように手をポケットに突っこんだ。「なんにも収穫はないってことかな？」

「ううん、そうでもない」ラヴィの近くに寄って風から身を守る。「ひとつだけ、うっかり口を滑らせてた。本人が気づいたかどうかはわからないけど」

「もったいぶらずに教えてくれよ」

「ごめん。ダニエルはヘイスティングス一家を知ってるって言ってた。マックスが家の近くの木に車をぶつけたときに、交通事故証明書を出したのがダニエルだったんだって」

「なんと」ラヴィがつぶやくように言う。「つまり彼は……もしかしたら轢《ひ》き逃げ事件について知っている可能性があると？」

「うん、おそらく」

両手が寒さのあまりこわばりはじめていた。車へ戻ろうと言おうとしたところで、ラヴィが身をかたくした。視線はピップの後方に据えられている。

ピップは振り向いた。

ダニエル・ダ・シルヴァとスタンリー・フォーブスがちょうど図書館から出てきたところで、ふたりの背後でドアが閉じた。なにやら秘密めいた話をしているようすで、ダニエルが両手を使ってさかんに説明していた。スタンリーはフクロウみたいに頭をぐるりとまわしてあたりを警戒し、途中でピップとラヴィに気づいたようだった。

スタンリーの目つきは冷たく、風が吹きつけてくるなかで彼の視線がピップとラヴィへ交互に向けられた。ダニエルも目を向けてきたが、彼の鋭く刺すような視線はピップにとどまっていた。

ラヴィがピップの手を取った。「さあ、行こう」

33

「オーケー、プップチーノ」ピップはバーニーに言い、ひざまずいてタータンチェックの首輪からリードをはずした。「行っといで」

バーニーは首をかしげ、笑っている目でピップを見あげた。ピップが立ちあがると、さっそく泥だらけの道を駆けていき、子犬のころと変わらずに木々のあいだをくねっていった。

母は正しかった。散歩に出るには少し遅かった。森はすでに暗くなりはじめ、赤や黄に染まった木々のあいだの隙間から灰色がかった空がのぞいている。時刻は五時四十五分で、天気予報のアプリによると日没まであと二分。すぐに引きあげたほうがいい。仕事場《ワークステーション》から離れてちょっと息抜きをしにきただけだから。広い場所で空気を吸いたかっただけだから。

一日じゅう、来週の試験の勉強と容疑者リストに載った名前を睨《にら》みつけるのとを交互にやっていた。長いことずっと見つめていたせいで目がぼやけてきて、ひとつの名前の文字がほかの名前の文字と重なって、複雑でありえない名前となり、しまいにリスト全体がこんがらがった名前が並ぶ解読不能なものになった。

もうどうすればいいかわからない。ダニエル・ダ・シルヴァの奥さんと話をしてみようか。見たところ、あの夫婦のあいだにはなにやらぎくしゃくしたものがありそうだ。夫がかかえている秘密が原因なのだろうか。それとも使い捨て携帯にふたたび焦点をあてるべきか。あの携帯の存在を知っている容疑者の家にかたっぱしから侵入して探してみるというのはどうだろう。

考えちゃだめ。

アンディ・ベルのことは忘れて頭をすっきりさせるために散歩に出たのだから。ポケットからヘッドホンを取りだして、コードのもつれをほどく。それを耳にあてて携帯電話のプレイボタンを押すと、聞いている途中の犯罪実録のポッドキャストが再生された。落ち葉の小道をざくざくと歩きながらエピソードを聴いているので、ボリュームをやや大きめにしなければならなかった。

べつの女の子が殺された事件について語る声を聴き、ピップは自分の事件を忘れようとした。森を突っ切る近道を通り、地面にのびる、すっかり葉を落とした枝の影に目をやる。あたりが暗くなるにつれ、影はだんだんうすくなっていく。夕暮れ時が夜に変わるころ、道路へ向かう近道である、木が密生する小道をはずれた。三十フィートほど先に道路へのゲートが見えてきたところで、ピップはバーニーを呼んだ。

ゲートに着き、ポッドキャストの停止ボタンを押して、ヘッドホンのコードを携帯電話に巻きつけた。

「バーニー、おいで」携帯電話をポケットに滑りこませる。

ヘッドライトをつけた一台の車が道路を走ってくる。ピップはライトをまともに見て目がくらんだ。

「バーニー！」さっきよりも大きく、甲高《かんだか》い声で叫ぶ。「バーニー、おいで！」

森は暗く、静まりかえっている。

ピップは唇を湿らせて口笛を吹いた。

「バーニー！　こっちだよ、バーニー！」

四本の足が落ち葉を踏みしめるカサカサという音は聞こえてこない。木々のあいだに金色の毛並みも見えてこない。なにも聞こえず、なにも見えない。

冷たい恐怖がつま先から這いあがり、手の指先へと抜けていった。

「バーニー！」叫ぶと声が割れた。

ピップはいま通ってきた道を駆けもどった。木々に囲まれた暗い道へ。

「バーニー！」小道を駆けながら声をかぎりに叫ぶ。手に持ったバーニーのリードが大きく弧を描いて揺れる。

34

「ママ、パパ！」ピップは玄関ドアを押しあけるなり、ドアマットにつまずいて膝《ひざ》をついた。涙が頬を伝い、上下の唇のあいだにたまっていく。「パパ！」

ヴィクターがキッチンのドア口にあらわれた。

「ピックル？」と言って娘を見る。「ピッパ、いったいどうした？　なにがあった？」

床から身体を起こす娘のもとへ急ぎ近づいていく。

「バーニーがいなくなった。呼んでも来ないの。名前を呼びながら森じゅうをまわったのに。バーニーがどっか行っちゃった。もうどうしたらいいかわからない。バーニーがいなくなっちゃったんだよ、パパ」

リアンとジョシュアも廊下に出てきて、黙ってピップを見つめた。

ヴィクターは娘の腕をぎゅっと握った。「だいじょうぶだよ、ピックル」明るくやさしい声で言う。「わたしたちでバーニーを見つけよう。心配するな」

ヴィクターは階段下の物入れからダウンコートと懐中電灯を二本取りだし、ピップに手袋をつけさせ、懐中電灯を渡した。

ふたりが森に入っていくころには、だいぶ夜が更けていた。ピップは父を案内して、さきほど通った道を歩いていった。二本の懐中電灯の光が闇を切り裂いていく。

「バーニー！」ヴィクターが前方と両サイドに向けて大声を張りあげると、呼び声は森全体に響きわたった。

二時間後、捜索を開始してからさらに冷えてきたところで、ヴィクターは家へ帰ろうと言った。

「バーニーを見つけるまでは家へは帰らない！」ピップは洟をすすりながら言った。

「聞きなさい」ヴィクターは娘のほうを向いた。懐中電灯が下から光を投げかけてくる。「もう真っ暗だ。朝になってからもう一度バーニーを探そう。きっとどこかをうろうろしているよ。ひと晩くらいならバーニーはだいじょうぶだ」

遅い時間にひと言もしゃべらずに夕食をとったあと、ピップはベッドへ直行した。両親がそろって部屋にやってきて、ベッドの上に腰をおろした。リアンが涙をこらえながら娘の髪をなでる。

「ごめんなさい」とピップ。「わたしのせい」

「あなたのせいじゃないわよ、スウィーティー」とリアン。「心配しないで。バーニーは自分で帰り道を見つけられるから。さあ、もう今日は寝なさい」

ピップは眠らなかった。少しも。ひとつの考えが頭に入りこんできて居すわった。ほんとうに自分のせいだったらどうしよう。最後の警告を無視したから？　バーニーは道に迷ったんじゃなくて、連れ去られたとしたら？　どうしてもっと注意を払ってあげなかったんだろう。

家族全員が食卓について早めの朝食をとったが、誰ひとり食欲がありそうには見えなかった。ヴィクターもよく眠れなかったようで、すでに職場に電話をして休みをとっていた。いまはシリアルを食べながら、捜索の計画を家族に告げている。自分とピップはふたたび森へ行く。それでも見つからなかったら捜索の範囲を広げ、各家をまわってバーニーを見かけたかどうか尋ねてみる。リアンとジョシュは家で待機して迷い犬のポスターをつくる。それから大通りに行ってポスターを貼り、道行く人びとに手渡す。それがすんだら、ヴィクターとピップに合流して、住宅地に近いべつの森を捜索する。

森へ入ったふたりは犬の鳴き声を耳にした。ピップの心臓がびくんと跳ねたが、声の主はよその家族と散歩中の二匹のビーグルと一匹のラブラドゥードルだった。犬の飼い主はひとりでうろうろしているゴールデン・レトリバーは見ていないが、これからは注意して探してみると言った。

森をめぐるのが二周目になると、ピップの声はかすれてきた。ふたりは近所のマーティンセンド・ウェイに並ぶ家々のドアをノックしていった。迷い犬を見た人は誰もいなかった。

午後の早い時間に、しーんとした森のなかで携帯にメッセージが入ったことを告げる汽笛が鳴り響いた。

「ママからかい？」とヴィクター。

「ちがう」メッセージを読んでピップが答える。ラヴィからのテキストメッセージだった。

〝ヘイ、町なかでバーニーの迷い犬のポスターを見た。だいじょうぶかい。応援がいる？〟

寒さで手がかじかんで、なかなか返事が打てなかった。

ふたりは短い休憩をとってサンドイッチのランチを食べ、それからまた捜索をつづけた。その後リアンとジョシュアが合流し、みんなで森じゅうを探して個人の農園にまで足をのばし、「バーニー」と呼びかけつづけた。

しかし世界は彼らに味方せず、ふたたび夜の帳《とばり》が降りた。

口もきけないほど疲れきって家に帰り、ピップはヴィクターが町から買ってきたテイクアウトのタイ料理を食べはじめた。リアンは雰囲気を明るくしようとバックグラウンドミュージックとしてディズニーの映画をかけたが、ピップはじっとヌードルを見つめ、ときおりフォークにくるくると巻きつけるだけだった。

そのときポケットのなかで携帯電話が振動して汽笛を鳴らし、ピップはフォークを置いた。料理をコーヒーテーブルに置き、携帯を引っぱりだす。画面が明るく輝いている。

歯を食いしばって、目に浮かんでいるはずの恐怖の色を消そうとする。なんとか無表情を保って、画面を下にして携帯電話をソファに置く。

「誰から?」とリアン。

「カーラから」

メッセージはカーラからのものではなかった。未詳の人物からのものだった。〝もう一度、犬に会いたいか?〟

35

次のテキストメッセージは翌日の午前十一時になってようやく来た。

今日ヴィクターは在宅勤務を選んでいた。八時ごろに部屋に入ってきて、自分たちはふたたび捜索に出かける、ランチタイムになったら戻るとピップに告げた。

「きみは家にいて、試験の勉強をしていなさい。今回の試験はとても大切だから。バーニーのことはわたしたちにまかせて」

ピップはうなずいた。ある意味ほっとしていた。バーニーは森では見つからないと知りつつ、家族といっしょに捜索へ出てその名前を呼ぶのはできそうもないと思っていた。バーニーは迷子になったのではなく、連れ去られたのだから。アンディ・ベルを殺した者に。

どうして犯人からの警告を聞き入れなかったのか、なぜ愚《おろ》かにも調査を優先させてしまったのかと、自分自身を責めて時間をむだにしている暇はない。バーニーをかならず取りもどさねばならない。それが最重要事項だ。

家族が出かけてから二時間ほどがたったころ、携帯電話がけたたましい音を立て、ピップはびくりとして上掛けにコーヒーをこぼしてしまった。携帯をつかんで、入ってきたテキストメッセージを読む。何度も。

〝おまえの自由研究の調査内容が保存されているパソコンと、USBメモリかハードドライブを持ってこい。テニスクラブの駐車場まで持ってきて、右側の林のなかを百歩、歩いて進め。誰にも告げず、ひとりで来い。指示に従えば犬は返してやる〟

ピップは跳びあがり、さらにコーヒーをベッドにこぼしてしまった。すばやく行動に移らねば。恐怖のあまり感覚が麻痺《まひ》して身体が動かなくなるまえに。パジャマを脱いでセーターとジーンズに着替える。リュックサックをつかみ、ジッパーをあけ、逆さにして教科書や手帳を床にぶちまける。それからプラグを抜いてノートパソコンを電源コードもろともリュックサックに突っこむ。調査記録を保存してあるふたつのUSBメモリは机のまんなかの引き出しに入れてあった。それをつかんでパソコンの脇に放りこむ。

背中に背負った重いリュックサックに揺さぶられて転びそうになりながら、ピップは階段を駆けおりた。ブーツに足を突っこみ、コートの袖に腕を通して、廊下のサイドテーブルから車のキーをひっつかむ。なにかを考えている余裕はない。考えるために立ちどまったら、怖じ気づいてバーニーを永遠に失ってしまう。

外に出ると、冷たい風が首もとや指に突き刺さった。ピップは車まで走って乗りこんだ。発進させたとき、ハンドルを握った手は汗ばみ、震えていた。

指定された場所までは五分で着いた。のろのろ走る車の後ろにつき、早く行けとばかりにぴったりくっついてパッシングしたが、その車が前にいなければ、もう少し早く着いたかもしれない。

テニスコートの先にある駐車場に入り、いちばん手前の区画にとめる。助手席からリュックサックをつかむと同時に、車を降りて駐車場ととなりあっている林をまっすぐに目指す。コンクリートからぬかるんだ道に踏みこむまえに、ピップは立ちどまって肩ごしに後ろを見やった。テニスコートではキッズ向けのレッスンがおこなわれているらしく、子どもたちがフェンスの向こう側で歓声をあげながらボールを打っていた。幼い子どもとよちよち歩きの子を連れた母親がふたり、車の脇で立ち話をしている。こっちに視線を向けている者は誰もいない。

かもわからない。見覚えのある車もない。見覚えのある人物も。見られているとしても、どこからかも、誰から

ピップは林のほうに向きなおって歩きはじめた。一歩踏みだすごとに頭のなかで歩数を数え、歩幅が長すぎたり短すぎたりして、指定された場所にたどりつけなかったらどうしようかとうろたえた。

三十歩目で鼓動がひどく速まり、呼吸が乱れた。

六十七歩目で汗が噴きだすとともに、胸と腋《わき》の下の皮膚がちくちくしだした。

九十四歩目で荒い息を吐き「お願い、お願い、お願い」とつぶやきはじめた。

林に入ってからちょうど百歩目で立ちどまる。そして、待った。

まわりにはなにもない。ほとんど裸になった木がつくる斑《まだら》模様の影と、ぬかるんだ道に散っている赤や淡い黄色の葉っぱがあるだけ。

頭上でヒューと甲高い音が長くのび、ばさばさっという音が四度鳴った。見あげると一羽のアカトビが灰色の太陽を背景に翼を大きく広げ、ゆうゆうと飛んでいた。鳥が飛んでいって見えなくなると、ピップはまたひとりになった。

まるまる一分がたち、携帯電話がポケットのなかで叫びをあげた。ピップは震える手で取りだし、テキストメッセージを見た。

〝ぜんぶ壊し、そこへ置き去りにしろ。自分が知っていることを誰にも言うな。アンディについての質問はもうするな。すべて終わらせろ〟

視線が文字の上を何度も走る。無理やり喉もとから息を吐きだし、携帯電話をしまう。ここからは見えないどこかから見つめてくる殺人者の視線にさらされて、肌は焼けつくようだった。

膝をつき、地面にリュックサックを置いてパソコンと電源とふたつのUSBメモリを取りだす。それらを落ち葉の上にのせてパソコンのカバーをあける。

ピップは立ちあがった。目はうるみ、世界がぼやける。それからブーツの踵《かかと》でひとつめのUSBメモリを踏みつぶした。プラスチックの片側が割れ、どこかへ飛んでいった。金属製の差し込み部分はひしゃげた。もう一度踏んでから、今度は左足のブーツでもうひとつを踏む。ジャンプして踏みつけると割れてばらばらになった。

次はノートパソコン。弱い日差しを浴びて光る画面がこちらを向いている。強化ガラスに映る自分の暗い影を見つめ、脚をあげて思いきり蹴《け》る。落ち葉の上で画面がキーボードと水平になり、表面にはクモの巣状にひびが走っている。

今度はキーボードを蹴りつける。それと同時に最初の涙の一滴が頰を伝った。ブーツに蹴られていくつかのキーが本体からはずれ、ぬかるんだ地面に散らばった。ブーツをはいた足で踏みつけると、画面の強化ガラスが割れて金属製のフレームからはずれた。

ジャンプしては踏みつけるを繰りかえすたびに涙があふれ、頰を伝い落ちた。

キーボードまわりの金属が割れ、その下にあるマザーボードとクーリングファンがあらわになった。緑色の回路基板がブーツの踵の下でいくつかの切片になり、小さなファンははじけ飛んだ。もう一度ジャンプして見るも無残なパソコンを踏みつけたあと、ピップはやわらかくてカサカサ鳴る落ち葉の上に尻もちをついた。

少しのあいだ自分に泣くことを許す。それから背筋をのばしてノートパソコンを持ちあげ、割れた画面がヒンジから垂れさがっているその機械をいちばん近くの木の幹に叩きつけた。パソコンの残骸《ざんがい》はバキッという響きとともにばらばらになって地面に落ち、木の根のあいだに散らばった。

ピップはその場にすわりこんだまま咳をし、肺に空気が取りこまれるのを待った。涙の塩気で顔がちくちくした。

ピップは待った。

次にどうすればいいのかわからない。命じられたことはすべてやった。ここでバーニーは解放されて自分のもとへ戻ってくるのだろうか。なすすべもなく待つ。次のメッセージが来るのを。ピップはバーニーの名を呼び、待った。

三十分が経過した。なにも起きない。メッセージも来ない。バーニーの姿もない。テニスコートから聞こえてくる子どもたちのかすかな声以外、誰の声もしない。

ピップは立ちあがった。ブーツの底に触れる足の裏がむくんでいるみたいに痛む。からっぽのリュックサックを拾いあげ、立ち去りぎわにもう一度だけ破壊されたパソコンを見やった。

「どこへ行っていたんだい」やむなく家へ戻ったピップに父が訊いてきた。

ピップはテニスクラブの駐車場でしばらく車のなかでじっとすわっていた。家に帰るまえにこすって赤くなった目を元どおりにするために。

「家では集中できなくて」小さな声で答える。「だからカフェに試験の勉強をしにいったの」

「そうか」父は笑顔を見せて言った。「場所を変えたほうが集中できるときもあるもんな」

「でもパパ……」これから口に出そうとしている嘘がいやでたまらない。「困ったことが起きて。どうしたらいいかわからない。ちょっとのあいだトイレに行って、帰ってきたらパソコンがなくなってたの。その場にいた人は誰もなにも見ていないって。たぶん盗まれたんだと思うけど」そこであちこち傷がついたブーツを見やる。「ごめんなさい。置きっぱなしにするんじゃなかった」

ヴィクターは「しーっ」と言って娘を抱き寄せた。いまのピップにとってはなによりも必要なハグ。「ばかを言うんじゃないよ。そんなのたいしたことじゃない。パソコンはまた買えばいい。大事なのはきみがだいじょうぶかってことだ」

「わたしならだいじょうぶ。それで、なにか収穫はあった？」

「いや、まだない。だがジョシュとママが午後にもう一度捜索に出かけることになっているし、わたしは地元の保護施設に電話をしてみる。かならずバーニーを取りもどすよ、ピックル」

ピップはうなずいて、父の腕から離れた。みんなでかならずバーニーを取りもどす。自分はやれと命じられたことはすべてやった。取引条件はクリアした。家族に事情を話すことができれば、父母やジョシュの心配を取り除いてあげられるのだが。でもそれはできない。ピップはまたもやアンディ・ベルの秘密にとらわれて身動きができなくなっていた。

アンディ事件の真相追及をあきらめるという考えが浮かぶ。ほんとうにできるだろうか。サル・シンは無実だと知りながら、背を向けて立ち去ることができるのか。キルトンの町なかを殺人者が自由に歩きまわっているのを知りながら。でも、あきらめるべきなのでは? 十年間、愛しつづけ、お返しに充分すぎるほどの愛をくれたバーニーのために。家族の安全のために。ラヴィの安全のためにも。どうやってあきらめろと説得しようか。ラヴィはあきらめなきゃならない。そうしないと彼が次に森のなかで死体になるかもしれない。そんなことをさせるわけにはいかない。もう安全ではない。とるべき手段もない。そう心に決めると、ノートパソコンの割れた画面のかけらに胸を突き刺されたような感じがした。息をするたびに破片が突き刺さって砕けた。

ピップは二階にあがり、机に向かってELATの過去の問題に目を通していた。すでに日は暮れかかり、マッシュルームの形をしたデスクランプをつけたところだった。携帯電話のスピーカーから流れてくる〈グラディエーター〉のサウンドトラックを聴きながら勉強し、バイオリンの音色にあわせてペンを振っていた。誰かがドアをノックしたところで、一時停止のボタンを押す。

「はい」椅子を回転させて答える。

ヴィクターが入ってきて、ドアを閉めた。「勉強は進んでいるかい、ピックル」

ピップはうなずいた。

ヴィクターが近くへ来て机に背をもたせかけ、脚を交差させた。

「よく聞くんだよ、ピップ」落ち着いた声で言う。「ある人がバーニーを見つけた」

喉もとで息がとまる。「ど、どうしてうれしそうな顔をしていないの？」

「どういうわけか、あの子は落っこちてしまったらしい。その人はバーニーが川のなかにいるのを見つけた」父が腕をのばしてきて手をつかんだ。「残念だよ、ダーリン。バーニーは溺《おぼ》れてしまった」

ピップは首を振りながら、椅子のキャスターを転がして父から離れた。

「ちがう。あの子が溺れるわけがない。そんなことは絶対に……ちがう、バーニーが……」

「ほんとうに残念だ、ピックル」ヴィクターは下唇を震わせて言った。「バーニーは逝《い》ってしまった。明日、あの子を埋めてやろう、庭に」

「いや、そんなことありえない！」ピップは椅子から弾《はじ》けるように立ちあがり、ハグをしようと身体を寄せてきた父を押しのけた。「ちがう、あの子は死んでない。そんなのフェアじゃない」ピップは泣きだした。涙がとめどなく流れ、あごのえくぼへ落ちていく。「死ぬはずがない。ありえない。そんなの……、そんなの……」

ピップは崩れるように床にすわりこんで、そのまま膝をかかえた。言葉に言いあらわせないほどの痛みで心がひび割れ、黒ずんでいく。

「ぜんぶわたしのせい」膝に口を押しつけながら言うと、言葉がくぐもった。「ごめんなさい。ほんとうにごめんなさい」

ヴィクターはピップのとなりにすわり、娘の肩を抱いた。「ピップ、きみには自分を責めてほしくない、一秒たりとも。バーニーが迷子になったのはきみのせいじゃない」

「バーニーは帰ってくるはずなんだよ、パパ」ピップは父の胸にすがって泣いた。「どうしてこんなことが起きるの？　ただ戻ってきてほしいだけなのに。バーニーを取りもどしたいだけなのに」

「わたしもだ」父がささやく。

ふたりは長いこと床にすわりこみ、ともに泣いた。ピップにはリアンとジョシュが部屋に入ってきた音も聞こえなかった。ふたりが悲しみの輪に加わって、ジョシュがピップの膝の上にすわり肩に頭をあずけてくるまで、母と弟がそばにいることにも気づかなかった。

「こんなのフェアじゃない」

36

翌日の午後、家族でバーニーを埋葬した。ピップとジョシュアは春になったらバーニーの墓のまわりにヒマワリの種をまくと決めた。ヒマワリはバーニーに似て金色で愛らしいから。

カーラとローレンが少しのあいだだけ家に寄っていった。カーラはピップの家族全員のために焼いたクッキーを持参していた。ピップはしゃべることができなかった。どの言葉も悲しみと怒りのあまり喉もとでつまずいてしまった。言葉を発しようとすると、腹のなかにありえない感情が呼び起こされた。悲しみが深すぎて怒れない反面、怒りが沸騰《ふっとう》しすぎて悲しめないという感情を。だからふたりの友は早々に辞していった。

すでに日も暮れ、耳のなかでは甲高い音が鳴り響いている。今日一日、悲しみのどん底に沈み、なにも考えられず、ひと言もしゃべることができなかった。バーニーは戻ってこない。自分はその理由を誰にも伝えられない。口にできないという事実、そしてそのなかに芽生えている罪悪感が、なによりも重くのしかかってくる。

誰かが部屋のドアを小さくノックした。ピップは白紙のページにペンを落とした。

「はい」声はかすれていて小さい。

ドアが押しあけられ、ラヴィが部屋へ入ってきた。

「ハイ」顔から黒髪を払いながら言う。「気分はどう?」

「最悪。なにしにきたの?」

「きみが返事を寄こさないから心配した。午前中、ポスターがもうなくなっているのに気づいてね。お父さんがなにがあったか話してくれたよ」ラヴィはドアを閉め、そこにもたれかかった。「残念でならないよ、ピップ。こんなふうに言われてもぜんぜん助けにならないのはわかってる。上辺だけの言葉にしか聞こえないよね。でもぼくは心から残念に思う」

「責めを負うべき唯一の人間がここにいる」なにも書かれていないページを見つめてピップは言った。

ラヴィはため息をついた。「愛する者が亡くなったとき、人はそう思ってしまう。自分を責める。ぼくもそうだったよ、ピップ。自分のせいじゃないと思えるようになるまで、ずいぶん長い時間がかかった。よくないこともときには起きる。自分を責めるのをやめたあとはずいぶん楽になった。きみが早くそう思えるようになることを願ってる」

ピップは肩をすくめた。

「あと、ひとつ言いたいことがあって——」そこで咳払いをする——「落ち着くまではサルのことで頭を悩ませないで。警察に写真を持ちこむまでの期限を決めたけれど、このさいそれは考えなくていいから。きみにとってナオミとカーラを守ることがどれほど重要かはわかってる。だからもっと時間をかけたっていい。いままでずいぶん無理をしてきたから、少し休んだほうがいいと思う。こんなことがあったあとだし。それにケンブリッジの試験ももうすぐだろう」ラヴィは頭の後ろを掻いた。横分けにしている髪がはらりと目にかかる。「いまは兄が無実だとわかっている。ほかの誰もその事実を知らないけどね。ぼくは五年以上も待った。だからもう少し長く待つのなんてなんでもない。そのあいだにわかっている手がかりをもう一度見なおしておくよ」

ふたりで合意した取引そのものを無効にしなければと思うと、心臓が締めつけられた。ラヴィを傷つけなければ。それしか方法がない。それがラヴィをあきらめさせ、彼の身の安全を確保する唯一の方法だ。アンディとサルを殺したのが誰だとしても、犯人はふたたび人を殺すのも辞さないという態度を見せつけてきた。ラヴィを犠牲者にするわけにはいかない。

ピップはラヴィの顔を見られなかった。自然とやさしさがにじみ出ている顔を、お兄さんと共通の完璧な笑顔を、吸いこまれてしまいそうな濃い茶色の目を見られなかった。だから彼の顔を見ずに言った。

「あの自由研究《プロジェクト》は中止することにした。もう終わり」

ラヴィの背筋がすっとのびる。「どういう意味だい」

「プロジェクトはもう終わりってこと。担当の先生にメールして、題材を変えるか、あるいは提出を断念するかもって伝えた。そういうこと」

「でも……よくわからないな」最初の傷口が開くのがその声でわかった。「これはたんなる自由研究じゃないんだよ、ピップ。ぼくの兄にかかわることだし、実際にこの町で起きたことについてのものだ。終わりにします、はい、そうですか、ってわけにはいかないんだ。サルはどうなる?」

ピップはまさにサルのことを考えていた。サルだって弟が自分と同じように森のなかで死ぬなどという目に遭ってほしくないだろう。

「ごめん、でも終わり」

「終わりって……そんな……ピップ、ぼくを見て」

ピップは椅子にすわったまま、ラヴィのほうを見ようとしなかった。

ラヴィが机のところまで来てしゃがみ、こっちを見あげてくる。

「なにがあった? ここでなにかおかしなことが起きたんだろう。そうでなきゃこんなふうに

「——」

「もう終わったんだよ、ラヴィ」ピップはラヴィを見おろし、すぐに見なければよかったと後悔した。彼の願いを拒否しつづけることがさらに難しくなってしまう。「これ以上は無理。誰がふたりを殺したかはわからない。犯人を見つけだすなんてできっこない。もう終わりにしたの」

「でもぼくらは」必死の形相が顔に刻まれている。「ふたりで解決するって決めた」

「無理だってば。わたしはただの女子高生だよ、忘れてるなら言っとくけど」

「なにをばかなことを。きみはただの女子高生なんかじゃない。きみはピッパ・クソ賢い・フイッツ＝アモービだ」ラヴィは微笑《ほほえ》んだ。いままで見たなかでいちばん悲しそうな笑みだった。

「それに、世界を見渡してもきみみたいな人はどこにもいない。ほら、きみはぼくの冗談に笑ってくれるだろう。笑いのツボがどこかおかしなところにあるんじゃないかな。とにかくぼくらは事件の真相に近づいているんだ、ピップ。サルが無実だってこともわかってる。誰かがサルをはめてアンディ殺害の濡れ衣《ぎぬ》を着せたあげく、彼を殺したってことも。きみは言っていたじゃないか。ぼくと同様に真相を解明したいって」

「気持ちが変わったの」ピップは一本調子で言った。「ラヴィにいくら言われても気持ちは変わらないから。アンディ・ベルの件はもうおしまい。サルの件も終わり」

「でもサルは無実なんだよ」

「それを証明するのはわたしの仕事じゃないし」

「きみが自分できみの仕事にしたんじゃないか」ラヴィは立ちあがり、ピップを見おろした。いまや声を張りあげている。「きみはぼくの人生にいきなりあらわれて、思いもよらなかった機会をぼくに提示した。いまさらそれをぼくから奪うことはできないよ。わかってるだろうけど、きみが必要なんだ。きみがここで見切りをつけられるわけがない。そんなのはきみじゃない」

「ごめんって言ってるでしょ」

ラヴィとのあいだに沈黙が降り、心臓は早鐘を打っていたが、それでも視線を床に向けていた。

「わかった」ラヴィが冷たい口調で言う。「なんでいまさら降りるなんて言うのかわからないけど、とにかく、わかった。サルのアリバイを証明する写真を持って、ひとりで警察へ行くよ。ファイルを送っといてくれ」

「送れない。わたしのパソコン、盗まれちゃったから」

ラヴィはさっと机の上に目を向けた。さらに手をのばし、広がった紙の束や試験用のメモを手に取って見ていく。その目は必死になにかを探している。

「プリントアウトした写真はどこ?」手にメモの束をつかみながら、ラヴィが見つめてくる。ここで嘘をつかなければ。おそらくそれでラヴィもあきらめてくれるだろう。

「破って捨てた。だから、もうない」

ラヴィの目に浮かんだ表情を見てピップははっとし、心のなかでどぎまぎした。

「よくもそんなまねができたね。なんだってそんなことを」ラヴィの手から離れた紙の束が切りとられた翼のように床へと舞い落ち、ピップの足もとに散らばった。

「もうこの件にはかかわりたくないから。こんなこと、はじめなきゃよかった」

「そんな言い草があるか！」蔓《つる》が這いあがるみたいに首もとに腱《けん》が突きでている。「ぼくの兄は無実で、それを証明するささやかな証拠をきみは捨てた。ここまで来ていまさら降りるなんて、きみはキルトンのほかの住人と同じくらいひどい人間だよ。ぼくらの家に〝恥さらしの一家〟と落書きしたやつや、石を投げて窓を割ったやつと同じくらい。学校でぼくをいじめたやつらとも変わらない。〝ほら、あの一家だ〟ってぼくを見ているやつらとも。それよりももっとひどいかもしれない。少なくとも彼らはサルは有罪だと思ってやっているんだから」

「ごめん」ピップは小さな声で言った。

「いや、こっちこそ悪かったよ」そう話す声はかすれている。ラヴィは顔を袖でごしごしこすって怒りの涙をぬぐい、ドアへ向かった。

「悪かったよ、きみはふつうの人とはちがうと勘違いしたりして。ただの女子高生だったのにね。残酷な人だよ、きみは。アンディ・ベルのように」

ラヴィは両手を目もとにあて、部屋を出て階段へ向かった。

ラヴィと会うのもこれが最後と思いつつ、ピップは彼が去っていくのを見送った。

玄関ドアがあいて、閉まる音が聞こえてきたとき、ピップは握りしめた拳で机を叩いた。ペン立てが揺れて落ち、床にペンが散らばった。

カップの形にした両てのひらに向かって静寂の叫び声をあげる。指のあいだからこぼれないように、しっかりつかまえながら。

ラヴィにはすっかり嫌われてしまった。それでも、これで彼は安全だ。

37

翌日、ピップはリビングルームでジョシュにチェスのやり方を指南していた。最初の練習試合は終盤にさしかかっていて、弟に勝たせてやろうという懸命の努力にもかかわらず、ジョシュに残っているのはキングとポーン、あるいは本人が呼ぶところのエビ《プローン》がふたつ。

誰かが玄関ドアをノックしたとき、バーニーの不在がいやというほど身にしみた。磨かれた床を爪でカツカツと鳴らして訪問客へ挨拶しに走るバーニーはもういない。

リアンが廊下をパタパタと走っていってドアをあけた。

母の声がリビングルームまで聞こえてくる。「あら、こんにちは、ラヴィ」

ピップは胃が喉もとまでせりあがってくるのを感じた。

ナイトを後退させたあと、とまどったままふらふらとリビングルームを出る。不安は混乱に変わりつつあった。昨日あんなことがあったのに、なぜラヴィは来たのか。もうわたしの顔など見たくもないはずなのに。もはや打つ手がなく、説得する相手をうちの両親に変えたのか。

調査でわかったことをすべてふたりに打ちあけ、娘に警察へ行くよううながしてもらうつもりかもしれない。警察へ行くなんて論外だ。そんなことをしたらまた犠牲者が出るだろう。

玄関ドアが視界に入ると、ラヴィが大きなスポーツ用のリュックサックのジッパーをあけて、なかに手を突っこむのが見えた。

「母からお悔やみを伝えるように言われました」そう言って、大きなサイズのタッパーウェアをふたつ取りだした。「母がつくったチキンカレーです。料理をする気にもなれないだろうからって」

「まあ」リアンがラヴィの手からタッパーウェアを受けとる。「お心遣い、ありがとう。さあ、入って、どうぞどうぞ。お母さまの電話番号をあとで教えてくれる？　直接お礼を言いたいから」

「ラヴィ？」とピップ。

「ハロー、調子はどうだい」ラヴィが穏やかに言う。「ちょっと話せる？」

ピップの部屋へ入り、ラヴィはドアを閉めてカーペットの上にリュックサックをおろした。

「えっと……わたし」ピップは言葉を詰まらせ、ラヴィの表情から彼の心のうちを読みとろうとした。「どうしてラヴィがまたうちへ来たのか、よくわかんないんだけど」

ラヴィが一歩、寄ってくる。「ひと晩じゅう考えた。眠るころには外が明るくなってた。考えうるかぎり、理由はひとつしかない。文字どおりひと晩じゅう。たったひとつしかないんだよ、ちゃんと説明がつく理由は。ぼくはきみをよく知っている。だからきみのことで見誤るわけがない」

「わたしは……」

「何者かがバーニーを連れ去った、そうなんだろ？　誰かが脅《おど》しをかけてきた。きみの犬を奪って殺せば、きみがサルとアンディの件で口を閉ざすだろうと思って」

部屋に降りた沈黙はうるさいほど濃密だった。

うなずいたピップの顔は涙でくしゃくしゃになった。

「泣かないで」ラヴィがすっと前に出て、ふたりの距離を縮めた。ピップを引き寄せ、しっかりと抱きしめる。「ぼくがいる。ぼくがいるから」

ラヴィに身をあずけているうちに、すべてが——苦悩のすべて、うちにかかえこんでいた秘密のすべてが——解き放たれ、熱のように身体から発散されていった。ピップはてのひらに爪を食いこませて涙を押しとどめようとした。

「なにがあったのか、話してくれないかな」ラヴィは身を離してそう言った。

けれども言葉はピップの口のなかでもつれ、迷子になっていた。話すかわりに携帯電話を取りだして未詳の人物からのメッセージを開き、ラヴィに手渡す。そして文字を追うラヴィの目を見つめた。

「なんてことだ、ピップ」ラヴィが目を見開いて言う。「ひどすぎる」

「そいつは嘘をついた」ピップは洟をすすった。「そいつはバーニーを返すって言ったのに、殺した」

「この人物がきみに接触してきたのは、今回がはじめてじゃないみたいだな」ラヴィが携帯をスクロールしていく。「最初のメッセージが来たのは十月七日」

「それが最初じゃない」ピップは机のいちばん下の引き出しをあけた。印刷用紙二枚をラヴィに手渡し、左側の一枚を指さす。「こっちが九月一日に友だちと森にキャンプへ行ったとき、寝袋のなかに残されていたやつ。誰かがわたしたちを見ていたのはたしか。こっちは——」もう一枚を指さす——「先週の金曜日にロッカーに入ってた。それを無視してわたしは調査を続行した。だからバーニーが死んだ。わたしの傲慢《ごうまん》さのせいで。なんにも解決できないくせに、自分は万能だと思いこんだせいで。わたしたちは調査をやめなきゃならない。昨日は……ごめんなさい。わたしのことを大嫌いになるように仕向ければラヴィは離れていって、危険から遠ざけられると思った。ラヴィに調査をやめさせるにはそれ以外の方法は思いつかなかった」

「ぼくを追い払うのはものすごく難しいんだよ」脅迫状から目をあげてラヴィが言う。「だから調査はやめない」

「だめ、もうおしまい」ピップは返してもらった脅迫状を机に置いた。「バーニーは死んじゃったんだよ、ラヴィ。次は誰？　ラヴィ？　わたし？　殺人者はここにいた、わたしの家に、わたしの部屋に。そいつは調査記録を読んで、ＥＰＱの作業記録に警告文を打ちこんだ。ここでだよ、ラヴィ。九歳の弟もいるこの家で。このまま調査を続行すれば、わたしたちは大勢の人を危険にさらすことになる。あなたのご両親だって、たったひとり残された息子を失いかねないんだよ」ピップは言葉を切った。目の裏に秋の落ち葉に埋もれて死んでいるラヴィと、そのとなりに横たわるジョシュの姿が浮かぶ。「こっちがなにをつかんでいるかを殺人者はぜんぶ知ってる。わたしたちには失うものが多すぎて、とてもじゃないけど敵《かな》わない。残念だけど、サルの件の真相解明はあきらめるしかない。ほんとに残念だけど」

「どうして脅迫状のことをぼくに言わなかったんだい？」

「最初はたんなるいたずらかもしれないと思った」ピップは肩をすくめて答えた。「でもラヴィには知られたくなかった。調査をとめられるといけないから。言うに言えなくて秘密にしてた。たんなる脅しにすぎないと思ってたから。そんなのに負けるもんかとも思った。わたし、めちゃくちゃ愚かだった。それで、自分の過《あやま》ちの代償を払うはめになった」

「きみは愚かなんかじゃない。サルの件に関する見方はすべて正しかった。サルは無実だ。いま、ぼくらだけには真実がわかっているけれど、それじゃまだ充分とは言えない。サルは最期までやさしくていいやつだったとみんなに知ってもらわなきゃならない。そうされて当然の人物なんだから。ぼくの両親だって誤解されたままでいいわけない。けれどいまのぼくらにはそれを証明できる写真もない」

「写真ならある」ピップは小さな声で言い、いちばん下の引き出しから印刷された紙を取りだし、ラヴィに渡した。「わたしが捨てるわけないじゃん。でもそれはなんの役にも立たない」

「どうして？」

「殺人者はわたしを見張ってるんだよ、ラヴィ。わたしたちを。写真を警察に持っていっても彼らが信じてくれなかったら、わたしたちが写真を捏造《ねつぞう》したとか思われたら、その時点で殺人者の魔の手がのびてくるのを待つしかなくなる。それに最後の手札として切るにしても、これは強力な一手とはとても言えない。警察に行ったところで、どうなる？　ジョシュが連れ去られる？　ラヴィが？　ここで死人が出るかもしれない」ピップはベッドに腰かけ、靴下についた毛玉をつまみとった。「わたしたちには〝動かぬ証拠〟ってやつがない。印刷された写真じゃ充分な証拠にはならない。写真と事件当夜の流れとを照らしあわせればなにがしかの手がかりにはなるかもしれないけど、写真自体がもうオンライン上にはない。そんな状況でどうしたら警察に信じてもらえる？　しかも持ちこむのがサルの弟と十七歳の女子高生だよ。わたしなら信じない。こっちがつかんでるのは殺された女の子に関する信憑性の低い話ばっかだし、この警察がサルをどう思ってるか、ラヴィだって知ってるでしょ。キルトンの住人と似たり寄ったりの考えだってことを。つまりは、確実性のない写真一枚のために大切な人の命を危険にさらすことはできないってこと」

「そうだね」ラヴィは机の上に写真を置いてうなずいた。「きみは正しいよ。容疑者リストに載ってる人物のひとりは警察官だしね。警察に持ちこむのは妥当な行動とは言えない。仮に警察がぼくらの話を信じてくれて捜査を再開させたとしても、このぶんじゃ警察が真犯人を見つけだすには長い時間がかかるだろう。ぼくらにはそれを待っている時間がない」ベッドにすわっているピップのほうへ背もたれを向けて椅子にまたがる。「だから、唯一の選択肢はぼくらで犯人を見つけること」

「そんな、無理――」とピップが言いかける。

「まじめな話、事件に背を向けるのがいちばんいいと思ってるのかい？　キルトンにはアンディとサルと、きみの犬まで殺したやつが居すわっているとわかっていて、どうやったらこの場所にいて安全だと思える？　自分は監視されているとわかっていて。それでもふつうに生活をつづけていける？」

「そうするつもり」

「めちゃくちゃ頭がいいくせに、なんだっていきなりこんなまぬけになっちゃうかね」ラヴィは椅子の背に肘《ひじ》をつき、指を組んであごをのせた。

「わたしは犯人にバーニーを殺されたんだよ」

「ぼくは兄貴を殺された。非道な犯人をのさばらせたままで、ぼくらはどうやって暮らしていけばいい？」背筋をのばし、色の濃い目を挑むように光らせてラヴィが言う。「ぜんぶきれいさっぱり忘れて、背を丸めて隠れる？　殺人者が近くにいてこっちを監視しているのを知りながら生きていく？　それとも、闘う？　殺人者を見つけだして、サルやバーニーへの仕打ちに対して相応の償《つぐな》いをさせる？　刑務所にぶちこめば、やつはもう誰も傷つけることはできない」

「調査をやめていないことはすぐにばれちゃうよ」とピップ。

「いや、ばれない。注意深くやれば、ばれないよ。容疑者リストに載っている人間とはもう話はしない、誰とも。ぼくらがすでに見つけたことのなかに答えはきっとある。きみは自由研究をあきらめたと言えばいい。きみとぼくだけが知っていればいいんだから」

ピップはなにも言わなかった。

「もうひと押ししてほしいなら」ラヴィはそう言って、リュックサックを置いたところまで戻った。「きみが使えるようにぼくのノートパソコンを持ってきた。犯人を見つけるまで、これはきみのものだ」パソコンを引っぱりだして高く掲げる。

「でも――」

「きみのものだ。これを使って試験の勉強をしてもいいし、作業記録やインタビューの記録について覚えていることを打ちこんでもいい。ぼくもこのなかに備忘録みたいなものを入れてた。きみは調査記録をぜんぶなくしてしまったけど――」

「わたしは調査記録をなくしてなんかいないよ」

「はあ?」

「まさかの場合にそなえて、いつもクラウド上にバックアップを保存してるから」ピップがそう言うと、ラヴィの顔がぴくっとひきつったあと笑顔に変わった。「わたしを誰だと思ってるの? 能なしのピップ?」

「まさか、部長刑事殿。きみは抜かりなしのピップさまだ。で、きみは〝イエス〟と言ってるのかい。それとも賄賂《わいろ》マフィンを持ってくるべきだったかな」

ピップはパソコンに手をのばした。

「くだらないこと言ってないで、二名が殺された殺人事件を解決するよ」

ふたりはすべてを印刷した。作業記録とアンディの手帳のページぜんぶ。それぞれの容疑者の写真、スタンリー・フォーブスも写りこんでいる、ハウィーの口を割らせるための脅しに使った駐車場の写真、ジェイソン・ベルと彼の新しい妻、〈アイヴィー・ハウス・ホテル〉、マックス・ヘイスティングスの家、アンディがうまく写っている新聞の切り抜き、黒いネクタイを締めたジェイソンを筆頭にドレスアップしたベル家の面々、カメラに向かって手を振りウインクするサル、などの写真。ピップがクロエ・バーチになりすましてエマ・ハットンに送ったテキストメッセージ、クスリが盛られた飲み物についてBBCのレポーターとして発信したメール、ロヒプノールの作用について調べた資料、キルトン・グラマースクールの写真、ダニエル・ダ・シルヴァとほかの警察官たちがベル宅を捜索したときの写真、使い捨て携帯電話についてネットで拾った記事、サルについてスタンリー・フォーブスが書いた記事、〝傷害を惹起《じゃっき》した暴行〟についての解説の横に載ったナタリー・ダ・シルヴァの写真、ロマー・クロースの地図と黒いプジョー二〇六がいっしょにおさまっている写真、二〇一一年の大晦日《おおみそか》のA四一三号線で起きた轢き逃げ事件についての新聞記事、未詳の人物から来たテキストメッセージのスクリーンショットと、それぞれの日付と場所を書きそえた脅迫状のスキャンデータ。

　カーペットの上に広げた大量の紙を、ふたりはいっしょに見ていった。

「これは地球にはやさしくないけれど、事件にかかわる資料をひとつに集めて閲覧したいとずっと思ってたんだ」とラヴィ。

「わたしも。ちょっといいものを用意してあるんだ、文房具だけど」ピップは机の引き出しから色のついた画鋲と未使用の赤い細ひもが入った小さな壺のような容器を取りだした。

「たまたま赤いひもを用意していたのかい」

「いろんな色のひもを持ってるよ」

「もちろん、そうだろうね」

ピップは机の上に掛けてあるコルクボードをおろした。ボードは自分と友だち、ジョシュとバーニーの写真や、授業の時間割、公民権運動にも参加した詩人で作家のマヤ・アンジェロウの名言でうめられている。それらをぜんぶはがしたあと、ふたりで目の前の紙を選《よ》りわけはじめた。

カーペットの上で選りわけては、印刷された紙を銀色の平たい画鋲でボードにとめていき、関係者のまわりにそれぞれ関連するメモや記録を配置して大きな円形の相関図をつくっていく。まんなかにはアンディとサルの顔。ひもと色つきの画鋲で関係する者同士を結びつけていたとき、ピップの携帯電話が鳴った。画面に映っているのは登録されていない番号。

ピップは緑色のボタンを押した。「もしもし」

「こんにちは、ピップ。ナオミよ」

「こんにちは。へんなの。ナオミの番号がわたしの携帯に登録されてない」

「ああ、自分の携帯を壊しちゃって、直るまで臨時のを使ってるから」

「そうだったね、カーラが言ってた。それで、どうしたの?」

「わたし、今週末は友人の家に行っていて、いまさっきカーラからバーニーのことを聞いたの。ほんとうに残念ね、ピップ。だいじょうぶ?」

「まだ、だいじょうぶじゃない。そのうちだいじょうぶになると思うけど」

「そんなときにこんな話をするのもなんだけど、わたしの友人のいとこがケンブリッジで英語を専攻していたことがわかったの。それで、彼から試験や面接なんかについてピップへメールを送ってもらったらどうかなって思いついたんだよね。必要なら頼んでみる」

「うれしい、うん、ぜひ頼んで、お願い。それ、すごく助かる。なかなか思うように勉強が進んでなくて」ピップは〝殺人ボード〟に向かって背中を丸めているラヴィを見やった。

「わかった、まかせといて。いとこと連絡をとるよう友人に頼んでみる。試験は木曜日だよね？」

「そう」

「じゃあ、そのまえに会えないかもしれないから、いまがんばってって言っとく。ピップなら楽勝だよね」

電話を切ると、さっそくラヴィが話しかけてきた。「いまある手がかりは〈アイヴィー・ハウス・ホテル〉、アンディの手帳に書かれていた電話番号――」その部分を指さす――「それと使い捨て携帯の存在。犯人は轢き逃げ事件について知っていて、サルの友人たちときみの電話番号も知っている人物。ピップ、もしかしてぼくらは必要以上にややこしく考えているかもしれない」そこでピップを見る。「手がかりを見ていくと、これらの事実はひとりの人間を指し示している」

「マックス？」

「次は確実にわかっている事実に焦点をあててみよう。〝もし〟や〝たぶん〟はなし。容疑者リストのなかで、マックスは轢き逃げ事件を直接知っている唯一の人物」

「そのとおり」

「マックスはナオミ、ミリー、ジェイクの電話番号を知っていたただひとりの人物。もちろん自分自身の電話番号も」

「ナタリーとハウィーも知っていた可能性はある」

「うん、〝可能性〟はある。でもひとまず確固たる事実だけを見ていこう」ラヴィはボードのマックスが画鋲でとめられている側へ移動する。「本人は拾ったと言っていたけれど、マックスは〈アイヴィー・ハウス・ホテル〉で撮影されたアンディの裸の写真を持っている。つまりホテルでアンディと会っていた人物はマックスだということを示している。彼はアンディからロヒプノールを買っていて、カラミティでは女子生徒がクスリを盛られた。ふたつの事実から、マックスが女子生徒にレイプ行為をはたらいていたのはあきらかだろう。彼は犯罪者だよ、ピップ」

調査を重ねてきたなかで自分が到達したのと同じ考えにラヴィもたどりついた、とピップは思った。すぐに壁にぶつかってしまうだろう、とも。

「それに」とラヴィはつづける。「マックスは容疑者リストのなかで確実にきみの電話番号を知っている唯一の人物でもある」

「それがそうでもないんだよね。わたしはナタリーに電話でのインタビューを申しこんだから、彼女もこっちの番号は知ってる。ハウィーも知ってる。彼がハウィーだと特定するために電話をしたから。あのときこっちの番号を非表示にするのを忘れちゃって。それからすぐに未詳の人物から最初のテキストメッセージが届いた」

「そうか」

「それにサルが消息を絶ったちょうどそのとき、マックスは学校で警察に供述していたからアリバイがある。これはたしか」

ラヴィは背中から後ろへどさりと倒れこんだ。「ぼくら、なにかを見落としているんだよな、きっと」

「人物同士の結びつけに戻ろっか」ピップはラヴィに向けて画鋲入りの容器を振った。ラヴィは画鋲を取り、赤いひもをぴったりあう長さに切った。

「えっと、ふたりのダ・シルヴァは言うまでもなくつながっている。ダニエル・ダ・シルヴァはアンディの父親とつながっている。ダニエルはマックスともつながっている。彼はマックスから車を木にぶつけたという通報を受けて処理しているから。もしかしたら轢き逃げ事件について知っているかもしれない」とラヴィ。

「うん。マックスがクスリを盛った件を見逃してやったかもしれない」とピップ。

「オーケー」ラヴィはひもを巻きつけた画鋲をボードに刺そうとして、誤って親指に刺してしまった。「痛っ」と声をあげたと同時に少しだけ血が出た。

「殺人ボードに血をぶちまけるのはやめてくれる?」とピップ。

ラヴィはピップに向かって画鋲を投げるふりをした。「マックスはハウィーを知ってて、ふたりともアンディのドラッグビジネスにかかわっていた」そこで三つの顔のまわりを指でなぞる。

「そう。マックスは同級生のナタリーを知っていた」ピップは指さしながら言った。「そのうえナタリーの飲み物にもクスリが盛られたという噂がある」

赤いひもの線がボードじゅうを覆い、クモの巣のように互いに交差している。

「基本的に――」ラヴィがピップを見る――「ハウィーからはじまってジェイソン・ベルに至るまで、彼らはみんな間接的につながっている。たぶん、みんなで共謀してやったんだよ、五人全員で」

「次は、このうちの誰かには邪悪な双子がいる、って言いだすんでしょ」

38

学校では一日じゅう、友人たちからいまにも割れそうなガラスの人形みたいに扱われた。誰もバーニーの件についてはひと言も触れず、遠まわしにほのめかしもしなかった。ローレンは自分の最後のジャファケーキ（チョコレート菓子）をくれた。コナーはカフェテリアのテーブルのまんなかの席を譲ってくれて、おかげで端っこで無視されることもなかった。カーラはぴたりととなりに張りついて、いつ話しかけるべきか、あるいはいつ黙るべきかのタイミングを見計らっていた。仲間うちの誰ひとり、ガハガハとばか笑いもせず、つねにこっちのようすをうかがっていた。

ピップはその日のほとんどを黙ってＥＬＡＴの過去問題に取り組み、頭からほかのすべてを閉めだそうとした。歴史のクラスではワード先生の、政治学のクラスではウェルシュ先生の授業に耳を傾けるふりをしながら、頭のなかでせっせと小論文の下書きをした。廊下でばったり会ったモーガン先生は、ぽっちゃり顔に厳しい表情を浮かべ、この期《ご》におよんでＥＰＱの題材を変更できない理由をいくつもあげてきた。ピップはもごもごと「失礼します」と言い、モーガン先生が舌打ちをして「聞きわけのない子」とつぶやくのを耳にしつつ、逃げるように立ち去った。

学校から帰るとすぐにワークステーションに直行し、ラヴィのノートパソコンを開いた。勉強のほうは夜、夕食のあとにもう少しすることにした。すでに目の下にクマができているけれど。母からはバーニーのことで眠れないのだと思われている。時間がないから眠らないだけなのだけれど。

ブラウザを開き、〈アイヴィー・ハウス・ホテル〉のページを見るために〈トリップアドバイザー〉にアクセスする。ピップはすでにある作戦を立てていた。手帳に書かれていた電話番号の解読はラヴィにまかせ、自分は二〇一二年の三月と四月あたりに〈アイヴィー・ハウス・ホテル〉への評価を投稿した人たちにメッセージを送り、ホテルでブロンドの女子を見かけた覚えがあるかどうか尋ねる。すでにメッセージは送信済だが、返信はまだない。

次に思いついたのは、実際にホテルの予約を代行していたウェブサイトにあたること。〝こちらまで連絡を《コンタクト・アス》〟のページでピップは予約代行の会社の電話番号と〝いつでもお電話ください！〟のメッセージを見つけた。ホテルのオーナーである年配の女性の親戚だと偽って、過去の予約状況を調べられるかどうか訊いてみるという手もある。だめな可能性は高そうだけれど、なんでもやってみたほうがいい。秘密の年上男性の身元が一本の電話であきらかになるかもしれない。

ピップは携帯電話のロックを解除して通話アプリをクリックした。最近の通話履歴が開く。そのあとキーパッドを表示させて代行会社の電話番号を打ちこもうとした。そのとき、ふいに親指の動きが遅くなり、ぴたりととまった。キーパッドを見つめつつ、頭は高速で回転し、なにかを見つけようとして思考があちこちへ飛ぶ。

「ちょっと待って」ピップは声に出して言い、親指を動かして最近の通話履歴へ戻った。いちばん上にある履歴を凝視する。昨日ナオミがかけてきたときの番号。臨時に使っているという携帯の番号。目がその数字をなぞっていくうちに胸になにかが引っかかり、しだいに恐怖が広がっていった。

ピップは勢いよく椅子から立ちあがった。その拍子に椅子がくるっと回転して机にぶつかった。携帯電話を握りしめたまま四つん這いになり、ベッドの下の隠し場所から殺人ボードを引っぱりだす。視線はまっすぐにアンディのセクションに向かい、笑顔のまわりに画鋲でとめられている印刷された紙へ飛んだ。

そして見つけた。アンディの手帳のページのコピー。走り書きされて消された電話番号と、その横にとめられた作業記録。ピップは携帯電話を持ちあげて、ナオミの臨時の電話番号と走り書きの番号を交互に見た。

07700900476

これは以前に書きだした十二通りの番号リストにはなかったが、かぎりなく近い。最初に解読しようとしたときは、最後から三番目の数字は7か9に見えると思った。でもちょっと手が滑ってそう見えるようになったとしたら？　ほんとうは4だとしたら？

ピップは背中からカーペットの上に倒れこんだ。きっちりと数字をたしかめる手段はないし、上からぐしゃぐしゃっと消してある部分を取り除いてもともと書かれていた数字を読む方法もない。それでも、ナオミの古いＳＩＭカードの番号と、アンディが手帳に書き記した番号がそっくりなのは間違いない。ありえないほど低い確率で起きた、信じられないほどの偶然なのだろうか。いや、このふたつは同じ番号だ。そうとしか考えられない。

それがなにを意味するのか。手帳の番号は事件とは無関係で、たんにアンディがボーイフレンドの親友の電話番号を書き写しただけなのだろうか。そうならば筋違いの手がかりとして捨て去ってもかまわないはず。

そう考える一方で、胃がずしりと沈みこむような気がするのはなぜだろう。

答えはわかっている。マックスをもっとも疑わしい人物と考えた場合、ナオミも彼と同等か、それ以上に疑わしいと考えざるをえないからだ。ナオミは轢き逃げ事件について知っている。マックス、ミリー、ジェイクの電話番号を知っている。わたしの番号も。ミリーが眠っているあいだにこっそりマックスの家を出て、零時四十五分以前にアンディを引きとめることだってできただろう。ナオミはサルとは親友だった。カーラとわたしが森でキャンプをすることを知っていた。サルが死んだのと同じ森へわたしがバーニーを散歩に連れていくことを知っていた。自分が真実をあきらかにしたせいで、いまのナオミにはへたをすると失ってしまうものがたくさんある。それ以上にもっとなにかを隠しているとしたら？　彼女がアンディとサルの死にかかわっているとしたら？

疲れた脳が勝手に暴走して粗探しをし、先走りしすぎているのかもしれない。これはたんなるアンディが書きとめた電話番号。ほかのなにかとナオミを結びつけるものではない。しかし先を行く脳に追いついたとき、はっきりとひらめいたものがあった。

ナオミを容疑者リストからはずしたあと、殺人者からもう一枚、印刷されたメモを受けとっている。ロッカーのなかにあった脅迫状だ。学期のはじめにピップはカーラのノートパソコンを操作して、ワード家のプリンターの利用履歴を保存しておく設定に変更していた。

ナオミが脅迫状の件に関与しているとしたら、それをたしかめる方法がひとつある。

39

ナイフを握るナオミを見てピップは後ずさった。

「気をつけてね」とピップ。

「もうやだ」ナオミは首を振った。「目が同じ大きさになってない」ナオミがかぼちゃのランタンをくるりとまわしたので、その顔をピップとカーラも見ることができた。

「ちょっとトランプに似てるね」とカーラがくすくす笑う。

「邪悪な猫っぽくなるはずだったんだけど」ナオミはかぼちゃの中身を入れたボウルの横にナイフを置いた。

「もっと邪悪っぽくしてみなよ」カーラはそう言って、手についたかぼちゃを拭きとり、戸棚のほうへ行った。

「もう邪悪じゃなくてもいいや」

「えー、ちょっと、ちょっと」つま先立って戸棚のなかをのぞいていたカーラが不満たらたらのようすで言う。「ここにあったビスケット、ふた袋ともどこへ行っちゃったの？　二日前にパパと買いにいって、たしかにここに置いといたのに」

「知らないよ。わたしは食べてない」ナオミが近づいてきて、ピップのカボチャのランタンを眺めた。「これはなに、ピップ」

「サウロンの目（〈ロード・オブ・ザ・リング〉で冥王サウロンとして表現される巨大な炎の目）だよ」ピップは小声で答えた。

「もしくは火に焼かれたヴァギナ」カーラはビスケットのかわりにバナナをつかんで言った。

「そう言われるとおっかないね」ナオミが笑う。

　こんなことをしてる場合じゃない。

　カーラとピップが学校から帰ってきたとき、ナオミはすでに三人ぶんのかぼちゃとナイフをそろえていて、ランタンづくりの準備を整えていた。だからピップにはいままでのところこっそり抜けだすチャンスがなかった。

「ナオミ」とピップ。「このまえ電話をくれてありがとう。ナオミの友だちのいとこからケンブリッジの試験についてのメールをもらった。すごく役に立ったよ」

「どういたしまして」ナオミが笑みをこぼす。「役に立ってよかった」

「それで、携帯の修理はいつ終わるの？」

「明日って店の人は言ってた。時間がかかりすぎて、もういやになる」

　ピップはうなずいた。こわばったあごは〝それはたいへん〟という気持ちのあらわれととってほしいと願いながら。「でも昔の携帯とまだ使えるＳＩＭカードがあったんだよね。不幸中の幸いってやつかな」

「うん、パパが余分なプリペイドＳＩＭを捨てないでしまっといてくれてラッキーだった。ボーナスまでついてて。十八ポンドぶんの通話料がまだ残ってたの。わたしの携帯に入ってたSIMは契約が切れてた」

もう少しでナイフが手から落ちるところだった。とたんに耳鳴りがはじまる。

「ナオミのパパのSIMカード?」

「そう」ナオミは答え、集中するあまり舌を突きだし、かぼちゃランタンの顔にナイフで切りこみを入れた。「カーラがパパの机の引き出しから見つけてきたの。いろんなものがごちゃごちゃ入ってる、いちばん下の引き出しから。ほら、どの家にもそういう引き出しってあるでしょ。もう使えない古い充電器とか外国のお金とかが入ってるところ」

耳鳴りはだんだん大きくなり、頭のなかにまで響きわたった。ピップは気分が悪くなり、喉の奥から金属っぽい味が湧きあがってくるのを感じた。

エリオットのSIMカード。

アンディの手帳に書かれていたのはエリオットの昔の携帯の番号。

行方不明になるまえにアンディは友人たちに向かってワード先生を〝クソ男〟と呼んでいた。

エリオット。

「ピップ、だいじょうぶ?」カーラがかぼちゃランタンのなかに火を灯したキャンドルを入れると、ランタンがぱっと明るく輝いた。

「うん」ピップは勢いがよすぎるくらいにうなずいた。「わたし、ちょっと……お腹がすいただけ」

「そう。ビスケットをどうぞって言いたいところだけど、いつものようにどこかへ消えちゃったみたい。トーストはどう？」

「えっと……やめとく」

「愛しているから食べさせたいんだよなあ」カーラが言う。

口のなかがべたべたして気持ちが悪い。ちがう、いま頭に浮かんでいる考えは間違っている。エリオットから家庭教師をしてやると言われて、アンディは彼の電話番号を書きとめただけなのかもしれない。たぶんそうだ。エリオットであるはずがない。ピップは落ち着けと自分に言い聞かせ、ふつうどおりに呼吸しようとした。ＳＩＭカードはなんの証拠にもならない。

けれどもピップは証拠を見つける方法を知っていた。

「ランタンをつくりながら、ハロウィンっぽいおどろおどろしい音楽を聴こうよ」とピップは言った。「カーラのノートパソコンを持ってきてもいい？」

「いいよ。ベッドの上にある」

ピップはキッチンのドアを閉めた。

急いで階段をあがってカーラの部屋へ入る。ノートパソコンを腋の下にかかえて階段をおりる。耳のなかで聞こえているよりももっと大きく、心臓がどくどく鳴っている。

ピップはエリオットの書斎にそっと入ると、静かにドアを閉め、デスクの上にあるプリンターにちらりと目をやった。イソベル・ワードが鮮やかな色使いで描いた絵のなかの家族たちが見つめてくるなかで、カーラのノートパソコンを赤褐色の革張りの椅子に置き、床に膝をついてカバーをあける。

パソコンを立ちあげ、コントロールパネルを開いて〈デバイスとプリンター〉をクリックする。〝フレディ・プリンツ・ジュニア〟にポインターをあわせ、息を詰めて右クリックし、ドロップダウンメニューのいちばん上のアイテムをクリックする。〈印刷内容を表示〉

青色の線で囲まれた小さなボックスが表示された。そのなかには六つの項目が記されている。ドキュメント名、ステータス、作成者、ページ数、サイズ、印刷日。

なかはデータでいっぱいだった。昨日の日付でカーラが印刷した〝志望理由書の下書き2〟、数日前の日付の〝エリオットのコンピューター：グルテンフリーのクッキーのレシピ〟、そのほかにナオミのドキュメントがいくつか並んでいる。〝ナオミ：履歴書二〇一七年、慈善活動への応募書類、送付状、送付状2〟

ロッカーに脅迫状が入れられたのは十月二十日の金曜日だった。ピップは〝印刷日〟の列を見ながら下へスクロールしていった。

指がとまる。十月十九日午後十一時四十分、〝エリオットのコンピューター〟が〝ｗｏｒｄ文書1〟を印刷している。

名前もついていないし、保存されてもいない。

そのドキュメントを右クリックするときに、タッチパッドの上に指の汗のあとがついた。ドロップダウンメニューが表示される。心臓が喉もとまでせりあがってくる。ピップは舌を噛みながら〈再印刷〉をクリックした。

プリンターが背後でカタカタ鳴りはじめ、ピップはびくりとした。

身体の向きを変えてプリンターのほうを見やると、いちばん上の紙が機械のなかに吸いこまれていった。

プリンターがシュッシュと音を立てて印刷をはじめたと同時にピップは立ちあがった。

シュッと鳴るごとに一歩ずつ、プリンターへ近づいていく。

紙が押しだされてきて、黒いインクで書かれた上下逆さまの文字が見えた。

印刷が終わり、プリンターが紙を吐きだした。

それを手に取る。

紙の向きを変える。

〝これが最後の警告だ、ピッパ。調査をやめろ〟

40

声も出ない。

ピップは紙を見つめ、首を振った。

胸にあるのは原始的で言葉にならない感情。知らぬ間《ま》に湧いていた怒りが、恐怖で黒く塗りつぶされていく。裏切られたという思いが身体のあらゆるところを突き刺す。

おぼつかない足取りで窓辺まで行き、暗くなっていく外を見やる。

エリオット・ワードが未詳の人物だった。アンディを殺した犯人。サルを。バーニーを。葉がすっかり落ち、風に揺れて手招きしているみたいな木々を見やる。ガラス窓に映る自分自身を見つめ、あれこれの場面を頭のなかで再生していく。歴史のクラスで開いたドアがワード先生にぶつかり、脅迫状が床に舞い落ちていく。エリオットが残していった脅迫状。いじめられているのかと訊いてきたときの偽りのやさしい顔。カーラが持ってきてくれた、バーニーを悼《いた》み、アモービ家を元気づけるためにエリオットといっしょに焼いたというクッキー。

嘘だった。ぜんぶ嘘。子どものころからもうひとりの父親と思ってきたエリオット。子どもたちのために庭での借り物競争を企画してくれた人。ワード家で使うために姉妹とおそろいのクマの爪のスリッパを買ってくれた人。なぞなぞふうジョークでみんなを笑わせてくれた人。ずっとそばで親しんできた人が殺人者だった。パステルカラーのシャツを着て、ぶ厚いフレームの眼鏡をかけた、ヒツジのなかにまぎれこんだオオカミ。

カーラが呼んでいる声が聞こえた。

印刷された紙を折りたたみ、ブレザーのポケットに入れる。

キッチンのドアを押しあけると、カーラが「ずいぶん長くかかったね」と言ってきた。

「トイレにも行ってきた」ピップはカーラの前にノートパソコンを置いた。「悪いんだけど、ちょっと気分が乗らなくて。それに試験の勉強をマジでしなきゃならないし。二日後なんだよね、試験。だからもう帰るね」

「そう」カーラが眉根を寄せる。「でもローレンももうすぐ来るし、そしたらみんなで〈ブレア・ウィッチ・プロジェクト〉を観ようと思ってたのに。パパもいっしょに観るって言ってたし。ほら、パパってこういうホラー映画に弱いから、その怖がりっぷりを見て笑えるでしょ」

「エリオットはどこにいるの？」とピップ。「家庭教師？」

「いつもここに入りびたってるくせに、ちっとも覚えないんだね。パパが家庭教師に出かけるのは月曜日と水曜日と木曜日。今日は学校で残業してるんじゃないかな」

「あっそっか、ごめん。なんか曜日の感覚がなくなっちゃって」そこで間をおいて考える。

「なんとなくずっと思ってたんだけど、なんでエリオットは家庭教師をつづけてるの？　お金に困ってるわけじゃないよね」

「そういえば、なんでかな」とカーラ。「ママの実家は金持ちだし」

「そうだよね」

「パパは教えるのが楽しいんだと思うよ」ナオミがかぼちゃランタンの口から火を灯したカップ入りの小さなキャンドルをさしいれながら言う。「歴史についての自分なりの説を教え子たちに伝えたいんじゃないかな」

「エリオットがいつごろから家庭教師をはじめたか、あんまり覚えてないなあ」とピップ。

「えーっと」ナオミはランタンから顔をあげて考えた。「はじめたのは、わたしが大学へ入学する直前だったと思う」

「じゃあ、もう五年以上もつづけてるの？」

「そうだと思うよ。パパに直接訊けば？　車で帰ってきたみたいだから」

身体はこわばり、全身に鳥肌が立つ。

「そうだね。ひとまずわたし、帰るわ。ごめん」ピップはリュックサックをつかみ、窓ごしに暗闇のなかでヘッドライトが消えるのを見た。

「いいよ、気にしなくて」カーラが心配そうに眉根を寄せて言った。「そうだ、ピップの勉強が忙しくなくなったら、ふたりでハロウィンをやりなおそうよ」

「そうだね」

鍵がガチャガチャ鳴る音がした。裏口のドアが開いた。足音が洗濯機や掃除機が置いてあるユーティリティールームを横切る。

エリオットがキッチンのドア口に姿を見せた。暖かい部屋に入ってきてすぐに眼鏡のレンズが端から曇りはじめたが、それを気にするふうもなくこっちに笑顔を向ける。それからブリーフケースとビニール袋をカウンターに置いた。

「やあ、お嬢さんたち。まったく、教師というものは自分の声に酔いしれるものらしい。人生で最長の会議だったよ」

ピップは無理やり笑顔をこしらえた。

「ワオ、すごいな、このかぼちゃランタンたちは」大きな笑顔を浮かべ、それぞれのランタンを見やる。「ピップ、夕食をとっていくだろう？　世にも恐ろしいハロウィンのお化けジャガイモを買ってきたんだ」

エリオットは冷凍食品の箱を掲げて振り、幽霊登場といった感じで小さなうなり声をあげた。

41

帰宅すると、ちょうど両親がハリー・ポッターに扮したジョシュアを連れて近所の家々をまわりに出かけるところだった。

「ピックル、いっしょに行かないかい」〈ゴーストバスターズ〉のマシュマロマンの着ぐるみのジッパーをリアンにあげてもらいながらヴィクターが言った。

「家にいて勉強しなくちゃなんないの。子どもたちがまわってきたら、お菓子をあげとく」

「今日くらい夜の勉強は休みにしたらどう?」とリアン。

「だめ。ごめん」

「わかったわ、スウィーティー。お菓子《スウィーティーズ》はドアのところよ」リアンは自分のジョークにくっくっと笑った。

「わかった。いってらっしゃい」

ジョシュアは魔法の杖を振り「来い《アクシオ》、キャンディ」と叫んで外へ飛びだしていった。

ヴィクターはマシュマロマンの頭をつかみ、ジョシュアのあとを追った。リアンはピップの頭のてっぺんにキスをして、ドアを閉めた。

ピップは玄関ドアにはめこまれた窓ガラスをとおして家族が出かけていくのを見ていた。三人が私道の端に着くのを見届け、携帯電話を取りだしてラヴィにテキストメッセージを送る。

〝いますぐうちに来て！〟


ラヴィは両手で持ったマグをじっと見つめた。

「ワード先生」首を振る。「ありえない」

「でも、そうなの」ピップはテーブルの下に膝《ひざ》を打ちつけながら言った。「エリオットにはアンディが行方不明になった夜のアリバイがない。ないのはわかってる。娘のひとりはひと晩じゅうマックスの家にいて、もうひとりはこの家で寝ていたんだから」

ラヴィが息を吹きかけると、ミルクたっぷりのお茶の表面にさざ波が立った。ふたりぶんのお茶を淹れたのはかなりまえだから、もうすっかり冷めてしまっているはず。

「サルが死んだ火曜日のアリバイもない」とピップ。「その日は学校を病欠してる。それは本人から聞いた」

「サルはワード先生が好きだった」ラヴィはいままで聞いたなかでいちばん小さな声で言った。

「知ってる」

テーブルがふたりのあいだでふいに広くなったようだった。

しばらく間《ま》をおいてからラヴィが言う。「じゃあ、ワード先生がアンディが会っていた秘密の年上男性なのかい。彼女が〈アイヴィー・ハウス・ホテル〉で会っていた相手?」

「たぶん。アンディはその人物を破滅させてやるって言ってたよね。エリオットは信頼されて当然の立場にいる教師。アンディにふたりの関係をぶちまけられたら、めちゃくちゃまずいことになったはず。刑事告発されて刑務所行き」ピップは手をつけていないお茶に映る自分の揺れる影を見つめた。「アンディは失踪するまえに友だちにエリオットのことをクソ男って言っていた。エリオットの話では、アンディがいじめの首謀者であることを知って、トップレスの動画について彼女の父親に洗いざらい話したからということだった。おそらくそれはつくり話なんだと思う」

「どうやって轢《ひ》き逃げ事件を知ったんだろう。ナオミが言ったとか?」

「そうじゃないと思う。ナオミは誰にも話していないと言ってたから。どうやってエリオットが知ったのかは、わからない」

「まだぴたりとはまらない部分があるね」とラヴィ。

「うん。でもエリオットがわたしを脅《おど》して、バーニーを殺した人物だというのはたしか。彼なんだよ、ラヴィ」

「わかった」ラヴィは大きくてちょっと疲れの見える目を向けてきた。「で、どうやってエリオットが犯人だと証明する?」

ピップはマグカップをどけて、テーブルに突っ伏した。「エリオットは週に三回、家庭教師をしにいっている。今夜までそのことを奇妙だとは思わなかった。ワード家はお金の心配をする必要がない。イソベルの生命保険がおりたはずだし、彼女のご両親は健在で大金持ち。学校ではエリオットは教務主任だよ。給料はけっこういいはず。しかも彼が家庭教師をはじめたのはちょうど五年前の二〇一二年」

「わかった。それで?」

「もしエリオットが週に三回、家庭教師をしにいっていないとしたら? もしかしたら……わからないけど、アンディを埋めた場所に行ってるとか? ある種の贖罪《しょくざい》として彼女のお墓に詣《もう》でている?」

ラヴィは顔をしかめ、額《ひたい》と鼻のあたりに皺《しわ》を寄せた。「週に三回も墓参りしてるなんてありえないよ」

「それもそうだね」ピップはしぶしぶ認めた。「じゃあ……彼女を訪ねているとしたら?」言葉が喉の奥から飛びだすと同時に、自分でもはじめてそのことに思い至った。「アンディが生きていて、エリオットがどこかに監禁しているとしたら? エリオットは週に三回、アンディに会いにいっている」

ラヴィはふたたび顔をしかめた。

忘れかけていた記憶がふいに頭のなかによみがえり、ピップはつぶやくように言った。「ビスケットがなくなっている」

「なんだって?」

ピップは視線を左へ右へとさまよわせ、頭に湧きあがってきている記憶をつかまえようとした。「ビスケットがなくなっている」と今度は声を張りあげて言う。「カーラが言うには、家からたびたび食べ物がなくなっているんだって。たしかにエリオットが買ったはずの食べ物が。どうしよう。エリオットがアンディを監禁していて、彼女に食べ物を与えているんだ」

「その結論、ちょっと飛躍しすぎだと思うけどなあ、部長刑事」

「エリオットがどこへ行っているのか突きとめないと」なにかが背骨をチクチクと刺し、ピップは背筋をぴんとのばした。「明日は水曜日。家庭教師に出かける日」

「ほんとうにワード先生が家庭教師をしていたらどうするんだい」

「じゃあ、していなかったら？」

「ぼくらで彼のあとを尾《つ》けるべきだと？」

「ううん」あるアイデアが脳の奥から表面に浮かびあがってくる。「もっといいアイデアがある。ラヴィの携帯を貸して」

　なにも言わずにラヴィはポケットを探り、携帯電話を引っぱりだした。テーブルの上を滑らせてピップに渡す。

「パスワードは？」とピップ。

「一一二二。それでどうするの？」

「ふたりの携帯で〈友達を探す《ファインド・マイ・フレンズ》〉を使えるようにするの」ピップはアプリをクリックして呼びだし、自分の携帯電話に招待状を送った。次に自分の携帯で招待状を開き、受け入れる。

「これでいつでも自分の居場所を教えあえる。この携帯自体が」そこで携帯電話を振ってみせる。「追跡デバイスになるわけ」

「なんだかおっかないなあ」とラヴィ。

「明日の放課後、なんとか方法を見つけてエリオットの車のなかにわたしの携帯を置いてくる」

「どうやって？」

「なにか考えるよ」

「彼といっしょにどこかへ行っちゃだめだよ、ピップ」ラヴィが身を乗りだして目をのぞきこんでくる。「マジで」

　ちょうどそのとき、玄関ドアをノックする音がした。

　玄関へ急ぐ。ラヴィもあとから廊下に出てきた。ピップはお菓子のボウルを手に取り、ドアをあけた。

「トリック・オア・トリート！」子どもたちの甲高《かんだか》い声が響く。

「ワオ」子どもたちのなかのふたりのヴァンパイアは、三軒先のヤードレー家の子どもたち。

「ずいぶんおっかなそうなんですけど」

　ボウルを下へおろすと、六人の子どもたちが両手を突きだしていっせいに寄ってきた。

　われ先にとお菓子に群がる子どもたちの背後に親たちが立っていて、ピップはグループの面面に微笑《ほほえ》みかけた。次の瞬間、嫌悪感もあらわな彼らの視線がちょうど後ろに立っているラヴィに向けられていることに気づいた。

　そのうちのふたりの女性は身体を寄せあい、手で口もとを隠してなにごとかをささやきあい、ラヴィをじっと見ていた。

42

「いったいなにをしたの」とカーラ。

「わかんない。政治学のクラスが終わって階段をおりてるときにやっちゃった。足首を捻挫したみたい」

ピップは足を引きずるふりをしながらカーラの近くへ行った。

「今朝は学校まで歩いてきたから、車がないの。こんなときにママはこれから家の内覧があって」

「わたしといっしょにパパの車に乗ってけばいいよ」カーラはすばやくピップの腋《わき》の下に腕を滑りこませ、ロッカーまで支えていった。ピップの手から教科書を受けとり、ロッカーのなかの本の山に積み重ねる。「自分の車があるのに学校まで歩きたがるなんて、わけわかんない。わたしなんて自分の車を使えないんだよ、いまはナオミが帰ってきてるから」

「なんとなく歩きたい気分だったの」とピップ。「散歩したくてもバーニーがいないからできないんだよね」

カーラは残念でしかたがないという表情を浮かべ、ロッカーの扉を閉じた。「さっ、行こう。

駐車場まではケンケンしよっか。きみのためにカーラことマッスル・マクギー（カナダ人プロレスラーのブライアン・ケイジの別名）がいてよかったね。昨日は腕立て伏せを九回やったんだよ」

「九回？」ピップは笑みを見せた。

「わかってる。しっかり鍛えれば、銃の展示即売会のチケットを勝ちとれるかも」カーラはうおーとうなり声をあげ、屈伸運動をはじめた。

カーラのことを思うと胸がつぶれる思いがする。〝お願い、お願い、お願い〟と祈らずにはいられない。これからなにが起きようと、カーラの幸せな日常と、彼女のちょっとおばかな面が失われませんように。

カーラに支えられ、ピップは廊下をよろめきながら歩き、脇《わき》のドアから外に出た。鼻をめがけて冷たい風が吹きつけてきて思わず目を細める。ふたりはゆっくりと裏手にある教師用の駐車場のほうへ歩いていき、そのあいだずっとカーラは昨夜観たというハロウィンにぴったりの映画について詳しく語っていた。カーラが父親のことを口にするたび、ピップははっと身をかたくした。

駐車場にはすでにエリオットがいて、車の横で娘を待っていた。

「おやおや」カーラを見てエリオットが言う。「いったいどうしたんだい」

「ピップが足首を捻挫しちゃったの」後部のドアを開いてカーラが答える。「今日リアンは遅くまで仕事なんだって。だからピップも乗せてってくれる？」

「もちろんいいよ」エリオットがさっと動いて腕を取り、手を貸して車に乗せてくれた。

エリオットの肌がこっちの肌に触れる。

跳びのかないようにするのに意思の力を総動員する。

リュックサックがとなりに置かれた。ピップはエリオットがドアを閉め、運転席にすわるのをじっと見つめていた。車のなかの全員がシートベルトを締めたのを確認して、エリオットはエンジンをかけた。

「いったいどうしたんだい、ピップ」エリオットは訊き、子どもたちの一団が道路を渡りきるのを待ってから駐車場を出た。

「わからない。へんなふうに階段をおりちゃったみたいで」

「救急外来へ連れていってあげようか？」

「ううん、だいじょうぶ。何日かおとなしくしていればよくなると思う」ピップは携帯電話を取りだしてマナーモードになっているのをたしかめた。ほとんど一日じゅう電源を切っていたので、バッテリーはほぼ百パーセントになっている。

カーラがラジオの番組を探しはじめると、エリオットは娘の手を叩いた。

「わたしの車ではうるさい音楽は禁止だよ」とエリオット。「ピップ？」

ピップはぎくりとし、もう少しで携帯電話を落としそうになった。

「足首は腫れているのかい」

「まあ……」ピップは前かがみになり床に触れた。携帯はまだ手のなかにある。足首を見ているふりをして、手首をひねり携帯を後部座席の下の奥へと押しこむ。「ちょっとだけ」そう言ってから上体をあげる。血が頭にのぼったせいで顔が紅潮しているのがわかる。「それほどひどくない」

「それならよかった」車は人通りの多い道を走っていく。「今晩はすわるときも脚をあげておいたほうがいいよ」

「そうする」ピップはバックミラーに映るエリオットの目を見た。「そうだ、今日は家庭教師をしにいく日だよね。わたしのせいで遅れたら申しわけないな。どこまで行くの？」

「ああ、それなら心配いらない」エリオットはウィンカーを出して左折し、ピップの家がある道路へ入った。「オールド・アマーシャムへ行くだけだから。ぜんぜんだいじょうぶだ」

「それならよかった」

カーラが夕食はなにかと訊いているうちにエリオットはスピードを落として、ピップの家の私道に入っていった。

「おや、きみのママは家にいるみたいだよ」リアンの車をあごで示し車をとめる。

「ほんと？」鼓動の速さが二倍になり、その振動でまわりの空気まで揺れているような気がする。「土壇場で内覧がキャンセルされたのかも。確認しとけばよかった、ごめんなさい」

エリオットが後部座席に顔を向けた。「なに言ってるんだ、ぜんぜんかまわないよ。玄関まで行くのに手を貸そうか？」

「ううん」ピップは即答してリュックサックをつかんだ。「だいじょうぶ、ありがとう。ひとりで平気」

車のドアをあけて外へ出る間際。

「ちょっと待って」といきなりカーラが声をかけてきた。

ピップは凍りついた。〝お願い、カーラが落ちている携帯に気づいていませんように〟

「明日のピップの試験のまえに会える？」

「えっと」ピップは息をついた。「だめかも。事務室で受付をしてから、そのまま試験会場になってる教室へ行くから」

「わかった。じゃあ、がーーーんばってよぉぉぉ」カーラが歌うように声援の言葉を引きのばす。「ピップならきっとちゃんとできる。試験が終わったら探しにいくね」

「がんばれよ、ピップ」エリオットが笑みを向けてくる。「幸運を祈る《ブレイク・ア・レッグ》と言いたいところだが、いまはちょっとタイミングが悪そうだな」

ピップは笑ったが、つくり笑いが虚《うつ》ろに響くばかりに思えた。「ありがとう。あと、家まで乗せてくれてありがとう」車に寄りかかってドアを閉める。

家へ向かって足を引きずっていく。エリオットの車が走り去る音を聞くと耳がチクチクした。

玄関ドアをあけて、ようやく足を引きずるのをやめる。

「おかえり」リアンがキッチンから呼びかけてきた。「お茶、飲む？」

「えっと、いいや」ピップは廊下を歩きながら答えた。「もうすぐラヴィが来るの。試験の勉強をみてもらう約束になってるから」

母が驚き顔を見せる。

「なに？」

「自分の娘のことはぜんぶわかってるって思いこんでた」笊《ざる》のなかでマッシュルームを洗いながらリアンが言う。「その子は学校のグループ研究でだってひとりで作業して、ほかの子たちの顰蹙《ひんしゅく》を買うって評判なんだけど。それが〝勉強をみてもらう〟とはねえ」そこでふたたび驚き顔。「部屋のドアはあけておきなさいよ」

「もう、なにそれ。あけとけばいいんでしょ」

階段をのぼりはじめたところで、ラヴィらしき人影が玄関ドアをノックした。

ピップはラヴィを迎え入れると、母に「こんにちは」と挨拶しているラヴィをせっついて、二階の自分の部屋へ向かった。

「ドアはあけといて」ドアを閉めようとするラヴィに言う。

ピップはベッドの上にあぐらをかいてすわり、ラヴィはベッドまで椅子を引っぱってきてすわった。

「すべて順調？」とラヴィ。

「うん、後部座席の下に置いてきた」

「オーケー」

ラヴィは携帯電話のロックを解除し、〈友達を探す《ファインド・マイ・フレンズ》〉のアプリを開いた。ピップは顔がくっつきそうになるくらいそばへ寄り、ふたりで画面上の地図を見つめた。

小さなオレンジ色のピップの分身がホッグ・ヒルのワード家の前でとまっている。ラヴィは更新ボタンを押したが、分身はまだそこにとどまっている。

「エリオットはまだ出かけていないんだ」とピップ。

廊下を歩いてくる足音が聞こえ、ピップが顔をあげると、ジョシュアがドア口に立っていた。

「ピッポ」あちこちはねた髪をいじってジョシュアが言う。「ラヴィに来てもらって、いっしょに〈ＦＩＦＡ〉（国際サッカー連盟公認のサッカーゲーム）をやってもいい？」

ラヴィとピップは顔を見あわせた。

「えっと、いまはだめなの、ジョシュ」とピップ。「ちょっと忙しいから」

「あとで行くよ。それからいっしょにゲームをするっていうのでどうかな、相棒」とラヴィ。

「オーケー」ジョシュアはがっかりしたようすで腕をおろし、忍び足で去っていった。

ラヴィが地図を更新した。「彼が動きだした」

「どこへ？」

「いまはまだホッグ・ヒル。もうすぐラウンドアバウト」

分身はリアルタイムで動いてはいかないので都度、更新しなくてはならず、ふたりは更新後にオレンジ色の円がルート上をジャンプしていくのを待った。いまはちょうどラウンドアバウトでとまっている。

「更新して」焦れてピップが言う。「エリオットが左折しなかったら、アマーシャムには向かわないってことになる」

輪郭がぼやけた更新ボタンがくるくるとまわる。更新。更新。更新していくうちにオレンジの分身が消えた。

「どこ行ったの?」とピップ。

ラヴィが地図をスクロールしてエリオットの現在地を探す。

「とめて」ピップが指をさす。「そこ。エリオットはA四一三号線を北上してる」

ふたりは顔を見あわせた。

「アマーシャムへは行かない」とラヴィ。

「うん、行かない」

それからの十一分間、ラヴィが親指で更新の矢印を押すたびにエリオットが道路をどんどん北上していくようすをふたりは目で追っていった。

「ウェンドヴァー付近だね」ラヴィはそう言ってからピップの顔を見た。「どうした?」

「ワード一家は昔ウェンドヴァーに住んでいて、そのあとでキルトンのもう少し大きな家に引っ越してきたの。わたしたちが出会うまえの話」

「曲がった」ラヴィの言葉でピップはふたたび前のめりになった。「ミル・エンド・ロードという通り沿い」

ピップは白く表示されている道にとまっているオレンジ色の円を見つめた。「更新して」

「してる」とラヴィ。「かたまったかな」更新ボタンを再度押す。更新中の表示が一瞬くるくるっとまわり、とまった。オレンジ色の円は同じ場所から動いていない。もう何度か押してみたが動かない。

「とまったんだね」ピップはラヴィの手首をつかんで携帯を自分のほうに向け、地図に目を凝《こ》らした。それからベッドからおりて机の上にあったラヴィのノートパソコンを手に取り、またベッドに戻って膝の上に置く。「エリオットがどこにいるか調べてみる」

ブラウザを開きグーグルマップを呼びだす。〝ウェンドヴァー、ミル・エンド・ロード〟を探しだし、航空写真モードをクリックする。

「この道路のどのあたりにエリオットはいる?」ピップは画面を指さした。

「もう少し左に寄ったあたりかな」

「オーケー」路上に小さな人型のアイコンをドロップすると、ストリートビューが立ちあがった。

狭い田舎道は日の光を浴びて輝く木々と生垣に囲まれている。ピップはクリックして画像を最大まで引きのばした。少し奥まった場所の道の片側に家が建っている。

「エリオットがいるのはこの家だと思う?」ピップはガレージドアが白い、小さなレンガ造りの家を指さした。家全体は木々と電柱の陰になっていてよく見えない。

「そうだなあ……」ラヴィは携帯電話の画面とノートパソコンの画面を交互に見やった。「その家か、左側の家かもしれない」

ピップは番地を調べた。「エリオットがいるのは四二か四四だね」

「彼らが昔住んでたのはその番地なのかな」とラヴィに訊かれたが、ピップにはわからなかった。肩をすくめると、ラヴィが「でもカーラに訊けばわかるだろう?」と言った。

「うん」とピップ。「わたし、誰かになりすましたり、嘘をついたりするのに慣れっこになっちゃったな」胃がざわつき、喉が締めつけられる。「カーラはわたしの親友で、真実を暴けば彼女を破滅させることになる。みんなを、すべてを破滅させる」

ラヴィがすっと手を出してピップの手を握った。「もうすぐ終わるよ、ピップ」

「いま終わらせる。今夜ここへ行って、エリオットがなにを隠しているのかたしかめる。アンディがここで生きているかもしれない」

「それは推測にすぎない」

「いままでだってずっと推測で動いてきた」ピップはラヴィの手から自分の手を引き抜いて痛む頭をかかえた。「もう終わりにしたい」

「わかった」ラヴィは静かに言った。「ぼくたちでこれを終わらせよう。でも今夜じゃない。明日だ。明日になったら、どっちの番地がワード先生の行き先なのか、そこが彼らの昔の家なのかをそれとなくカーラから聞きだす。そして学校が終わったあと、夜にふたりでここへ行き、本人がいない隙に彼がなにをたくらんでいるのか調べよう。もしくは警察に匿名《とくめい》で電話をかけて情報を提供し、その住所に警官を派遣してもらったっていい。でもそれはいまじゃないよ、ピップ。今夜行動を起こしたらきみの一生がぶち壊しになる。そんなまねはさせない。ケンブリッジを棒に振るようなことは絶対にさせないよ。いまは試験の勉強をするときだ。たっぷりと睡眠もとって。わかったかい？」

「でも——」

「でもはなしだよ、部長刑事」こっちを見つめてくるラヴィの目がいきなり鋭くなった。「ワード先生はすでに多くの人間の人生を破滅させている。きみの人生までぶち壊させちゃいけない。わかった？」

「わかった」ピップは小さな声で答えた。

「よし」ラヴィはピップの手を取り、ベッドからおろして椅子にすわらせた。椅子を机へ向けて、ピップの手にペンを握らせる。「これからの十八時間はアンディ・ベルとサルのことは忘れるんだ。そして十時半までにはベッドに入って寝ること」

ピップは顔をあげラヴィのやさしげな目と真剣な面持ちを見て、なんと言うべきか、自分がいまどう感じているか、まったくわからなくなった。笑うか泣くか叫ぶか迷いながら、高い崖の縁《ふち》に立っている気分だった。

43

〝次の詩と長文からの抜粋はすべて罪について描写したものです。それらは出版された日付順に並べられています。すべての作品をていねいに読んで、以下の課題を完成させなさい〟

時計のチクタクという音が、頭のなかでスネアドラムの響きに変換された。ピップは記述用の白紙の小冊子を開き、もう一度だけ顔をあげた。試験の監督者は足をテーブルにのせてすわり、本の背が折れ曲がったペーパーバックに顔をうずめている。ピップはほかに誰もいない三十人用の教室のまんなかで、脚がガたつく小さな机についていた。すでに三分が経過している。時計の音は無視しろと脳が命じてきて、ピップはページを文字でうめていった。

制限時間の四十九秒前に記述を終え、時計の秒針が時を刻みながらほぼ一周するのを見つめていたとき、監督者が〝やめ〟と声をかけてきた。ピップは小冊子を閉じ、監督者に渡してから教室の外へ出た。

記述ではいくつかの作品を取りあげ、登場人物が犯罪行為におよんでいるときに受動態を用いることで、その人物が罪をべつの人やものに転嫁していると指摘した。昨日の晩は七時間眠ったし、試験もうまくいった気がした。

そろそろランチタイム。廊下を歩いていくと、カーラが名前を呼んでいる声が聞こえてきた。

「ピップ！」

すんでのところで自分は足を引きずっているはずだということを思いだす。

「試験はどうだった？」カーラが追いついてきた。

「うまくいったと思うよ」

「やった、これで自由の身だね」喜びを表現しているのか、カーラがピップの腕を揺する。

「足首はどう？」

「もうそれほど痛くないよ。明日には完全によくなると思う」

「そうだ」カーラはポケットのなかに手を突っこんだ。「ピップの言ったとおりだった」携帯電話を取りだす。「ピップの携帯、パパの車のなかに落ちてた。後部座席の下にあったよ」

ピップは携帯を受けとった。「なんで落っこっちゃったんだろう」

「自由になったピップのお祝いをしなくちゃ。明日うちにみんなを呼んで、ゲーム大会かなんかやるっていうのはどう?」

「いいね」

ピップは少し間をおき、タイミングを見計らってから言った。「そういえば、うちのママ、今日ウェンドヴァーのミル・エンド・ロードの家の内覧に行ってるんだ。そこ、カーラが昔住んでたとこだよね?」

「うん。奇遇だね」

「四四番地」

「うわ、近い。うちは四二番地だった」

「カーラのパパはいまでもそこへ行く?」声を一本調子にして、さほど興味はないといったふうに訊く。

「行かないよ、ずいぶんまえに売っちゃったから。ママがおばあちゃんから莫大な遺産を相続して引っ越したときは、たしか不動産屋が管理してた。ママが絵を描いているあいだは、その家を貸しておまけの収入を得ていたの。でもママが死んでから二年くらいたったときに、パパが売っちゃったと思う」

ピップはうなずいた。あきらかにエリオットは長いあいだ嘘をつきつづけている。具体的には五年以上。

ランチをとったカフェテリアでは夢遊病者みたいに歩いていた。ランチタイムが終わり、カーラとはべつべつの授業を受けにいくとき、ピップは足を引きずりつつカーラをハグした。

「今日はやけにくっつきたがるねえ」カーラが身体を引きはがそうとしながら言った。「どうした?」

「なんでもない」とピップ。カーラのことを思うと悲しみがこみあげてきて、それが真っ黒くなって広がり、のたうって、胸がうずいた。カーラはなにも悪くないのに。このままずっとそばにいたい。離れたくない。でもそういうわけにはいかない。

コナーが追いついてきて、必要ないと言ったのに、歴史のクラスの教室へと階段をのぼる手助けをしてくれた。ワード先生はすでに教室にいて、淡いグリーンのシャツを着て教壇に腰かけていた。ピップは彼のほうを見もせずに、足を引きずっていつもの席を通りすぎ、いちばん後ろの席まで行ってすわった。

授業は永遠に終わらないかに思えた。視線の先にある時計にあざ笑われているような気さえする。とにかくエリオット以外のものに視線を向ける。彼を見たくない。見られない。呼吸をするたびにねばねばしたものを吸いこんでいる感じがして喉が詰まりそうだ。

「興味深いことに」とエリオットがしゃべる。「六年前、スターリンの主治医のひとり、アレクサンドル・ミャスニコフという人物の日記が公開された。そこには、スターリンは脳の病気を患《わずら》っていて、そのために正常な判断ができなくなり、妄想症が引き起こされたのかもしれないと書かれている。そこで――」

ベルが鳴り、エリオットは途中で話をやめた。

ピップはぎくりとした。ベルのせいじゃない。エリオットが〝日記〟と言ったときに、なにかがひらめいたのだ。頭のなかでその言葉が繰りかえされ、ゆっくりと正しい場所にはまっていった。

生徒たちはノートや教科書をしまい、ドアへ向かいはじめた。いちばん後ろから足を引きずっていったピップは教室に残る最後のひとりになった。

「ちょっと待って、ピップ」エリオットの声にドアから引きもどされる。

ピップはしぶしぶ、ぎこちなく振りかえった。

「試験はどうだった?」

「はい、うまくいきました」

「それはよかった」そこで笑みをこぼす。「じゃあ、もうリラックスできるね」

ピップはつくり笑いを返し、足を引きずって廊下へ出た。エリオットの視界からはずれたとたん、足を引きずるのをやめて走りだす。もはや今日最後の授業の政治学を受けている場合ではない。走りながらもエリオットが発したひとつの言葉が追いかけてくる。日記。ピップは走るスピードを落とさずに駐車場まで行き、車のドアを勢いよく閉めて、震える手でハンドルを握った。

44

「ピップ、ここでなにをしてるの?」玄関口に立つナオミが訊いてくる。「まだ学校にいる時間じゃないの?」

「自習時間だったから」息を落ち着かせつつ答える。「訊きたいことがひとつあって」

「ピップ、だいじょうぶ?」

「お母さんが亡くなってからナオミはセラピーを受けてたよね? 不安神経症で」気を遣って遠まわしに訊く余裕もない。

ナオミが一瞬、目をきらりとさせ、不思議そうな顔で見つめてくる。「うん」

「療法士から日記をつけるように言われなかった?」

ナオミはうなずいた。「ストレスを緩和させる方法らしいね。よく効くって。だから十六歳のころから日記をつけてるよ」

「そこに轢き逃げ事件のことも書いた?」

ナオミが眉間《みけん》に皺を寄せてこっちを見る。「うん、もちろん書いた。書かずにはいられなかった。すごくショックを受けたのに、誰にも話せなかったから。自分以外に日記を見る人はいないし」

ピップは息を吐きだし、それを受けとめるかのようにカップの形に丸めた両手で口もとを押さえた。

「例の脅迫者が日記を見て轢き逃げ事件を知ったと考えてるの?」ナオミは首を振った。「それはありえない。日記にはいつも鍵をかけて、自分の部屋に隠しているもの」

「もう行かなくちゃ」とピップ。「ごめん」

ピップはくるりとナオミに背を向け、「ピップ! ピッパ!!」と呼びかけてくる声を無視して車へ走っていった。

私道に乗り入れると、母の車がとまっているのが見えた。しかし家のなかは静かで、玄関ドアをあけても〝おかえり〟という声は飛んでこなかった。廊下を進むうちにべつの声が聞こえてきて、ピップはどきっとした。母が泣いている。

リビングルームの入《はい》り口で立ちどまり、ソファの背もたれの縁からのぞいている母の頭を見やる。母は両手で携帯電話を握りしめていた。録音された小さな声が携帯から流れてくる。

「ママ?」

「あら、スウィーティー、びっくりさせないでよ」リアンは携帯を置き、さっと目のあたりを払った。「早いお帰りね。試験はうまくいったってことかしら?」涙に濡れた顔に笑みを浮かべようとしながら、となりにあるクッションをポンポンと叩く。「小論文のほうはどうなった? ここへすわって教えてちょうだい」

「ママ、なんで泣いてるの？」

「ああ、なんでもないの、ほんとに」涙は乾ききっていないけれども、娘に笑顔を向ける。

「まえに撮ったバーニーの写真を見ていただけ。二年前のクリスマスのときの動画も見つけた。バーニーがテーブルをまわって、みんなに靴を片方ずつ配っているやつ。見るのをやめられなくなっちゃって」

ピップは母のそばへ行き、後ろから抱きしめた。「悲しませてごめんなさい」母の髪に顔をうずめてささやく。

「悲しんでないわよ」そこで洟をかむ。「泣き笑いってやつかな。バーニーはほんとうにいい子だった」

ピップはとなりにすわり、バーニーの写真や動画を見ていった。バーニーが空へとジャンプして雪を食べようとするのを見て母とともに笑う。掃除機に吠えかかるバーニー、てのひらを上に向けてべろーんと床に横たわっているバーニー、小さなジョシュがお腹を、ピップが耳をなでている。ママが近づいてジョシュを抱きあげるまで、ふたりはずっとバーニーをなでつづけている。

「さてと」とピップ。「上に行って、少し昼寝してくるね」

また嘘をつく。ピップは自分の部屋へ行って時刻を確認し、ベッドとドアのあいだを行ったり来たりした。時が過ぎるのを待つ。不安が怒りに変わり、行ったり来たりしていないと叫びだしそうだった。今日は木曜日で、家庭教師の日。エリオットがあの場にいることを願う。

部屋の時計が五時を告げると、ピップは充電器から携帯電話を引き抜き、カーキ色のコートを手に取った。

「ちょっとローレンのとこへ行ってくる。二、三時間で戻るね」とリアンに声をかける。いま母はキッチンでジョシュの数学の宿題を手伝っている。「じゃあ、行ってきます」

外に出て車のキーを解除し、乗りこんでから黒髪を頭のてっぺんでひとつにまとめる。それから携帯電話に目をやる。ラヴィからのメッセージがたくさん入っている。ラヴィに返信する。

〝試験はうまくいったよ、ありがとう。夕食後にラヴィんちへ行って、警察に電話する〟これもまた、嘘。いまでは嘘が淀《よど》みなく出てくる。こう伝えておかなければラヴィにとめられるだろう。

ピップは携帯電話で地図アプリを開き、検索バーに住所を打ちこみ、〝ゴー〟を押して道案内を開始させた。

機械的で耳ざわりな声が告げる。〝ウェンドヴァー、ミル・エンド・ロード四二への案内をはじめます〟

45

ミル・エンド・ロードは狭くて周囲は草深く、道の両側から枝がのびて木のトンネルを形づくっていた。ピップは四四番地を過ぎたあたりの草地に車を寄せ、ヘッドライトを消した。

心臓はてのひらサイズにまでふくれあがった感じで、身体じゅうの毛と皮膚がざわついて電気が走っているようだった。

ピップは携帯電話を取りだし、カップホルダーに立てかけてから九九九に電話をかけた。

二回のコールで応答。「はい、こちらは緊急専用ダイヤルです。警察、救急、消防のどちらにおつなぎしますか？」

「警察を」とピップは言った。

「ただいまおつなぎします」

「もしもし」オペレーターとはべつの声が言う。「警察の緊急ダイヤルです。どうしました？」

「わたしはピッパ・フィッツ＝アモービという者です」声がどうしても震える。「リトル・キルトン在住です。どうかよく聞いてください。ウェンドヴァーのミル・エンド・ロード四二へ警察官の派遣をお願いします。なかにいるのはエリオット・ワードという男性です。五年前、エリオットはキルトンに住むアンディ・ベルという女子生徒を誘拐し、以来ずっとその家に監禁しています。彼はサル・シンという男子生徒を殺害しています。すみませんが、アンディ・ベルの事件を担当していたリチャード・ホーキンス警部補に連絡してください。アンディは生きていて、家のなかに監禁されていると思われると伝えてください。わたしはこれからエリオット・ワードと対決するつもりで、危険な目に遭うかもしれません。お願いですから、至急警察官を派遣してください」

「ちょっと待ってくれ、ピッパ」と声が言う。「いまどこからこの電話をかけているんだい」

「その家の前からです。これから乗りこむつもりです」

「わかった。動かずそこにいて。いまきみがいる場所に警察官を急行させるから。ピッパ、いいかい――」

「いまから乗りこみます」とピップは相手の話をさえぎった。「お願いですから急いでください」

「ピッパ、家に入っちゃだめだ」

「すみません、行かなきゃならないんで」

電話を下へおろし、相手の声がこっちの名前を呼んでるところで通話を切った。

ピップは車から降りた。草地を横切って四二番地へつづく私道へ入る。エリオットの車が小さな赤レンガ造りの家の前にとまっているのが見えた。下の階のふたつの窓が明るく輝いていて、濃い闇を押しかえしている。

家のほうへ進みはじめると、モーションセンサーの投光照明がこちらの動きをとらえ、目がくらむほどまぶしい光で私道を照らした。ピップは手で目を覆って進んでいった。玄関ドアまで歩いていくあいだ、木の巨大な影が背後の地面に張りついていた。

ノックする。ドアをどんどんどんと三度叩いて。

内部でなにかがガチャガチャと鳴ったあと、なにも聞こえなくなった。

ピップはもう一度ノックした。今度は丸めた手のやわらかい部分で何度もドアを叩く。

ドアの向こう側で明かりがつき、黄色く照らされたすりガラスにこちらへ歩いてくる人影が映った。

チェーンがドアをこすり、スライディングロックがはずされ、甲高い音を立ててドアが内側に開いた。

エリオットが見つめてくる。学校で着ていたのと同じ淡いグリーンのシャツに身を包み、ひもでつながった両手用の黒い鍋つかみを首にかけている。

「ピップ?」恐れからなのか、エリオットは吐息まじりの声で言った。「きみはなにを……きみはここでなにをしてるんだい」

ピップはレンズで拡大されたエリオットの目をのぞきこんだ。

「わたしは……」とエリオットが言葉に詰まる。「わたしはただ……」

ピップは首を振った。「警察が十分ほどでここに到着します。その時間を使ってわたしに説明してください」そこで一歩、家のなかへ踏みこむ。「説明してください。そうすればあなたの娘たちがこの件を乗り越えるのに力を貸せる。シン家の人たちも長い年月を経て、ようやく真実を知ることができる」

エリオットの顔から血の気が引いた。よろめいて数歩、後ずさり、壁にぶつかる。それから指でまぶたを押さえ、ふうっと息を吐いた。「これでおしまいだ」小さな声で言う。「ついに終わってしまう」

「どんどん時間が過ぎていってますよ、エリオット」内心とは裏腹に声が勇ましく響く。

「わかった。わかったよ。なかに入るかい」

ピップはためらった。胃が尻ごみして背骨を圧迫しているような気がする。でも警察がこちらへ向かっている。家のなかに入ってもだいじょうぶなはず。入らなければ。「玄関ドアはあけておく。警察が来たときのために」そう言ってからエリオットのあとを追ってなかへ入り、三歩、距離をあけて廊下を進んでいった。

エリオットの案内で右へ折れ、キッチンに入った。家具はひとつもないのに、調理台や流し台には食料品や調理道具が置かれ、調味料用の棚まである。調理台に置いてある袋入り乾麵パスタの横には小さな鍵。ピップは身をかがめてコンロの火を消しているエリオットのそばへは寄らず、できるだけ大きくふたりのあいだの距離をおいた。

「ナイフのたぐいからは離れて」とピップ。

「ピップ、わたしはそんなつもりは――」

「ナイフのそばから離れて」

エリオットはコンロから離れ、ピップの向かい側の壁ぎわに立ちつくした。

「彼女、ここにいるんでしょ？　アンディはここにいて、生きている？」

「そうだ」

ピップは暖かいコートの内側で震えた。

「二〇一二年の三月、あなたとアンディ・ベルは密会していた。最初から話して、エリオット。そんなに時間はありませんよ」

「そ、そ、そういうんじゃ――」つっかえながら言う。「それは……」エリオットは正面を向いてうめき声をあげた。

「エリオット！」

エリオットは洟をすすり、背筋をのばした。「わかったよ。あれは二月の後半だった。アンディが……学校でわたしに注意を向けはじめた。そのときは彼女に教えてはいなかった。アンディは歴史のクラスはとっていなかったんだ。だが廊下で会うとついてきて、その日の出来事なんかを訊いてきた。わからないけれど、好意を持たれていると感じて……気分がよかった。イソベルが死んでからはものすごく孤独だった。アンディが電話番号を教えてくれと言ってきた時点ではなにも起きなかった。つまりキスとかそういうことはしなかった。しかしアンディはキスしてくれと言いつづけていた。もちろん不適切だと言って断ったよ。だがいくらもたたないうちに、ふと気づくとわたしは携帯電話の店にいて、新しいＳＩＭカードを買っていた。誰にも知られずにアンディと話すために。なぜそんなことをしたのか自分でもわからない。イソベルを失った事実を一時的にでも忘れられると思ったのかもしれない。とにかく話し相手がほしかったんだ。夜にだけそのＳＩＭカードを挿入していたからナオミには見つかっていなかったと思う。アンディとはそれでテキストメッセージをやりとりしはじめた。彼女はいい話し相手になってくれた。おかげでわたしはイソベルのことや、ナオミとカーラが心配だという話もできた」

「もう時間がなくなってきてますよ」ピップは冷たく言い放った。

「そうだな」そこでまた洟をすする。「それからアンディは学校の外で会おうと言いはじめた。ホテルとかで。絶対にだめだと言ったよ。しかし魔がさしたというか、寂しさのためか、いつの間にかわたしはホテルを予約していた。アンディの強引な説得に根負けしたのかもしれない。ふたりで日時を決めたが、わたしのほうが土壇場でキャンセルせざるをえなくなった。カーラが水疱瘡《みずぼうそう》に罹《かか》ったからだ。ふたりの関係がどんなたぐいのものだったにしろ、とにかく終わりにしようと決心したとき、もう一度アンディが誘ってきた。結局わたしは翌週にホテルを予約してしまった」

「リトル・チャルフォントの〈アイヴィー・ハウス・ホテル〉」とピップは言った。

エリオットがうなずいた。「はじめてなにかが起きたのはそのときだった」恥ずかしさのためか、声が小さくなる。「泊まりはしなかった。ひと晩じゅう娘たちを放っておくことはできなかったからね。二時間ほどホテルにいただけだ」

「アンディと寝たんですか」

エリオットはなにも答えなかった。

「彼女は十七歳だったんですよ！　あなたの娘と同じ年。あなたは教師だった。アンディはいわば弱い立場で、あなたはそれに乗じた。大人なんだから、もっとしっかり状況を考えるべきだった」

「きみになにを言われても、いま以上に自分に対してうんざりはしないだろうな。もうほとほと嫌気がさしているから。わたしは二度とこんなことは起きないと彼女に告げて、関係を解消しようとした。アンディはけっして承知しなかった。そして警察に通報してやると、わたしを脅しはじめた。授業を中断させられたこともあった。いきなり教室に入ってきて、耳もとでささやいたんだよ。この教室のどこかに自分の裸の写真を隠しておいた、誰かに見つかるまえに見つけろってね。そうやってわたしを震えあがらせた。だからしかたなく翌週にアイヴィー・ハウスへふたたび行ったよ。行かなかったら彼女がなにをしでかすかわからなかったから。それに、ふたりの関係がどんなものであれ、彼女はすぐに飽きるだろうとも思った」

エリオットは首の後ろをさすっていた手をとめた。

「それが最後だった。そういうことがあったのはたったの二回で、そのあとは春休みに入った。わたしは娘たちとともに一週間をイソベルの両親の家で過ごし、キルトンから離れることでようやく正気に戻った。アンディにはメッセージを送り、もうおしまいにする、警察に突きだされたってかまわないと告げたよ。彼女は返信を送ってきた。学校が再開したときに、こちらが彼女の望むとおりのことをしなければ、わたしを破滅させてやると書かれていた。彼女が望むこととはなんなのかはわからなかった。ちょうどそのとき、またとないチャンスがめぐってきて、わたしはアンディをとめる機会を得た。まえにも話したとおり、アンディがある女子生徒にネットいじめをしていることを突きとめ、父親に電話をして、娘さんが態度をあらためなければ学校側に報告せざるをえない、そうなれば彼女は退学処分になると告げた。もちろんアンディはこちらの目論見《もくろみ》を見抜いていた。つまり、これで相手を破滅させる弱みを互いに握ることになると。彼女はふたりの関係を暴露することでわたしを逮捕させ、刑務所へ送りこむことができる。一方でわたしはアンディを退学処分にして彼女の将来をつぶすことができる。わたしたちはへたに動けない状態になって、こちらはそのままことを終わりにできると思いこんだ」

「それなのに、なぜあなたは四月二十日の金曜日にアンディを誘拐したんですか」

「それは……、あれはまったく意図したことじゃなかったんだ。ひとりで自宅にいたわたしのもとにアンディがあらわれた。十時ごろだったと思う。彼女はいらついていて、かなり腹を立てていた。叫び声をあげて、わたしを哀れでムカつくやつだとののしり、自分が接近したのは、サルに力を貸していたように、自分にもオックスフォードに入れるよう助力してほしかったからだと言った。サルが自分を残してキルトンを去るのは耐えられないと。家から逃げださなければならない、キルトンからも、そうしないと息が詰まって死んだも同然になると、大声でわめいていた。わたしはアンディを落ち着かせようとしたが、とてもじゃないが無理だった。かたやアンディはどうすればわたしを痛めつけられるかをちゃんと知っていた」

エリオットはゆっくりと瞬《まばた》きした。

「アンディは走って書斎へ入っていき、死に瀕していたイソベルが仕上げた、わたしにとってはかけがえのない絵を切り裂きはじめた。彼女は手はじめにそれらのうちの二枚をずたずたにし、やめてくれとわたしが叫んでいるうちに、わたしがいちばん気に入っている絵のほうへ向かっていった。わたしは……わたしは彼女のもとへ駆け寄り、とめようとして身体を押しのけた。けっして傷つけるつもりはなかった。けれどもアンディはふらつき、倒れた拍子にデスクに頭を打ちつけてしまった。かなり強く。そして」そこで洟をすする。「アンディは倒れたまま起きあがらず、頭からは出血していた。意識はあったが、混乱していた。わたしは応急手当のキットを取りに急いで書斎を出て、戻ってみるとアンディはどこかへ消えていて、玄関ドアはあいていた。もともとうちへは車で来てはいなかった。私道には車はなかったし、車が出入りする音も聞こえなかったから。アンディは徒歩でどこかへ消えてしまったんだ。暴れたときに落としたらしく、彼女の携帯電話が書斎の床に落ちていた」

エリオットの話はつづいた。「翌日、ナオミからアンディが行方不明になったという話を聞いた。出血し、頭に怪我を負った状態でうちから消えて、それ以降アンディは行方不明になってしまった。週末が過ぎていくにつれ、わたしはパニックに陥《おちい》りはじめた。自分が彼女を殺してしまったと思いこんだんだ。うちから出てあたりをさまよい、頭に怪我を負ったまま混乱し、迷子になったあげく、その怪我がもとで死んでしまったのだと。排水溝かなにかに頭から突っこんで倒れ、死んだのだと。警察が彼女を発見するのは時間の問題だろうとも思った。発見されたら、彼女の身体のどこかにわたしの関与を物語る証拠がついているだろうとも考えた。繊維といった微細な証拠や、指紋なんかが見つかってしまうと。わたしにできるのは、自分を守るために警察に強力な容疑者をさしだすことだけだった。娘たちを守るためにも。わたしがアンディを殺したとして逮捕されたら、とてもじゃないがナオミは生きていけないだろうと思った。カーラは当時まだ十二歳だった。わたしは娘たちに残された唯一の親だった」

「言い訳している時間はありませんよ。そしてあなたはサル・シンに濡れ衣《ぎぬ》を着せた。あなたは轢き逃げ事件のことを知っていた。ナオミがセラピーのために書き綴《つづ》っていた日記を盗み読みして」

「当然、読んだよ。かわいいわが子が自傷行為などにおよんでいないか、たしかめる必要があったからね」

「あなたはナオミとナオミの友人たちを脅して、サルのアリバイを奪わせた。それから火曜日には？」

「わたしは学校に病欠すると連絡を入れて、娘たちを学校でおろした。そのまま待っていると、サルがひとりで駐車場にいるのが見えて、近寄っていって話しかけた。サルはアンディの失踪に動揺していた。そこで、いっしょに彼の家へ行ってアンディ失踪の件を話しあおうと誘った。最初はサルの家でナイフを使ってやり遂げようと思っていた。だがバスルームで睡眠薬を見つけて、彼を森へ連れていくことにした。そのほうが情け深いと思ったんだ。ご家族に彼を発見させるなんて酷だから。わたしたちはお茶を飲み、まず睡眠薬を三錠、渡した。頭痛に効くと言って。それから森へ行って自分たちでアンディを見つけようと持ちかけた。サルはなすすべもなく呆然としていたから、そう提案されて少しは気持ちが落ち着いたと思う。彼はわたしを信頼していたからね。家のなかでわたしが革の手袋をはめていたことさえ妙だとは思っていないようだった。わたしはキッチンからビニール袋を持っていき、サルといっしょに森のなかへと歩いていった。森の奥深くまで行ったところで持っていったペンナイフをサルの喉もとにあてた。そしてさらに睡眠薬を無理やり服《の》ませた」

エリオットの声がかすれた。目はうるみ、ひと筋の涙が頬を伝い落ちた。「しかたがないんだとサルに言いつづけた。誰かに襲われたように見えたら、誰もサルを容疑者として疑わなくなる。もう二、三錠服んだところで、サルはぐったりしはじめた。わたしは彼を地面に押しつけ、さらに何錠かを無理やり服ませた。サルが眠りはじめたとき、わたしは彼を腕にかかえ、オックスフォードのことを話して聞かせた。圧倒的な規模の図書館やフォーマルディナー、春には街全体がとても美しく見えることなんかをね。だから、彼はすばらしい情景を思い浮かべながら眠りに落ちていったと思う。サルの意識がなくなったあと、わたしは彼の頭に袋をかぶせ、死にゆく彼の手を握っていた」

ピップは目の前の男に対してまったく同情心を覚えなかった。彼との十一年間の思い出は消え去り、エリオットは自分と同じ部屋にいる、見知らぬ男に変わった。

「そのあとで、あなたはサルの携帯電話からサルの父親に告白のテキストメッセージを送った」

エリオットがうなずき、手の甲で目もとを押さえた。

「アンディの血液は？」

「デスクの下に乾いた血がこびりついていた。最初に書斎を清掃したときに拭《ふ》きとり忘れていたんだ。それをピンセットでサルの爪のなかに押しこんだ。最後に彼のポケットにアンディの携帯電話を入れ、その場を立ち去った。わたしはサルを殺したかったわけじゃない。ただ、娘たちを守らねばならなかった。あの時点でふたりはすでに大きな心の痛みをかかえていた。サルが死んで当然の人間とはけっして思わないが、わたしの娘たちだってそうだ。娘たちを死ぬほどつらい目に遭わせるわけにはいかなかった」

ピップは顔を上に向けて、涙を押しとどめようとした。エリオットをののしっている時間はない。

「さらに数日が過ぎ」エリオットの声が大きくなる。「自分が重大な間違いを犯したと考えざるをえなくなった。アンディが頭の怪我がもとでどこかで死んでいるのなら、そのころには警察が彼女を発見しているはずだった。それにサルが死亡した翌日には、アンディの車が発見され、トランクから血痕が見つかった。つまり、うちから立ち去ったあと、アンディはどこかまで車を運転できるほど元気だったことになる。頭の傷が原因で死んだと思いこんでいたが、あれは致命傷ではなかったのだと悟り、わたしはパニックに陥った。だが遅きに失した。サルは死に、わたしは彼を殺人者に仕立ててあげてしまった。警察は捜査を打ち切り、すべてがおさまるところへおさまった」

「あなたの話をどう解釈すれば、この家にアンディが監禁されているという結果になるわけ?」

エリオットは身体をびくりとさせた。投げつけられた言葉からいらだちを感じとったのだろう。

「あれは七月の終わりだった。家まで車を運転していたちょうどそのとき、彼女を見たんだ。アンディはウィコム付近の大通りをキルトンに向かって歩いていた。車をとめて見てみると、アンディはあきらかにドラッグでぼろぼろになっていて……どうやらホームレスになっていたようだった。ガリガリに瘦せて、髪も乱れ放題で。それで、こういうことになった。彼女を家に帰らせるわけにはいかなかった。もし彼女が家に帰れば、サルは殺されたとみなに勘づかれてしまう。わたしは車を路肩に寄せ、ハイになって自分がどこにいるのかもわからなくなっているアンディを乗せた。そして車中で帰宅させられない理由を説明し、面倒はみると約束した。当時わたしはこの家を売りに出していたが、彼女をここへ連れてきたあと、売るのをとりやめにした」

「失踪から何カ月ものあいだ、アンディはどこにいたの？　消息を絶った夜、彼女の身にいったいなにが起きた？」もうあまり時間がないと感じ、ピップは一気に問いつめた。

「アンディは具体的なことをなにも覚えていないんだ。おそらく脳震盪《のうしんとう》を起こしたんだろう。ただ、すべてから逃げだしたかったと言っている。最初はドラッグの売買なんかをやっている友人のところへ行き、その人物が彼女をどこかへ連れていって知り合いの何人かといっしょに住まわせていたらしい。だがアンディはそこが安全ではないと感じ、家に帰ろうとして逃げだしたそうだ。そのころのことはあまり話したがらない」

「ハウィー・ボワーズ」ピップは頭に浮かんだ名前を口に出して言った。「それでエリオット、彼女はどこにいるの？」

「屋根裏部屋に」エリオットは調理台の上の小さな鍵に目を向けた。「彼女が快適に過ごせるよう、ふたりで設《しつら》えたんだ。断熱材を入れて合板の壁を張り、きちんとした床板を敷いた。壁紙はアンディが選んだ。窓はひとつもないが、ランプをたくさん置いた。きみはわたしのことをモンスターだと思っているだろうがね、ピップ、〈アイヴィー・ハウス・ホテル〉での最後のとき以来、わたしは一度も彼女に触れていない。彼女を住まわせているのはそういうのが目的じゃないんだ。アンディだって以前とはちがう。まるで別人だよ。おとなしくて感謝の気持ちを忘れない。彼女は上で食事をとるけれど、食事は週に三回、わたしが来て用意するし、週末には下へ連れてきてシャワーを浴びさせもする。入浴後は屋根裏でふたりしてしばらくのあいだテレビを観る。アンディが退屈することなんてないんだ」

「アンディは上に監禁されてるんでしょ？　鍵だってそこにあるし」ピップは鍵を指さした。

　エリオットはうなずいた。

　そのとき車が近づいてくる音が聞こえた。

「警察に尋問されたら」ピップはあわてて言った。「轢き逃げの件でみんなを脅してサルのアリバイを奪ったことは話さないで。あなたが自白したことでサルはもう満足していると思う。カーラがすべての家族を失ってひとりぼっちになるような目に遭う謂《いわ》れはない。いまはナオミとカーラを守らなきゃならない」

　車のドアが閉まる音が聞こえた。

「少なくとも動機は理解できる」とピップ。「でもあなたはけっして許されない。あなたは自分を守るためにサルの命を奪った。彼の家族を絶望の淵に追いやった」

「ハロー、警察です」ドアをあけっぱなしにしてある玄関から声が聞こえてきた。

「ベル家のみんなだって五年ものあいだ悲しみつづけた。あなたはわたしとわたしの家族を脅《おびや》かした。わたしの家に侵入してわたしを怖がらせた」

「すまない」

廊下を踏みしめる足音がこちらへ向かってくる。

「バーニーまで殺した」

エリオットの眉間に皺が寄る。「ピップ、きみがなんの話をしているのかわからないよ。わたしは――」

「警察です」と警察官が言い、キッチンへ踏みこんできた。制帽のマークが明かり取りの窓に映る。もうひとりの警官が顔をのぞかせ、エリオットとピップを交互に見やる。頭を動かすたびにきっちりと結ったポニーテールが揺れる。

「どうしましたか？」と女性警官が言う。

ピップがエリオットのほうを向くと、ふたりの目があった。エリオットは背筋をのばし、両手首をあわせて突きだした。

「アンディ・ベルを誘拐し監禁した容疑で逮捕してください」エリオットは女性警官から目をそらさずに言った。

「それとサル・シン殺害の容疑で」とピップが付け加える。

ふたりの警察官はしばらくのあいだ顔を見あわせたあと、そのうちのひとりがうなずいた。女性警官がエリオットに近づき、男性警官が肩のストラップに取り付けられた無線機のボタンを押して、連絡をとるために廊下へ移動した。

ふたりの警官が背を向けたのを機に、ピップは調理台へ駆け寄り、鍵をすくいあげた。廊下へ走りでて二階へ駆けあがる。

「おい！」と男性の警官が声をかけてきた。

上へあがって天井を見ると、屋根裏へつうじる小さな白い跳ねあげ戸が目に入った。大きな南京錠が掛け金に取り付けられ、金属の輪が木製の枠にねじでとめられている。下には二段の踏み台が置かれている。

ピップは踏み台をのぼって背をのばし、南京錠に鍵をさしこんでまわした。はずれた錠は床へ落ちていき、盛大な音を立てた。警察官が二階への階段をのぼってくる。ピップは輪をねじって掛け金をはずし、ひょいと頭をさげて補強された跳ねあげ戸がぶらんと落ちて開くにまかせた。

黄色い明かりが頭上の穴のなかを照らしていた。劇中のバックグラウンドミュージックと爆発音、アメリカのアクセントで叫ぶ人びとの声が聞こえてくる。屋根裏部屋への梯子をつかみ、床まで引っぱりおろしたとき、警官が階段を最後の数段までのぼってきた。

「待ちなさい」と警官が叫ぶ。

ピップは梯子に足をかけてのぼりはじめた。金属製の横桟をつかむ手は湿ってべたべたしている。

開口部に頭を突きだしてまわりを見やる。部屋はいくつかのフロアランプに照らされ、四方の壁には白黒の花模様の壁紙が貼られている。片側にはやかんと電子レンジを上にのせた小さな冷蔵庫が置かれ、食料品と本用の棚が設えられている。部屋のまんなかにはふわふわしたピンクのラグが敷かれ、その向こうの大画面の薄型テレビは、ピップがのぞきこんだと同時に一時停止にされた。

そこに彼女がいた。

さまざまな色のクッションが高く積まれたシングルベッドにあぐらをかいている。ナオミとカーラが持っているのと同じ、二羽の青いペンギン模様のパジャマを着ている。彼女は目を見開き、びっくりした顔でこちらを見つめている。少し大人びて、少し太ったように見える。髪は昔よりもプラチナブロンドっぽくなり、肌はより青白い。手にリモコンを持ち、膝の上にジャミー・ドッジャーズのビスケットを置き、口をぽかんとあけている。

「ハイ。わたしはピップ」

「ハイ。わたしはアンディ」

けれども彼女はアンディではなかった。

46

まばゆい黄色い明かりのなか、ピップは彼女のもとへ近づいていった。静かに呼吸をし、頭のなかで渦巻《うずま》いている叫び声に耳を傾けてみる。目を細め、目の前にある顔をじっくりと眺める。

これほどまで近くに寄ると、あきらかな相違を見ることができる。ふっくらとした唇の厚みが微妙にちがい、吊りあがり気味だったはずの目尻はややさがっていて、頬骨の高さも本来よりは少し低い。時間が経過したからといって、こんなに顔が変わることはない。

この数カ月、ピップは何度も何度も写真を見ていたので、アンディ・ベルの顔のすべての線やくぼみは知りつくしている。

これはアンディの顔じゃない。

地から足が離れ、すべての感覚が消えて宙にただよっているような感じがする。

「あなたはアンディじゃない」ピップは静かに言った。ちょうどそのとき警察官が梯子をのぼってきて後ろに立ち、肩に手を置いた。

木々のあいだで風がうなりをあげ、ミル・エンド・ロード四二は、闇を切り裂く青い光で照らしだされていた。いびつな四角形を描いてとまっている四台の警察車輌が私道をうめるなか、リチャード・ホーキンス警部補が、五年前の記者会見のときと同じ黒いコートを着て、家のなかへ入っていくのが見えた。

ピップは事情聴取をする女性警官の声を聞きとるのをやめた。斜面を滑り落ちていく岩みたいに、音《おん》がころころと転がり落ちていくのが聞こえるだけだから。ひゅうひゅう鳴る新鮮な空気を吸いこむことに意識を集中させていた矢先、エリオットが表に連れだされてきた。二名の警官に両脇をかためられ、手は後ろにまわされて手錠をかけられている。頬を涙で濡らし、青い光に目を瞬《しばたた》かせている。エリオットの苦しげな声を聞き、ピップは自分の内部で本能的な恐怖が呼び覚まされるのを感じた。この人は自分の人生が終わったと悟っている。彼は屋根裏部屋にいる女の子がアンディだと本気で思っていたのだろうか。ずっとその考えにしがみついていただけ？　警察官がエリオットの頭をさげて警察車輛に押しこみ、連れ去っていった。走っていく車を見ているうちに、やがて木のトンネルが車全体を呑みこんでしまった。

　連絡先の電話番号を警察官に告げおえたとき、背後で車のドアが勢いよく閉まる音が聞こえた。

「ピップ！」風がラヴィの声を運んできた。

　胸が締めつけられると同時に、声がするほうへ走りはじめる。坂になっている私道のいちばん上で、ピップはラヴィの腕のなかへ飛びこんでいった。ラヴィはピップを抱きしめ、ふたりは風に吹かれながらじっと立ちつくした。

「だいじょうぶかい」身体を離してピップの顔をのぞきこんでラヴィが訊く。

「うん。ラヴィはここでなにをしてるの？」

「ぼく？」自分の胸を軽く叩く。「きみが訪ねてこないから、〈友達を探す《ファインド・マイ・フレンズ》〉できみを探した。どうしてひとりでここへ来たんだい」ラヴィはピップの背後の警察車輛と警官たちに目をやった。

「ひとりで来る必要があった。エリオットに理由を訊かなきゃならなかったから。ここで訊かなかったら、これから先、真実があきらかになるのをラヴィがどれくらい待つことになるか、見当もつかなかった」

口が一度、二度、三度と開き、ようやく言葉がこぼれでてきて、ピップはラヴィにすべてを語った。震える木の下に立ち、青いライトに照らされるなか、サルがどんなふうに亡くなったかを話す。涙がラヴィの頬を伝い落ちたとき、ピップはごめんなさいと言った。ほかにかける言葉が見つからなかったから。〝ごめんなさい〟じゃ慰《なぐさ》めにもならないけれど。

「ごめんなさいなんて、そんな」ラヴィは涙を流したまま笑って言った。「なにをしたってもうサルを取りもどせないのはわかってる。でもある意味では取りもどしたとも言える。サルは殺された、サルは無実だ、その事実をあらゆる人が知ることになるのだから」

ふたりはエリオットの家に目を向けた。リチャード・ホーキンス警部補が肩にライラック色のブランケットをはおった例の女性を連れて出てくるところだった。

「彼女はほんとうにアンディじゃないんだよね?」とラヴィ。

「アンディによく似ているけどね」とピップ。

女性は目を見開き、あたりを見まわしている。なにを見るのも自由で、外界がどんなものか学びなおしているとでもいうように。ホーキンスは女性とともに車まで行って彼女のとなりに乗りこみ、ふたりの制服警官が前に乗った。

道路で見つけたあの女性をエリオットがどの程度アンディだと信じていたかはわからない。妄想だったのだろうか。サルを殺害したことへのある種の贖罪として、アンディは死んでいないと信じる必要があったのか。それとも不安が高じてエリオットは常軌を逸《いっ》した行動に走ったのだろうか。

ラヴィはそう考えていた。アンディが生きていて家に帰ったら、自分にサル殺害の容疑がかかると考え、恐れていたのだろうと。不安が高じた彼に必要だったのは、アンディを発見したと思いこんでしまうほど彼女によく似たブロンドの女の子だけだった。彼女を閉じこめていれば、逮捕されるという恐怖も閉じこめておける。

ピップは女性を乗せた警察車輛が走り去るのを眺めながら、うんうんとうなずいた。「たぶん彼女は、出会っちゃまずい男が車で近くを通ったときに偶然出くわした、そこにいちゃまずい髪と顔をした女の子だったんだね、きっと」

ピップには口には出せないが、どうしても知りたいことがもうひとつあった。それは、例の夜にワード家を出たあと、本物のアンディ・ベルの身になにが起きたのか、ということ。

事情聴取をした警察官がやさしげな笑みを浮かべて近づいてきた。「誰かに家まで送らせましょうか?」

「いいえ、だいじょうぶです。自分の車がありますから」

ピップはラヴィを自分の車に乗せた。ラヴィはひどく震えていたので、とてもじゃないが運転させるわけにはいかなかった。それに内心ではピップはひとりになりたくなかった。

キーをイグニッションにさしこんで、青いライトが消えてしまうまえにバックミラーに映る自分の顔を見た。やつれて灰色っぽく、目は落ちくぼんでいるのにぎらぎらしている。疲れた。言いようもないほど、心の底から疲れている。

「これでようやく両親に真実を告げられる」ウェンドヴァーを出て大通りに入ったところでラ

ヴィが言った。「どう切りだそうかな」

ヘッドライトが〝リトル・キルトンへようこそ〟という看板を照らしだす。キルトンの町へ入っていくとき、影のせいでひとつひとつの文字が太くなったように見えた。ピップはハイ・ストリートを通り、ラヴィの家へ向かった。大きなラウンドアバウトで一時停止する。ラウンドアバウトをはさんだ向かい側の車列の先頭の車が、目を刺すほどに明るいヘッドライトをつけたまま停止している。どうやらその車は右折してくる途中でとまっているようだった。

「なんであの車、動かないんだろう」前方で停止し、街灯の黄色い光を浴びている黒っぽい色のボックス型の車をピップは見つめた。

「わからないけど」とラヴィ。「とにかく進もう」

ピップはラウンドアバウトをまわりこんでゆっくりと車を進めた。さっきの車はまだ停止している。そのまま右折して停止している車に近づいていく。この位置だと相手の車のヘッドライトを浴びずにすむ。好奇心に駆られて窓の外をのぞいたとたん、ピップはスピードを落とした。

「あれは」とラヴィ。

車に乗っていたのはベル家の面々だった。三人がそろっている。運転席にすわるジェイソンは顔を真っ赤にし、頬には涙が伝い落ちたあとが残っている。いまはわめき散らしているらしく、ハンドルを思いっきり叩き、口からは怒りの言葉がほとばしっているように見える。そのとなりにはドーン・ベルがすわり、身体を縮こめて泣いている。嗚咽《おえつ》の合間、息つぎをするたびに肩が持ちあがり、口は苦悶のためかゆがんでいる。

さらに近づいていくと、後部座席のこちら側にベッカがすわっているのが見えた。青白い顔を窓に押しつけている。口はわずかに開いていて、眉間には皺が寄り、目は前方に向いているのに、ほかの世界を見つめているかのようだ。

ベル家の車のすぐ近くを通りすぎるとき、ふいにベッカの目は生気を取りもどし、視線がピップへ向けられた。どうやらこちらが誰だか、気づいたようだった。彼女の目からは悲しみと同時に切迫感、そして恐れさえ感じられた。

ラウンドアバウトから遠ざかり、ラヴィは詰めていた息を吐いた。

「彼らは知らされたのかな」とラヴィ。

「知らされたばかりみたいだね。あの女性は自分の名はアンディ・ベルだと言いつづけていた。おそらくご家族は身元確認に呼ばれ、あの女性がアンディじゃないことを正式に確認しなければならないんだね」

バックミラーに目を向ける。娘の帰還というすでに破れている夢に向かって、ベル家の車がようやくラウンドアバウトをまわりこんでいくのが見えた。

47

夜も更けたころ、ピップは両親のベッドの端っこに腰かけていた。ショールを肩にかけ、つらい話を聞かせる。語ることは実際に経験するのと同じくらいつらいことだった。

もっとも思い悩んだのはカーラに告げることだった。携帯電話の時計が午後十時をまわり、もうこれ以上、引きのばしにはできないとわかっていた。親指を青い発信ボタンの上まで持っていくが、どうしても押せない。声に出して告げられそうもないし、親友の世界が永遠に変わる、それも暗くて見知らぬ世界へと変わっていくようすにじっと耳を傾けられそうもない。自分がもっと強ければと思うのだが、自分自身が万能でもなんでもないことはとうの昔に学んでいる。もろい人間だということも。しかたなくテキストメッセージを送ることにし、言葉を打ちこみはじめた。

〝電話で言うべきだけど、カーラの小さな声を聞きながらぜんぶを話す自信がない。意気地のない伝え方でほんとうにごめん。あなたのパパだったんだよ、カーラ。あなたのパパがサル・シンを殺した人物だった。彼はアンディ・ベルだと思いこんでいた女性をウェンドヴァーの昔の家に監禁していた。彼は逮捕された。ナオミの安全はわたしが保障する。彼がどうしてこんなことをしたのか、カーラの心の準備ができたら話すね。ほんとうにごめん。カーラの力になりたい。愛してる〟

両親のベッドの上でもう一度読み、送信ボタンを押す。両手で抱きしめるように持っている携帯電話に涙が落ちていく。

翌日、午後二時になってようやく目覚めると、母が朝食をつくってくれた。学校へ行くのは問題外だった。ふたりは事件の話をすることはなかった。もう言うべきことはないのだから。いまはまだ。それでも、アンディ・ベルについての疑問が心のなかにわだかまっていた。アンディにまつわる最後の謎がひとつ、まだ残されている。

ピップはカーラに十七回も電話をかけたが、どれも呼び出し音がむなしく鳴るだけだった。ナオミの携帯も同じだった。

その日の午後遅くに、リアンがジョシュアを迎えにいったついでに、ワード家のあたりを車でまわってきた。母の話では、家には誰もおらず、車は一台もなかったとのことだった。

「おばさんのライラのうちに行ったんだと思う」ピップはリダイヤルボタンを押しながら言った。

ヴィクターが早めに仕事から帰ってきた。家族全員リビングルームに集まり、クイズ番組の再放送を見た。いつもならピップが正解を言いあて、ヴィクターも負けじと大声で答えを言うのだが、きょうはみな押し黙り、ジョシュアの頭ごしにそっと目配せを交わした。リビングルームは悲しみと〝これからどうなるのか〟という空気に包まれていた。

玄関からドアをノックする音が聞こえてきたとき、ピップは跳びあがって、部屋を包む異様な雰囲気から逃げだした。絞り染めのパジャマのままドアを引きあけると、冷たい空気がつま先を刺した。

やってきたのはラヴィで、後ろには彼の両親らしき人。あらかじめ立つ位置を決めていたように、ラヴィと両親は絶妙な間隔をおいていた。

「ハロー、部長刑事」ラヴィは明るい色の派手なパジャマを見て微笑んだ。「こっちが母のニーシャ」テレビ番組の司会者みたいにラヴィが手で指し示すと、ラヴィのママは笑みを向けてきた。黒髪をふたつに分けてゆるい三つ編みにしている。「そしてこっちが父のモーハン」モーハンが会釈すると、彼がかかえている大きな花束のてっぺんにあごがこすれた。腋の下にはチョコレートの箱がはさまれている。「父さん、母さん、この人が噂のピップだよ」

みんながいっせいに「こんにちは」と言ったので、ピップは自分の〝こんにちは〟が相手にきちんと伝わったか、いまひとつわからなかった。

「じつは」とラヴィ。「今日ぼくら、警察に呼ばれて。部屋に通されて、すべてを聞かせてもらった。まあ、すでにぜんぶ知ってることだけど。警察ではワード先生が起訴されたら記者会見を開いて、サルは無実だと正式に発表するそうだ」

リアンと、どたどたと足を踏み鳴らしながらヴィクターが廊下を歩いてきて、となりに並んだ。ラヴィはヴィクターのためにもう一度両親を紹介した。リアンは十五年前に彼らにいまの家を売ったときに夫妻には会っている。

「それで」とラヴィが話をつづける。「家族全員でうかがってお礼を言いたくて。今回のことはきみなしでは実現しなかった」

「ほんとうになんて言っていいのかわからない」ラヴィやサルと同じ目をしたニーシャが言う。「あなたとラヴィが真相を見つけてくれたおかげで、わたしたちは息子を取りもどすことができたのよ。あなたはわたしたちにサルを返してくれた。なんとお礼を言ったらいいか、言葉が見つからないわ」

「これをきみに」モーハンが身を乗りだして花束とチョコレートを手渡してきた。「つまらないものだけれど。死んだ息子の疑いを晴らすのに手を貸してくれた人に、ふつうはなにを贈ればいいか、よくわからなくてね」

「グーグルで検索しても、あんまりヒットしなくてさ」とラヴィ。

「ありがとう。どうぞなかへお入りください」とピップ。

「どうぞ、どうぞ」とリアン。「お茶を淹れますね」

ラヴィは家のなかへ入るなり、ピップの腕をつかんで引き寄せ、あいだにはさまれた花を押しつぶしながらピップの髪に顔をうずめて笑った。ラヴィが離したあと、今度はニーシャがピップに歩み寄ってハグをした。ニーシャの甘い香水は温かい家庭とやさしいお母さんと夏の宵《よい》のにおいがした。そしてどういうわけか、いつの間にか六人全員がかわるがわるハグをしあい、涙を流して笑っていた。

つぶれた花束とハグ大会で、シン一家は長年苦しめられてきた息も詰まるような悲しみを取り除くことができた。彼らはようやくドアをあけて幽霊を追いだしたのだ。幸せな結末を迎えられたのだから。サルは無実。家族は何年ものあいだ背負ってきた重荷から解放された。そんなときは来ないだろうと思いながら苦しい日々を乗り越えてきただけに、一家にとって〝自由の味〟は格別なものだっただろう。

「みんな、なにしてんの？」ジョシュアが途方に暮れた声でつぶやいた。

リアンはありあわせのものでアフタヌーンティーの用意をし、一同はリビングルームでサンドイッチ、スコーン、ケーキを囲んですわった。

「明日の晩の花火には行きますか？」とヴィクター。

「ええ」とニーシャが夫と息子を見て答える。「今年は行かなきゃと思って。はじめてなんです、あのことがあってからは……。でも状況は変わりました。これからいろんなことが変わるだろうけれど、花火がその第一歩で」

「そうだね」とラヴィ。「ぼくも行きたい。うちからじゃ花火は見えないから」

「それはいい」ヴィクターが手を叩いて言う。「じゃあ、会場で会いませんか？　そうだな、七時に飲み物を売っているテントでどうでしょう」

ジョシュアがすっくと立ちあがり、すばやくサンドイッチを呑みこんで朗々と語りはじめた。

「忘れるな、忘れるな、十一月五日を。火薬による反逆と陰謀を。この火薬による陰謀事件が忘れ去られるべき理由などひとつもない（イギリスでは毎年十一月五日にガイ・フォークス・ナイトまたはボンファイアー・ナイトと呼ばれる祭りが開かれる。これは一六〇五年十一月五日に起きた火薬による国王暗殺未遂事件を記念するもので、花火が打ちあげられる）」

リトル・キルトンは忘れてはいないものの、祭りの主催者は土曜日のほうがより多くの人出を見こめるとふんで、五日のかわりに四日に花火が打ちあげられることになった。ピップは人ごみのなかへ出て好奇の目を向けられると思うと、あまり出かける気にはなれなかった。

「お茶のおかわりを淹れてくるね」ピップは空のポットを手に取り、キッチンへ持っていった。

やかんを火にかけ、クロームメッキされた表面にゆがんで映る自分を見つめていると、ゆがんだラヴィが背後にあらわれた。

「今日はやけにおとなしいね。きみのキレッキレの頭のなかでなにが起きてるのかな。ほんと言うと、いちいち訊かなくてもきみが言いたいことはわかってる。アンディだよね」

「すべて終わった、みたいなふりはできない。まだ終わってないんだもん」

「よく聞いて、ピップ。きみはやろうと決めたことをやり遂げた。サルは無実で、彼の身になにが起きたかわかったじゃないか」

「でもアンディの身になにが起きたのかはわかってない。例の夜にエリオットの家を出てから、彼女はいまだに行方不明のまま、見つかっていないんだよ」

「でもねピップ、それはきみの仕事じゃない。警察はアンディの件をふたたび捜査しはじめた。あとは警察にやってもらおう。きみはもう充分にやった」

「わかってる」そう言ったのは嘘じゃない。へとへとに疲れている。このへんでアンディの件からは解放されたい。彼女のことではなく、自分のことだけを考えたい。最後に残ったアンディ・ベルの謎を解くのは自分の仕事じゃない。

ラヴィは正しい。ふたりの役目は終わったのだ。

48

これは捨ててしまおう。

ピップはそう自分に言い聞かせた。もう自分の役割は果たしたのだから、殺人ボードは捨ててしまうべきだ。アンディ・ベル事件のために組んだ足場は解体し、地に足をつけて自分自身がやるべきことに専念する頃合いだ。片づけはまずまず順調に進んでいる。ボードに画鋲でとめていた紙をはずし、持ってきたゴミ袋に次々に放りこんでいく。

それがどういうわけか、気づけば知らず知らずのうちに再度すべてに目を通していた。作業記録を読みなおし、赤い細ひもで結んだ線を指でなぞり、容疑者の写真を見つめて殺人者の顔を探す。

自分はこの件からは抜けたのだと思いこもうとしてきた。考えるな、と自分を戒《いまし》めた。ジョシュとボードゲームをしているときも、アメリカの連続ホームコメディを何話も立てつづけに観ているときも、ママといっしょにブラウニーを焼き、見られていない隙にこっそりバターをなめているときも。しかし、アンディはほんの一瞬を逃さずに意表を突いて頭のなかへするりと入ってくる方法を見つけていた。

そろそろ花火を見にいく支度をしなくてはいけないのに、いまだに膝をついて殺人ボードに覆いかぶさっている。画鋲でとめていたもののいくつかはゴミ袋行きになっていた。エリオット・ワードを指し示しているすべての手がかりとか、〈アイヴィー・ハウス・ホテル〉について見つけたものとか、手帳に書かれた電話番号とか、轢き逃げ事件がらみのものとか、奪われたサルのアリバイに関するものとか、マックスが教室の後ろのほうで見つけたアンディのヌード写真とか、未詳の人物からの印刷物あるいはテキストメッセージなどは。

一方ボードに付け加えられるべき事実もある。アンディが消息を絶った夜に彼女がどこにいたか、いまはまえよりもわかっているからだ。ピップはプリントアウトしたキルトンの地図をつかみ、そこに青いマーカーペンで頭に浮かんだことを書きこみはじめた。

アンディはワード宅へ行き、命にかかわるおそれのある怪我を頭部に負ってからいくらもたたないうちにそこを出た。ホッグ・ヒルにあるワード宅を丸で囲む。エリオットの話ではそれは十時ごろとのことだが、彼の記憶が事実と少しばかりずれている可能性もある。時刻についてのエリオットの話とベッカ・ベルの供述は食い違っているものの、ベッカの話には防犯カメラの裏づけがある。アンディは午後十時四十分にハイ・ストリートを車で北上していた。彼女はワード宅へ向かっていたにちがいない。ピップは点線を引き、時刻を記入した。そう、エリオットが記憶違いをしている可能性がかなり強い。そうでなければ、アンディは頭に怪我を負って帰宅したあと、ふたたび家を出たことになる。それならばベッカは警察にそう供述したはずだ。つまりアンディが生きているのを最後に目撃したのはベッカではなく、エリオットなのだ。

でも……。ピップはペンの端っこを噛みながら考えた。アンディは彼の家まで車を使わずに歩いてきたと思うとエリオットは語っていた。地図を見ているうちに、ピップはアンディが徒歩を選んだ理由を見つけた。ベル宅とワード宅はとても近い。徒歩なら教会を突っ切って歩道橋を渡ればいい。そのほうがおそらく車で行くよりも早い。ピップは頭を掻きむしった。でもそれじゃあ辻褄《つじつま》があわない。アンディの車が防犯カメラにとらえられているのだから彼女は車を運転していたはず。もしかしたらアンディはエリオットの家の近くではあるが、彼からは見えない少し離れた場所に車をとめたのかもしれない。

そうだとしても、そこからアンディはどういう経過をたどって姿を消したのか。ハウィーの家の近くに乗り捨てられていた車のトランクから発見された血はホッグ・ヒルでついたものなのか。

地図にペンをコツコツと打ちつけながら、ハウィー、マックス、ナタリー、ダニエル、ジェイソンの写真を順に見ていく。リトル・キルトンにはふたりの殺人者がいた。ひとりはアンディを殺してしまったと思いこみ、それを隠蔽するためにサルを殺した人物。そしてもうひとりは、実際にアンディ・ベルを殺害した人物。こっちを見つめかえしている人物のなかで誰がその殺人者なのか。

ふたりの殺人者。ふたりのうちのひとりが調査をやめさせようとした。そして……

ちょっと待って。

ピップは顔をあげ、目を閉じて考えた。考えが次々と浮かんでは消え、ちがう形になって戻ってきてはすぐにまたうすれていく。そこでふいにひらめいた。エリオットの顔。警官が踏みこんできたときの。〝バーニーまで殺した〟と言われたときの彼の顔。眉間に皺が寄っていた。いま思いだしながら考える。彼の顔に浮かんでいたのは後悔の念じゃない。困惑だ。

それと、あのときの言葉。いまなら尻切れになった言葉を補完できる。〝ピップ、きみがなんの話をしているのかわからないよ。わたしは――バ、ー、ニ、ー、を殺していない〟

ピップは小声で悪態をつき、放ってあったゴミ袋の中身をあさった。捨てた紙を引っぱりだし目当てのものを探しているうちに、まわりはくしゃくしゃになった紙だらけになった。ようやく探していたものを見つけて手に取る。片手にはキャンプに行ったときのとロッカーに入っていた脅迫状、もう片方の手には未詳の人物から送られてきたテキストメッセージを印刷したもの。

これらはふたりの人物から送られてきた。見比べてみるとはっきりわかる。

違いは形式だけにかぎらず、トーンにもあらわれている。プリントアウトの脅迫状では、エリオットは〝ピッパ〟と呼びかけ、脅迫自体もなんとなくほのめかしのようだった。ＥＰＱの作業記録に打ちこまれたものも同様だ。でも未詳の人物は〝愚《おろ》かなビッチ〟と呼びかけてきて、脅迫はほのめかしなんてものじゃなかった。ノートパソコンを壊させたうえ、飼い犬を殺したのだから。

ピップはすわりなおし、大きく息を吐いた。ふたりの人物。エリオットは未詳の人物ではなく、バーニーを殺してもいない。ちがう、バーニーを殺したのはアンディをほんとうに殺したやつだ。

「ピップ、行くよ！　もう焚火に火がついてしまう」ヴィクターが下から声をかけてきた。

ピップは部屋のドアまで行き、少しだけあけて言った。「先に行ってて。あとから追っかけるから」

「なんだって？　だめだよ、おりてきなさい、ピプシー」

「わたしは……あと何回かカーラに電話をかけてみたいんだ、パパ。ほんとにカーラと話をしなきゃならないから。すぐに行くから。お願い。会場でパパたちを見つけるから」

「わかったよ、ピックル」

「二十分後には出るから、かならず」

「オーケー。わたしたちを見つけられなかったら、わたしに電話しなさい」

玄関ドアが勢いよく閉まると、ピップは殺人ボードの横にすわり、未詳の人物からのテキストメッセージを震える両手で持った。作業記録に目を通し、それらを受けとったのは調査中のいつごろだったかをたしかめようとした。最初のメッセージはハウィー・ボワーズを見つけ、ラヴィといっしょに彼を問いつめたすぐあとに来た。アンディがドラッグを売買していて、マックスが彼女からロヒプノールを買っていたことを突きとめた直後に。学期の中間休みの週にバーニーが連れ去られる直前には多くのことが起きた。スタンリー・フォーブスを二度見かけたし、ベッカに会いにいったし、警察主催の集まりでダニエルと話をした。

ピップは紙をくしゃくしゃにして、自分でも聞いたことがないようなうなり声をあげながら放った。容疑者がまだまだ多すぎる。エリオットの秘密が明るみに出てサルへの疑いが晴れたいま、殺人者は仕返しの機会をねらっているかもしれない。その人物は脅迫の内容を実行するだろうか。自分はひとりっきりで家のなかにいてだいじょうぶか。

ピップは顔をしかめて容疑者の写真を睨《にら》んだ。青いマーカーでジェイソン・ベルの顔に大きなバツ印をつける。いまはこの人が犯人だとは思えない。車のなかにいる彼を見かけたのは、彼が刑事からの電話を受けたときだったのだろう。ジェイソンとドーンはふたりとも泣き、怒り、困惑していた。ふたりの目からはなにかほかの感情も読みとれた。涙を流しながらも、そこにはほんとうに小さな希望のかけらが残っていた。見つかったのはアンディではなかったと言われてもなお、心のどこかではそれが自分たちの娘であったらと願っていたにちがいない。あんな反応をジェイソンが装うことができるとは思えない。彼の顔にはまぎれもない本物の感情があらわれていた。

顔に本物の感情があらわれる……

ピップは両親とベッカといっしょに写っているアンディの写真を手に取り、じっと見つめた。そこに写っている目の奥底までも。

すぐには気づかなかった。

ピッピッという音が小さく鳴り、記憶が照らしだされる。

記憶の断片がひとつ、またひとつこぼれ、一本の線を形づくっていく。

殺人ボードから関係のあるメモや記録をすべてつかんでいく。作業記録エントリー3：スタンリー・フォーブスへのインタビュー。エマ・ハットンへの最初のインタビュー。エントリー20：ベル一家について尋ねたジェス・ウォーカーへのインタビュー。マックスがアンディからドラッグを買っていた件を追及したときの記録。ハウィーと、彼がアンディに供給したものについての事実をまとめた23。カラミティで飲み物にクスリが盛られた件についての28と29。ラヴィが〝使い捨て携帯を持ち去ることができたのは誰???〟と大文字ででかでかと書いた紙。そして、エリオットが語ったアンディが彼の家を出た時刻。

ピップはそれらを眺めまわし、殺人者が誰かを知った。

殺人者は未詳の人物ではなく、顔と名前を持っていた。

生きているアンディを最後に見た人物。

しかしまだひとつだけたしかめるべきことがある。ピップは携帯電話を取りだし、連絡先をスクロールして目当ての番号にかけた。

「もしもし」

「マックス？　ひとつ質問があるんだけど」

「お断り。そういえば、おまえ、おれが犯人だと思ってただろ。おあいにくさま。なにがあったか聞いたよ。犯人はワード先生だったんだってな」

「まあね。それで、わたしはいま警察から多大な信用を勝ち得ているってわけ。ワード先生には轢き逃げ事件のことは他言無用と釘を刺しておいたけど、あんたがこっちの質問に答えなかったら、すぐに警察に電話してすべてを話すから」

「できっこないくせに」

「するよ。ナオミの人生はもうぶち壊されてしまった。だからナオミを守るために口を閉ざしておく必要はないし」ピップは言い放った。

「なにが望みだ？」マックスが吐き捨てるように言う。

ピップは間をおいた。携帯電話をスピーカーモードにして、録音アプリを開く。赤いボタンを押し、わざと盛大にくしゃみをして録音開始の音を隠す。

「マックス、二〇一二年三月のカラミティ・パーティーで、ベッカ・ベルにドラッグを盛ってレイプした？」

「なんだって？　まさか。そんなことするかよ」

「マックス」ピップは携帯電話に向かって吠えた。「嘘つくんじゃないよ。正直に言わないとあんたをかならず破滅させてやるから！　ベッカの飲み物にロヒプノールを入れて彼女とセックスした？」

マックスは咳こんだ。

「まあ、そうだな、いや……あれはレイプじゃなかった。彼女はノーとは言わなかったし」

「あんたがクスリを盛ったからでしょう、最低のレイプ野郎が」いまやピップはどなっている。

「自分がなにをしでかしたか、ちっともわかってない」

通話を切り、録音をとめ、電源ボタンを押す。暗い画面に映る尖った目がじっとこちらを見かえしてくる。

生きているアンディを最後に見たのは？　ベッカ。それは動かぬ事実。

自分の目がこっちに向かって目を瞬かせている。心は決まった。

49

荒っぽく縁石《えんせき》に乗りあげると、車ががくんと揺れた。ピップは暗い通りに降り立ち、玄関ドアへ向かった。

ノックする。

脇に吊りさがっているウィンドチャイムが揺れ、宵のそよ風のなかで高く美しい音を奏でた。

玄関ドアが小さく開いて、隙間からベッカが顔をのぞかせた。こっちの顔を見るなり、ドアを大きく開く。

「あら、こんばんは、ピップ」とベッカ。

「こんばんは、ベッカ。あの……木曜の晩にあなたをちらっと見て、それでだいじょうぶかなと思って来てみたの。車に乗っているところを見かけて、それで――」

「まあ、だいじょうぶよ」ベッカがうなずく。「ワード先生が何をしたのかをあきらかにしたのはあなただって、刑事が言ってた」

「ええ、まあ」

「なかに入る?」ベッカがピップを通すために一歩さがった。

「ありがとう」

ピップはベッカの前を通りすぎ、数週間前にラヴィといっしょに不法侵入した廊下に足を踏み入れた。ベッカが笑みを見せ、淡い青色のキッチンへ入るよううながす。

「お茶でもいかが?」

「いえ、けっこうです」

「ほんと? ちょうど自分用に淹れるところなんだけど」

「それならいただきます。砂糖もミルクもなしでお願いします。ありがとう」

ピップは背筋をのばし、膝をこわばらせてキッチンテーブルにつき、ベッカが食器棚から花柄のマグカップをふたつ取りだして、そこにティーバッグを落として沸いたばかりのお湯を注ぐのを見つめた。

「ごめんなさい、ちょっとティッシュを取ってくるね」とベッカが言った。

ベッカがキッチンを出ていったと同時にポケットから汽笛が聞こえてきた。ラヴィからのメッセージ。〝おーい、部長刑事、いまどこ?〟ピップは携帯電話をマナーモードにして、コートのポケットに戻した。

ベッカがティッシュを一枚、袖にたくしこんでキッチンへ戻ってきた。それからお茶を運んできて、ピップのぶんをテーブルに置く。

「ありがとう」ピップは礼を言い、ひと口飲んだ。それほど熱くはなかった。いまはそれがありがたい。震える手でなにかをしようというときには。

そのとき、黒猫が入ってきて、尻尾をぴんと立てて気取ったようすで近づいてきたかと思うと、ベッカがやめなさいと言って追い払うまでピップの足首に頭をこすりつけていた。

「ご両親はお元気ですか」とピップ。

「そうでもない。例の女性がアンディじゃないとわかったあと、母は心的外傷のためにリハビリを受けることになった。父は誰彼かまわず訴えたがってる」

「あの女性は誰なのか、わかっているんですか？」ピップはマグカップに半分顔をうずめながら訊いた。

「ええ。警察から父あてに今朝、電話があった。彼女の捜索願が出されていたそうなの。名前はアイラ・ジョーダンで、二十三歳、ミルトン・キーンズ出身。警察によると、彼女には学習障害があって、精神年齢は十二歳なんだって。家庭で虐待を受けていて、過去に何度も家出とドラッグ所持を繰りかえしていたらしい」ベッカは短い髪を手櫛で梳《す》いた。「いまはかなり混乱しているって。ワード先生をよろこばせるために長いあいだアンディとして暮らしていたから、ほんとうに自分はリトル・キルトン出身のアンディ・ベルと呼ばれる女の子だって思いこんでるみたい」

ピップはお茶をひと口ごくりと飲んで沈黙をうめる一方で、頭のなかでばらばらになった言葉を整えなおしていた。口がやけに渇き、喉はひどく震えて倍の速さになった鼓動がこだましている。そこでマグカップをふたたび持ちあげて、お茶を飲みほした。

「彼女はアンディによく似ていました」沈黙の果てにピップは言った。「一瞬アンディかと思ったほど。発見されたのがアンディならどんなによかったかと思っているあなたのご両親の顔も見ました。発見者も警察も間違っていればいいのにと思っている顔を。でもあなたは知っていたんですよね？」

ベッカがマグカップを置いて、じっと見つめてくる。

「あなたの顔はご両親の顔とはちがいましたよ、ベッカ。あなたは困惑しているように見えた。恐れているようにも。発見されたのは自分の姉であるはずがないと知っていたから。だって、あなたがアンディを殺したんですもんね？」

ベッカは身じろぎもしなかった。猫がテーブルの上、彼女の目の前に跳び乗ってきても、ぴくりとも動かなかった。

「二〇一二年三月」とピップ。「あなたは友人のジェス・ウォーカーといっしょにカラミティ・パーティーへ出かけた。そしてそこにいるあいだに、あなたの身になにかが起きた。記憶にはないけれど、目覚めたときに身体に異変を感じた。それで緊急避妊薬《アフターピル》を買いにいっしょに行ってくれないかとジェスに頼み、彼女から誰と寝たのかと訊かれても答えなかった。ジェスが推測しているように恥ずかしがって言わなかったのではなく、相手が誰だかわからないから言えなかった。自分の身になにが起きたのかも、相手が誰なのかもわからなかった。あなたは前向性健忘の状態にあった。何者かに飲み物にロヒプノールをこっそり入れられて、レイプされたから」

ベッカはぴくりとも動かずに人間そっくりのマネキンさながらにじっとすわっていた。姉の暗部があぶりだされるのを恐れるあまり動けずにいるとでもいうように。それから彼女は泣きだした。あごの筋肉がこわばり、涙がとめどなく頬を伝い落ちる。ピップはベッカの目をのぞきこみ、そこに真実を見て、自分の内部でなにかが痛み冷たく凍るのを感じた。いまは真実が勝利を意味するわけではない。あきらかになった真実はただただ悲しく、根深いうえに腐敗さえしている。

「どんなに恐ろしく心細かったか、わたしには想像もできない」ピップは動揺を抑えきれないまま言った。「とてもよくないことが自分の身に起きたとわかっているのに、なにひとつ思いだせないなんて。誰も力になってくれないと感じたんでしょうね、きっと。あなたはなにも悪いことはしていないし、恥じ入るべき理由などなかった。でも最初はそんなふうに思えず、結局、入院する事態になった。それからなにがあったんですか。自分の身になにが起きたのかたしかめようとした？　責めを負うべき人物を見つけようとした？」

ベッカはかすかにうなずいた。

「誰かにクスリを盛られたとあなたは気づいた。それで調べはじめたんですね。カラミティで誰が誰にドラッグを売っていたかをまわりに訊いてみたら、疑わしいのは自分の姉だった。ベッカ、四月二十日の金曜日になにが起きたんですか。アンディがワード先生の家から歩いて帰ってきたときに」

「調べてわかったのは、姉からマリファナとMDMAを買った生徒がいたということだけ」ベッカはうつむいて涙を拭きながら言った。「だから、アンディが外出して家にわたしひとりになったときに、彼女の部屋を探った。そこでもうひとつの携帯とドラッグの隠し場所を見つけ、携帯の中身を見た。すべての顧客名は頭文字でしか書かれていなかったけれど、いくつかのメッセージを見ていくうちにアンディからロヒプノールを買った人物がわかった。テキストメッセージのひとつに彼の名前が書かれていたから」

「マックス・ヘイスティングス」とピップは言った。

「そう」ベッカは泣きながら言った。「誰だったかがようやくわかったんだから、姉と相談してきちんと決着をつけられると思った。アンディが帰ってきたら、わたしの話に耳を傾け、涙するわたしに悪かった、ごめんねと言ってくれて、ふたりで相手を問いただして彼に償《つぐな》わせることになると。姉がわたしの力になってくれれば、それだけでよかった。それに誰かに話すことができれば、ひとりでかかえこむつらさから逃れられると」

　ピップは疲れきって身体が震えだすのを感じながら、目をこすった。

「そのあと実際にアンディが帰ってきた」

「頭に怪我を負って?」

「いいえ、そのときは気づかなかった。傷ついているようすはなかったから。アンディはキッチンにいた。わたしはもう待ちきれなかった。すぐにでも話さなきゃと。そして——」ベッカの声がかすれる——「話したら、アンディはじっとこっちを見て、自分には関係ないと言った。

説明しようとしたけれど、彼女は聞こうともしなかった。ただ、誰にもしゃべるな、しゃべったら自分が厄介ごとに巻きこまれるって。アンディがキッチンから出ていこうとしたので、わたしは彼女の前に立ちふさがった。わたしに向かって彼女はこう言ったわ。誰かに求められたのだからあんたはよろこぶべきだと。たしかに自分と似ているけど、あんたはもっと太ってて醜いのだからと。そのうえ彼女はわたしを突き飛ばした。わたしには信じられなかった。じつの姉がじつの妹にこんなにも残酷になれるなんて。こっちも突き飛ばしかえして、もう一度説明しようとした。そんなこんなで、わたしたちは小突きあい、どなりあった。それからは……あっという間だった。

アンディはいきなり床に倒れこんだ。そんなに強く押したつもりはなかったのに。しばらく目を閉じていたと思ったら、急に具合が悪くなって。嘔吐しだして、顔や髪に吐物がべっとりついた」ベッカはすすり泣きはじめた。「嘔吐はとまらず、咳きこんだり喉を詰まらせたりした。わたしは……わたしはじっと動かずにいた。どうしてかはわからない。ただ、ものすごく姉に対して腹を立てていたのはたしかだった。いまから振りかえってみると、なんとかしなくちゃと思ったかどうかもわからない。なにを考えていたのかいっさい覚えていない。記憶にあるのは、じっと動かずにいたことだけ。姉が死にかけていると気づくべきだったのに、わたしは立ちつくしたままなにもしなかった」

ベッカはドアの近くのタイルが張られたところに視線を向けた。そこがアンディが倒れこんだ場所にちがいない。

「それきりアンディは動かなくなって、わたしは自分がしでかしたことに気づいた。あわててアンディの口もとを拭こうとしたけれど、姉はすでに死んでいた。時計の針を戻してほしいと心から思った。あのときから毎日そう思っている。でもすでに手遅れだった。ちょうどそのときアンディの頭に血がついているのに気づき、自分が姉を傷つけてしまったにちがいないと思った。五年半、そう思いこんでいた。二日前まではね。帰宅するまえにワード先生の家で怪我を負ってたなんて知らなかったから。頭を強く打ったから、アンディは意識を失って、具合も悪くなったんだね。でもそれはどうでもいい。わたしは彼女を窒息死に追いやった人間だから。彼女が死ぬのをなにもせずに見ていたんだもの。それにアンディが頭に怪我をしたのはわたしのせいだと思っていたし、彼女の腕には取っ組みあったときにわたしがつけたひっかき傷もあった。だからみんなは――両親でさえ――わたしが彼女を意図的に殺したと考えるだろうと思った。だってアンディはいつでもわたしなんかよりずっとすばらしい女の子だったから。両親も彼女のほうを愛していたし」

「あなたが死体を彼女の車のトランクに入れたんですか」ピップはやけに頭が重いと感じ、肘《ひじ》をついて頭を支えた。

「車はガレージにとめてあって、わたしはそこまでアンディを引きずっていった。そんなことをする力をどこから絞りだしたんだろう。いまとなってはすべてがぼんやりしている。わたしはそこらじゅうをきれいに拭いた。犯罪もののドキュメンタリーをたくさん見てたから、どういうタイプの漂白剤を使えばいいかは知っていた」

「そのあとあなたは午後十時四十分より少しまえに家を出た。防犯カメラがとらえたのはあなただったんですね。ハイ・ストリートを北に向かってアンディの車を運転していたのは。そして彼女の遺体を運んだ……運んだ先は、あなたが記事にしようとしていたシカモア・ロードのはずれの古い農場ですね？　題材として取りあげたのは、近隣の人たちが買いとって改築するのを妨げようとしたからでしょう。あなたはそこにアンディを埋めた？」

「彼女は埋められていない」ベッカは洟をすすった。「汚水処理タンクのなかにいる」

ピップはゆっくりとうなずき、ぼやけた頭でアンディの最期についてなんとか理解した。

「それからあなたはアンディの車を乗り捨て、徒歩で帰宅した。なぜロマー・クロースに置き去りにしたんですか」

「アンディの二台目の携帯の中身を見ていて、ドラッグの供給者がそこに住んでいると知ったの。そこに車を乗り捨てれば、警察は関連性に気づいて、彼を第一の容疑者とみなすだろうと思って」

「とつぜんサルが犯人扱いされ、彼が亡くなって事件が幕引きになったときはどう思ったんですか」

ベッカは肩をすくめた。「わからない。もしかしてそれはなにかのサイン、つまりわたしは許されたのだという印なのかもしれないと思った。といっても、わたしは自分自身をけっして許せなかったけれど」

「五年後にわたしが事件をほじくりかえしはじめた。あなたはわたしがスタンリー・フォーブスにインタビューしたのを耳にし、彼の携帯電話からわたしの電話番号を知った」

「とある生徒がサルは無実だと考え、その件を自由研究の題材にしているとスタンリーから聞かされた。わたしはパニックに陥った。あなたがサルの無実を証明したら、こっちはべつの容疑者を見つけなくてはならなくなると思った。アンディの携帯電話を保管していたから彼女には秘密の恋人がいるってことは知っていた。〝E〟とだけ書かれた相手とのテキストメッセージのやりとりのなかで〈アイヴィー・ハウス・ホテル〉での密会に触れていた。相手の男性が誰なのかを突きとめようとしてホテルへ行った。でもオーナーのおばあちゃんは頭が混乱していて、手がかりすらつかめなかった。数週間後にあなたが駅の駐車場にいるのを見て、アンディの供給者がどこで仕事をしているのかを知った。わたし、あなたを監視してたのよ。彼のあとを追うあなたのあとを尾けて、あなたがサルの弟といっしょに売人の家に入っていくのも見た。これ以上、真相に迫るまえに、どうしてもあなたをとめなきゃと思った」

「そのとき、あなたは最初のメッセージを送ってきた」とピップ。「でもわたしは調査をやめなかった。あなたと話をしにオフィスへ出向いたとき、こっちが使い捨て携帯やマックス・ヘイスティングスの件を持ちだしたものだから、あなたは思ったんですよね、わたしが真犯人はあなただと気づきはじめたと。それであなたはわたしの犬を殺し、調べあげたものをぜんぶ壊させた」

「ごめんなさい」ベッカがうつむく。「あなたの犬を殺すつもりはなかった。自由に行かせたのよ、ほんとうに。でもあたりはすっかり暗くなっていて。あの子は混乱して川に落ちてしまったんだと思う」

呼吸が浅くなる。事故だろうが故意だろうが、バーニーはもう戻ってこない。

「わたしはあの子を心の底から愛していました」頭がぼんやりして、自分ではないべつの人間がしゃべっている気がする。「でもあなたを許すことにしました。だからわたしはここへ来たんです、ベッカ。ワード先生が逮捕されたことで事件がすっかり解決していたら、警察だって女子高生に遅れをとるものかという勢いで、いまになって捜査を再開させることはなかったはず。警察はワード先生の話とあなたの供述が食い違っていることに気づいています」どういうわけか早口になって言葉は不明瞭になり、舌がもつれてしまう。「あなたのしたことはたしかに間違っていた、アンディを死なせてしまったんですから。自分でもわかっていますよね。もちろんあなたの身に起きたことだってずいぶん理不尽です。自分で求めたわけでもないんだから。そのうえ法律というのは思いやりに欠ける。わたしは警告しにきたんです。この土地を離れて、できればこの国も出て、どこかで自分自身のために人生をやりなおしてください。警察がもうすぐあなたを逮捕しにきてしまうから」

ピップはベッカを見た。ベッカはしゃべっているはずなのに、ふいに世界からすべての音が消え、頭のなかにとらわれたカブトムシのブーンという羽音しか聞こえなくなった。テーブルが次々とめまぐるしく形を変えていき、まぶたが恐ろしいほど重くなってだんだんとさがりはじめた。

「わ、わたし……」もはや言葉も出てこない。まわりはうす暗くなり、唯一明るいのは目の前にある空のマグカップで、ゆらゆらと揺れながらカップの色が空気のなかへ溶けこんでいく。

「あなた、わ、わたしの飲み物になにか入れた?」

「アンディのドラッグの隠し場所に、マックスに売るための錠剤がいくつか残ってたの。それをとっておいたというわけ」

ベッカの声が不快なほど大きくなったかと思うと、ピエロの甲高い笑い声となってこだまし、右耳から左耳へ、次は左から右へと抜けていく。

椅子から立ちあがったが、左脚に力が入らない。体重をかけた拍子にぐらついてアイランドに激突する。なにかが砕け散り、ぎざぎざの雲となってあたりを飛び交い、世界がぐるぐるまわる。

キッチンがいきなり傾く。ピップはよろめきながらシンクへ歩いていき、前のめりになって喉の奥まで指を突っこんだ。胃のなかのものを吐く。こげ茶色の吐物が吐きだされ喉が痛む。それでももう一度吐く。近くから遠くから、声が聞こえてくる。

「なんとかしなくちゃならないの。証拠はなにもない。あるのはあなた自身とあなたの頭のなかのものだけ。ごめんなさい。ほんとはこんなことしたくないのよ。どうしてほっといてくれなかったの?」

ピップはおぼつかない足取りでテーブルまで戻り、口をぬぐった。キッチンがふたたびぐらつく。ベッカが目の前にやってきて、震える両手をのばしてくる。

「やめて」ピップは叫ぼうとしたが、声は身体のなかのどこかへ消えてしまっていた。なんとかベッカの手を逃れてアイランドのまわりを横歩きで進む。倒れないように指をスツールに食いこませ、つかんだスツールを背後に投げつける。それがベッカの両脚に命中すると同時に、頭が割れんばかりの音が鳴りはじめた。

ピップは廊下に出て、いきなり壁に衝突した。耳はがんがん鳴り、肩はずきずき痛んでいたが、それでも壁から離れないようにぴたりと張りついて、一歩一歩玄関へ向かって進んでいった。ドアは開きそうになかったが、瞬きする間にドアはどこかに消えていて、どういうわけか家の外にいた。

あたりは暗いうえ、勢いよく回転していて、空にはなにかが浮かんでいた。明るくカラフルなマッシュルームとぶ厚い雲とトッピング用の粒チョコレート。大地が割れるような音を立てて広場から花火があがっていた。ピップは懸命に脚を動かし、鮮やかな色に向かって森のなかへ駆けていった。

木々がぎこちないツーステップを踏みながら歩いている。一方で自分の脚は感覚を失い、ついに消えてしまった。ふたたび空がうなって光の大輪が開くと、あまりのまばゆさに目がくらんだ。

両手を突きだして手探りで進む。次のドンという音とともに、とつぜんベッカが目の前にあらわれた。

ピップはベッカに押され、落ち葉と泥のなかに仰向けに倒れた。ベッカがこっちを見おろし、手をのばしてくる。そのとき……ふいに力が湧いてきた。その力を片脚にこめて鋭く蹴《け》りだす。

ベッカも地面に倒れ、黒っぽい落ち葉に埋もれて見えなくなった。

「わ、わたしはあなたをた、助けようとしたのに」とピップは言った。

ごろりと腹ばいになり、両腕と両脚の力を総動員して進む。消えたはずの脚でなんとか立ちあがって逃げだす。教会へ向かって。

さらに爆音が炸裂し、世界が終わりを告げる。落ちてくる空に向かって木々が輪舞するなかで、ピップは木にしがみついては、それを後ろ手で押して身体を前へ進めた。その途中につかんだ一本の木は人の肌のような感じがした。

人肌の木がいきなり動きだし、二本の腕でつかみかかってきた。木とともに地面へ倒れこみ転がる。倒れた拍子にピップは近くの木に頭をぶつけた。生温かいものが頰を伝い、口のなかには金《かな》くさい味が広がった。目に血が流れこみ、世界がふたたび暗くなる。ふと気づくと、ベッカが馬乗りになっていて、首に冷たいものを巻きつけてきた。首もとに手をやってさわってみるとそれはベッカの指だったが、自分の指はまったく動かず、とてもじゃないが相手の指を引きはがすことはできない。

「お願い」言葉を絞りだしてみたものの、そのあとで空気を吸いこめない。

枯葉になかば埋もれた腕はちっとも言うことを聞いてくれない。まったく動こうとしないのだ。

ピップはベッカの目をのぞきこんだ。〝この人はどこへわたしを捨てればいいかわかっている。けっして誰にも見つからない場所。これ以上なく暗い場所で、わたしはアンディ・ベルの骨とともに眠ることになる〟

腕と脚から力が抜け、気が遠くなる。

「あなたみたいな人がいてくれたらよかったのに」ベッカが泣きながら言う。「わたしにはアンディしかいなかった。彼女だけが父から逃れて頼るべき唯一の場所だった。マックスにひどいことをされたあとのたったひとつの希望だった。なのにアンディは気にもとめなかった。そもそも気にかけてもらったことなんて一度もなかったけれど。もうどうしようもなくて、こうするよりほかに方法がないの。ほんとはこんなことしたくないんだよ。ごめんね」

ピップは息をするとどんなふうに感じるのかさえ思いだせなかった。

目はずきずき痛むけれど、少しだけあけた隙間から花火が見える。

リトル・キルトンは漆黒《しっこく》の闇に包まれている。でもそんな闇のなかに七色の光が躍るのを見るのはいいものだ。すべてが暗転するまえの最後の贈り物としてはすばらしい。

闇に落ちこむ手前で、ピップは冷たい指がほどけて、離れていくのを感じた。

息を吸いながらも、最初の空気はどこかに引っかかっている気がした。闇は遠のき、まわりの音が耳に飛びこんでくる。

「できない」ベッカは手を引っこめて自分で自分の身体を抱きしめた。「わたしにはできない」

そのとき、足音が聞こえてきて人影がぬっとあらわれ、ベッカは引きずられていった。物音が聞こえる。どなったり叫んだりする声も。「だいじょうぶかい、ピックル」

声がするほうに顔を向けると、父がそばにいて、もがき叫ぶベッカを地面に押しつけていた。

近くにはもうひとり誰かがいて抱き起こしてくれたけれど、身体にはまったく力が入らず、しっかり上体を起こしていられなかった。

「息を吸って、部長刑事」ラヴィがそう言って髪をなでてくれる。「ぼくらが来たから。もうだいじょうぶだよ」

「ラヴィ、ピップはどんな具合だ?」

「……プノール」ピップはつぶやき、ラヴィを見あげた。「ロヒプノールが……お茶に」

「ラヴィ、至急、救急車を呼んでくれ。警察に通報も」

音がふたたび遠のいていった。それでも七色の光が目の端に見え、ラヴィの胸から響いてくる彼の声が背中を通ってすべての感覚器官へ伝わっていった。

「ベッカはアンディを死なせた」ピップは言った。それとも言ったと思っただけかもしれない。「でも彼女を逃がしてあげなきゃ。ベッカだけが悪いわけじゃない。ベッカだけが……」

キルトンが消えていく。

「記憶がうすれていく。け……健忘症かも。彼女は汚水処理タンクのなかにいる。農場の……シカモア。そこに……」

「わかったよ、ピップ」ラヴィが抱きしめてくれて、ピップはなんとか闇に落ちずに踏みとどまった。「もう終わったんだ。すべて終わったんだよ。きみを見つけられてよかった」

「ど、どうやって、見つけたの?」

「追跡デバイスが連れてきてくれた」ラヴィは〈友達を探す《ファインド・マイ・フレンズ》〉の地図上にオレンジ色の分

身が映しだされた、ぼんやりとした画面を見せた。「見た瞬間にきみがここにいるとわかったよ」

キルトンが消えていく。

「だいじょうぶ、きみをつかまえたからね、ピップ。すぐによくなる」

消えていく。

ラヴィと父がふたたび話をしている。でも聞こえてくるのは言葉ではなく、アリが地面を這う音。ラヴィと父はもう見えない。空に向けた目のなかで花火が炸裂する。世界の終末の決戦の地《ハルマゲドン》に飛び散る花々。すべては赤い。赤が光り、赤が輝く。

ピップは冷たく湿った地面に横たわってふたたび人間になり、ラヴィの呼吸に耳を傾けた。

木々のあいだから、青い懐中電灯の光とともに黒い制服たちが向かってくるのが見える。

懐中電灯の光と花火を交互に見やる。

音は聞こえない。自分の荒い息遣いと、花火のきらめきと懐中電灯の光だけ。

赤と青。赤と

青。　あかと

あお　あかと

あおと

三カ月後

「大勢の人が来てるよ、部長刑事」

「ほんと?」

「うん、そうだな、二百人くらい」

二百人もの人が立てる音が聞こえてくる。学校の講堂でおしゃべりする声や、人びとが席につくときの音が。

ピップは舞台の袖で待っていた。両手で発表用のメモを握りしめる。指先に浮かんだ汗で印刷された字がにじむ。

同学年のほかの生徒はみんな、今週のはじめに小さめの教室に集まった生徒や教師の前でEPQの発表を終えていた。一方で学校側と自由研究の審査委員は、ピップの発表を〝ちょっとしたイベント〟にしたいという校長の提案をすばらしいアイデアとして受け入れた。ピップにはいいも悪いもなかった。学校側は発表会の開催をオンラインと〈キルトン・メール〉の紙面で告知した。メディア関連の面々も招待された。この日の早い時間にBBCのヴァンがやってきて、機材やカメラがおろされているのをピップは見ていた。

「緊張してる?」とラヴィ。

「そんなわかりきったこと訊く?」

アンディ・ベル事件の真相が報道されると、ニュースは全国紙にも載り、何週間にもわたってテレビで放送された。ピップがケンブリッジの面接を受けたときも熱狂はさめやらなかった。ニュースを見ていたふたりの面接官がピップを見るなり口をあんぐりあけ、そのあとで事件についての質問を次から次へと繰りだした。ピップへの入学許可はいちばん早く出されたなかの一通となった。

何週間ものあいだ、ピップはキルトンの秘密や謎を肌になじんでしまうほどぴたりと身にまとっていた。いまはもうすべてを脱ぎ捨てていたけれど、ひとつだけ心の奥深くにうめこんだ秘密があった。カーラを守るため、死ぬまでそれを心に秘めるとピップは誓っていた。入院中、親友であるカーラは片時もそばから離れずにいてくれた。

「あとできみんちへ行っていいかな」とラヴィ。

「もちろん。カーラとナオミも夕食に呼んであるよ」

鋭くカツカツと鳴るヒールの音が聞こえてきて、カーテンと格闘しながらモーガン先生があらわれた。

「あなたの用意ができたら本番よ、ピッパ」

「はい、一分後には出ていきます」

ふたたびふたりきりになったところでラヴィが言う。「じゃあ、そろそろ行って席につくよ」

ラヴィは笑みを浮かべ、ピップの首の後ろに手をやり、髪に指をからませて顔を寄せ、互いの額をくっつけた。以前にもラヴィは同じことをしたことがあって、こうすればきみの悲しみや頭痛が半分になるよ、と語っていた。ケンブリッジへ面接を受けにいくために列車に乗ったときも、不安が半分になる、と言って額をくっつけてきた。悪いことを半分減らせば、あとの半分のスペースをよいことのためにとっておけると。

ラヴィにキスされて、ピップは心が温まった。羽がにょきっと生えてきて、どこまでも飛べそうな気がした。

「客席にいるみんなにガツンと一発、お見舞いしてやりな、ピップ」

「そうする」

「あとひとつ」ドアへ向かうまえにラヴィが言う。「きみがこの自由研究をはじめたのは、ぼくにひと目惚れしたからってこと、みんなに言っちゃだめだよ。わかってると思うけど、もっと高尚な理由を考えといたほうがいい」

「さっさと客席へ行きなさい」

「照れるなって。ぼくは魅力的《ラヴィーシング》だからしかたない。わかった？　ラヴィーシング、ラヴィ・シン」

「いちいち説明しなきゃならないなんて、なんとすてきなジョークだこと。さあ、行って」

ピップはもう少しだけ時間をかけて、スピーチの最初の一行を小声でおさらいした。それからいざステージへ。

聴衆はどうすべきか迷っているようだった。半分くらいは礼儀正しく拍手をし、テレビ局のスタッフがそちらにカメラを向ける。もう半分はじっとすわったまま、ピップの動きを目で追っている。

最前列にすわっているヴィクターが立ちあがり、指笛を鳴らして叫んだ。「かましてやれ、ピックル」リアンがすぐさま力ずくで夫をすわらせ、となりにすわるニーシャ・シンと目配せを交わした。

ピップは校長先生の書見台まで歩いていき、スピーチの原稿を置いてならした。

「こんにちは」声を発すると、マイクがキーキー鳴って講堂内の静寂を破った。カメラのシャッターが次々に押される。「ピップです。わたしはたくさんのことを知っています。〝タイプラ《typewr》イター《iter》〟はキーボードの一列のキーだけで打てるいちばん長い言葉だということも。イギリス・ザンジバル戦争はたった三十八分で終結した、歴史上でいちばん短い戦争であることも。この自由研究がわたし自身や、わたしの友人、家族を危険にさらし、多くの人生を変えてしまったこと、それもすべてがよい方向にではないことも。でもわからないこともあります」ここで間《ま》をおく。「それは、なぜこの町や国のメディアはここで起きたことをいまだに理解していないのか、ということです。わたしは長文の記事に書かれているような、アンディ・ベル事件の真相をあきらかにした〝天才的な生徒〟などではありません。同じ記事のなかで、サル・シンと彼の弟であるラヴィは隅のほうの小さな欄に追いやられています。このプロジェクトをはじめたきっかけはサルでした。彼についての真実を見つけるためにはじめたんです」

そのとき目がスタンリー・フォーブスをとらえた。彼は三列目の席にすわり、ノートを開いてなにごとかを走り書きしている。いまだに彼についてはわからないことがある。彼にかぎらず、容疑者リストに載った人びとについても、事件にかかわりのあったほかの人たちや秘密についても。リトル・キルトンにはまだいくつかの謎が残されている。答えが見つかっていない疑問や隠された秘密も。この町にはそこここに暗い一角がある。けれどもピップはあらゆることに光をあてるのは無理だと悟り、受け入れた。

スタンリーの前の列にはピップの友人たちがすわっているが、そのなかにカーラの顔はない。すべてを勇敢に乗り越えてきたカーラだったが、さすがに今日はきつすぎると考え、出席を断念していた。

ピップは話しつづけた。「このプロジェクトが終了したときに四人が逮捕され、ひとりが五年間にわたって監禁されたすえに解放されるとは、予想もしていませんでした。エリオット・ワードはサル・シン殺害、アイラ・ジョーダン誘拐、および正義の道からそれるというコモン・ロー違反に対して有罪を認めました。彼の量刑を定める審問は来週おこなわれます。ベッカ・ベルについては、今年の後半に以下の容疑に対する公判が開かれる予定です。重大な過失による故殺、合法的な埋葬を怠《おこた》る、正義の道からそれるというコモン・ロー違反。マックス・ヘイスティングスは四件の性的暴行と二件のレイプで起訴され、こちらも今年じゅうに公判が開かれます。ハワード（ハウィー）・ボワーズは規制薬物の供給と販売目的での所持の容疑に対する有罪を認めています」

ピップはメモをめくり、咳払いをした。

「二〇一二年四月二十日金曜日の出来事はなぜ起きたのでしょうか。わたしの見解では、その日の晩とそれからの数日に起きた出来事に対し責めを負うべき人物が数名います。次にあげるなかには、犯罪をおこなっていなくても道義的に責めを負うべき人物も含まれています。エリオット・ワード、ハワード・ボワーズ、マックス・ヘイスティングス、ベッカ・ベル、ジェイソン・ベル、そして忘れてはならないのが、アンディ本人です。誰もが彼女に美しい犠牲者という役を割り振り、仮面の下に隠された部分には目をつぶろうとしました。そこをあらわにすると、悲劇が台無しになってしまうからです。でも彼女にも責任の一端があったのは事実です。アンディ・ベルは意地の悪い人間で、ほしいものを手にするために相手に心理的な揺さぶりをかけて脅迫していました。彼女は薬物を売り、それがどのように使われるかは気にもせず、考慮もしませんでした。自分が薬物による性的暴行の後押しをしている自覚がアンディにあったかどうかはわかりませんが、妹が性的被害に遭い、自分も荷担していた事実を突きつけられたとき、彼女が思いやりの情を示せなかったのは事実です。

ところがアンディ本人に肉薄してみると、裏側に隠れた一面があることに気づきます。アンディ・ベルは、じつは傷つきやすくて人目を気にする女の子だったのです。そうなったのも、女性の価値は見た目と、どのくらい強く求められているかで決まると、じつの父親から教えこまれて成長したからです。彼女にとっての家庭は、いじめられ、見下される場だったのです。そんな家から離れ、自分自身の価値を決めるのはなにか、望んでいる将来とはどんなものかをみずから選択する大人の女性になる機会はアンディにはありませんでした。

この事件にはモンスターと呼ぶべき人物が何人か登場しますが、彼らの心のうちではつねに善と悪が表裏一体になっていることにわたしは気づきました。さまざまな形の絶望をかかえた人たちが衝突しあった結果、この物語は生まれてしまったのです。しかし、ひとりだけ徹頭徹尾、善良な心を持ちつづけた人物がいます。その人物とはサル・シンです」

そこでピップは顔をあげ、両親にはさまれてすわっているラヴィに視線を向けた。

「強調しておきますが、わたしは指導要領で求められているとおりに、このプロジェクトを自分ひとりで完成させたわけではありません。ひとりの力ではとうてい成し遂げられませんでした。だから審査委員の先生方はわたしを失格にするべきなのかもしれません」

聴衆のなかには息を呑む人もいた。なかでもモーガン先生からは〝ゴクリ〟と喉を鳴らす音まで聞こえてきそうだった。もちろん、くすくす笑う人たちもいた。

「ラヴィ・シンなしではわたしはこの事件を解決できませんでした。それどころか生きのびることさえできなかったかもしれません。サル・シンがどれだけやさしい人物だったかを話して聞かせてくれる人がいるとしたら、それは彼の弟です」

ラヴィが自分の席からこちらを見つめている。お小言を言いたげに目を見開いて。大好きなその表情を見ながらピップは思う。これはラヴィには必要なことなのだと。ラヴィもそう思っているはずだ。

ピップが首をかしげて合図を送ると、ラヴィは立ちあがった。ヴィクターも立ちあがり、またしても指笛を吹き、大きな手を盛大に打ち鳴らした。生徒たちの何人かもそれに加わり、ラヴィがステージへの段を駆け足であがり書見台へ近づいていくのを拍手で励ました。

ピップはマイクから一歩さがり、ラヴィを迎えた。ラヴィからウインクされて誇らしさを覚えつつ、彼が頭の後ろを掻きながら書見台へ歩み寄っていくのを見守った。昨日、本人から聞いた話では、ラヴィは法律の勉強をはじめられるよう、学校の試験を受けなおすとのことだった。

「えーっと……こんにちは」話しはじめると、今回もマイクがキーキー鳴った。「こんなことになるとは思わなかったんですが、女子生徒が確実にAをとれるのにそれをみずからふいにするなんていうのも、毎日あることじゃないですよね」温かい笑いが静かに広がる。「でもたぶん、サルのことを話すのにぼくには準備なんか必要ないと思います。六年近くものあいだ準備してきたんですから。ぼくの兄はたんなるいい人じゃなく、もっとも善良な人間のひとりでした。親切で、とびきりやさしくて、いつでも人を助け、ほんとうにまったく文句のつけようのない人でした。無私無欲の人でもありました。子どものころこんなことがありました。ぼくがカーペットじゅうにライビーナのジュースをぶちまけてしまい、サルはぼくが叱られないよう、自分がやったと親に言ってかわりに怒られてくれたんです。おっと、母さん、ごめんなさい。でももう、どっかの時点で気づいてたよね」

ふたたび聴衆から笑い声があがった。

「サルはいつでも元気いっぱいの人でもありました。おかしな笑い方をする癖《くせ》もあった。サルが笑いだすと引きこまれずにはいられないんです。あっ、そうそう、ぼくはすごく寝つきが悪かったから、サルはぼくのために何時間もかけてマンガを描いて、それをベッドのなかで読んでくれました。いまでもそのマンガはぜんぶ家に保管してあります。それに兄はものすごく頭がよかった。人生が奪い去られなかったら、途轍《とてつ》もないことを成し遂げていたと思います。彼のいない世界は昔と同じように輝きを放ってはくれないでしょう」ふいにラヴィの声がかすれる。「兄が生きているうちに、こういったすべてを伝えられていたらと思います。サルは誰もが持ちたいと願う、世界一すばらしい兄貴だよ、と。サルには言えなかったけれど、いまこの舞台で話すことができました。そして今度こそみなさんがぼくの言うことを信じてくれると確信しています」

ラヴィはピップを見て、目を輝かせながら手をさしのべた。ピップは近づいていってとなりに立ち、マイクに向かってスピーチを締めくくりはじめた。

「リトル・キルトンを舞台にしたこの物語にはもうひとりの登場人物がいます。それはわたしたち自身です。わたしたちは一団となってひとつの美しい人生をモンスターの話に変えてしまいました。家族の家を幽霊屋敷に変えてしまった。いまこの瞬間から、わたしたちは心を入れかえなければなりません」

ピップは書見台の陰でラヴィの手を握り、指と指とを組みあわせた。しっかりと組みあわさった手と手は、それ自体が新たに生を受けたものになり、ずっとそのままの形で成長してきたとでもいうように、ピップの指先がラヴィの指と指とのあいだにぴったりとはまっていた。

「なにかご質問は?」

謝辞

これから紹介するすばらしい方々がいなかったら、この本は忘れ去られたｗｏｒｄ文書のままか、わたしの頭のなかでいまだ形にならないアイデアで終わっていただろう。はじめにわたしのスーパーエージェントであるサム・コープランド。めちゃくちゃ悔しいけれど、あなたはつねに正しい。冷静かつ穏やかでいてくれてありがとう。あなたは誰もが自分のチームにいてくれればと思うような人。チャンスをくれたことに対しわたしは一生感謝しつづけるだろう。『自由研究には向かない殺人』は〈エグモント〉という完璧なホームグラウンドを見つけ、いまわたしは最高に幸せだ。アリ・ドゥーガル、リンジー・ヘヴン、ソラヤ・ブアゾーイ。飽くことのない情熱を傾け、この物語の核となるものを探し、それをわたしが見つけるのに力を貸してくれてありがとう。とくにすばらしい編集者のリンジー、わたしを導いてくれて心から感謝している。エミー・セント・ジョンストンはこの本を最初に読み、支持してくれた。あなたがいてくれてほんとうにありがたいと思う。サラ・レヴィソンは叱咤激励しながらこの本を形あるものにまとめてくれた。リジー・ガーディナーは表紙のすばらしいデザインを担当してくれた。これ以上、完璧なものは考えつかない。メリッサ・ハイダー、ジェニー・ローマン、それにマーケティングと広報担当のすべてのみなさんにも感謝を。ヘザー・ライアソンはこれ以上なくすばらしいプルーフをつくってくれた。シヴォーン・マクダーモットは〈ヤング《Y》アダルト《A》文学《L》コンベンション《C》〉でさまざまな仕事を精力的にこなしてくれ、エミリー・フィンとダニー・プライスはYALCでのキャンペーンをみごとに仕切ってくれた。ジャス・バンサルはソーシャルメディアの世界に君臨する女王だ。トレイシー・フィリップスと版権チームのみなさんは世界のほかの国々へこの物語を紹介するというすばらしい仕事をこなしてくれた。

二〇一九年のわたしのデビューを全面的にサポートしてくれたみんなにも心からのお礼を申しあげたい。サヴァナ、ヤスミン、カティア、ルーシー、サラ、ジョセフ、そしてわたしのエージェントであり出版者でもあるアイシャ、ほんとうにありがとう。あなた方が一丸となって推し進めてくれれば、本を出版するという仕事は恐れるに足りない。

フラワー・ハンズ（WhatsApp の仲間うちのグループの名前だけど、出版された本に載せちゃったから、もう誰も抜けられないね）のみんな、十年以上もわたしの友だちでいてくれて、スランプに陥って反応できなかったときも理解してくれてありがとう。エルスペス、ルーシー、アリス、早い段階からわたしの本を読んでくれて、ほんとうにありがとう。

ピーターとゲイ、あなたたちの揺るぎないサポートにはとても感謝している。この本のいちばん最初の原稿を読んでくれてありがとう。気分よく原稿に手を入れることができたのもあなたたちのおかげ。そしてケイティ、あなたが最初からこの本を支持してくれて、わたしはとてもうれしかった。ピップというキャラクターがひらめいたのもあなたがアイデアをくれたから。

わたしの姉、エイミーにもお礼を。うんと小さいころ、部屋にこっそり招き入れて〈LOS

T〉を観せてくれてありがとう。わたしのミステリへの愛はそこからどんどん大きくなっていった。妹のオリヴィアにも感謝を。わたしがいままで書いたものを、赤いノートに書いた物語から『エリザベス・クロー』まで、ぜんぶ読んでくれてありがとう。あなたはわたしのまぎれもない最初の読者で、わたしはそのことにとても感謝している。ダニエルとジョージ、やったね、きみたちはとってもかわいいからという理由だけで謝辞に名前を連ねたよ。もう少し大きくなるまでこの本は読まないほうがいいけどね。

ママとパパ、ふたりのおかげでわたしは物語に囲まれた子ども時代を送ることができた。本と映画とゲームとともにわたしを育ててくれてありがとう。何年ものあいだ〈トゥームレイダー〉と『ハリー・ポッター』といっしょに過ごしていなかったら、わたしはここにいなかっただろう。でもいちばん感謝しているのは、ほかの人が〝できっこない〟と言ったときに〝できるよ、だいじょうぶ〟といつも言ってくれたこと。わたしたち、ついに成し遂げたんだね。

そして、ベン。涙したときも、かんしゃくを起こしたときも、失敗したときも、悩んだときも、勝利したときも、あなたはいつも変わらずにいてくれた。あなたがいなかったら、わたしはとうていやり遂げられなかっただろう。

最後に、あなたへ。この本を手に取り、最後まで読んでくれてありがとう。わたしがどれほど感謝しているか、あなた方にはきっと想像もつかないよね。

解説

若林　踏《ふみ》

『自由研究には向かない殺人』は未来の社会を担う若者たちに、二つの大事なことを教えてくれる小説である。

一つ目は、公平な視点でものごとを見続ける事がいかに尊い行為であるのか、ということ。二つ目は、情報がオープンでフラットに行き渡る社会の在り方が、人々を曇りなき真実に導いてくれることだ。

本書はロンドン在住の作家、ホリー・ジャクソンのデビュー作であり、二〇二〇年のカーネギー賞の候補作に選ばれている。先に記したような二つの理念を感じるミステリ小説が、優れた児童文学に与えられる賞の候補に入った事は心に留めておくべきだろう。

主人公のピップことピッパ・フィッツ＝アモービは、リトル・キルトンというイギリスの小さな町で暮らす、グラマースクールの最上級生である。ピップの実父は彼女が生後十か月のときに自動車事故で亡くなっており、現在は母親のリアンと、ナイジェリア人である義理の父親ヴィクター、父親の違う弟のジョシュアと生活している。肌の色が違う姉弟に周囲の人間が戸惑う表情を見せることに対し、ピップは「いい加減に慣れて、さらりと受け流さなきゃ」と思っている。肌の色が違う父や弟がいようと、ピップにとって彼らは「百パーセント、自分の家族」であり、正真正銘の父と、たまに手を焼かされる正真正銘の弟なのだから。リアンといつも陽気なヴィクター、やんちゃ盛りのジョシュア、そして元気な愛犬バーニーに囲まれたピップの家は、小さな偏見など物ともしない明るさに包まれている。快活な主人公が与える爽やかな読み心地に惹かれる読者は多いはずだ。

物語はピップがリトル・キルトンにある、シン一家の住まいを訪れる場面から始まる。玄関ドアをノックすると出てきたのは、一家の次男であるラヴィ・シンだった。ピップはラヴィに学校で取り組んでいるEPQに関して、インタビューを受けてくれないかと頼む。EPQ(Extended Project Qualification)とは、「自由研究で得られる資格」のことで、高校卒業の資格試験と並行して、自分の好きな題材を選んで独自に行う研究である。

ピップは何の題材を選び、ラヴィにインタビューするのか。質問するラヴィに対し、ピップはこう答える。「えっと……五年前に起きた出来事について」と。

実はリトル・キルトンでは五年前、町中を騒然とさせる事件が起きていた。ことの発端はアンディ・ベルという十七歳の少女が失踪したことだ。アンディはディナーパーティーに出席していた両親を迎えに行く予定になっていた晩、妹のベッカに目撃されたのを最後に、行方をくらましてしまったのだ。父親からの捜索願を受けて警察は自宅付近の森などを捜索するが、彼女の行方は摑《つか》めなかった。

アンディが失踪した翌日、警察は彼女の交際相手に事情聴取を行う。その交際相手こそが、ラヴィの兄であるサル・シンだったのだ。サルにはアンディが失踪した当夜、四人の友人たちと一緒にいたアリバイがあった。ところが事件から四日後、事態は一変してしまう。サルのアリバイを証言していた友人たちが、事情聴取の際に嘘を述べたと告白したのだ。彼らによれば、サルから嘘をつくように頼まれたという。

当然、容疑はサルに向けられたが、警察はすぐに彼を見つけることが出来なかった。サルは学校にも家にもおらず、父親にテキストメッセージを送る以外は携帯電話への連絡にも応答しなかったのだ。そして四人の親友が証言を覆した日の晩、警察官のチームが森でサルの遺体を発見する。サルは大量の睡眠薬を服用し、頭からビニール袋を被って窒息死《ちっそくし》した模様だった。

この状況から警察は、アンディの失踪をサルの仕業によるものであると考え、キルトンの住人は、サルは罪の意識に耐え兼ねて、あるいは逮捕を恐れて自殺を選んだのだと結論付けた。アンディの行方は依然として知れないままだったが、事件から二年後に行われた死因審問で、検視官が〝違法な殺人〟との評決を下し、アンディ・ベルの死亡証明書が発行された。事実上、サルはアンディを殺した犯人になったのだ。

この事件以来、シン一家は町中から白い眼で見られ、自宅に投石や落書きをされるなど、住民からの誹謗《ひぼう》中傷、嫌がらせを受けている。しかし、ピップはある理由からサルは無実だと信じていた。それを証明するために、ピップは自由研究の題材にアンディの事件を選び、再調査を行おうとするのだ。

「地方のスモールタウンを舞台に、若い女性の失踪が発端となる物語」という形式は、翻訳ミステリファンならば馴染みの深いものだろう。古くは一九五〇年代より米国の作家ヒラリー・ウォーが『失踪当時の服装は』（法村里絵訳、創元推理文庫）、『生まれながらの犠牲者』（同）といった警察捜査小説の傑作群でこの形式を採用している。ウォーの小説は事件をきっかけに小さな共同体内に隠された人間関係などが暴かれ、謎解きとともに街の真の姿が明らかになっていく、という構造を持っていた。最近では『ベント・ロード』（田口俊樹訳、集英社文庫）でエドガー賞最優秀新人賞を受賞したローリー・ロイが、五〇年代後半から六〇年代にかけてのデトロイトを舞台に失踪をキーワードにした小説を書いている。本書も、そうした失踪ミステリの系譜に連なる作品と捉えることが出来るだろう。

　このようなスモールコミュニティを舞台にした失踪ミステリは、ときに閉塞感に満ちたイメージや陰鬱《いんうつ》なトーンを描きがちな面もある。ところが『自由研究には向かない殺人』には、そうした先行作においてしばしば描かれたような重苦しさを不思議と感じることがない。確かにピップの調査行では小さな町の暗部や若者が抱える問題などが浮き彫りになることがあるけれど、全体的には極めて明朗な印象を与える。一言でいえば、風通しの良い読み心地を与えてくれるミステリなのだ。

　この「風通しの良さ」は、主人公ピップの人物造型によるものが大きいだろう。ピップがその家族を含め実に陽性で快活な性格の人物として描かれていることは既に触れたとおりだ。だが、単に明るい性格のキャラクターであるから、というだけでは本作の「風通しの良さ」を説明するには弱い。ピップの深奥にはフェアネス、つまり公平性に対する強いこだわりが宿っている。偏見や無意識に植え付けられたバイアスから離れて物事を見つめ、ピップは真実を追求しようとする。謎解きばかりではなく、彼女の家族や友人との関係においても、フェアネスを持って身の回りに起きる不均衡を正そうとする態度がピップから感じ取れるのだ。こうした人物がヤングアダルト向けの謎解き小説の主人公として描かれていることに、心強さを感じずにはいられない。

本書はピップの視点から描かれる描写に加え、ピップが定期的に付ける自由研究の作業記録、アンディとサルの動きを追った地図や、メモ書きした関係者の相関図、さらにはメールのやり取りやフェイスブックの書き込みなどで構成されている。原書でも、これらの部分はメールやフェイスブックの画面に似せた図版がそのまま載っており、相当に凝《こ》った作りの本になっている。翻訳版ではそのまま掲載できないものもあったようなので、興味がある方はぜひとも原書を手に取って確認していただきたい。

このような体裁を取った理由については、オンラインマガジン「writing.ie」に著者自身が執筆の経緯を記した文章が掲載されている。（https://www.writing.ie/resources/the-shape-of-stories-by-holly-jackson/）これによると、そもそも著者のホリー・ジャクソンは「十七歳の主人公が過去の刑事事件の再調査を行う」という、やや現実味に欠けるヤングアダルト向けの犯罪スリラーを成立させるにはどうしたら良いか、と考えていた時に、自分の妹がたまたま取り組んでいたＥＰＱをプロットに絡めることを思いついたのだという。しかし、ただＥＰＱを物語に持ち込むだけでは、単にリアリティを与えるだけの方便として使っているに過ぎないと思われるだろう。そこで著者が考えたのは、実際のEPQの調査で使われる資料やデジタルコンテンツをキャプチャしたものを取り入れ、小説全体がどのように構成されているのか示すことだった、というのだ。

実際、この著者の狙いは正解だったように思う。テキスト以外のマルチメディアを盛り込むことによって、読者はピップと同じ目線から事件を眺め、推理を働かせることが出来る。これは主人公と視点を同化させて臨場感を持たせるだけでなく、作中において手がかりをフェアに提示出来るなど、謎解きの興趣を盛り立てることに大きく結びついている。また、ピップの作業記録には容疑者と思しき人物リストが付されるのだが、新事実が発覚する度にどんどん書き換えられていくのである。それこそコリン・デクスターの〈モース警部〉シリーズのように真相が二転三転していく様を、メモの書き換えという演出で堪能出来るのだ。

しかし、テキスト以外のマルチメディアを織り込む手法は、謎解きを盛り上げる事とは別にもう一つ、重要な意味があるように思う。ピップは学生の身であるが故に、警察やマスコミのような調査能力も、資料を得る権限も持たない。代わりに彼女はインターネットやSNSを駆使し、そこから集められる限りの情報から推理を組み立てていく。メディアの発達に伴い、個人情報へのアクセス性は格段に高まった。それは同時に、得られた情報を正しく使えば、誰もが真実に到達できる可能性がある社会であることを示している。本書におけるピップの自由研究がまさしくそうだ。情報がフラットに行き交う世界では、たとえ子供であってもフェアネスを獲得するために闘う事が出来るのだ、という事を、『自由研究には向かない殺人』は若い世代に教えてくれるのである。

ピップの物語には続編があり、二〇二〇年に第二作 *Good Girl, Bad Blood* が刊行された。こちらも本書同様にカーネギー賞にノミネートされている。また二〇二一年八月には第三作 *As Good As Dead* の刊行が予定されているが、これがどうやらシリーズの最終作になる模様。第二作の内容をちょっとだけ紹介しておくと、本書の事件に関するポッドキャスト番組を立ち上げたピップが、知人の失踪をきっかけに再び町の秘密を探っていく、という話だ。ポッドキャストが物語の鍵になる点が、いかにも新しい。公平性と最先端メディアを武器にした新世代のミステリの主人公が、次作ではいかなる活躍をみせてくれるのだろうか。

検印
廃止

訳者紹介　翻訳者。中央大学文学部卒業。主な訳書にボーエン「ボブという名のストリート・キャット」、ブラウン「クレオ」、バーカー「せつない動物図鑑」、キム「ミラクル・クリーク」、シャープ「詐欺師はもう嘘をつかない」など。

自由研究には向かない殺人

2021年8月27日　初版
2024年5月17日　20版

著　者　ホリー・ジャクソン

訳　者　服《はっ》部《とり》京《きょう》子《こ》

発行所　（株）東京創元社
代表者　渋谷健太郎

162-0814／東京都新宿区新小川町1-5
電　話　03・3268・8231-営業部
　　　　03・3268・8204-編集部
URL　http://www.tsogen.co.jp
DTP　工友会印刷
暁印刷・本間製本

乱丁・落丁本は、ご面倒ですが小社までご送付ください。送料小社負担にてお取替えいたします。

ISBN978-4-488-13505-8　C0197

巧緻を極めたプロット、衝撃と感動の結末

JUDAS CHILD◆Carol O'Connell

クリスマスに少女は還る

キャロル・オコンネル
務台夏子 訳　創元推理文庫

◆

クリスマスも近いある日、二人の少女が町から姿を消した。州副知事の娘と、その親友でホラーマニアの問題児だ。

誘拐か？

刑事ルージュにとって、これは悪夢の再開だった。

十五年前のこの季節に誘拐されたもう一人の少女――双子の妹。だが、あのときの犯人はいまも刑務所の中だ。

まさか……。

そんなとき、顔に傷痕のある女が彼の前に現れて言った。

「わたしはあなたの過去を知っている」。

一方、何者かに監禁された少女たちは、奇妙な地下室に潜み、力を合わせて脱出のチャンスをうかがっていた……。

一読するや衝撃と感動が走り、再読しては巧緻を極めたプロットに唸る。超絶の問題作。

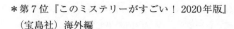

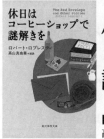